研究叢書62

アーサー王物語研究

源流から現代まで

中央大学人文科学研究所 編

中央大学出版部

まえがき

本書は、中央大学人文科学研究チーム「アーサー王物語研究」の五年間（二〇一一年度から二〇一五年度）にわたる研究成果をまとめたものである。

「アーサー王物語」というのは、中世ヨーロッパの年代記が五世紀から六世紀にかけて活躍したと伝える、ブリテン島（ブリタニア）の英雄アーサー（フランス語名アルテュール）の誕生から死までを描く一代記を《縦糸》とし、ガウェイン、ランスロット、ユーウェイン、パーシヴァル（フランス語名はそれぞれゴーヴァン、ランスロ、イヴァン、ペルスヴァル）を始めとした円卓の騎士、魔術師マーリン（フランス語名メルラン）、聖杯の探索、トリストラムとイズールト（フランス語名トリスタンとイズー）の悲恋などをテーマにした、本来は別個に発生した多彩な物語を《横糸》とする、壮大かつ複雑な物語群である。

この物語群の成立に多大な影響を与えたのは、ジェフリー・オヴ・モンマスがラテン語で著した『ブリタニア列王史』（一一三八年頃）であり、初めて網羅的に描かれたアーサー王の生涯を含むこの年代記を、ヴァースは古フランス語により翻案し『ブリュ物語』（一一五五年頃）として発表した。このようにイングランドのノルマン朝とプランタジネット朝の時代に、ジェフリーが《歴史化》し、ヴァースが《ロマンス化》を始めた「アーサー王伝説」に揺るぎない名声を与えたのが、クレティアン・ド・トロワである。クレティアンは十二世紀後半に、北仏のシャンパーニュ伯の宮廷で、伯夫人マリー（アリエノール・ダキテーヌの娘）の依頼に応じて、円卓の騎士たちを主人公にした「アーサー王物語」を古フランス語韻文で執筆し始める。このうちクレティアンが結末をつけることのなかった、『ランスロまたは荷車の騎士』（一一七七〜八一年頃）と『ペルスヴァルまたは聖杯の物語』（以下『聖杯の物語』と略記）（一一八二〜八三年頃）を契機に、十三世紀になって『ランスロ＝聖杯』と総称される膨大な散文物語群が成立する一方で、「アーサー王物語」はフランス語圏を越えてヨーロッパ各地に伝わり、さまざまな言語で書き継がれていく。こうして一つの文学ジャンルとなった「アーサー王物語」は、トマス・マロリーが中世英語で著した『アーサー王の死』（一四七〇年頃）によって集大成される。

本邦での「アーサー王物語」の受容は主として、マロリーの作品を通じて行われてきた。日本のマロリー研究者たちが、欧米の研究者に負けるとも劣らぬ貢献を果たしてきたことは周知の通りである。それでもマロリーの作品が、十二世紀にフランス語圏で誕生し増殖を重ねた「アーサー王物語」の終着点であることを忘れてはならない。さらにジェフリーの『ブリタニア列王史』成立以前にも、ブリテン島にはアーサーをめぐる豊かな口頭伝承が古くから存在していた。こうした「アーサー王伝説」の全貌に迫ろうと情熱を傾けてきたのが、一九四八年に創設された「国際アーサー王学会」であり、現在では日本支部を含む十一の支部が世界中に存在している。日本支部のメンバーによる、「アーサー王物語」の翻訳紹介や研究成果は大変意義深い。本書は先達が切り拓いて下さった分野に新たな知見を提供することを目的とした論文集であり、四部構成からなっている。

第一部「アーサー王物語の源流」では、ウェールズで「アーサー伝承」が確認できる八世紀から、「アーサー王物語」が古フランス語散文による物語群《サイクル》として成立する十三世紀までに焦点が当てられている。「アーサー王文学の発生と展開」と題された概説を執筆して下さったのは、斯界の世界的権威であるフィリップ・ヴァルテール氏（フランス・グルノーブル第三大学名誉教授）である。ヴァルテール氏は「アーサー王物語」が中世の数世紀に《年代記》、《韻文物語》、《散文物語》という三段階を経て成立・展開していくことを鮮やかに示した上で、アーサー王神話の起源をケルトに求めている。《散文物語》を代表する「聖杯物語群」(「流布本サイクル」)全体を収録する写本は八点現存するが、このうちボン大学図書館五二六番写本(筆写は一二八六年)を底本にした『聖杯の書』三巻(パリ・ガリマール出版、二〇〇一〜〇九年)の編集をヴァルテール氏は担当された。

ヴァルテール氏に続いて、中世ウェールズ文学がご専門の森野聡子氏は、ウェールズ伝承文学の中に「アーサー王物語」を位置づける試みを網羅的に行って下さった。コーパスとなったのは、九世紀から十二世紀までにウェールズで書かれたラテン語とウェールズ語のテクストであり、ネンニウス作と伝えられるラテン語の年代記から「マビノギオン」と総称される中世ウェールズの散文物語に至るまで、ジェフリー・オヴ・モンマスの影響を受ける以前のアーサー伝承が明らかにされている。中世ウェールズ語で書かれた『キルフーフとオルウェン』は、クレティアン・ド・トロワによる古フランス語の作品群よりも成立が早いため、最古の「アーサー王物語」として重要である。

第二部「円卓騎士の諸相」では、アーサー王が主宰する円卓騎士団のメンバーのうち、執事騎士ケイ、アーサーの甥であり不義の息子とされるモードレッド、同じくアーサーの甥で円卓騎士団の筆頭にあったガウェインを取り上げ、これまで見過ごされてきた諸相を明らかにした。

『聖霊降臨祭の誓い—マロリーの「アーサー王の死」における騎士的行為と円卓』という学位論文により二〇一四年に博士号を取得された小宮真樹子氏は、ケイの古い神話的な姿を中世ウェールズ文学の中で確認した上で、マロリーの『アーサー王の死』が描くアーサー王の「乳兄弟」としてのケイに注目した。小宮氏によれば、乳兄弟のケイを端役として扱うことでマロリーは精神的な絆の不完全さを示したという。

中世英文学の「アーサー王物語」全般に詳しい小路邦子氏は、アーサーの王位簒奪を行い「裏切り者」の代名詞とも言えるモードレッドのイメージが、ブリテン島の地域や時代によって大きく異なることを明らかにした。その典型例が、スコットランドにおけるイングランドに対する抵抗の象徴としてのモードレッドである。イングランドの侵攻に苦しんだスコットランドはアーサーの正当性を否定し、モードレッドこそがブリテンの真の王位継承者だと主張するのである。

フランス中世文学を専攻し、世界の神話伝承に関心を寄せる渡邉浩司は、古フランス語による「アーサー王物語」で主役の「引き立て役」として皮肉を込めて描かれることの多いガウェイン（ゴーヴァン）に注目し、神話学的な立場から「太陽英雄」としての姿を明らかにすることを試みた。分析対象となったのは、クレティアン・ド・トロワの遺作『聖杯の物語』後半である。

第三部「オランダと北欧のアーサー王物語」が対象としたのは、本邦では未紹介の分野である。英語による著作『宗教改革期のドイツにおける天体の異常現象』（*Celestial Wonders in Reformation Germany*）（二〇一四年）で知られる栗原健氏は、中世オランダ語で著された『ワルウェイン物語』（一二五〇年頃）および『ランスロ集成』（一三二〇年）収録の物語に焦点を当て、ネーデルランドにおけるアーサー王文学の特徴や独自性を明らかにしている。中でも特徴的なのは、ガウェインに相当するワルウェインが理想の騎士として称揚されている点である。

『北欧のアーサー王物語』（麻生出版、二〇一三年）の著書で知られる林邦彦氏は、アーサー王伝説に題材を取ったと考えられるフェロー語（デンマーク領フェロー諸島の言語）によるバラッド・サイクル『ヘリントの息子ウィヴィント』に注目し、十八世紀後半から十九世紀半ばにかけて採録された三つのヴァージョンの生成・伝承過程に迫っている。ヴァージョン間の異同箇所については、ノルウェー語バラッド『エルニングの息子イーヴェン』

の該当箇所との比較も行われている。ウィヴィントおよびイーヴェンは、クレティアン・ド・トロワ作『イヴァンまたはライオンを連れた騎士』（一一七七〜八一年頃）の同名の主人公に対応する人物である。

第四部「近現代のアーサー王物語」では、十九世紀後半から二十世紀後半に至る時期の欧米およびラテンアメリカでの「アーサー王物語」受容に焦点を当て、四人の作家を取り上げた。

アメリカ文学がご専門の近藤まりあ氏は、マーク・トウェイン（一八三五年〜一九一〇年）の『アーサー王宮廷のコネティカット・ヤンキー』（一八八九年）を読み解き、作者の関心が六世紀のイングランドではなく、十九世紀のアメリカ南部と当時の科学技術に向かっていたことを明らかにしている。近藤氏は、「アーサー王物語」では主役を演じることのない平民や奴隷や魔術師が、『コネティカット・ヤンキー』ではどのように描かれているのかを考察し、作品の結末を陰惨なものにせざるをえなかったトウェインのオブセッションに迫っている。

「ケルト」研究の観点からヨーロッパの妖精伝承や中英語ロマンスを題材に研究を行っている辺見葉子氏は、中世英語英文学の権威でありかつ『ホビットの冒険』や『指輪物語』の著者としても知られるJ・R・R・トールキン（一八九二年〜一九七三年）が著した唯一のアーサー王作品である『アーサーの顛落』を取り上げ、「アヴァロン」に焦点を当てた詳細な分析をしている。この未完作品はカムランの戦いの前で中断しているが、遺された草稿やメモから、トールキンがアーサーをアヴァロンに送り、ランスロットにもその後を追わせるという構想を持っていたことが分かるという。トールキンはアーサー王伝説のアヴァロンを、エルフの楽園の島エレッセアと同一視し、アーサー王伝説を自らの神話体系に組み込もうとしていたと考えられる。

両大戦間期のフランスにおける文学と社会の関連を研究対象としている本田貴久氏は、詩人・民族学者だったミシェル・レリス（一九〇一年〜一九九〇年）の自伝を「聖杯探求」の物語として読む可能性を探っている。レリスが自伝という形式により、一度は断念した「驚異的なるもの」の探求に改めて挑んだとき、アーサー王伝説のモチーフがどんな役割を果たしたのかを、本田氏は『微かなる音』に出て来る固有名の分析によって示している。

本論文集の掉尾を飾るのは、ウルグアイ生まれでスペインを執筆活動の拠点とするクリスティーナ・ペリ・ロッシ（一九四一年～）の小説『狂い船』をめぐる南映子氏の論考である。近現代のラテンアメリカ文学がご専門の南氏は、『狂い船』の中の「聖杯の騎士」という章に注目し、作中で典拠として挙げられているクレティアン・ド・トロワ作『聖杯の物語』およびヴァーグナー作『パルジファル』との比較により、ペリ・ロッシ独自の世界観を明らかにしている。

本書の構想は、故福井千春先生とともに研究チームを二〇一一年四月に立ち上げたときに生まれた。「アーサー王物語」をテーマとした、日本語による類書のない独創的な論文集を世に問いたいというのが、福井先生と私の共通の願いだった。中世スペイン文学を専門とし『わがシッドの歌』の翻訳者として知られる福井先生は、叙事詩研究と並行して二〇〇〇年前後あたりから、中世期のイベリア半島での「アーサー王物語」受容にも関心を寄せられ、一六世紀初めに出版された『アマディス・デ・ガウラ』全四巻が、十三世紀の古フランス語散文「聖杯物語群」（特に『ランスロ本伝』）や『散文トリスタン物語』を換骨奪胎して独自に創作された物語であると主張しておられた。こうした新たな観点からの福井先生による『アマディス』論を本書に収録できなかったのは、痛恨の極みである。なお四巻一三三章からなる『アマディス』のうち、福井先生が訳出された第十章までの部分は、中央大学の季刊誌『中央評論』通巻二八六号（二〇一三年冬号）から通巻二九四号（二〇一五年冬号）までの誌面で連載された。本書を二〇一二年四月に亡くなられた福井先生のご霊前に捧げたい。

我々の研究チームではこの五年間、定期的に研究会を開催し、外部からも多くの研究者をお招きし、文学のみならず歴史学、神話学、民俗（族）学、美術史など複数の分野に関する知見を深めてきた（その詳細については、巻末の「研究活動記録」をご参照いただきたい）。本書の刊行にあたり、中央大学研究所合同事務室・人文研担当の清水範子さん、ならびに中央大学出版部の柴﨑郁子さんには大変お世話になった。また西洋中世美術がご専門の金沢百枝氏（東海大学文学部教授）は、本書のカバーのために、イタリア・オトラント大聖堂の床モザイクに描かれたアーサー王の写真を提供して下さった。ここに特記して厚くお礼申し上げたい。

二〇一六年三月

「アーサー王物語研究」チーム主査

渡 邉 浩 司

目次

まえがき

第一部　アーサー王物語の源流

アーサー王文学の発生と展開
――八世紀から十三世紀まで――……フィリップ・ヴァルテール（渡邉浩司訳）……3

はじめに……3
一　俗語による書き言葉の誕生……4
二　アーサー王神話の起源……14
おわりに……26

ウェールズ伝承文学におけるアーサー物語の位置づけ……森　野　聡　子……33
はじめに……33
一　ラテン語年代記・聖人伝のなかの「アーサー」……35
二　中世ウェールズの詩における「アーサー」……48
三　中世ウェールズの散文物語における「アーサー」……62
おわりに……71

第二部　円卓騎士の諸相

乳兄弟と兄弟愛
——トマス・マロリーの『アーサー王の死』におけるケイの描写——……小　宮　真樹子……83
はじめに……83
一　アーサー王伝説におけるケイの変遷……86
二　マロリーにおけるケイの描写……93
おわりに……104

目　次

スコットランド抵抗の象徴　モードレッド……小路邦子……109
はじめに……109
一　ウェールズにおけるモードレッド……111
二　イングランドにおけるモードレッド……116
三　スコットランドにおけるモードレッド……130
おわりに……137
ゴーヴァンの異界への旅
――クレティアン・ド・トロワ作『聖杯の物語』後半再読――……渡邉浩司……145
はじめに……145
一　名剣と愛馬……148
二　異界への入口……154
三　異界での試練……163
四　妖精たちの城……171
五　ゴーヴァンによる医療行為……178
おわりに……183

第三部　オランダと北欧のアーサー王物語

中世ネーデルランドのアーサー王文学
——ワルウェインをめぐって——　栗原　健　197
はじめに　197
一　ネーデルランドにおけるアーサー王文学の特徴　199
二　『ワルウェイン物語』とストーリーの設定　201
三　『ワルウェイン物語』におけるワルウェイン像　204
四　『ワルウェイン物語』における「異界情緒」　209
五　『ランスロ集成』におけるワルウェイン礼賛　212
六　『ラヒセルの復讐』におけるワルウェインと女性たち　218
おわりに　223
フェロー語バラッド『ヘリントの息子ウィヴィント』の三ヴァージョンと
ノルウェー語バラッド『エルニングの息子イーヴェン』　林　邦彦　231
はじめに　231

一　『ゲァリアン第一部』、『同第二部』三ヴァージョン間の相違を巡る
先行研究での指摘　239
二　『ゲァリアン第一部』および『同第二部』の三ヴァージョンと
ノルウェー語バラッド『イーヴェン』　241
おわりに　252

第四部　近現代のアーサー王物語

二人の魔術師
——マーク・トウェイン『アーサー王宮廷のコネティカット・ヤンキー』
におけるアーサー王物語——　近藤まりあ　263
はじめに　263
一　コントラストと風刺　264
二　『コネティカット・ヤンキー』におけるアーサー王物語　268
三　アーサー王国と十九世紀アメリカ南部　270
四　二人の魔術師　276
おわりに　282

アーサー王物語とJ・R・R・トールキン
――アヴァロンとエレッセア―― ……辺見葉子……285
はじめに……285
一　『アーサーの顚落』――*The Fall of Arthur*……289
二　エアレンデル――神話の始まり……293
三　トールキンの「母語」論……294
四　「言語霊の訪れ」……297
五　トル・エレッセア……301
六　西方楽園への航海者たち……304
七　『アーサーの顚落』とトールキンの神話……308
おわりに……314
アーサー王伝説とミシェル・レリスの「聖杯探求」が出会うとき
――Beadeverの名をめぐって―― ……本田貴久……325
はじめに……325
一　レリスにおけるアーサー王伝説への言及……327
二　探求という語をめぐって……329

目　次

三　「驚異的なるもの」をめぐって……338
四　「驚異的なるもの」の探求とアーサー王伝説……344
おわりに……350

ペルスヴァル、パルジファルとパーシヴァル少年
――クリスティーナ・ペリ・ロッシ『狂い船』、「聖杯の騎士」の章を読む――
南　映子……357
はじめに……357
一　クリスティーナ・ペリ・ロッシ『狂い船』……359
二　パーシヴァルの母……363
三　聖杯の騎士パーシヴァル……372
おわりに……383

研究活動記録……391

第一部　アーサー王物語の源流

アーサー王文学の発生と展開
——八世紀から十三世紀まで——

フィリップ・ヴァルテール
（渡邉浩司 訳）

はじめに

《アーサー王文学》と呼ばれているものは、実際には、古代まで遡る（いにしえの）神話とフォークロアが伝えてきたものが、文字による（まったく新しい）《文学的な》形態と出会って産まれたものである。この二つが出会ったのは十二世紀の中頃で、俗語（フランス語を始めとしたヨーロッパ諸語）で書かれた物語群が初めて現れた時期に相当する。アーサー王文学の起源を説明するためには、なによりも二つの動向を明らかにしなければならない。その一つは、十二世紀に起こった古代《文芸》の復興によって生まれた、新たな形態の《文芸》の誕生である[1]。もう一つは、伝説上のアーサーとその騎士たちを中心に描いた、神話とフォークロアに基づく伝承の起源である。（大ブリテン島とフランスにプランタジネット朝の王国が誕生した）歴史上特別な時期がこうした二つの動向の溶け合う時期と重なり、ヨーロッパ全域で特に重要な位置を占める文学を生むことになったのである。

一　俗語による書き言葉の誕生

中世初期を特徴づけているのは、文化上の大きな進展である。この時期には、フランス語が誕生[2]したほか、書き言葉の持つ影響力が増大した。この時代まで《慣習法》[3]の遵守のために支配的だったのは、口頭による儀礼や慣例だった。公的な問題の扱いでももっぱら話し言葉だけを頼りにしていた西洋文明は、徐々に書き言葉を用いるようになった[4]。権力は次第に知識人のもとに集まっていく。知識人というのは、読み書きができ、その支配的地位を読み書きのできない人々に認めさせた人々のことである。もちろん最初の段階では、大規模な現象ではなかった。なぜなら、この現象は国民の中でも、特に教養のある階層（教会付属の学校で研鑽を積む余裕や機会のあった人々）に限られていたからである。実際には、王も含め大半の人々は読み書きができなかった[5]。それでも書き言葉の重要性は、社会の中で増大し続け、生活様式や思考様式の革新にも手を貸すことになった。

社会制度上で話し言葉が重要視されていたのに対して、このように書き言葉や文書の価値が高まったことをどのように説明したらよいだろうか？　第一の要因は、西洋にキリスト教が浸透したことである。キリスト教は根本的に、書物に基づく宗教だった。ケルトの宗教とは異なり、キリスト教は話し言葉のみを重視する伝承に依っていたのではない（ケルトのドルイド僧は、宗教に関する限り、文字の使用を禁じていた[6]）。これに対してキリスト教が礎とした《聖書》の中には、神の言葉を文字で書き留めた四つの福音書が含まれていた。書き留めたのは福音史家ルカ、ヨハネ、マルコ、マタイであり、神の言葉の証言者となっている。「福音書」という言葉はそもそも、「良い知らせ」を意味するギリシア語「エウアンゲリオン」（euanggelion）に由来する［「エウeu」は「良い」、「アンゲリオンanggelion」は「知らせ」の意］。福音書は、文書の中に収められた神の言葉という良き知らせにほかならない。そのため中世期には、キリストが片手に書物を持った姿で描かれることが多かった。ユダヤ教でもイスラム教でも、神がこのような姿で描かれることはない。ユダヤ教とイスラム教によれば、神の姿を描くことはそもそも禁じられている。神への冒瀆だと考えられているからである。

（話し言葉に対して）書き言葉を重視したキリスト教に認められるこうした特性は、新たな需要を生み出した。文書の判読や執筆ができるように、特別な訓練を受けた人員を揃える必要が生じたのである。こうした人々は学僧と呼ばれ、もともと教会人であった。(7) 教会は、なによりも聖書の読解を中心にした宗教信仰の実践を、学僧たちに委ねることになる。キリスト教教会が（重要な修道院や教会の中に）作った学校は、紛れもなく知的活動の中心となっていく。学校では、聖書や関連文献のみならず、古代のラテン語文献も筆写された。ラテン語はキリスト教教会によって、国際的な書記言語となる。書かれた文書がその正当性を確立して初めて、文学の名に値するものが（ラテン語に続いて俗語により）ヨーロッパで広まるようになったのである。ラテン語から解放された俗語による《文学》の出現は、十二世紀以前にはほとんど認められない。(8) ポール・ズムトールの言葉を借りれば、文学とは《超＝言語》(9)、つまり言語の中の言語であると同時に、その意味作用の力を増大させ、コミュニケーションでの実用的な機能に還元されることのない言語として解釈できる。こうして俗語は《詩的な》機能を発見するのである。(10)

1　翻案作業から《物語《ロマン》》へ

中世期には、少なくとも俗語（フランス語、ドイツ語など）に関する限り、《文学》という概念自体には明確な意味がまったくなかった。(11)《本物の》文学はいわば、常にラテン語で書かれたものだったからである。(12) ラテン文学は、古代の神聖な預り物であり、学僧たちが情熱をもって学び、伝えてきた遺産であった。古代ローマの著作家たちは「アウクトーレス」（auctores）と呼ばれたが、それは誰もが敬意を表さねばならない《権威》のことだった。彼らを凌駕するのは不可能だった。そのため彼らと張り合うのは無駄なことだった。学校では、もっぱらラテン語による読み書きを習った。フランス語で書くことなど、誰の念頭にもなかった。フランス語には文化上の正当性がまったくなかったからである。十二世紀の中頃になると、遠慮がちに、フランス語による最初の作品群が、ラテン語からの翻訳として登場する。『エネアス物語』（*Roman d'Enéas*）は、ウェルギリウス作『アエネーイス』の自由な翻訳であり、『トロイ物語』（*Roman de Troie*）はフリュギア人ダーレス作『トロイア滅亡の歴史物語』（*Historia de excidio Trojae*）の翻案である。[13] アーサー王伝承に限れば、古フランス語で初めて《アーサー王物語《ロマン》》を著したのはヴァース（Wace）で、一一五五年にジェフリー・オヴ・モンマス（Geoffrey of Monmouth）作『ブリタニア列王史』（*Historia Regum Britanniae*）（一一三八年）を翻案した。（『ブリュ物語』*Roman de Brut* と呼ばれる）ヴァースの物語《ロマン》には、一派を成そうとする野心はなかった。もともと知識人の言語であるラテン語で書かれた作品を、ラテン語の読めない人々が読めるようにしただけである。『ブリュ物語』は、プランタジネット朝のヘンリー二世の妻、アリエノール王妃に献呈された。この作品は、アングロ＝ノルマン王朝の威光を称えるために、王宮で公式に催された朗読会に使われた。[14] 依頼を受けて書かれたこの作品は、野心的な君主たちの名誉欲にこたえるものだった。アングロ＝ノルマンの君主たちは、このような手段で、主な敵対者だったフランス王と張り合おうとしたのである。アリエノール・ダキテーヌ（Aliénor d'Aquitaine）が文芸の庇護者として果たした役割は大きなものだった。アリエノールはアーサー王物語の流行を生み出し、娘（マリー・ド・シャンパーニュ Marie de Champagne）は母の考え方を踏襲したと言えるだろう。マリーは異才クレティアン・ド・トロワ（Chrétien de Troyes）のパトロンとなったからである。[15]

　こうした新しいスタイルの作品群の登場により、「歴史《ヒストリア》」（historia）という概念から「物語《ロマン》」（roman）という概念への移行が徐々に進んでいく。つまり主として、史実に基づく作品（年代記）から、いわゆる《史実》を伝える意図のない、ロマンス語で書かれた作品への移行である。十二世紀および十三世紀のラテン語の詩法には、こうした《物語《ロマン》》の技法についての形式的・詩的な定義はまったく存在しなかった。[16]《物語《ロマン》》は、決められた創作上の規則をともなう、独立したジャンルとして認められることもなかった。創作上の規則は、実際には、厳格に言葉を使いこなす作業というよりも独創的な再創造として考えられ、自由な翻訳作業を行う中で確立されていった。これ以降に学僧たちが行った《文学的な》作業が位置づけられるのはまさしく、（ラテン語による）原典を文字通り尊重する立場と、まったく即興に任せる立場との間に、無限に広がるこうした空間であった。

アーサー伝承の出発点にあるのは「ヒストリア」(Historia)、つまり《史実を伝える物語》である。とはいえ、史実という概念に対する批判的な考察が存在しなかった時代に、過去に関する証言のさまざまな典拠を批判的に分析したり照合したりすることのなかった時代に、《歴史》とは何を意味していたのだろうか？　中世初期には、《歴史》は真実と虚構が混じりあったものだった。[17]古代ローマ人から受け継がれた中世のジャンルである年代記が対象としたのは、まさしくこの混合物なのである。見方を変えれば、アーサー王《神話《ファーブル》》もまったくの作り話ではない。想像力豊かな著作家が筆のおもむくままに書き上げたものではなく、着想源となった物語群を継承したものである。そうした物語群には相互のつながりがないこともあるが、典拠は神話的なものである。十二世紀以降、歴史はその座を伝説に譲る。伝説とは、ラテン語にあたる語源を思い起こせば、《読まれるべきもの》(legendum) のことである。

2　ブルターニュの《素材》

出来上がりつつあったこの文学は一つの素材、つまりさまざまなテーマ、人物、名高い出来事に助けを求めた。事実、中世期に使われていた分類によると、執筆すべき《物語《レシ》》に使うことのできる《素材》は、一つではなく三つあった。それはジャン・ボデル（Jean Bodel）作『サクソン人の歌』（*Chanson des Saisnes*）からしばしば引用される、次の詩行に列挙されている。

Ne sont que .iij. matieres à nul home antandant :
De France et de Bretaigne et de Rome la grant.
Et de ces .iij. matieres n'i a nule semblant.
Li conte de Bretaigne sont si vain et plaisant ;
Cil de Rome sont sage et de san aprenant ;
Cil de France de voir chascun jor apparant.

すべての聴衆にとっては素材は三つしかない。
フランスの素材、ブルターニュの素材、偉大なるローマの素材である。
この三つの素材は互いにまったく似通ってはいない。
ブルターニュの物語は絵空事ながら面白く、
ローマの物語は有益でためになり、
フランスの物語は日々その真実性が明らかになる。

《ローマの》物語は「古代の物語」であり（『エネアス物語』、『テーベ物語』、『トロイ物語』、『アレクサンドル物語』）、《フランスの》物語は（フランク族から受け継がれた物語だと考えられているため）武勲詩であり、《ブルターニュの》物語はアーサー王物語に形式を与えることになる。[18]《素材》（matière）という言葉はここでは、「着想」（inventio）、つまり物語のテーマと関連した修辞学《レトリック》の一領域を指す、修辞学用語である。一方で注目すべきは、ジャン・ボデルによれば、これら三つの素材が民族のアイデンティティーに直結していることである。つまり三つの素材はそれぞれ、古代ローマ、フランク族のフランス、ブルターニュという、明確に区別された地域と文化に固有のものだというのである。この《ブルターニュの素材》は、島のケルト民族（大ブリテン島とアイルランド）と、その子孫にあたる大陸のケルト民族（フランスのブルターニュ）が口承で伝えてきた人物、物語、テーマ、モチーフの全体を指していた[19]。

これら三つの素材にはそれぞれ、異なる韻律の形態が対応することになる。フランスの素材（武勲詩）は十音節詩句で書かれるようになる。古代ローマの素材とブルターニュの素材には八音節詩句が使われる。ただし『アレクサンドル物語』（*Roman d'Alexandre*）は例外であり、十二音節詩句を鋳型とすることになる（そもそも十二音節詩句を「アレクサンドラン alexandrin」と呼ぶのは、この詩句が『アレクサンドル物語』で使われたからである）。八音節詩句は実際には、トルバドゥール（南仏詩人）やトルヴェール（北仏詩人）が使っていた。そのため八音節詩句は、出来上がりつつあったこの新しい物語に、形式上の鋳型として使われたのである。こうした詩句形態の選択一つを取ってみても、出来上がりつつあったこの新しい物語技法に、トルバドゥールとトルヴェールが与えた影響がうかがわれる。アーサー王物語の多くには、「至純愛《フィナモール》」（fine amor）という、トルバドゥールとトルヴェールが西洋世界に知らしめた、理想的な恋愛の痕跡も認められることになる[20]。

3　アーサー王《文学》生成の三段階

十二世紀以前にブルターニュの素材が、いかなる段階を経たのかを特定するのは困難である。なぜならその時代には、伝承の大半が口頭で伝えられていたため、アーサー王関連の文献がほとんど見当たらないからである。

書物に見つかる言及の多くは、断片的な暗示にすぎず、それだけでは伝説の進展や変貌を捉えることはまったくできないし、出来上がりつつあった詩法を明らかにするのはなおさら難しい。

それにもかかわらず、八世紀から十三世紀の間に、アーサー神話が三段階の発展を経験し、三つの異なる表現形式を生み出したと主張することは可能だろう。アーサー王関連の作品すべてが同時期に生まれたのではないこと、ましてや、すべての作品が同じ筆から生まれたのではないことを、もちろん明らかにしておく必要がある。アーサー伝説（《読まれるべきもの》という語源的な意味での「伝説」）と呼ぶにふさわしいものは、西洋世界で三つの大規模な翻案の段階をたどった。アーサー神話は伝説として確立するまでに、これら三つの段階を経たのである。そのため、年代上最後に来る集大成（イングランド人トマス・マロリーの作品）を、（マロリー以前の作品群も含めて！）そこからすべての物語が生まれた最初の物語だとみなすのは、常軌を逸している。実際に起こったのは、その逆の動きだからである。マロリーは、彼以前に書かれたすべての物語（中でもフランス語の作品群）の終着点であり簡略化である。マロリーは、首尾一貫した合理的な鋳型の中へ、もともとは相互に曖昧なつながりしかなかった物語群を流し込んで溶け合わせたのである。中世期に《アーサー神話》がたどった三つの段階とは、年代記の段階、韻文物語の段階、散文物語の段階である（散文物語は、現代の世界で《長編小説《ロマン》》と呼ばれるジャンルにもっとも近い）。

第一段階　年代記

ここで取り上げる年代記やいわゆる史実を記した文献には、聖人伝文献も含まれる。八世紀から十二世紀にかけ、王侯の依頼を受けて書かれたブリテン島の歴史は、《年代記》の形を取っている（これは史料編纂の試みである）。最初に登場したのは、『ブリトン人の歴史』（*Historia Brittonum*）（ラテン語）[21]のような、かなり概略的な骨組みであり、その後、ジェフリー・オヴ・モンマス作『ブリタニア列王史』(ラテン語)[22]のような、完成度の高い作品が生まれた。ジェフリー・オヴ・モンマス以前には、現存する『アーサーの武勲の書』(*Livre des faits d'Arthur*)により、九五四年から一〇一二年の間にラテン語で古いアーサー年代記が書かれていたことが分かる。したがってその年代記は、アーサーの物語が形を整えられていく過程で、『ブリトン人の歴史』とジェフリーの『ブリタニア列王史』の仲介役となっている。約百行のみが伝わるこのラテン語作品は、フランスのブルターニュ(アルモリカ)で書かれたものである。紀元千年頃にアーサー王をめぐってブリテン島とフランスのブルターニュを密接に結び付けていた文化上の関係は、このラテン語年代記の存在だけで充分に証明できる[23]。

十二世紀以降、キリスト教教会はおそらく、伝説上のアーサー王の人気の高さに不安をあおられて苛立ち、聖人伝の中でアーサーを笑い者にした。確かに聖人伝で描かれているアーサーは、決して立派な役を果たすことはない。『聖パテルヌス伝』(*Vita Paterni*)と『聖カラントクス伝』(*Vita Carantoci*)によると、アーサーは教会の敵である。『聖エフラム伝』(*Vita Efflam*)(十二世紀)によると、アーサーは聖エフラムの助けがなければ、ドラゴンを退治することができない。アーサーひとりでは、どうにもならないのである。アーサーが英雄になるには、教会人の助力が必要である[24]。『聖ゴエズノウィウス伝』(*Legenda Goeznovii*)(一〇一九年頃の作)は、ブリタニアやガリアでアーサーが勝利を収めた数多くの戦いを称えている。この伝記では、フランスのブルターニュ(アルモリカ)の地に初めてアーサーの名が出てくる。アーサーの名は(一〇五六年頃に書かれたモン゠サン゠ミシェル年代記など)さまざまな編年史や年代記にも見つかるが、アーサーについての物語はまったく出てこない。

一方で、古風な趣のある(ウェールズの)さまざまな個別の作品に、アーサーは英雄譚の主人公として登場する。英雄詩『ゴドジン』(*Y Gododdin*)(九世紀の作であるが、これを伝えるのは後代の写本である)は、ある勇敢な戦士を称える一節で、「しかるに、その者、アーサーではなかりし」と述べている。『アヌーヴンの略奪品』(*Preiddeu*

Annwn）（九世紀または十世紀）によると、アーサーは異界（アヌーヴン）の主が所有する大釜（聖杯の祖型？）を奪い取ろうとして、異界への旅に出る。その大釜はブリテン島に惜しみなく活気を与え、繁栄を回復させるものである。ウェールズの物語『キルフッフとオルウェン』（*Culhwch ac Olwen*）（最初の版は十一世紀末の作）によると、主人公（キルフッフ）は麗しのオルウェンの探索を手助けしてもらおうと、アーサー王に願い出る。キルフッフはオルウェンの父、巨人アスバザデン・ペンカウルから課された一連の試練を克服しなければならない。アーサーとその騎士たちが進んで試練へと立ち向かってくれたおかげで、キルフッフは切望していたオルウェンとの結婚を成就させる。したがってウェールズには、アーサーの黄金伝説が確かに存在していて[25]、物語の形で広く認められることが待ち望まれていた。それはフランスの物語作家たちの活躍により、十二世紀に実現する。

第二段階　韻文物語

十二世紀の中頃になると、《学僧》（物語作家）の活躍により、アーサー伝説は驚くべき発展の段階に至る。《学僧》はアーサー伝説をもとに、韻文で数多くの作品を生み出した。これは神話の《宮廷風》受容である。トルバドゥール（南仏詩人）の影響のもとで、物語作家たちは宮廷風礼節と「至純愛」の理想を称える物語や冒険を探し求めた。古代の物語の翻案（代表作は『エネアス物語』、『トロイ物語』、『アレクサンドル物語』、『テーベ物語』）に倦み疲れた彼らは、口頭伝承（ブリトン人のフォークロアに基づく民話）へと向かい、それをもとに短い物語（短詩）や、筋書きがさらに長い物語（「円卓の物語」）を著した。フランス文学は（その最初期にはもっぱら韻文で）、ブリテン諸島の語り部たちが主に得意としていたケルト（特にウェールズ）起源の物語を翻案する作業において、中心的な役割を果たした。フランスで生まれた流行は徐々にヨーロッパ全域へ広がった（早くも十三世紀から、ドイツ、イタリア、イベリア半島ではアーサー王文学が生まれ、十四世紀以降には中英語による文学が生まれた）。それでも、アーサー王物語を彩る数多くのエピソードは、宮廷風恋愛という文学上のテーマの流行だけでは決して説明できない。風変りなモチーフからなるアーサー王物語は、（地中海地域ではなく）ヨーロッパ北部の文化を理解する上で興味深い、いにしえの口承性の証なのである。なぜなら（言うまでもないが）、ヨーロッパ北部（ケルトと北欧）は、地中海地域のヨーロッパの遺産には還元できない、文化の遺産を備えているからである。

第三段階　散文物語

すでに韻文により翻案されていたアーサー神話は、十三世紀以降、散文作品の形に整えられる。散文作品は、アーサー王神話の抜本的なキリスト教化に手を貸す。（十三世紀初めに）散文が登場したため、先に韻文で書かれていた物語はすべて書き直される。韻文物語は（詩行の韻律を取り払われることで）新しい詩的形態に合わせられただけでなく、物語どうしが徐々に繋ぎ合わされるようにもなった。こうした作業は「編纂」と呼ばれ、《大全の世紀》と呼ばれるのにふさわしい十三世紀から一般化される傾向があった。もっとも典型的なケース（このジャンルでは初めての例）はランスロの物語《ロマン》である。クレティアン・ド・トロワが韻文で作品（『荷車の騎士』*Le Chevalier de la Charrette*）を著すのが第一段階で、その韻文物語が書き直され散文作品として生まれ変わるのが第二段階である。この散文作品は、後に生まれる物語群《サイクル》とは独立した版であり、いかなる別の作品もこの作品の後に続くことはない。この次の段階で生まれるランスロの散文物語は、後続作品である『聖杯の探索』（*La Quête du Saint Graal*）と『アーサー王の死』（*La mort du roi Arthur*）へとつなげられる（全体で『ランスロ＝聖杯』*Lancelot-Graal* という物語群になる）。第三段階では、この物語群《サイクル》が核となり、アリマタヤのヨセフからアーサー王の死、円卓の消失に至る、アーサー王伝説の一大絵巻が作られていく。複数の韻文物語をもとにして作られたこの物語群[26]には、キリスト教に基づいて騎士道の歴史を解釈しようという目論見がある[27]。この時点まではまとまりに欠け、全体のプランがまったくなかった素材に、文学は自らの論理を適用させた。つまり、登場人物の系統樹が見直され、新たな系譜が創り出されたのである。それ以来、文学の合理性は、古代神話の非合理性をおぼろげなものにすることになった。

結果として、アーサー伝説を知るには、二つの選択肢がある。一つは、（大半が韻文で書かれた）騎士たちの生涯を描く作品を読むという選択肢であり、必然的に得られる情報は断片的なものに留まる。対象となる作品は、クレティアン・ド・トロワの物語群や、主人公の名が冠せられた作品群（『イデール』*Yder*、『フェルギュス』*Fergus*、『デュルマール』*Durmart* など）である。もう一つは、長大な散文物語群(28)を読むことでアーサー伝説の世界に入っていくという選択肢である。その場合には、散文という新しい形態へ移し替えられたことで、もとの韻文物語が平準化、転移や変形というプロセスを被ったことを思い起こす必要がある。古い神話的モチーフ群は、散文物語の中にも残ってはいるが、いっそう弱まっている。本章の後半では、かくも柔軟なこの素材の起源をより深く理解する必要がある。この素材はアーサー王物語の礎となり、さまざまな翻案の段階を何度か経験してきたからである。

二　アーサー王神話の起源

アーサー王文学の理解は、その進展の一時期にこの文学が取った束の間の表面的な形態の記述だけに還元することはできない。文学体系は、その土台を研究しなければ理解できない。アーサー王文学の土台はきわめて神話的である。ここでは歴史家フェルナン・ブローデルが《長期持続》と呼んだ時間の流れを考慮に入れる必要がある。心性《メンタリティー》の分野や、明らかに集団の想像世界《イマジネール》に属している伝説的なものについては、固定した文学的な時間という硬直した概念に留まる限り、どんなことであれ理解は不可能だという単純な理由からである。今日では文化人類学の貢献により、こうした見方が支配的になっている。[29]

1　「ブルターニュの素材」の起源はケルトにある

アーサーと呼ばれる戦士の偉業を伝える最古の文献は、九世紀にまとめられた『ブリトン人の歴史』に見つかる。この文献の著者は長きにわたりネンニウス（**Nennius**）という人だと考えられてきたが、今日ではこの人物が（本当の著者ではなく）写字生だったことが分かっている。ネンニウスはウェールズを活躍の舞台とし、ブリテン島固有の年代記を執筆するために、さまざまな典拠をまとめあげた。これは、ブリトン人と敵対関係にあった人々が行っていた同じような試みと、中でも『アングル人の教会史』（*Historia ecclesiastica gentis* ***Anglorum***）（そこにはアーサーへの言及がまったくない）を著したアングロ＝サクソン人ベーダ（**Beda**）（六七三〜七三五年）と張り合うことだった。『ブリトン人の歴史』は、ブリテン島固有の記憶を称えており、アーサーは「戦闘隊長」（**dux bellorum**）と呼ばれている。アーサーは王でも、騎士団の長でもない。軍の指揮官に過ぎなかったが、ブリテン島へ侵攻した敵軍との戦いで十二回も勝利した。この年代記は地名の列挙をそっけなく行っているが、もちろん地名はすべてケルト起源である。地名は順に、グレイン **Glein**（第一の戦い）、ドゥブグラス **Dubglas**（第二、第三、第四、第五の戦い）、バッサス **Bassas**（第六の戦い）、ケリドン **Celidon**（第七の戦い）、グィニオン **Guinnion**（第八の戦い）、カーリオン **Carlion**（第九の戦い）、トリブルイト **Tribruit**（第十の戦い）、アグネド **Agned**（第十一の戦い）、バドニス **Badonis**（第十二の戦い）である。地名はほぼ全部、その位置を地図上で示すことができるが、このうちの二つ（バッサスとアグネド）はその限りではない。その他の戦場は（ゲルマン文化の）アングロ＝サクソン世界と、（ケルト文化とケルト諸語の）ブリテン世界との境界地域にはっきりと位置づけられる。大ブリテン島の南部では、ドゥブグラスとカーリオンがウェールズ世界とアングロ＝サクソン世界との境界を成しているのに対し、グィニオンとバドニスはコーンウォール世界とアングロ＝サクソン世界との文化上の断層となっている。大ブリテン島の北部では、グレイン、トリブルイトとケリドンがサクソン軍の侵攻の限界点を示している。サクソン軍がこの先へ進軍すれば、ケルト民族からの別の反撃、つまりピクト人とスコット人（カレドニアへ移住したアイルランド起源の民族）からの反撃を受けることになる。アーサーが参戦した九つの戦場を記した地図を、中世の大ブリテン島の言語地図と比較すると、サクソン軍の侵攻に敵対したケルトの三つの地域が明らかになってくる。それはスコットランド、ウェールズ、コーンウォールである。サクソン人が《植民地主義》を推し進めた後もケルト系の言語と伝承が残ることになるのは、この三つの地域である。この三つの地域は、ケルトの伝承や神話を紛れもなく保持してきた場所だと考えることができる。中でもウェールズは、十二世紀以降のいわゆるアーサー王文学の中では、アーサー王とその騎士たちが偉業を果たす特別な舞台となる。

いかなる点でアーサー世界は、その起源からケルト的なのだろうか？(30)

第一に、言語学的に明白な証拠がある。

アーサー王自身の名前(31)を始めとして、アーサー王伝説を彩る人物の名前の大半は、ケルト語の響きを持っており、ラテン語やゲルマン諸語からは説明ができない。地名については、ブリテン島の地名がもとになっている。ウェールズ、コーンウォール、スコットランドのほか、中世期にケルト諸語が依然として話されていた地域がこれにあたる。「ケルトの」（celtique）という形容詞は総称であり、インド＝ヨーロッパ語族に属する語派の一つを指している。この語派はそれ自体も二つの系統に分かれ、一つはアイルランド語、スコットランド語、マン島語を含むゲール語系、もう一つはウェールズ語、コーンウォール語、ブルターニュのブルトン語を含むブリトン語系である。[32] 固有名詞に現れるアーサー伝説関連のケルト語はウェールズ語であることが多く、ときにアイルランド語やブルトン語も現れるが、ガリア語（中世期よりもずっと前に消滅した言語）が現れることはない。それでも、これらすべての言語には、語彙の上で類似点が存在する。

第二に、歴史的に明白な証拠がある。

大ブリテン島と大陸とのつながりは来歴が古い。このつながりは十二世紀に強まったが、それはプランタジネット朝の君主たちが、ブリテン諸島とフランスの西半分全域を同時に支配下に収めていた時期に相当する。島のケルト起源の物語（ブリトン人の初期の英雄たちを称える、ウェールズのフォークロアに基づく口頭伝承）は、大陸でも（翻訳を介して）流布し、古フランス語を用いる物語作家たちがこれを翻案した。こうしたケルトのフォークロアは（口頭伝承により）歴史時代の、あるいは原史時代（紀元前四世紀）のケルト人が持っていた民族・宗教的な古い神話まで遡る。[33] こうした神話は、ウェールズのみならずアイルランドという、ケルトの伝承を保持してきた地域で受け継がれてきた。アイルランドでは、キリスト教の修道士たちが、ゲール人の古い神話物語を文字で書き留めた。アーサー王伝説は、島のケルト人が先祖代々伝えてきた遺産のうちブリトン語系の側面に相当するが、ゲール語系の側面と重なり合うこともある。なぜなら、ゲール語系の側面はおそらく、太古まで遡る遺産のルーツだからである。

第三に、神話学的に明白な証拠がある。

《ケルトの》物語群は、中世の物語作家たちが創り出したものではない。ケルトの物語群は、ヨーロッパの有名な神話群（ギリシア神話、北欧神話、ローマ神話）に重要性の点で匹敵する、独創的な神話を作っている。[34] 丹念に比較検討を行えば、こうしたケルトの物語群から、ヨーロッパのほかの神話群との間に、テーマや構造上の共通点を見つけることができる。ケルト諸語は全体として、インド＝ヨーロッパ語族の語派の一つをなしている。（その時期まで口承で伝えられた）古い神話は、（アイルランドの修道士たちが）後代になって文字で書き留めたため、キリスト教の影響と翻案者たちが用いた修辞学《レトリック》の影響を受けた。それでも、書き留められた神話には、ほかの形では永遠に知られることのなかった、来歴が非常に古いテーマや人物たちが残された[35]。

2　「ブルターニュの素材」の起源は口承にある

現存する文学的なバージョン以前に存在した、《原初の》アーサー王物語を書き留めた（仮定上最初期の）バージョンはまったく見つからない。現存するのは、文字で書き留められたアーサー王物語のみである。それは、キリスト教を奉ずる宮廷世界の要請にこたえて著された物語である。このように原初のバージョンが見つからないのには、複数の理由がある。書き言葉が後代に得た地位をまだ持っていなかった頃には、物語はもっぱら口から耳へと口承で流布していた。こうした物語には、特定の地方に根付いたものもあった。そのためアーサーの記憶は、いくつかの巨石建造物と結び付けられている。一一一三年に、エルマン・ド・ラン（Hermann de Laon）は、コーンウォールの人々が彼に、アーサー王の椅子とかまどを見せてくれたと述べている[36]。つまりエルマンは、こうした信仰を証明してくれる民間伝承の物語をはっきりと耳にしたのである。こういったいわくつきの石の来歴は、実際にはアーサー王伝説よりもはるかに古く（新石器時代まで遡る）、後代になってからケルトの記憶へ入り込んだ。イタリアのモデナでは、一一〇六年に大聖堂の扉口にアーサー王たちの姿を刻んでいる。一一四二年には、リーヴォーのアエルレドゥス（Aelredus Rievallensis）によると、ヨークシャー州の修練士は教会で聞いた敬虔な説教にはまったく心を動かされなかったのに、アーサーの偉業を伝える物語を聞くと涙したという。この時期には、アーサー王物語の著名な作家たちはいまだ、なにも書き著してはいない。つまり当時知られていたアーサー王物語は、もっぱら口承のみで伝わっていたのである。

このように、《アーサー王文学》誕生以前には、口承による「ブルターニュの素材」が存在したのであり、《アーサー王文学》は「ブルターニュの素材」なしには理解できない。こうしたアーサー関連の原初の素材に備わる口承性は、十二世紀の複数の物語作家が証言している。マリー・ド・フランス（Marie de France）は（『短詩集』*Lais* の序の中で）、数多くの短詩を聞いたが、忘れ去られていくのがしのびなく、これを書き留めて《韻文に作る》ことにしたと述べている。[37] トマ・ダングルテール（Thomas d'Angleterre）は（『トリスタン物語』*Roman de Tristan* の中で）、「そもそも昔からトリスタンの物語を世に語り伝える者たちは、さまざまに語っている」と述べている。トマはさらに、「何人もの人の話を聞き、彼らのそれぞれが語ったことも承知している」という。それでも、トマが付け加えて言うには、「かつてブルターニュに存在したすべての王、すべての伯の忘れがたき武勲とその物語に通暁した、かのブレリに基づいて語ってはいない」。[38] クレティアン・ド・トロワは（『エレックとエニッド』*Erec et Enide* の冒頭で）、「王侯たちを前にして物語ることで暮らしを立てている人々」に触れ、披露することになっていた物語を「壊して傷つけるのが常だった」という。[39] クレティアンはこれに続いて、耳にした物語の（口承による）典拠に忠実であることを自慢げに語っている。

伝承物語からなるこうした「ブルターニュの素材」には事実、民話に特有の記憶を助ける特徴がある。《民話》(conte) とは、口頭で流布する伝承物語を指し、特徴的に配置された固有のモチーフ群は、複数の語りのシークエンスへと分解可能である。中世期にはそもそも、《民話》という言葉は、こうした現代的な意味をほぼ持ち合わせていた。[40] 当時、物語作家たちは、自分たちの語る物語の内容を創り出したわけではない。古代ローマの文学が提供してくれた物語を翻案したのである（たとえば『エネアス物語』は、ウェルギリウス作『アエネーイス』の翻案である）。それだけでなく、いにしえのケルト文化圏（アイルランドやウェールズなど）からやって来た語り部たちが提供してくれた物語も翻案したのであり、これが《ブルターニュの素材》の典拠となっている。二十世紀の民俗学者たち、中でもフィンランド学派に属する人々は、世界中に民話が無限に存在するわけではないことを立証した。それどころか民話は、話型（テール・タイプ）[41]と呼ばれる、数の限られた語りの枠組みに従っている。そのため、数多くのアーサー王物語についても、話型の図式を見つけるのは可能である。たとえば『聖杯の物語』は、民話の国際話型三〇二番（「魚の王さま」）に対応している。[42]「エクセンプラ」（宣教師が説教を行うときに用いた逸話）の集成にも、こうした同じ話型の萌芽が認められる。[43]現代では「魔法民話」と呼ばれる民話は、少なくとも千年以上前から存在していることを自慢してよいのである。十二世紀以降に、民話は文字によって書き留められたため、古代神話まで遡る父祖伝来のこうした口承性の痕跡を保持できた。その一方で、書き留められた民話は、その伝播と内容に著しい修正を受けることにもなった。

十二世紀以降にアーサー王物語が文字によって書き留められるよりも前の時期に、口頭伝承が存在したことは、早くも九世紀から、アーサー伝承に属す人物たちの名が、実在の人々に付けられたことから証明できる。[44]フランスのブルターニュ（アルモリカ）では、八一四年からアーサーの名が人名の中に見つかる。これにより、当時アーサー王物語はまだ何一つ書かれていなかったが、アーサー王物語が口頭伝承の中に存在したと言えるのである。洗礼を受けた子供たちに、アーサーの名が付けられることもあった。ゴーヴァン［英語名ガウェイン］やトリスタン［英語名トリストラム］の名も、アーサーの名とともに特に人気が高かった。

ジェフリー・オヴ・モンマスの著作が（一九二九年にエドモン・ファラルが指摘したように）、後に生まれたすべてのアーサー王物語にとっての唯一の着想源だと考える人々もいたが、これは明らかに間違っている。一一三八年頃にラテン語で『ブリタニア列王史』を著したとき、ジェフリーはこの書物の読者として貴族や文人たちを想定したが、アーサーに関する伝説上の証言をすべて拾い上げたわけではない。ジェフリーは依頼を受けて執筆した。そのため口頭伝承や、（『ブリトン人の歴史』などの）書承によるアーサー伝説のエピソードをいくつか選択し、プランタジネット朝のアングロ＝ノルマン王家を称えるために、ブリテンの偉大な王たちの列伝の中に挿入した。（ジェフリーが取り上げることのなかった）口承によるこうしたアーサー伝説の素材のかなりの部分は、（早くも一一五五年から）古フランス語によりまずは韻文で書かれ、続いて散文で書かれていく、《円卓の物語》と総称できる作品の中に現れる。こうした豊かな口頭伝承は、長きにわたり、現代の研究者たちから過小評価されるどころか、否定されることもあった。それでも、物語作家たちが自ら告白しているように、西欧中世の文化は純粋な創造行為ではなく、口承や書承による伝承への信頼に基づいていたことが分かる。一方で、民話のルーツはペロー［十七世紀にフランスで活躍］やグリム兄弟［十九世紀にドイツで活躍］にあるのではない。書かれた民話をめぐる証言は、早くも中世期から見つかるのである。

3　「ブルターニュの素材」の起源の本質は神話的である

アーサー王文学が話題になるとき、アーサー王に中心的な役割が与えられることが多い。しかしアーサー王単独では、アーサー王文学の本質そのものを具現するにはほど遠い。アーサーの取り巻きには騎士団がおり、王以上に決定的な役割を果たしている。それでも、アーサーによって配下の騎士の影が薄くなる場面は確かに多く見られる。実際のところ、アーサーの史的実在性の問題は、長きにわたって研究上の悩みの種であり、研究者たちを出口のない諸説へと引きずり込んできた。

アーサーの史的実在性

二世紀以上も前から、研究者の誰もが問うてきたのは、落とし穴のようなこの問題である。アーサーは実在したのか、しなかったのか? 二つの説が競合している。

(一) アーサーは実在した。アーサー王物語は、アーサーの生涯を彩ったエピソード群を美化したものに過ぎない。アーサー王物語は史実を潤色したものであるため、物語の字面の背後から史実を探し出すよう努めなければならない。

(二) アーサーは実在しなかった。アーサー王物語はまったくの虚構である。物語作家たちの想像力の産物である。

この議論の中では、橋渡しになる説が忘れられている。ここではその説を擁護する立場を取る。その眼目は、アーサー王伝承の素材の中に、アーサー王が存在したと想定される時期よりもずっと前に存在した、長きにわたる神話伝承の進展を認めるところにある。それは実際には、ギリシアを始めとしたインド゠ヨーロッパ世界の諸地域に属する神話に対応する、ケルト版の神話である。その後、アーサーの名に近い名を持った戦闘隊長が、こうした古代神話の記憶に結び付けられた可能性がある。それでも、アーサー王物語が伝えるさまざまな出来事はどんな場合でも、史実の出来事に直接由来する可能性はない。

したがって、アーサーの史的実在性は、議論の余地を多く残していると考えねばならない。虚構の人物が歴史の中で、アルトリウス(Artorius)という名のブリテン゠ローマの将軍と混同されることになったと仮定しても、王位を譲って六世紀以上も経過するうちに、アーサーを中心に描いた不可思議な素材のすべてを、このアルトリウスに帰すわけにはいかない。さらに、こうした不可思議な物語は、中世に創り出されたのではない。なぜなら、物語を一から十まで創り出すことは、中世期の文化上の慣例にはなかったからである。それよりもむしろ、アーサー王伝承の素材が神話的（かつ口承）起源であることを認めなければならない。アーサー神話とヨーロッパのほかの神話群との間に、テーマおよびモチーフ群の類似を認める比較神話学的な方法により、こうした見方の正しさを証明することができる。こうした神話群の大半は、インドに想定された太古の共通起源まで遡る。またそのほかの神話は、新石器文明まで遡る。アーサー王伝承の素材は、人名と地名からインド＝ヨーロッパ語族に属する言語や伝承のうち、ケルト語派と関連していると考えられる。

熊＝アーサーの神話

古フランス語では必ず「アルテュ（ス）」（Artu(s)）と綴られ、「アルテュール」（Arthur）（ラテン語化した形）と綴られることのなかったアーサーの名は、熊へと導かれる。熊という動物は、その豊かな神話により、アーサー神話の中核へと向かう。

（一）神話的な熊

「アルテュ（ス）」（Artu(s)）は、「熊」を指すケルト語*artに由来する。(45) 熊は、（野獣戦士を称える）古ヨーロッパの神話群では、戦士階級にとってのトーテム獣である。こうした語源解釈は、『ブリトン人の歴史』を伝える写本の欄外に記された注記から裏付けられる。その注記によれば、「アーサーは、ラテン語に翻訳されると、恐るべき熊を意味する」。これは語源に基づく単なる言葉遊びではなく、ウェールズ語やアイルランド語の「アルト」（art）と、（大熊座を指す）ラテン語の「アルクトゥス」（arctus）との類似から証明される神話の存在を、経験に基づいて裏付けたものである。アイルランドでは、上王《ハイキング》は「アルドリー」（Ard-Ri）、つまり《熊王》という称号を持っていた。熊の神話は、アーサー王世界の土台となっている。アーサーの父ユテル・パンドラゴン［英語名ユーサー・ペンドラゴン］は、メルラン［英語名マーリン］が思いついた変装により（顔を黒く塗って）姿を変え、イジェルヌ［英語名イグレーン］との間にアーサーをもうけた。このように顔を黒く塗る行為は、先史時代からヨーロッパ各地で行われてきた熊祭り（二月二日）のさなかに、炭で顔を黒く塗ることを想起させる(46)。つまりアーサーは（「熊のジャン」のように）「熊」の息子なのであり、その神話は熊の季節暦と関連している。孤児として謎めいた幼年時代を送ったアーサーが最初に見せた手柄は、岩に刺さっていた剣を抜くというものであり、アーサーに備わる熊の怪力を実証した。さらにジェフリー・オヴ・モンマスとヴァースは、モン＝サン＝ミシェルで巨人と戦う前に、アーサーが見た不思議な夢を伝えている。

（二）説明神話

この夢は、アーサー王の名だけでなく、アーサー王文学が称える重要な宮廷風神話の礎になる神話を明らかにしてくれる。一頭の熊が東方から飛来すると、一匹のドラゴンが西方から飛来する。ドラゴンは熊を攻撃し、最後には熊を締めあげて大地に叩きつける。アーサーはドラゴンの息子（父はユーサー・ペンドラゴン）であるが、アーサーの名は熊を意味する。それはつまり、熊に対して勝利を収めたことで、アーサーが熊の性質をわが物とし、それをアーサーの名が留め続けているためである。熊を制圧することで、ドラゴンとしてのアーサーが熊の性質を帯びるさまは、制圧したネメアのライオンの力をヘラクレスがわが物としたのと同じである。つまりアーサーの夢には、アーサーの名を説明する神話が含まれている。アーサーはこの偉業により、戦士の王となる。第二に、この夢のエピソードはアーサー（ドラゴン）とモン＝サン＝ミシェルの（熊のごとき）巨人との戦いを予告している。巨人は誘拐した女たちを凌辱していた。この神話を《宮廷風に》読むことにより明らかになるのは、この偉業を契機として、アーサーと彼の騎士たちは、女性が犠牲者となる性的虐待と戦い、女性の敵を罰することを常に理想としたことである。数多くのアーサー王物語が称揚する、至純愛という《フェミニズム的な》イデオロギーによれば、貴婦人の意向は常に絶対的なものである。アーサーは、ギリシア神話のヘラクレスと同じように、一連の偉業（《功業》）を果たす。それによりアーサーは大ブリテン［ブリタニア］と小ブリテン［アルモリカ、フランスのブルターニュ］、双方の支配権を手にすることになった。

（三）通過儀礼に関わる《北極の》英雄

ヴァース以降に書かれたアーサー王物語の大半では、アーサーの姿は（ジェフリー・オヴ・モンマス『ブリタニア列王史』やヴァース『ブリュ物語』が描いた）征服王から、暇を持て余す消極的な王の姿へと急速に変わっていく。それにもかかわらず、アーサーはいわば「時」の支配者であり続けている。アーサーの生涯は、神話的な時間と地理の中に刻み込まれている。二月二日から三日にかけての夜（熊祭りの時期）に母の胎内に宿ったアーサーは、（メルランの計算によると）その六か月後にあたる八月初めに誕生する。それはまさしくアーサーが夢で、熊とドラゴンの対決を目の当たりにした象徴的な時期にあたる。アーサーは定期的に宮廷を主宰するが、その場所を決めることはなく、太陽の運行に従っている。騎士にとってアーサーの宮廷を訪ねることは、一人前の騎士として認めてもらうために不可欠な、通過儀礼の一段階を経ることである。なぜなら、古代ギリシア人の間で流布していた考え方（アポロン信仰）によれば、いかなる通過儀礼も、ヒュペルボレイオス人の国、つまり極北での段階を経る必要がある。ところで熊＝アーサーは、天空での己の位置を知るのに使われる大熊座と同じく、北極の人である(47)。ギリシア世界では、「アルクトス」（Arktos）は大熊座と小熊座を指す。北極の星座は、アーサーがアーサー王世界の中心軸であることを示唆している。決められた時期になると、アーサーの周囲には騎士たちが集まってくる。これこそが、大半の物語でアーサーの果たす唯一の役割なのである。

(四) 救世主《メシア》待望論

ソールズベリでの最終決戦の後、アーサーが酒蔵長リュカン〔英語名ルーカン〕を両腕で抱きしめて圧死させてしまうさまは、熊の仕草を髣髴とさせる。アーサーは瀕死の重傷を負っていたが亡くなることなく、いわば冬眠をするために、異父姉妹のモルガーヌ〔英語名モーガン・ル・フェイ〕によりアヴァロン島へ運ばれていく。ブリトン人はアーサーが救世主として帰還することを待ち望んでいたという。このテーマは、ヴァースの『ブリュ物語』にはっきりと出てくるが、キリスト教思想が浸透した十三世紀の散文物語では、覆い隠されてしまっている。(48)

おわりに

ジェフリー・オヴ・モンマスとヴァースによれば、アーサー王は西暦五四二年に亡くなったという。(49) ところがアーサー王文学と呼ぶにふさわしい作品群が現れるのは、ようやく十二世紀になってからである。六世紀と十二世紀の間に、西欧は事実、キリスト教と書き言葉の使用という、二つの重要な柱に基づく新しい文明の誕生を経験した。キリスト教はローマ帝国の廃墟の上に居を構え、残されていた基礎部分《インフラストラクチャー》をそのまま利用した。こうしてキリスト教教会の長(教皇)は、古代に帝国の権力の座があったローマに留まった。ガロ゠ローマ時代〔前一二一年〜五世紀〕の都市の多くは司教座となり、教皇から地方での教化を任されていた。アーサー王が活躍したと推定される時期はこのように、ヨーロッパでキリスト教化が本格的に始まった時期に対応している。それは、古代の異教が完全にキリスト教に取って代わられる、歴史上の転換期にあたる。学僧たちにとってアーサーは八世紀以降、キリスト教教会にとって理想的な盟友にほかならない、キリスト教を奉じる君主だった。異教とキリスト教の共存の証であるこうした原初の刻印が、アーサー王文学全体に刻まれている。アーサー王世界に備わるこうした二つの顔を決して忘れてはならない。アーサー王世界は、その背景が疑いなくキリスト教的であるとしても、その土台はキリスト教とは無縁であり、古ヨーロッパの最古の文化の記憶まで遡る。それこそが、ヨーロッパ人の魂に深く浸透し、今日まで生き続けている想像世界《イマジネール》についての証言が持つかけがえのない意味を、アーサー王世界に与えているのである。

(1) Poirion, D. (1986), *Résurgences. Mythe et littérature à l'âge du symbole (XIIe siècle)*, Paris : PUF.

(2) Cerquiglini, B. (1991), *La naissance du français*, Paris : PUF.

(3) 領主所領で使われた慣習法は、伝承を根拠とし、口承で伝えられていた。それに対して、教会法は必ず文字で書き留められており、その大半は古代のローマ法まで遡る。

(4) Banniard, M. (1989), *Genèse culturelle de l'Europe. Ve-VIIIe siècle*, Paris : Seuil.

(5) 文学作品の中には、文字の読めない王たちが登場することもある。こうした王たちは、受け取った手紙を読んでもらうために、王付きの司祭（または礼拝堂付きの司祭）に助けを求める。ベルール作『トリスタン物語』に見られるマルク王のケースが、これにあたる（Walter, P. éd. (1989), *Tristan et Yseut*, Paris : Livre de poche, v. 2549）（マルク王の司祭が、隠者オグランの代筆したトリスタンの手紙を読んでいる場面）。

(6) Guyonvarc'h, C. (1990), « La conversion de l'Irlande au christianisme et à l'écriture », *Connaissance des religions*, 6, pp. 21-26.

(7) Le Goff, J. (1957), *Les intellectuels au Moyen Age*, Paris : Seuil.

(8) Bezzola, R. (1944-1967), *Les origines et la formation de la littérature courtoise en Occident (500-1200)*, Paris : Champion, 5 volumes.

(9) Zumthor, P. (1963), *Langue et techniques poétiques à l'époque romane. XIe-XIIIe siècles*, Paris : Klincksieck, p. 179 et suivantes.

(10) この概念については、ヤコブソンの著作を参照（Jakobson, R. (1963), *Essais de linguistique générale*, Paris : Seuil, pp. 207-248）。

(11) Zumthor, P. (1987), *La lettre et la voix. De la « littérature » médiévale*, Paris : Seuil.

(12) Curtius, E. R. (1956), *La littérature européenne et le Moyen Âge latin*, Paris : PUF.

(13) *Grundriss der romanischen Literaturen des Mittelalters, vol. IV : Le roman jusqu'à la fin du XIIIe siècle*, Heidelberg : Winter, 1978.

(14) Chauou, A. (2001), *L'idéologie Plantagenêt. Royauté arthurienne et monarchie politique dans l'espace Plantagenêt (XIIe - XIIIe s.)*, Rennes : Presses Universitaires de Rennes.

(15) Walter, P. (1997), *Chrétien de Troyes*, Paris : PUF, pp. 5-24.

(16) Faral, E. (1924), *Les arts poétiques du XIIe et du XIIIe siècle. Recherches et documents sur la technique littéraire du Moyen Âge*, Paris : Champion.

(17) Guenée, B. (1980, 2011), *Histoire et culture historique dans l'Occident médiéval*, Paris : Aubier.

(18) Guiette, R. (1972), *Questions de littérature (deuxième série)*, Gand : Presses Universitaires (voir le chapitre sur : « Les contes de Bretagne sont si vain et si plaisant »).

(19) Marx, J. (1952), *La légende arthurienne et le graal*, Paris : PUF.

(20) Walter, P. (1992), « La fine amor entre mythe et réalité », *L'Ecole des Lettres* (numéro spécial : Le mythe de Tristan et Yseut), 83, pp. 5-24.

(21) Morris, J. (ed.) (1980), *Historia Brittonum*, London and Chichester : Phillimore.

（22） Wright, N. (ed.) (1985), Geoffrey of Monmouth, *Historia regum Britanniae*, Cambridge : Brewer.

（23） Fleuriot, L. (1980), *Les origines de la Bretagne*, Paris, Payot, pp. 245-246.

（24） Faral, E. (1929), *La légende arthurienne*, Paris : Champion.

（25） Marx, J. (1967), *Les littératures celtiques*, Paris : PUF; Lambert, P.–Y. (1981), *Les littératures celtiques*, Paris : PUF.

（26） Burns, E. Jane (1985), *Arthurian fictions. Rereading the Vulgate cycle*, Columbus : Ohio State University Press.

（27） この物語群は、『聖杯の書』（*Le Livre du Graal*）のタイトルで刊行され、プレイヤッド叢書に収められた。

（28） 対訳本（古フランス語原文と現代フランス語訳）の形で現在、全編が通読できる唯一の聖杯物語群は、ガリマール書店（プレイヤッド叢書）から刊行された三巻本『聖杯の書』（*Le Livre du Graal*）である。トマス・マロリーによる集成の刊行も、当初は考えられていた。しかし、この集成はずっと後の時代のものであり、明らかにフランス語による物語群を雛形にしている。

（29） Durand, G. (1979), *Science de l'homme et tradition*, Paris : Berg International.

（30） Walter, P. (2009), « L'héritage celtique dans la littérature médiévale française » dans : Cession-Louppe, J., *Les Celtes aux racines de l'Europe* (actes du colloque tenu au Parlement de la Communauté française de Belgique et au Musée royal de Mariemont), Morlanwelz : Musée royal de Mariemont (Monographies du Musée royal de Mariemont, 18, pp. 69-78.

（31） Walter, P. (2002), *Arthur, l'ours et le roi*, Paris : Imago, pp. 79-100.

（32） Lambert, P.–Y. (1981), *Les Littératures celtiques*, *op.cit.*

（33） Kruta, V. (1976), *Les Celtes*, Paris : PUF ; Kruta, V. (2000), *Les Celtes. Histoire et dictionnaire. Des origines à la romanisation et au christianisme,* Paris : Robert Laffont.

（34） Guyonvarc'h, C. (1993), « Mythologie, folklore, ethnographie. Essai de définition du point de vue d'un celtisant », *Mémoires du cercle d'études mythologiques* (Lille), 3, pp. 61-80.

（35） Le Roux, F. et Guyonvarc'h, C. (1990), *La Civilisation celtique*, Rennes : Ouest-France.

（36） Lot, F. (1899), « La table et la chaire d'Arthur en Cornouailles », *Romania*, 28, pp. 342-347.

（37） 古フランス語原文では « Plusurs en ai oï conter, / Ne(s) voil laisser në oblier » (Walter, P. (éd. et trad), (2000), Marie de France, *Lais*, Paris : Gallimard (Folio), Prologue, vv. 39-40 (pp. 34-35).

（38） Walter, P. (éd. et trad.) (1989), *Tristan et Yseut*, Paris : Livre de poche, pp. 434-435 (Thomas, Dénouement du roman, manuscrit Douce, vv. 843-853).

（39） 古フランス語原文では « Que devant rois et devant contes / Depecier et corronpre suelent / Cil qui de conter vivre vuelent » (Dembowski, P. (éd.), (1994), *Erec et Enide,* dans : Chrétien de Troyes, *Œuvres complètes*, Paris : Gallimard (Pléiade), p. 3.

（40） Zink, M. (éd.) (1987), *Réception et identification du conte depuis le Moyen Âge*, Publications de l'Université de Toulouse Le Mirail.

（41） アールネ（Aarne）とトンプソン（Thompson）による民話カタログの、ウターによる改訂・増補版を参照（Uther, H. J., (2011), *The Types of International Folktales : A Classification and Bibliography.* Parts I–III. Helsinki : Suomalainen Tiedeakatemia (Academia Scientiarum Fennica))。

（42） 民話の国際話型三〇三番については、フィリップ・ヴァルテール『ペルスヴァル、漁夫と聖杯』（Walter, P. (2004), *Perceval, le pêcheur et le Graal*, Paris : Imago）を参照。アーサー王物語に認められるほかの話型については、フィリップ・ヴァルテール『アーサー神話事典』（Walter, P. (2014), *Dictionnaire de mythologie arthurienne*, Paris : Imago）中「民話」（« Conte »）の項を参照。

（43） Berlioz, J. et *alii* (1989), *Formes médiévales du conte merveilleux*, Paris : Stock.

（44） Gallais, P. (1967), « Bléhéri, la cour de Poitiers et la diffusion des récits arthuriens sur le continent », dans : *Moyen Âge et littérature comparée*, Paris : Didier, pp. 47-79.

（45） Guyonvarc'h, C. (1967), « La pierre, l'ours et le roi : gaulois ARTOS, irlandais *art*, gallois *arth*, breton *arzh*, le nom du roi Arthur. Notes d'étymologie et de lexicographie gauloise et celtique », *Celticum*, 16, pp. 215-238.

(46) Lajoux, J. D. (1996), *L'homme et l'ours*, Grenoble : Glénat.

(47) Walter, P. (2003), « Arthur, l'ours-roi et la Grande Ourse. Références mythiques de la chevalerie arthurienne », dans : Voicu, M. (éd.) (2003), *La Chevalerie du Moyen Âge à nos jours. Mélanges offerts à M. Stanesco*, Editura universitatii din Bucuresti, pp. 40-51.

(48) こうしたあらゆる神話的側面については、フィリップ・ヴァルテール『アーサー、熊と王』（Walter, P. (2002), *Arthur, l'ours et le roi*, Paris : Imago）を参照。同著者の『アーサー神話事典』（Walter, P. (2014), *Dictionnaire de mythologie arthurienne,* Paris : Imago）も参照。

(49) 「彼はキリスト生誕後五四二年に、本当にアヴァロンへ運ばれた」（ヴァース『ブリュ物語』）。古フランス語原文では « Porter se fist en Avalun, / pur veir puis l'Incarnatïun / cinc cenz e quarante dous anz » (Wace, *Roman de Brut*, vv. 4451-4453, Baumgartner, E. (éd.) (1993), *La geste du roi Arthur*, 10/18, p. 258). ヴァースは、この年号を挙げているジェフリー・オヴ・モンマスに、文字通り従っている。

ウェールズ伝承文学におけるアーサー物語の位置づけ

森野聡子

はじめに

一八世紀末の文化復興運動以来、ウェールズ知識人は、ウェールズ伝承こそ大陸のアーサー王ロマンスの起源であると自負してきた。「マビノギオン」(Mabinogion)と総称される中期ウェールズ語散文説話の一つ『キルフーフとオルウェン』(*Culhwch ac Olwen*)は現存する最古のアーサー王物語、同じく「マビノギオン」に含まれる三つのアーサー王ロマンスも、大陸の作品にはない、ウェールズ独自の要素をとどめるとされる。テクストの成立年代については近年異論も出ているが、ジェフリー・オヴ・モンマス(Geoffrey of Monmouth)(一〇九〇年頃生まれ、一一五五年没)やクレティアン・ド・トロワ(Chrétien de Troyes)(一一三五年頃生まれ、一一八〇～九〇年頃没)、サー・トマス・マロリー(Sir Thomas Malory)(一四一五～一八年頃生まれ、一四七一年没)に先駆けて、年代記から聖人伝、詩に散文物語と幅広いジャンルにおいてアーサーの記憶がウェールズに残されてきたことは事実である。ここでは、アーサー王物語として整形される前の、さまざまな顔をもつアーサーの初期伝承について取り上げていきたい。

なお本章では、ローマン゠ブリテン以前のブリテン島の住民について「ブリトン人」ではなく「ブリテン人」と表記する。「ブリトン」(Briton)という英語はローマ人がブリタニアと呼んだ地域の住民ブリタンニ(Britanni)、及び彼らの自称「ブリトネス」(Brittones)または「ブラソン」(Brython)に由来する。したがって、その原義は「ブリテン島の住人」、すなわち「ブリテン人」である。実際、英語では「ブリトン」とともに「ブリテン人」(a Britain)という呼び方も存在する。このブリトネスまたはブラソンがブリテン島の最古の住民であり、その子孫がウェールズ人であるという認識は一三世紀までにウェールズで確立したばかりか、イングランド人も認めるところだった。一七〇七年のスコットランド併合によってグレート゠ブリテンの国民にスコットランド人も含まれるようになるまでは、ウェールズにかかわることをブリティッシュと呼ぶのが一般的だったのもそのためである(たとえば、「ブリテン語」(the British tongue)とは「ウェールズ語」の意)。自分たちがブリテン島の先住民の末裔であり、したがってブリテン島の正当な支配者であるという意識は、中世以来二〇世紀初めに至るまでウェールズ人の民族的アイデンティティの根幹をなしていた。時間的に限定された「ブリトン人」という用語は、そのようなウェールズ人の自己定義の継続性を表すのに適切ではない。また、「ブリテン人」という概念を抜きにしては、本章で扱うアーサー伝承の舞台がなぜウェールズではなく広くブリテン島に及ぶのかということの意味を理解することはむずかしい。日本で慣用とされている「ブリトン人」という表記をあえて用いないのは以上のような理由による。

本章で扱う資料はすべて一二世紀以降、ノルマン征服後の写本に収録されたものだ。そこで、テクスト本体の成立期を表すのに「ジェフリー以前／以後」という表現を用いる。ジェフリーの『ブリタニア列王史』(*Historia Regum Britanniae*)がウェールズ伝来のアーサー像を大きく変容させたからである。とは言え、これは厳密な区分ではない。『列王史』の完成時期自体一一三〇年代という以外、諸説あるのだ[1]。また、印刷文化以前に書かれた書籍の影響がどの位のタイムスパンでウェールズに及ぶのかは不明だし[2]、逆に、ジェフリー自身、本作は「ブリタニアの言葉」(britannicus sermo)で書かれた本に基づくと嘯いていることからして、『列王史』のアーサーはジェフリー個人の創作ではなく、ウェールズやブルターニュを含めた広義のブリタニア文化圏の情報ネットワークのなかで創られたとも考えられる。これらの点に留意し、本章では一二世紀までに書き留められ、ジェフリーの影響を受けていないと一般に目される文献を表すのに「ジェフリー以前」という用語を用いることとする。

地名や人名の発音・表記はウェールズ語の慣用にならい、文献からの引用に関しては当該テクストの表記をそのまま記載した。翻訳はすべて筆者による。

一　ラテン語年代記・聖人伝のなかの「アーサー」

1　『ブリテン人の歴史』と『カンブリア年代記』[3]

アーサーに関するウェールズ伝承で、確認できる最古のものが『ブリテン人の歴史』(*Historia Brittonum*)における、アーサーの戦いへの言及である。本書は、北ウェールズ、グウィネッズ(Gwynedd)の王メルヴィン・ヴリッフ(Merfyn Frych)の治世四年目に書かれたと本文(第一六章)に記されていることから、八二九年/八三〇年に編纂されたというのが定説である[4]。トロイの王族ブルートゥスによるブリタニア建国、ローマ帝国の支配、サクソン人の来島に続き、第五六章ではアーサーがサクソン軍に対し一二の戦いを勝ち抜き、ベイドンの戦い(Bellum Badonis)では九六〇名の敵を一日で倒したとある。

図1　ハーレー版『ブリテン人の歴史』の構成

現存する最古の写本が「ハーレー写本」（British Library, MS. Harleian 3859）である。これは、ノーサンブリアの諸王について記した「北方の歴史」の後、ラテン語年表と系図が挿入され、再び『ブリテン人の歴史』の記述に戻るという構成をとっている（図1参照）。

ハーレー写本に含まれた『カンブリア年代記』（*Annales Cambriae*）も、アーサーについて以下のような興味深い記述を残している。

第七二年（五一六年頃）ベイドンの戦い、そこにてアーサーは主イエス・キリストの十字架を三日三晩、肩に背負い、ブリテン人は勝利した。

第九三年（五三七年頃）カムランの戦い、そこにてアーサーとメドラウドは倒れ、多数の死がブリテンとアイルランドにあった。

『カンブリア年代記』は、最後の項目が九五四年のハウェルの息子フロードリ逝去（Rotri filius higuel moritor.）であることから、一〇世紀後半に編纂されたと考えられる。したがって「ベイドンの戦い」（Bellum Badonis）の記述は『ブリテン人の歴史』が典拠である可能性が高いが、「カムランの戦い」は先行書に記載がなく、しかも「グワイス・カムラン」（Gueith Camlann）と古ウェールズ語を用いており、この戦いに関する伝承がウェールズに存在したと推測できる。ただし、戦場など詳細は明らかでない。また、メドラウド（Medrawd）はアーサー王ロマンスの敵役モードレッド（Mordred）の原型だと考えられるが、ジェフリー以前の伝承において、アーサーとどのような関係をもっていたのかは不明だ。

年代記に続くのは、オワイン・アプ・ハウェル・ザー（Owain ap Hywel Dda）の系譜「ハーレー系図」（the Harleian Genealogies）である。オワインは九五〇年から九七〇年頃にかけてウェールズ南西部ダヴェッド（Dyfed）を治めた王で、メルヴィン・ヴリッフの子孫にあたる。系図はメルヴィンの母方の血統をたどって六世紀のグウィネッズ王マエルグン・グウィネッズ（Maelgwn Gwynedd）、さらには、その祖先キネザ（Cunedda）に遡る。『ブリテン人の歴史』第六二章によれば、キネザは、現在のスコットランド、フォース湾沿岸にあたるマナウ・ゴドジン（Manaw Gododdin）から八人の息子を引き連れグウィネッズに渡来、スコット人（アイルランド人）を平らげた伝説の建国者である。一方、オワインの父、ハウェル・ザー（Hywel Dda）ことハウェル・アプ・カデス（Hywel ap Cadell）は、南西ウェールズを統一してディヘイバルス（Deheubarth）とし、さらにグウィネッズも手中に収めウェールズ大半を勢力下に置いたが、九五〇年のハウェルの死後、息子のフロードリ、オワインらはグウィネッズを奪われてしまう。ハーレー系図作成の背景には、ウェールズ諸王家の礎を築いたとされるキネザの王統に、傍系にあたるマン島出身のメルヴィンの王統を結合させ、オワインの統治の正当性を立証する目的があったと思われる。

このことは、ハーレー版の成立状況についても重要な示唆を与える。現存する写本は一一〇〇年頃のものだが、現行の形にまとめられたのはオワイン・アプ・ハウェル・ザーの治世、そして場所は、オワインの本拠地ダヴェッドの王国内であった可能性が高い(5)。

ハーレー版『ブリテン人の歴史』には、もう一つ重要なアーサー伝承が含まれている。同書の巻末に置かれた「ブリタニアの奇蹟」(De Mirabilibus Britanniae)と題されたセクションで、そのうちの第七三章にアーサーに関連した伝説二件が紹介されている。

一つ目はビエスト(Buelt)にある石塚で、てっぺんに置かれた石の一つには、戦士アーサーの猟犬(canis Arthuri militis)カバル(Cabal)が豚トロイトまたはトロイント(porcum Troit / Troynt)を狩ったときついた足跡がある。後にアーサーがその下に石を積み、カルン・カバル(Carn Cabal)の名がついた。この石を持ち去っても、翌日にはもとに戻っている。

二つ目はエルジング(Ercing)にある墓で、近くの泉は「アムルの瞳」(Licat Amr)と呼ばれる。墓に葬られているのは戦士アーサーの息子(filius Arthuri militis)アムル(Amr)、アーサー自身が殺め埋葬した。墓は時により、大きさを変える。

ハーレー版に記載されている二〇の奇蹟のうち地域が特定できないものを除くと、アーサー関連の伝説を含め九件がセヴァーン河流域からウェールズ南東部にかけて分布、対してモーン(アングルシー)とアイルランドが合わせて六件と、南の伝承が多い。「ブリタニアの奇蹟」を含まない写本もあり、ハーレー本でも末尾に置かれていることから、この部分は九世紀のオリジナルに後世、おそらく南ウェールズで加筆されたと考えるのが妥当だろう。

ここで、これまで見てきたアーサー伝承の特徴について整理しよう。

（二）時代的位置づけ——五～六世紀、サクソン人と戦ったブリテン人武将

アーサーがサクソン軍に大勝したとして『ブリテン人の歴史』、『カンブリア年代記』ともに記載のある「ベイドンの戦い」は、五四〇年頃のギルダス（Gildas）著『ブリタニアの破壊』（*De Excidio Britanniae*）では「ベイドン山の包囲戦」（Obsessio Montis Badonici）として登場する。この戦いは、サクソン人の到来より四四年と一ヵ月後に起こり、ギルダス自身の生年にあたると記されているので、五〇〇年頃の計算になる[6]。ギルダスが記念碑的勝利を収めた指揮官の名前を記さなかった理由については諸説あるが、修道士であるギルダスの意図は支配者の失政、聖職者の堕落がいかにブリタニアを破滅に導いたのかを説くことにあったから、史書としての記述にはあまり顧慮しなかったのだろう[7]。

『ブリテン人の歴史』で、アーサーが「ブリテン人の諸王とともに」（cum regibus Brittonum）「ドゥクス・ベロールム」（dux bellorum）として戦ったと記載されていることはよく知られている。ドゥクス（dux）という名称はローマの官職名であり、ローマ支配下のブリタニアには、ハドリアヌスの長城付近を守る北辺守備軍の指揮官「ブリタニアのドゥクス」（dux Britanniarum）が置かれていたことが記録に残っている[8]。チャールズ＝エドワーズは、『ブリテン人の歴史』の文脈における「ドゥクス」とは「どこの氏族（gens）にも限定されない軍隊を率いる総大将（warlord）」で、サクソン諸族の総指揮官ヘンギストに対応するのがアーサーだとする[9]。なお、ジェフリーの『ブリタニア列王史』には、ブルートゥスの王統が途絶え、ブリタニアがサクソン人の手に落ちた後、西部の山間に逃げ込んだブリテン人の残党は、彼らの「ドゥクス」あるいは「女王」（regina）の名をとって「ウェールズ人」（Gualenses）と呼ばれるようになったとある[10]。創作とはいえ、一族の名祖になるほどの権威を

「ドゥクス」に与えていることから、ドゥクスは「王」(rex)に比べ必ずしも劣位ではなく、支配者の軍事的側面を強調した名称と解することも可能ではないだろうか。

(二) 地理的位置づけ——特定の地域との関連性がないこと

アーサーの一二の戦場の所在地については諸説混在の状況だ。第二から第五の戦いが行われたドゥブグラスの河のある「リヌイス」(Linnuis)はローマ時代のリンドゥム(Lindum)——現在のリンカーン——付近、第六の「バッサス」(Bassas)の河は七世紀のポウィス(Powys)の王カンザラン(Cynddylan)の墓所として九世紀頃の詩に歌われる「エグルウィサイ・バッサ」(Eglwyssau Bassa)——現在のシュロプシャー、バスチャーチ(Baschurch)——、第七の「コイド・ケリゾンの戦い」(Cat Coit Celidon)の戦場となった「ケリドンの森」(silva Celidonis)はローマン゠ブリテンの北辺カレドニア、第九の「レギオンの市」(urbe Legionis)はチェスター(Chester)またはカーリオン(Caerlion)の可能性があるが、いずれも推測の域を出ない[11]。アーサーの古戦場は特定できないが、次のように言うことは可能である。スコットランド高地地方、ウェールズの北部と南西部にはアーサー関連の地名が登場しないこと、つまり、アーサー伝承はかつてのローマン゠ブリテンの勢力の及ぶ範囲に限定されているという点だ。

(三) アーサーの名前

アーサー(Arthur)の名前については、ケルト語起源ではなくローマの氏族名アルトリア(Artoria)の男性形アルトーリウス(Artorius)に由来するという説が有力だ[12]。第六軍団を率いてアルモリカ(ブルターニュ)討伐を行ったルキウス・アルトーリウス・カストゥス(Lucius Artorius Castus)なる武将が二世紀のブリタニアに実在したことなどを根拠とするが、そうだとするとウェールズに残るラテン語資料でアーサーの名がラテン語形ではなくArt（h）ur/Art（h）urusと記載されている点が不思議である。(13) ほかには、語源をウェールズ語で「熊」を意味する「アルス」（arth <Brythonic *Arto-）とする説、あるいは大熊座近くにあって、古代ギリシャ人が「熊の番人」を意味する「アルクトゥルス」（Arcturus）と呼んだ、北天に輝く一等星に由来するという説などがある。(14) 一方、アーサーという名は中世ウェールズでは稀で、現存する系図では「ペドルの息子アーサー」（Arthur ap Pedr）という名が七世紀のダヴェッドの王族として確認されているのみといった事実も存在する。(15)

以上のことは、アーサーの語源がローマ名であれケルト由来であれ、現存するラテン語資料では「象徴的」名称として使用されていることを示唆している。古ウェールズ語としての語形は「熊」を連想させ、サクソン軍をなぎ倒す無敵の勇者にふさわしい。また、『ブリテン人の歴史』では聖母マリアの像、『カンブリア年代記』では主キリストの十字架を背負って戦ったという描写も、蛮族に立ち向かうブリテン人のアイコンとして鮮烈である。

だが、アーサーがローマ軍撤退以降の異民族との戦乱期にブリテンを救った伝説的英雄として記憶されていたとしたら、一〇世紀の『ブリテンの預言』（*Armes Prydein*）ほか預言詩にサクソンの軛《くびき》からブリテン人を解放する救国の士――「預言の息子《マブ・ダロガン》」（mab darogan）――としてアーサーが登場しないのはなぜだろうか。パデルは、ジェフリー以後の預言詩にもアーサーの帰還が語られないことに疑問を呈するが理由は述べていない。(16)

預言詩のジャンルにアーサーが不在であるのは、アーサー伝承がサクソン侵入によって成立した「ウェールズ」という文脈に属していないことを意味しているのではあるまいか。

『カンブリア年代記』に「カエル・レギオン」（Guaith Caer Legion）として言及されるチェスターの戦い（六一五年頃）におけるブリテン軍の大敗とノーサンブリアの台頭によって、ウェールズが北ブリテンと切り離された七世紀をもって「ウェールズ」の歴史が始まるというのが伝統的な見解である。それとともに、ブリテン人の自称「ブラソン」（Brython）に代わり、故郷を同じくする者の意の「カムリ」（Cymry）がウェールズの住民の自称及び国名として使われるようになる。また失われた故国へのノスタルジアをこめて、スコットランド南部から北イングランドにかけての一帯は「古き北方《ヘン・オグレズ》」（yr Hen Ogledd）、北方のブリテン戦士は「北の男たち《グウィール・ア・ゴグレズ》」（Gwŷr y Gogledd）と呼ばれるようになった。

『ブリテンの預言』は、「カムリ」が登場するもっとも早い例である。「カムリ」がダブリンの者ども（ヴァイキング）、ゲール人、コーンウォール人、ストラスクライド人（Cludwys）らと手を組めば、ブリテン人は再び立ち上がり、「北の男たち」は栄誉を称えられ、サクソン人はこの島から追い出されるだろうと歌う(17)。文脈からして、「カムリ」がウェールズの同胞を指しているのは明らかだ。カムリほか同盟軍を率いるカドワラドル（Cadwaladr）は、ノーサンブリア王エドウィン（Edwin）を倒したことで知られる七世紀のグウィネッズ王カドワッソン・アプ・カドヴァン（Cadwallon ap Cadfan）の息子である。

チャールズ＝エドワーズは、この詩は、アルフレッド大王の孫にあたるウェセックス王エゼルスタン（Æthelstan）の覇権に対し、ウェセックスに臣従の礼をとってきたハウェル・ザーの政策に反対する意図をもって書かれたとし、ダブリンのヴァイキング王オーラフ・グスフリスソン（Olaf Guthfrithson）とグウィネッズが対エゼルスタン同盟を組んだと推定される九三九年頃グウィネッズの詩人によって作られた可能性を示唆する(18)。『カンブリア年代記』には、九四二年にグウィネッズ王イドワル・ヴォイル（Idwal Foel）と息子のエリセズ（Elisedd）がサクソン人によって殺されたとの記載がある。こうした政治的背景を考えると、『ブリテンの預言』の作者が救世主としてグウィネッズ王の正統に連なるカドワラドルを名指すのに不思議はない。アーサーは、ブリテン人の世界が「古き北方」と「カムリ」に分断される以前の「ブリテン」の英雄だからである。

表1　アーサーとかかわりのあるウェールズ聖人

聖人名	出身	在世	修道院
カドック（Cadocus/Cadog）	グウィンスルウグ（Gwynllwg）＝グラモルガン	活動時期450年頃	スランカルヴァン（Llancarfan）＝グラモルガン
イスティッド（Iltutus/Illtud）	アルモリカ（ブルターニュ）	475～525年頃	スランイスティッド・ヴァウル（Llanilltud Fawr）＝グラモルガン
カラントク（Carantocus/Carannog）	ケレディギオン	活動時期550年頃	スラングラノッグ（Llangrannog）＝ケレディギオン／カルハンプトン（Carhampton）＝サマセット
パダルン（Paternus/Padarn）	アルモリカ	活動時期560年頃	スランバダルンヴァウル（Llanbadarnfawr）＝ケレディギオン
ギルダス（Gildas）	スコットランド	500年頃生	サン＝ジルダ＝ド＝リュイス（Saint-Gildas-de-Rhuys）＝ブルターニュ

2　ラテン語聖人伝のなかのアーサー

アーサーは、表1にあげた五人のウェールズ聖人伝にも登場する[19]。

これらの聖人は、ウェールズのみならず、アイルランド、スコットランド、コーンウォール、ブルターニュにかけて教会や修道院を建立し広く布教活動を行った、いわゆる「ケルトの聖人」であり、活動時期は五～六世紀にまたがる。

アーサーが登場する聖人伝はいずれも一二世紀に書かれ、後述する『ギルダス伝』を除き、ジェフリーの『ブリタニア列王史』以前の作と考えられている。タトロックは、この時期に聖人伝が多く編まれた理由として、大陸から入ってきたベネディクト修道会の活動やウェールズ国境地帯に封土を得たノルマン領主たちの圧力により存亡の危機に陥った南ウェールズの教会が、創設者の伝説を武器に、自分たちの権威と伝統を喧伝しようとしたからだと説明している[20]。

アーサーの登場する聖人伝の代表として、ノルマン人の修道士リフリス・オヴ・スランカルヴァン（Lifris or Lifricus of Llancarfan）による『聖カドック伝』（*Vita Sancti Cadoci*）を見

てみよう。アーサーにちなんだエピソードは二つある。(21)

ダヴェッドにグラウィスという王がいた。彼の死後、領国のグラワシング（Glywysing）は一〇人の息子に分割された。長男のグウィンスリュウは、ブラハン王の娘で美女の誉れ高いグラディスに求婚するも父王に断られたため王女を誘拐する。一行が両国の境ボッホ・フリゥー・カルン（Boch Rhiw Carn）の丘に差し掛かったときのこと、丘の上でちょうど賽子遊びをしていたのがアーサー（Arthurus）、カイ（Cei）、ベドウィール（Bedguir）の「三人の勇者」（tres heroes strenui）。アーサーはグラディスに一目ぼれし略奪しようとするも「困った者を助けるのがわれらの務めではないか」と連れの二人にたしなめられ、グウィンスリュウに助太刀する。この後、かの丘はグウィンスリュウの丘を意味するアスト・ウィンスリュウ（Alltwynlliw）、二つの王国はそれぞれの王の名にちなんでグウィンスルウグ（Gwynllwg）とブラヘイニオグ（Brycheiniog）と呼ばれるようになった。

グウィンスリュウとグラディスの間に生まれたのがカドックである。聖人は、アーサー王の三人の兵士を殺めたブリテン人を七年間かくまった。男の所在を知ったアーサーは軍勢を率いウスク河（Wysg）まで直談判にやって来た。聖人はブリタニア中から聖職者や長老を集め裁決の結果、ブリテン人の古い慣習に則り、賠償金として百頭の雌牛を支払うこととした。アーサーは承知したものの、上半身が赤で下半身が白の牛をよこせと強要する。聖人の力によって要求どおりの色に変えられた牛が渡瀬に連れてこられたが、手を触れたとたんシダの束に変わった。奇跡に感服したアーサーは聖人に許しを乞い、罪人を保護する聖人の権利を認めた。以来、この地は「シダの町」ことトレヴレディノウグ（Trefredinauc）——現在のモンマスシャー、ウスク河西岸にあるトレディンノック（Tredunnock）——、談判の行われた渡瀬は「フリード・グルセバイ」（Rhyd Gwrthebau）と呼ばれるようになった。

アーサーは「ブリタニアでもっとも高名な王」（regis illustrissimi Brittannie）と形容されているが、一二世紀ウェールズではラテン語の「ブリタニア」はブリテン全体だけでなくウェールズを指す用語で、ウェールズのみを表す古英語起源の「ワリア」(Wallia)が「ブリタニア」にとって替わるのは一二世紀後半である。[22] ラテン語の「レクス」も、ローマ皇帝からサクソン人やグウィネッズの支配者まで大小さまざまな「王」に対し使われる。[23]

これらを踏まえ聖人伝におけるアーサーの活動範囲を見てみよう。『カドック伝』ではウスク河がアーサーと聖人の勢力圏を分ける境界の役割を果たしており、文脈からするとアーサーはグウェント(Gwent)あたりの支配者と考えられる。『イスティッド伝』(*Vita Sancti Iltuti*)[24] では、ブルターニュ出身のイスティッドが、いとこのアーサー王(Arthuri regis)の宮廷の評判を聞きつけブリタニアに渡り、アーサーに仕えた後グラモルガン(Morgannwg)の王の戦士となったとあるので、アーサーの領国はやはり南東ウェールズであろう。『聖カラントク伝』(*Vita Prima Sancti Carantoci*)[25] では、アーサーの居城はディンドライソウ(Dindraethou)にあり、これはサマセットのダンスター城(Dunster Castle)とされることが多い。すなわち、南はブリストル海峡からセヴァーン河流域——ウェールズ語のハヴレン(Hafren)——、北はパダルンの教会のあるケレディギオン(Ceredigion)に及ぶ。

聖人伝でのアーサーの役割は『イスティッド伝』を除くと、聖人と対立する世俗の王である。『聖パダルン伝』(*Vita Sancti Paterni*)[26] では、「アーサーという名の暴君」(quidam tirannus regiones altrinsecus Arthur nomine)が聖人の祭服に目をつけ、力づくで奪おうと勇んで来たところ大地に首まで飲み込まれてしまい、聖人の許しを乞うたとある。聖カラントクがキリストから授かった祭壇を入手したアーサーは、祭壇の在り処を教えるかわりに恐ろしい大蛇を下して聖人の力を見せよと要求、一方、祭壇についてはは自分のテーブルがわりに使おうとしたが、何をのせてもはね返してしまうため聖人の功徳を認め、教会の建立を許すことになる。俗界の権力に対する聖人の優越が「奇跡」を通じて顕現することで、聖人や彼の教会の権威づけがされるのは聖人伝の定式である。聖人と対立し、聖域への侵犯、聖なる品々の強奪などを試みるも、最後には聖人の前にひれ伏す暴君の代表が北ウェールズはマエルグン・グウィネッズ、南の代表がアーサーのようだ[27]。

『聖ギルダス伝』(*Vita Gildae auctore Caradoco Lancarbanensi*)[28]ではアーサーは「全ブリタニアの王」(Arturi regis totius maioris Brictanniae/rex universalis Britanniae)とされ、ギルダスの兄で、自分に屈しないヒアイル(Huail)を追撃、マン島で殺害する。この事件の後、聖人が「硝子の町」グラストニア(Glastonia)ことグラストンベリの修道院に身を寄せ、ブリタニアの歴史の著作にいそしんでいた頃、「夏の国」(aestiva regione)を治めるメルワース(Melvas)が暴君アーサー(Arturo tyranno)の妃グウェンワル(Guennuvar)を誘拐する。アーサーはコーンウォールとデヴォンの全軍(exercitus totius Cornibiae et Dibneniae)を率い、グラストニアを包囲した。これを見た修道院長と賢者ギルダスはメルワースに妃を返すよう説得、調停を受けて両王は和解し、修道院長に多くの土地と特権を与えた。

アーサーの王妃グウェンワルことグウェンフィヴァール(Gwenhwyfar)の略奪は、アーサー王ロマンスにおける重要なモティーフであるが、そもそも本作が「ジェフリー以前」の作であるかは疑義が多い。まず作者とされるカラドク・オヴ・スランカルヴァンまたはナンカルバン(Caradoc of Llancarfan / Nancarban)は、『列王史』の異本にブリテン王朝消滅後のウェールズ王統に関してはカラドクに委ねるという後書がつくものがあることから、ジェフリーと同時代人と目されること、また一一世紀以前のウェールズ語作品にグィネヴィアへの言及がほとんどないことから、その伝承自体『列王史』に拠っている可能性が高いとするのがブロムウィッチの見解だ[29]。他の聖人伝と異なり、アーサーをブリテン島全体の王とする記述も『列王史』の影響を思わせる。

以上、概観してきた九世紀～一二世紀の「ジェフリー以前」のラテン語資料は、存在が信じられていた聖人や戦役とアーサーを関連させるものだ。そこから構築される「アーサーの世界」とは、ブリテン島の先住民とされたブリテン人の土地が「同胞」の地カムリに限定される前の、ブリテンとウェールズが「ブリタニア」という同名称のもと未分化だった時代である。アーサーは時にサクソン軍に対するブリテン人の勝利の象徴として、時に聖人に屈服する俗界の権力の象徴として描かれる。その活動範囲は一方で往時のローマン＝ブリテンの版図に重なるとともに、ウェールズ内に限定すると南との関連が強いという特徴を示す。「ブリタニアの奇蹟」において、アーサー所縁の民間伝承がいずれもワイ河流域に位置していること、『カドック伝』ではウスク河流域の地名由来譚に関連していること、聖人伝におけるアーサーの支配域が、ローマ支配末期の五世紀から中世に栄えたブリテン人の王国グラワシング（グラモルガン）やエルジングである点に注目したい（図2参照）。

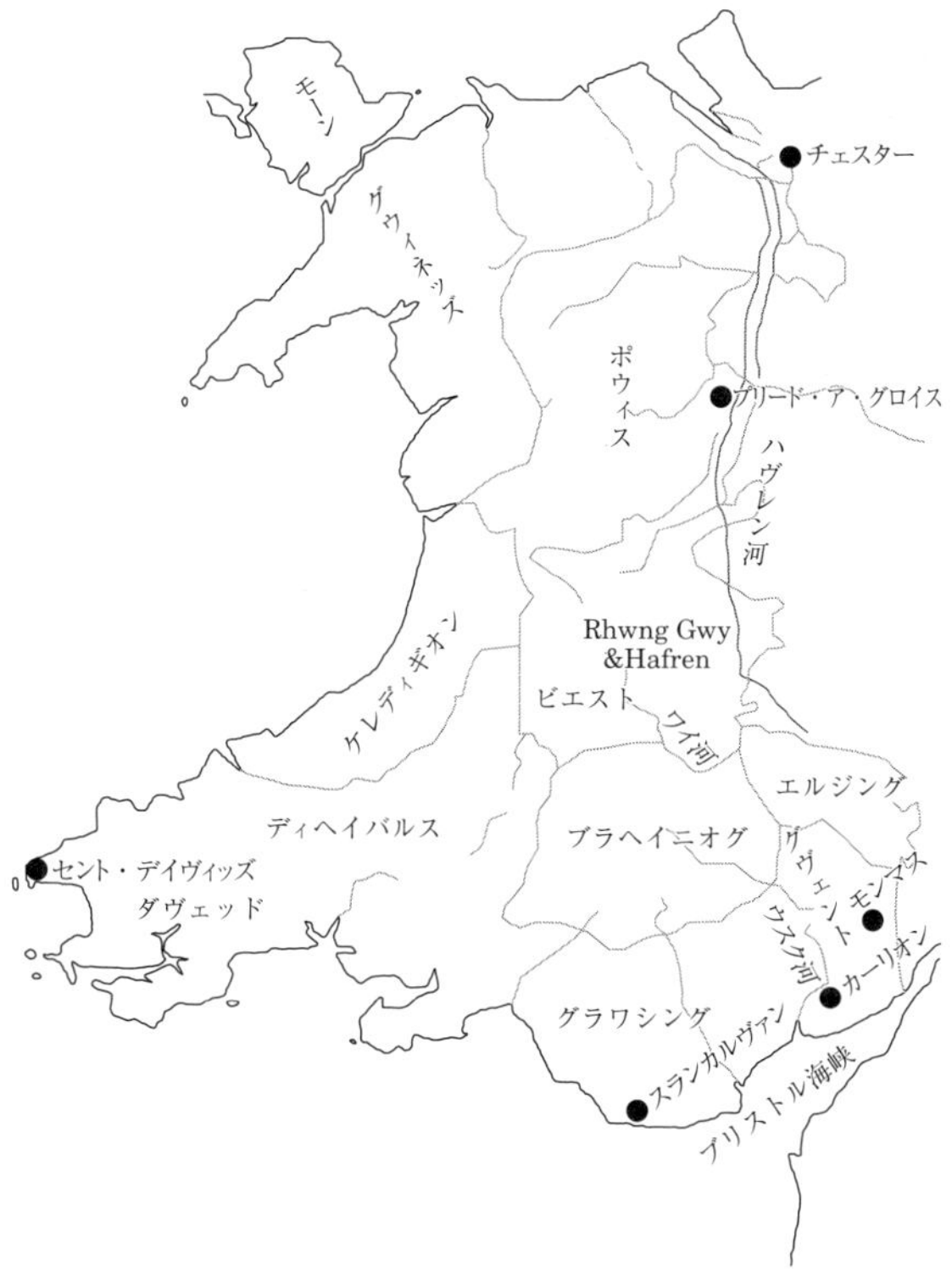

図2　ノルマン征服以前のウェールズの諸王国

二　中世ウェールズの詩における「アーサー」

1　『ゴドジン』

アーサーの名前が登場する最古の詩として有名なのが、伝アネイリン（Aneirin）作『ゴドジン』（*Y Gododdin*）だ。北方のブリテン人部族の一つゴドジン族の王マナゾウグ（Mynyddawg）は、現在のヨークシャーにあったアングル人の国デイラを攻略すべく三〇〇人の精鋭を集め、エディンバラの宮殿で一年間もてなした後、カトラエス（Catraeth）に送り出すも大敗を帰し、生還できたのは一名（あるいは異本では三名）のみ。このような大筋をもとに、現存する作品は、マナゾウグの館での蜂蜜酒の饗応の見返りに戦場で散っていく戦士たちへのオードを集めた形になっている。問題の箇所は以下のとおりである。

Ef guant tratrigant echassaf
ef ladhei auet ac eithaf
oid guiu e mlaen llu llarahaf
godolei o heit meirch e gayaf
gochore brein du ar uur
caer ceni bei ef arthur
rug ciuin uerthi ig disur
ig kynnor guernor guaurdur.(30)

彼が刺し貫いたるは三〇〇の強者
彼が倒したるは主翼も端もことごとくの者
気前の良さで知られる軍団でも最前線を飾る者
真冬にも己の馬を与えし者
城壁の上の黒い大烏もご馳走にあやかりし
しかるに、その者、アーサーではなかりし
戦に優れし者は多かれし
なかでも屈強な防柵がグワウルディールなりし

六〇〇年頃の出来事[31]と目されるカトラエスの戦いを題材とした詩にアーサーの名が見えることから、その名声が当時、北ブリテンにも轟いていたと考える研究者も多いが、引用部分を見ると、最初の四行は末尾の音節「アーヴ」、最後の四行は「イール」で脚韻を踏んでいる。ウェールズ語で「アルシール」となるアーサーの名前は前の行の「アル・ヴィール」（城壁の上で）に対応し、このスタンザの主役であるグワウルディール（Gwawr-ddur）とも韻を踏む。韻律上置かれている名詞を、年代記の「アーサー」、同名の別人物、はたまた「熊」の意の普通名詞であるか、この一行だけで判断することはむずかしい。

成立年代についても近年異論が出ている。本作が収められた写本『アネイリンの書』（*Llyfr Aneirin*）は一三世紀後半に二人の写字生によって筆写された。[32]それぞれ「Aテクスト」と「Bテクスト」と呼ばれるが、収められたオードの数は「Aテクスト」が八八、「Bテクスト」が四二と大きく異なり、二つに共通するのは部分的に相似しているものを入れても一九で、[33]もととなったテクストが異なることを示している。「Bテクスト」には古ウェールズ語の痕跡が認められることから九世紀の写本に基づき、さらに、そのオリジナルはカトラエスの戦いと同時代であるというのがウィリアムズ以来の見解である。[34]それに対し、古ウェールズ語風の綴りは一三世紀に入っても使われており、語形だけで年代を判断することはできないというのがイサーク、オリジナルにあったと推定されるのはA・B両テクストに共通する部分のみであり、アーサーの登場するスタンザはBテクストにしか存在しないことから、その起源に疑義を呈するのがチャールズ＝エドワーズである。[35]

2 「何者が門番か」

現存する最古のウェールズ語写本（一三世紀半ば）『カエルヴァルジンの黒本』（*Llyfr Du Caerfyrddin*）にはアー

サーに言及した詩が四つある。[36]
「何者が門番か」（Pa gur yv y porthaur）はアーサーと砦の番人の問答から始まる。

何者が門番か？
剛腕のグレウルウィド（Glewlwyd Gafaerfawr）
何者が尋ねておる？
アーサーと麗しのカイ（Cei gwyn）
何者がともにおる？
世界一の男たち

アーサー一行の武勲にかかわる地名として言及される「トラブルウィド」（Tryfrwyd）は、『ブリテン人の歴史』におけるアーサー第一〇の戦場と同名だ。だが年代記とは異なり、ここでアーサーらが相手にするのは人間ならぬ怪物ども。トラブルウィドの岸辺でベドウィールが対戦する敵は、三題歌では「グールギー・ガルールウィド」（Gwrgi Garwlwyd）、直訳すると「灰色の剛毛の犬男」と呼ばれる。狼男を思わせるグールギーは、一日にカムリ一人を屍にし、土曜日には日曜の分も合わせ二体を屠ったという。[37] アーサーはというと、巨人アヴァルナッハ（Afarnach）の大広間で魔女を血祭りに上げ、エディンバラの山で犬頭の怪物たち「カンビン」（Cynbyn）と戦い、カイはモーンでパリグの猫（Cath Palug）に立ち向かう。パリグの猫とは、「ブリテン島の三人の剛腕の豚飼い」（Tri Gwydueichyat Enys Prydein）に登場する怪猫である。二つのヴァージョン（一三世紀末と一四世紀）を引用する。[38]

タスッフの息子ドリスタン（Drystan mab Tallwch）が、メイルヒオンの息子マルク（March mab Meirchyawn）の豚を守っていたときのこと、かの豚飼いはエサスト（Essyllt）のところに行って自分と逢引するように頼んだ。アーサーが豚の群れから一匹欲しいと思ったが、策略によっても武力によっても手に入れることはできなかった。

アヌーヴンの頭《かしら》プウィスの息子プラデリ（Pryderi mab Pwyll Pen Annwfn）は、養父ペンダラン・ダヴェッドの豚をエムリンのグリン・キッフで守っていた。

コスヴレウィの息子コス（Coll mab Collfrewy）は、ヘンウェン（Henwen）という、ダスウィール・ダスベンの雌豚を守っていたが、豚は子を産みに、コーンウォールのペンフリン・アウスティンに向かい、〔そこから海に入った。〕そして、グウェント・イス・コイドのアベル・タロギーで陸に上がった。コスヴレウィの息子コスは雌豚の剛毛をしっかりつかみ、海であろうと、陸であろうと放さなかった。グウェントのマエス・グウェニス〔小麦畑〕で雌豚は一粒の麦と一匹の蜂を産んだ。それゆえ、この地は麦と蜜蜂にとって最良の場所である。そこからペンブロークのスロニオンに向かい、そこで一粒の大麦と一匹の蜂を産んだ。それゆえ、スロニオンは麦にとって最良の場所である。そこから今度はエラーリ〔スノードン〕のカヴェルスッフの丘に向かった。その地で狼の子どもと鷲のヒナを産んだ。コスヴレウィの息子コスは鷲を北方のブレナッハ・ウィゼルにやり、狼はアルスレッフウェズのメンワイズに与えた。すなわち、メンワイズの狼とブレナッハの鷲である。そこからさらにアルヴォンのスランヴァイルにあるマイン・ディー〔黒い石〕に向かい、そこで一匹の子猫を産んだ。コスヴレウィの息子コスは子猫をメナイ海峡に投げ捨てた。それが後のパリグの猫である。

アヌーヴンの頭プウィスの息子プラデリは、養父ペンダラン・ダヴェッドの豚の世話をしていた。この豚どもは、アヌーヴンの頭プウィスが連れてきた七匹の獣で、養父のペンダラン・ダヴェッドに贈ったものだ。豚を飼っていた場所は、エムリンのグリン・キッフだった。彼が剛腕の豚飼いと呼ばれたわけは、誰も、だましたり、力づくで〔豚を奪うことが〕できなかったからである。

二番目は、タスッフの息子ドリスタン、メイルヒオンの息子マルクの豚の群れを守っていたときのこと、かの豚飼いはエサストのところに便りを届けに行った。アーサー、マルク、カイ、ベドウィールの四人がいたが、子豚一匹手に入れることはできなかった。武力によっても、策略によっても、盗むことはままならなかったのだ。

第三はコスヴレウィの息子コスで、ダスウィール・ダスベンの豚の群れをコーンウォールのグリン・ダスウィールで世話していた。一匹の豚が子をはらんだ。ヘンウェンという名だった。ブリテンの島は、この胎の子のせいで憂き目を見るだろうと預言されていた。そこでアーサーはブリテン島の軍勢を召集し、雌豚を捜して亡き者にしようとした。雌豚は逃げ出し、コーンウォールのペンフリン・アウスティンで海に入り、その後を剛腕の豚飼いが追った。グウェントのマエス・グウェニス〔小麦畑〕で雌豚は一粒の麦と一匹の蜂を産んだ。以来、今日まで、グウェントのマエス・グウェニスの地は、麦と蜜蜂にとって最良の場所となっている。次に、ペンブロークのスロニオンで、一粒の大麦と一粒の小麦を産んだ。それゆえ、スロニオンの大麦は折り紙つきである。アルヴォンのカヴェルスッフの丘で、〔狼の子ども〕と鷲のヒナを産んだ。狼はメルガイドに、鷲は北方の大公、ブレアトに与えられた。どちらも両者に不運をもたらした。そして、アルヴォンのスランヴァイルにあるマイン・ディー〔黒い石〕で一匹の子猫を産み落とすと、剛腕の豚飼いは岩から海へ突き落とした。パリグの息子たちは子猫をモーンで育てたが、それは自分たちの破滅となった。これがパリグの猫で、モーンの三つの災厄の一つである。二つ目はダロヌウィ、三つ目はイングランド王エドウィンである。

三題歌は、詩人バルズや語り部が数多くの口承物語を記憶するために、モティーフごとに人名や話の梗概を三つずつまとめた、伝承便覧のようなものだ。一人目の豚飼いは、もちろんイズーとの悲恋で知られるトリスタンで、異界アヌーヴンの豚の話は「マビノギの四つの枝話」に登場する。ヘンウェンの物語については、残念ながらこれ以外に現存しない。

「何者が門番か」は、門番が訪れた者の素性を尋ねる対話のなかで、おなじみの伝承のさわりを紹介する、おそらく口承文芸由来の語りの形式に則っている。三題歌同様、この詩もさまざまな伝承の寄せ集めで記述は断片的、伝承の多くは失われており、現代の読者には不可解な内容だ。だが興味深いのは、もし本作が一〇世紀の作、あるいは『キルフーフとオルウェン』の下敷きになったか、少なくとも先行作品であるならば(39)、アーサーとその戦士たちの不可思議な冒険の数々がかなり早くから伝わっていたという点だ。なかでも「ブリタニアの奇蹟」に登場する豚トロイト狩りは、ハーレー写本の原型ができた一〇世紀末に遡る、もっとも起源の古いアーサー伝説である。先に引用した「三人の豚飼い」で、ヘンウェンの追跡者が後世の写本ではコスからアーサーの軍勢に変わっているのも、魔界の豚または猪の狩り手としてアーサーの名が定着していたからではないだろうか。

さらに、『ゴドジン』のAテクストには、四人の武将に捧げる「歌《ゴルハン》」(gorchan) が挿入されており、そのうち、カンヴェリン (Cynfelyn) というグウィネッズの戦士の歌には、「トラッフトルウィドのトルク」(torch trychdrwyt) なる言葉が出てくる。文脈からするとトラッフトルウィドは河の中で攻撃され、貴重なもの (おそらく「茎のようにすくっと伸びた」とあるトルクを含む) を奪われたようだ(40)。『キルフーフとオルウェン』における、異界の大猪トゥルッフ・トルウィス (Trwch Trwyth) の追跡を連想させる。

かつて筆者は、マリ＝ルイーズ・ショステッドとヴァン・ハメルの説にならって、ウェールズ伝承におけるアーサーとその戦士たちの一団を、アイルランドのフィアナ戦士団と同じ「部族の外の英雄」として論じたことがある。特定の部族に仕えない傭兵隊のフィアナ戦士団は、普段は森や山をさすらい、異界の獣を狩ったり巨人を殺したりすることで、人間界と異界の境界を守っている。同様に、アーサーの戦士団の伝統的位置づけも、ローマン＝ブリテンの北辺からコーンウォール、モーンといったブリテンの周縁部を外敵から守る国境警備隊だったのではないかという主旨だ。[41] それを踏まえ引用を見てほしい。

Oetin diffreidauc	彼らは守っていたものだ
ar eidin cyminauc.	エディンバラの国境で
[…]	〔中略〕
Gueisson am buyint	仕える者たちが私にはいたものだ
oet guell ban uitint.	良き頃であった、彼らが生きていたときは
Rac riev emreis.	エムリスの君主の前で
gueleis e. Kei ar uris.	カイが逸るのを見た
Preitev gorthowis.	略奪の王よ
oet gur hir in ewnis.	丈高き男であった、敵に回したら
Oet trum y dial.	報復はすさまじく
oet. tost y cynial.	怒りは血を吐くよう
Pan yuei o wual	角杯から飲むときは
yuei urth peduar.	四人前は飲んだもの
yg kad pan delhei.	戦に出るときは
vrth cant id lathei.	百人分は殺したもの

シムズ＝ウィリアムズは、門番との問答で半過去形がくり返される点に注目し、アーサーは過ぎ去った栄光の追憶に生きているのだと指摘する。[42] アーサーの世界は、サクソン人に追われたカムリが生きる現世とは別次元の、失われた黄金時代と言うべきであろうか。

『カエルヴァルジンの黒本』に収録されたアーサー関連のほかの詩を簡単に紹介する。

「エルビンの息子ゲライント」（Gereint fil' Erbin）は、スログポルス（llogporth）――サマセットのラングポート（Langport）あるいは「船の港」の意――でデヴォン（Dyfnaint）の男たちを率いて戦い、命を落としたゲライントへの哀歌である。『アングロ＝サクソン年代記』（*The Anglo-Saxon Chronicle*）のDとE写本には、西暦七一〇年にウェセックス王イネとその血縁者ナンが「ウェールズ人の王ゲラント」（7 Ine 7 Nun his mæg gefuhton wið Gerente Weala cyninge）と戦ったとある。[43] このゲラントが詩のゲライントであるとすれば、コーンウォールからサマセットにかけて存在したブリテン人の国ドゥムノニア（Dumnonia）と南方のサクソン人の争いを背景にした作品ということになる。詩人は、スログポルスでアーサー、あるいはアーサーの勇士たちを見たと歌う。文脈からすると、アーサーはゲライントとともに戦ったようだ。ブロムウィッチは言語的に見て一一〇〇年以前、おそらくそれより二世紀は遡るとするが、[44] もしそうだとすると、ジェフリー以前の文献でアーサーが「皇帝」（ameraudur）と呼ばれる最古の例となる。

「グウィズナイ・ガランヒールとグウィン・アプ・ニーズの対話」（Ymddiddan rhwng Gwyddneu Garanhir a Gwyn ap Nudd）では、「われはいた、グウェンゾライが殺されし場に」、「われはいた、ブラーンが殺されし場に」という語り出しとともに次のように述べる。

Mi a wum lle llas llachev
mab arthur uthir ig kertev.
ban ryreint brein at crev.

われはいた、スラハイが殺されし場に
アーサーの息子、歌に聞こえし
大烏の群れが血に染まりし

スラハイ（Llachau）は「何者が門番か」でカイとともに戦った勇士として、その名が登場する。「アーサーの息子スラハイ」は三題歌でも「ブリテン島の三人の財に恵まれし男」（Tri Deifnyawc Enys Prydein）として、アーサー王ロマンスのガウェインにあたるグワルフマイ（Gwalchmai）と肩を並べる。[45] アーサーの息子の死について、アーサー自身の手で殺されたという伝説があることは「ブリタニアの奇蹟」で見たとおりである。

面白いのは、この詩の結びのスタンザである。

Mi a wum lle llas milvir pridein.
or duyrein ir goglet.
Mi.wi. wiw. vintev. y. bet.

われはいた、ブリテンの戦士らが殺されし場に
東から北にかけて
われ、われ生きるも、彼らは墓のなか

Mi a wum lle llas milguir bridein
or duyrein ir dehev.
Mi.wi. wiv. vintev y aghev.

われはいた、ブリテンの戦士らが殺されし場に
東から南にかけて
われ、われ生きるも、彼らは死せり

対話者の一方、グウィズナイ・ガランヒールは、魔女ケリドウェンの大釜の煮汁を口にし、詩の霊力を得たの

ち転生したタリエシンを育てるエルフィンの父グウィズノー（Gwyddno Garanhir）のことで、ケレディギオンにあった彼の豊かな王国は、水門の番人サイセニン（Seithenyn）が水門を閉め忘れたために海底に沈んでしまったとされる。『カエルヴァルジンの黒本』には、この伝説にまつわる詩も収められている。もう一方のグウィン・アプ・ニーズは異界アヌーヴンの王、民間伝承ではグラストンベリ・トールの下に彼が率いる妖精族「タルウィス・テーグ」（Tylwyth Teg）の国があるという。「われはいた」の発言者は異界の主グウィン・アプ・ニーズの方だろうか。いずれにしても、ブリテンの戦士と異民族の戦乱時代、すなわちアーサーの時代のことは、はるか昔の記憶なのだ。

「墓のスタンザ」（Englynion y Beddau）では、七三からなるスタンザにおおよそ九〇名の人名が列挙されているが、そのうち何らかの伝承が残っているのはグワルフマイ、オワイン・アプ・イーリエン（Owain ab Urien）、スレウ・スラウガフェース（Llew Llawgyffes）、グルセイルン・グルセナイ（Gwrtheyrn Gwrthenau）、プラデリ、ベドウィールなど一〇名ほどに過ぎない。アーサーについては、スタンザ四四で次のように語られる。

Bet y march, bet y guythur.　　マルクの墓、グウィシールの墓
bet y gugaun cletyfrut.　　紅い剣のグーガンの墓
anoeth bid bet y arthur.　　この世の謎はアルシール（アーサー）の墓

「謎」と訳した「アノイス」（anoeth）は、『キルフーフとオルウェン』で巨人アスバザデン（Ysbaddaden）が娘の求婚者キルフーフに課す難題を指す言葉として使われる。アーサーの墓所を探すのは、ほとんど不可能な冒険という意味だろう。成立年代については、ジェニー・ローランドは「エルビンの息子ゲライント」とともに九世

紀後半としている。(46)

3　「アヌーヴンの略奪品」ほか「タリエシン」の歌うアーサー(47)

次に一四世紀前半に編まれた『タリエシンの書』（*Llyfr Taliesin*）を見てみよう。現存する写本には五六編が収められているが、前述した『ブリテンの預言』から、六世紀に実在した「北の男たち」であるイーリエン・フレゲッド（Urien Rheged）やその息子オワイン・アプ・イーリエンに寄せた、タリエシン作の賛歌まで内容は多岐にわたる。

「アヌーヴンの略奪品」（Preiddeu Annwn）は、アーサー一行がプラドウェン（Prydwen）という船に乗り、異界の頭目（Pen Annwfn）が所持する魔法の大釜を奪いに行った顛末をタリエシンが歌う。「七名を除き、誰も異界の砦（カエル・シジー）から帰らず」（nam seith ny dyrreith o-gaer sidi）とあるが、大釜は手に入ったのかなど詳細は不明だ。本作のタリエシンは、イーリエンらへの頌詩を作った「歴史的タリエシン」とは別人、後世、伝説化された詩人の名にあやかり、自身が伝承のキャラクターと化した「ペルソナ」である。

「馬の歌」（Kanu y Meirch）におけるアーサーへの言及部分は以下のとおりである。

A march gwythur.　　グウィシールの馬
A march gwardur.　　グワルディールの馬
A march arthur.　　アルシール（アーサー）の馬
ehofyn rodi cur.　　突撃の仕度も整えり

グウィシールは「墓のスタンザ」でアーサーと脚韻を踏む人名、グワルディールは『ゴドジン』でアーサーではないと歌われるグワウルディールを連想させるが、音節数が異なるため、同定できるかどうかは微妙である。

他の詩でのアーサーへの言及も断片的だ。タリエシンは、「テイルノンの座」（Kadeir Teyrnon）でアーサーを寿ぎ、「木々の戦い」（Kat Godeu）では「賢者のドルイドよ、アーサーの預言を語るべし」（Derwydon doethur/Darogenwch y Arthur）と宣言する。「イスル・ペンの死」（Marwnat vthyr pen）では、百の砦を破壊し百の首をはねたと豪語する語り手が、アーサーとも武勇を分け合ったとする。この詩は、『列王史』でアーサーの父とされるユーサー・ペンドラゴン（Utherpendragon）が、「ジェフリー以前」のウェールズ伝承にアーサーとかかわりをもつ英雄として登場していたことの証になるが、それ以上の情報は与えてくれない。

4 対話詩と三題歌

中世ウェールズには「アムジザン」（ymddiddan）という二人の登場人物による問答形式の詩が存在する。これから取り上げる二つの対話詩は写本自体の年代は一四世紀以降だが、「エングリン・ミルール」（englyn milwr）という七音節三行連の古い韻律を使用しており、一二世紀の作と考えられている。[48]

「アーサーと鷲の対話」（Ymddiddan Arthur a'r Eryr）[49]は、詩人を自称するアーサーがオークの木の高みから鷲の見る世界は何かと問う。やがて、鷲はアーサーの甥で、今は亡きエリュウロッド・アプ・マドウグ・アプ・イスル（Elwlod ap Madawg ap Uthr）の化身であると判明する。俗世では武勇でならしたアーサーも神の道には疎く、鷲との問答を通じてキリスト教の教えの手ほどきを受けるという内容で、カテキズムのような体裁から修道士の作だろうと考えられる。興味深いのは鷲がアーサーを「コーンウォールの戦隊の頭目」（penn kadoed Kernyw）と呼んでいる点だ。また「軍団の熊」（arth llu）と、武人アーサーを文字通り「熊」になぞらえた表現も登場する。

「メルワースとグウェンホウィヴァールの対話」（Ymddiddan Melwas a Gwenhwyfar）[50]は『ギルダス伝』が伝えるグウェンホウィヴァール誘拐の物語に関係する。王妃はメルワースを「若僧」（gwas）と呼び、カイを引き合いに出して、彼にかなわぬ者の手からワインは飲まないなどと愚弄する。一方のメルワースは、彼女のためなら鎧を着て深い水のなかも渡ろうと大真面目だ。門番の詩で見たように、アーサーの戦士のうち、ウェールズ伝承ではカイが本来は随一の勇者であったことが確認できるも、アーサーの影は薄い（言及もされない）。

「ブリテン島の三題歌」を見ると、「アーリー・ヴァージョン」と呼ばれる一三世紀の写本、ペニアルス一六写本と四五写本からとられた四六編のうち、アーサーに言及したものは七つある。すでに紹介した「ブリテン島の三人の剛腕の豚飼い」と「ブリテン島の三人の財に恵まれし男」を除く残りの五編について、簡単に内容を見てみよう。

「ブリテン島の三つの部族の玉座」（Teir Lleithiclwyth Ynys Prydein）[51]は、「部族」（llwyth）の要となる者として諸侯と司教と長老、それぞれの長の名を三組ずつ挙げる。最初に登場するのがアーサー、聖デイヴィッド、マエルグン・グウィネッズのグループだ。ブロムウィッチは、大司教区の座をめぐる争いを背景に、セント・デイヴィッズの権威づけのために一一二〇年~五〇年頃に書き加えられたものと推定する。[52]興味深いのは、いずれの組でも「諸侯の頭目」（Pen Teyrned）とされるアーサーの王座が、マニュウ（Mynyw）――現在のセント・デイヴィッズ――、コーンウォールのケスリ・ウィッグ（Celli Wig）、北方のペン・フリオニーズ（Pen Rhionydd）と、ウェールズ、コーンウォール、そして「古き北方」に位置づけられていることだ。ケスリ・ウィッグは『キルフーフとオルウェン』でアーサーの宮廷とされており、『列王史』ではアーサーの宮廷をカーリオンに置いていることを考えると、ジェフリーの影響がこの時代のウェールズ伝承にはまだ顕著に表れていないことがわかる。

「ブリテン島の三大ハエル」（Tri Hael Enys Prydein）[53]を見てみよう。「ハエル」（Hael）とは気前の良さ、寛大さの意味で、君主の美徳を表すエピセットとして多用される。ストラスクライドの王として名高いフラゼルフ・ハエル（Rhydderch Hael）ほか三人の「北の男たち」の名が挙がった後、「アーサー自身は三人の誰よりも器が大きかった」という一行が加えられており、ジェフリーあるいは大陸ロマンスのアーサー像の影響を感じさせる。

「ブリテン島の三人のへっぽこ詩人」（Tri Oberbeird Enys Prydein）[54]では、アーサーはカドワッソン・アプ・カドヴァンとともに「オヴェルヴァルズ」（oferfardd）と呼ばれている。「オヴェル」は役に立たない、気ままな、といった意味をもつので、ここでは、正規のバルズに対する素人詩人、暇にまかせて下手な俳句をひねり出すのが趣味の好事家のような印象を与える語だが、なぜ武勇で有名な、この二人が選ばれたのかはよくわからない。

「ブリテン島の三人の赤い死」（Tri Ruduoawc Enys Prydein）[55]では、アーサーは血塗られた大鎌をふるう死神のごとき戦士として登場する。

中世ウェールズの詩からアーサーに関する伝承をたどることはむずかしい。その理由は、詩人バルズのもっとも重要な職能がパトロンである王侯の系譜や事績を語り伝えることであったのに対し、アーサーは、そうした賛歌・挽歌のジャンルとは無縁の存在だったからだ。けれども、「アーサーの馬」、「アーサーの息子」、「アーサーの墓」といったようにアーサーの名が散見されるのは、「ジェフリー以前」のウェールズ語伝承の世界でも、アーサーという名が誰もが知る英雄として認知されていたことを示すのではあるまいか。ちょうど、日本各地に弁慶にまつわる伝説や土地があるように。

三　中世ウェールズの散文物語における「アーサー」

1 「マビノギオン」

ここでは一四世紀中頃の写本『フラゼルフの白本』（*Llyfr Gwyn Rhydderch*）と一四世紀末頃の写本『ヘルゲストの赤本』（*Llyfr Coch Hergest*）に収録されている中期ウェールズ語散文説話を取り上げる。(56) 一九世紀には中世ウェールズのロマンスを指して「マビノギ」、その複数形を「マビノギオン」と呼び習わしていたが、現在では「これにてマビノギのこの枝は終わる」（Ac yuelly y teruyna y geing honn o'r mabinogi）という結び文句をもつ四作のみを「マビノギ」とし、「マビノギの四つの枝話」（Pedeir Keinc y Mabinogi）と呼んで区別している。ただ、シャーロット・ゲストが英訳した一二編のうち、「タリエシン物語」を除く一一編について、便宜的に「マビノギオン」という総称を使うのが慣例である。

これらの散文物語の書かれた年代を正確に特定できないのは詩の場合と同様だ。ノルマン社会の影響を受けていないウェールズ伝統文学であると目される「マビノギの四つの枝話」も、成立時期については一〇五〇年から一一二〇年と大きな開きがある。(57)

ウェールズを舞台にした「マビノギの四つの枝話」にアーサーが登場しない点に着目した研究者がいる。地名の分布から四話を分析したアヌウィル(58)を受け、W・J・グリフィスは、アイルランドとの関係が深いグウィネッズとダヴェッドで物語が展開されること、アーサーの墓の所在が不明なのは、そもそも彼がウェールズではなく、ハヴレンからコーンウォールやデヴォンなど、ローマ化された地域ゆかりの人物であるからだと考察する。(59)

2 『キルフーフとオルウェン』(60)

巨人アスバザデンの娘オルウェン探求の定めを受けたキルフーフが、アーサーの助けを得て乙女を手に入れるという筋書で、「マビノギオン」の中でももっとも口承の要素が強く残る作品だ。たとえば、コーンウォールのケスリ・ウィッグにあるアーサーの宮廷の門番――『何者が門番か』と同名の剛腕のグレウルウィド――の本筋とは無関係の長弁舌、あるいは冒険のためにキルフーフが召喚するアーサーの戦士たちの二〇〇を優に超える名前、このうち実際にオルウェンを探しに赴くのはカイやベドウィールなど数名だ。ヘンワース、ヘン・ウィネブ、ヘンゲダムザイス――順に古い郎党、古顔、古い友の意――のように語呂合わせと思われる名前も多いことから、落語の『寿限無』ではないが、アーサーの戦士の名前を早口で並べ立てるような話芸が語り部のレパートリーにあったのではないかと思わせる。おそらく登場する名前も時により異なったのだろう。一方、現存するテクストには、たとえば次のように、名前とともに簡単な説明が添えられている場合がある。

> テギドの息子モールヴラーン、カムランで彼に武器を向ける者は誰もいなかった。あまりに醜いので誰もが悪魔が助けにきたと思ったのだ。雄鹿のような毛が一本生えていた。天使の顔のサンゼ、カムランで彼に武器を向ける者は誰もいなかった。あまりに美しいので誰もが天使が助けにきたと思ったのだ。聖カヌウィル、カムランから逃れた三人の一人で、ヘングロインの馬上から、アーサーに最後の別れを告げた者。(61)

口承をもとに物語が書き留められたとき、ストーリーとは無関係な、これらの人物にかかわる伝承も覚え書きとして記されたのだろう。実際のパフォーマンスでは、この部分は「カムランの戦いより生還した三人の男」といった題で、キルフーフの話とは別個に語られたのではないか。「メネスティルの息子グウィゾウグ」(62)の名に続いて、彼がカイを殺したのでアーサーは彼とその兄弟を殺してカイの仇を討ったとあるのも同様だ。

巨人の娘の求婚譚は、グリム童話の「六人男、世界を股にかける」（Sechse kommen durch die ganze Welt）と同様、アールネ＝トンプソンの昔話の分類で「超自然的援助者」のタイプに属する。豚にゆかりの名をもつ主人公――キルフーフは豚（フーフ）の囲い（キル）で産み落とされたためにそう名づけられた――の「援助者」に、本来キルフーフとは無縁の魔界の豚ハンター、アーサーの戦士団が抜擢される。口承の世界では、その人物が属する物語宇宙と矛盾しない限り、物語間の越境は自由だ。アーサーは「マビノギの四つの枝話」とは世界を共有しないが、キルフーフの冒険とは確かに違和感がない。

それでは、本作で実際にアーサーらが手がける冒険とはどんなものだろうか。巨人が娘の求婚者に課す難題は全部で四〇だが、実際に達成されるのは二一で、加えて巨人が挙げなかった二つの冒険も登場する。代表的な冒険を紹介しよう。

（一）巨人ウルナッハ（Wrnach Gawr）の剣

トゥルッフ・トルウィスを仕留めるために必要な武器として巨人が最後に挙げるものだが、本文では最初に記述される冒険である。『何者が門番か』と同様、門番との問答の末、ウルナッハの砦に入ったカイは一撃で巨人の首を落とし、剣を手に入れる。門番の詩に登場する巨人アヴァルナッハとウルナッハは同一視されることが多い。

（二）モドロンの息子マボン（Mabon uab Modron）の救出

生まれて三日目の晩に母のもとから奪い去られたというマボンは、巨人によれば猪狩りに不可欠な勇士である。アーサーはブリテン島の戦士たちを引き連れ探索に乗り出し、最後は世界最古の動物たちの知恵を借りてカエル・ロイユー（グロースター）の砦に幽閉されたマボンを救出する。マボンは「ブリテン島の三人のもっとも位高き囚われ人」（Tri Goruchel Garcharawr Ynys Brydein）[63] の一人であり、もう一人のグワイル（Gweir）は、「アヌーヴンの略奪品」で異界の砦に鎖につながれている囚人の名だ。三題歌では続けて「カエル・オイスとアノイス」（Kaer Oeth ac Anoeth）に三晩囚われていたアーサーこそ、誰よりも位高き囚われ人と結ぶ。「カエル・オイスとアノイス」は世界中を見て回ったと豪語するグレウルウィドも行ったことがあると言明する砦で、オイスもアノイスも「手に入れることがむずかしいもの、驚異」という意味であることから異界の城だと推測される。

（三）髭面のディスリス（Dillus Uarruawc）の髭

勇者ディスリスの髭は大猪を狩る猛犬をつなぐリードとして必要だが、生きているうちに引き抜かればならない。カイとベドウィールはピムリモンの山の上からディスリスが野生の猪を丸焼きにしているのを見つけ、相手が満腹になって居眠りをしている間に地面に大きな穴を掘り、穴に突き落として髭を抜くと殺してしまった。二人が戦利品をもってケスリ・ウィッグに戻ると、アーサーがこんな戯れ歌を歌って出迎える。

Kynnllyuan a oruc Kei　　犬のリードを作ったカイ
O uaryf Dillus uab Eurei　　髭の主はディスリス・ヴァブ・エイライ
Pei iach dy angheu uydei.　　生きておれば　そなたは死体

カイは腹を立て、以来、アーサーが窮地に陥っても助けに行くことはなかったとある。

（四）ディウルナッハ・ウィゼル（Diwrnach Wydel）の大釜

アーサー一行は、結婚の宴席で使う大釜を奪いにアイルランドに乗り込み、ディウルナッハを始めアイルランド人を平らげ、大釜一杯に宝物を入れダヴェッドに帰還する。「アヌーヴンの略奪品」を連想させるエピソードだ。

（五）大猪トゥルッフ・トルウィスの狩り

物語の白眉が、かつては王だったが、邪悪さゆえに神が猪に変えたと言われるトゥルッフ・トルウィス追跡である。アスバザデンが婚礼の日に髭を整えるのに、猪の両耳の間にある櫛と剃刀とはさみを所望したからである。アーサーは、ブリテンの三つの地域と三つの隣接する島々、さらには、フランス、ブルターニュ、ノルマンディー、夏の国（サマセット）からも戦士たちを呼び集め、選りすぐりの名犬・名馬とともに猪が潜伏するアイルランドに向かう。一方、トゥルッフ・トルウィスは海へ逃れ、ダヴェッドのポルス・クライス（Porth Cleis）の港で陸に上がると、ハヴレンの河口を泳ぎ対岸のコーンウォールへ渡るも、アーサー軍に追い詰められ、ついに波間に姿を消す。

この後、アーサーは最後の難題である黒い魔女の血を求めに出かける。自ら魔女を手にかけるのは見苦しいと諭されたアーサーは部下を送るが、ことごとく倒されてしまった。そこでアーサーは洞窟の入り口で魔女を待ち受け、出てきたところを唐竹割りにする。

本作のアーサーは粗野で豪快な荒武者で、冒険は『何者が門番か』や「アヌーヴンの略奪品」に似て異界とのかかわりが強い。語り自体も「マビノギオン」のほかの作品と比べて一番荒削りで古風だというのが多くの研究者の見解だ。ノルマン・フレンチからの借用語も、「マビノギの四つの枝話」でさえ三つが確認されているのに、本作では一つしかない[64]。成立年代は一一〇〇年頃とするのが定説だ[65]。根拠は、ダブリンに亡命していたグリフィズ・アプ・カナン（Gruffudd ap Cynan）がディヘイバルスの王フリース・アプ・テュドゥル（Rhys ap Tewdwr）と同盟を結ぶために一〇八一年に降り立った港がポルス・クライスだからだとされる。フリースと和平を締結したウィリアム征服王が近隣のセント・デイヴィッズ大聖堂を表敬訪問したのも同年のことだ[66]。

現存するテクストが書かれたのが一一〇〇年頃だとしても、それ以前に物語が存在しなかったわけではない。このテクストは、書かれた文章をそのまま読むためのものではなく、語り部が異界の乙女への求婚譚、超自然的援助者など既存の語りの枠組に、さまざまな伝承を組み入れて、語りのために書き留めた台本である。アーサーの戦士たちの名前を並べた箇所で、『白本版』のフォリオ八三ヴェルソには一〇行ほどの空白があるが、それは原本でも余白があり、後から書き足すことを意図していたからだろう。ここではアーサーの活動拠点がコーンウォールに置かれていること、アーサーの宮廷（llys Arthur）はたびたび言及されるも、アーサー自身に「王」を意味する肩書きはついていないことを指摘して次の物語に移りたい。

3 「三つのロマンス」

中期ウェールズ語で書かれた三つの散文説話、『オワインまたは泉の女伯爵』（*Owein neu Iarlles y Ffynawn*）、『エヴロウグの息子ペレディールの物語』（*Historia Peredur vab Efrawc*）、『エルビンの息子ゲラィントの物語』（*Ystorya Gereint uab Erbin*）は、それぞれクレティアン・ド・トロワの『イヴァンまたはライオンを連れた騎士』（*Yvain ou le Chevalier au Lion*）、『ペルスヴァルまたは聖杯の物語』（*Perceval ou le Conte du Graal*）、『エレックとエニッド』（*Erec et Enide*）に対応する。現存するウェールズ語テクストは一二世紀末～一三世紀前半の作とされ、一一七〇年代から八〇年代に書かれたクレティアンの韻文ロマンスとの関係については、R・M・ジョーンズとゴエティンクの説を紹介する。[67] ノルマン人が定住する南東ウェールズにおいて、ウェールズ語で書かれた物語がノルマン・フレンチやブルトン語を介して大陸に渡り、フランスではクレティアンの作品を生み出す一方、ウェールズではノルマン文化とウェールズ伝統の相互が作用するなかで「三つのロマンス」(Y Tair Rhamant)に結実したとする見解だ。

確かにヒーローの名前を見てみると、ウェールズ版のイーリエンの息子オワイン(Owein uab Uryen)は、クレティアンの詩でもそのまま「ユリアン王の息子」('Filz [...] au roi Urien')の「イヴァン」('Yvains')として登場する。[68] ブロムウィッチは、Yvain(s)という名は、Ewein や Ywein などさまざまに綴られるオワインの名前からとられたものだと指摘する。[69] ウェールズ名ペレディールは、クレティアンでは「ウェールズ人ペルスヴァル」(Perceval li Gallois)と呼ばれ、やはりウェールズ起源が意識されている。一方、ゲライントとエレックは言語的に異なる名前で、ウェールズではなじみの深い伝承の王の名前を採用したのだろう。

ウェールズのアーサーは「皇帝」と呼ばれ、ジェフリーの『列王史』同様、カエルスリオン・アル・ウィスク(Kaer Llion ar Wysc)ことカーリオンに宮廷を構えている。一方、『エレック』では「アーサー王」(li rois Artus)の宮廷はカーディガン(Quaradigan)、『イヴァン』では「ブリテンの勇敢な王アーサー」(Artus, li boens rois de Bretaingne)の宮廷は「ウェールズのカルドゥエル」(Ca-duel en Gales)とあるが、これはオワインの王国フレゲッドの都があったカエル・リエル(Caer Luel)、すなわちカーライルのことである。また、イヴァンの冒険の舞台はブロセリアンド(Brocéliande)の森だが、ウェールズ版ではブリテン島の北方を思わせる「世界の果ての荒れ果てた山々」。ウェールズのヒーローたちはノルマン流儀の騎馬試合で腕を磨くが、ペレディールがカエル・ロイユーの九人の魔女をアーサーの騎士たちとともに退治に行くエピソードなど、ウェールズ伝承の要素も色濃く残る。

ジョーンズ、ゴエティンクがウェールズ語ロマンスの誕生の地と考えるのはエルジングである。ウェールズでもっともローマ化された地域であり、その後もサクソン、ノルマンなど、ウェールズと外来民族との言語・文化が混交するフロンティアだ。また、エルジングの南端にあるモンマス（Monmouth）はブルターニュとの関係が深い。ノルマン征服後の一〇六七年にはヘレフォード伯ウィリアム・フィッツオズバーン（William FitzOsbern）の支配するところとなり、一〇七五年から一〇八二年にかけてはブルトン出身の貴族ウィーノク（Withenoc）が領主となった。[70] この間彼はモンマスにベネディクト会修道院を建立、その結果、フランスやブルターニュとの修道院ネットワークが確立したのである。

4 『フロウナブウィの夢』

『フロウナブウィの夢』（*Breudduyd Rhonabuwy*）のテクストは、『ヘルゲストの赤本』にしか現存しない。作成年代の手がかりとなるのが冒頭に登場するポウィスの王マドウグ・アプ・マレディーズ（Madawg ap Maredudd）である。一一六〇年の彼の死後、王国は分裂、一三世紀にはグウィネッズの勢力下に入ることから、マドウグの黄金時代と現在を対比させた風刺的作品と位置づけるメルヴィル・リチャーズは一二二〇～五〇年頃を提唱、この説が一般的には受け入れられている。[71]

お尋ね者を追う、マドウグの部下フロウナブウィは、国境地帯のあばら家で一夜を過ごすうち、夢の中でアーサーの時代にタイムスリップしてしまう。カムランの戦いでアーサーと甥のメドラウドが争ったとき、双方をけしかけたことで「ブリテンの火搔き棒」と異名をとる騎士イゾウグが、一行をハヴレン（セヴァーン河）のフリード・ア・グロイス（Rhyd y Groes）の渡しに陣を張っている皇帝アーサーのもとに案内する。アーサーは彼らを見て、「こんなちびどもが今ではわれらが島を守っているとは情けない」と嘆息する。アーサーと勇者の島の軍勢は、昼過ぎにバゾンの砦（Caer Faddon）で大剣のオスラ（Osla Gyllellwawr）と戦う約束をしているというが、アーサーは進軍の途中でイーリエンの息子オワインと碁盤遊びに興じてちっとも動く気配はなく、結局、オスラからの休戦の申し出に応じる始末。目がさめたフロウナブウィは自分が黄色い牛皮の上で、三日三晩眠っていたと知る。

ハヴレンの流れがイングランドとの自然の境をなすフリード・ア・グロイスは、ポウィスのタル・ア・ボント（Tal-y-bont）、英語名バッティングトン（Buttington）周辺だとされ、[72] 八九三年にはマーシア軍とウェールズ人の同盟軍がデーン人を打ち破り、一〇三九年にはグウィネッズ王グリフィズ・アプ・スラウェリン（Gruffudd ap Llywelyn）がマーシア軍に大勝した古戦場である。[73] 物語では、アーサーの軍勢はクロイスの渡しでハヴレンを渡り対岸のケヴン・ディゴス（Cefn Digoll）——モンマスシャーのロング・マウンテン——を経てバゾンの砦へ向かうので、バゾンことベイドンの戦場はハヴレン河流域、イングランドとの国境地帯にあると考えられる。年代記ではサクソン人に対するブリテン人の歴史的大戦とされたベイドンの戦いの記憶は、数世紀後には、イングランドとウェールズの国境での戦いに置き換えられてしまったようだ。それを裏づけるかのように、リチャーズはアーサーの対戦相手オスラ（Ossaとも綴られる）を八世紀のマーシア王オファだと示唆する。[74]

さらに注目すべきはメドラウドとの対立への言及である。これまで取り上げてきたウェールズ語の詩や物語に、メドラウドをアーサーとの関係において触れたものがなかったことに読者はお気づきだろうか。アーサーのローマ遠征中に王妃と王国を奪った甥のモドレドゥス（Modredus）は、コーンウォールにあるカムラン河（Camblan）でアーサーと対峙したと『列王史』は記す。[75] 一三世紀に入って『列王史』がウェールズ語に翻案され始めると、モドレドゥスはメドラウドと訳されるようになった。しかし、モドレドゥスはコーンウォール語形で言語学的にメドラウドとは一致しないし、[76] 一二世紀末に活躍した詩人グワルフマイ・アプ・メイリル（Gwalchmai ap Meilyr）が、マドウグ・アプ・マレディーズに捧げた詩のなかで、「屈強なるアーサー、善良なるメドラウド」（arthur gedermed menwyd medravt）と両名を並べて称えているように、[77] ジェフリー以前のウェールズ伝承に、アーサーとメドラウドが敵対関係にあったという記述は見当たらない。

『フロウナブウィの夢』の作者は『列王史』のウェールズ語版を知っており、その上で大皇帝アーサーのパロディを書いているようだ。『列王史』でもカエルバドゥス（Kaerbadus）——現在のバース——ことベイドンの戦いはサクソン人を国土から追い払う画期的勝利であるのに対し、本作のアーサーは結局、戦場へ赴くことはない。コロフォンには、「この夢をそらんじている者は誰もいない。詩人や語り部ですら本を見なければわからぬとやら。」とあり、最初から書かれた作品として存在したことが示されている。

ウェールズにおけるアーサー伝承は、かくして、ここでいったん幕を閉じることになる。

おわりに

ウェールズにおいて、アーサー伝承はなぜ生まれ、なぜ伝えられ続けたのだろう。

九世紀～一二世紀のウェールズは、口承から書承へと緩やかに変わっていった時代だと言える。グウィネッズに誕生したメルヴィン王朝は、自らのルーツや支配の権威づけのために、ブリテン人のトロイ起源説、キネザ渡来伝説に基づく「歴史」や「系図」の編纂に熱心だった。これらの言説は書き言葉であるラテン語と、ラテン語のリテラシーをもった修道士のネットワークを通じて広く流通していく。サクソン人を平らげた伝説の勇士が、いつどこでウェールズ起源ではない「アーサー」という名前と結び付いたのかは不明だが、いったん名前が定着すると、聖界伝説における聖人に懲らしめられる「暴君」や、民間伝承における魔界の猪ハンターなどの役柄も獲得することになった。

一方、民間のバルズや語り部の伝えるアーサー伝承の原型が誕生したと思われる一一世紀後半のウェールズ辺境地域、ウェールズ語で言うところの「フルング・グウィ・ア・ハヴレン」（Rhwng Gwy a Hafren）は、ウェールズ、イングランド、ノルマン、ブルターニュの言語文化がせめぎ合う一帯であり、そこから「カムリ」の統一世界、イマジネールとしての「ブリテン島」がアーサーの冒険の舞台として誕生する。そこには、現実の世界に存在する国や民族の境はなく、神出鬼没のアーサー戦士団は異界の島に遠征に赴いたり、島の辺境を脅かす巨人や怪猫らを退治して回る。

興味深いのは、ウェールズの研究者が、これらの作品の背景にグリフィズ・アプ・スラウェリンの時代をしばしば結び付けている点だ。グリフィズは、ノルマン征服直前の一〇年間、ウェールズのほぼ全域を統一した人物である。イヴォール・ウィリアムズが「マビノギの四つの枝話」の創作時期を、ダヴェッド出身の作者が南北ウェールズの伝承を収集することのできた平和な時代としてグリフィズの治世に帰したのを皮切りに、ゴエティンクも、彼の治世をウェールズ文芸復興期と捉え、三つのロマンスの成立時期と考える[78]。

一〇六二年、ウェセックス伯ハロルド（Harold Godwinson）に率いられたイングランド軍の奇襲を受けグリフィズは敗走、北部の山岳地帯に逃げるも、翌年グウィネッズの兵により殺され、その首級は降順の印としてハロルドに送られた。一四世紀末に編纂されたウェールズの年代記は、次のようにその最期を記す。

Trugein mlyned a mil oed oet crist pan dygwydawd grufud uab llywelyn, penn a tharyan ac amdiffynwr y brytanyeit, drwy dwyll y wyr ehun.

キリスト暦一〇六〇年　グリフィズ・アプ・スラウェリン、ブリテン人の頭目にして盾にして守り手、自らの部下の背信により斃れし。[79]

実際には多くの戦闘と殺戮の上に覇権を築いたグリフィズの末路は、まるで『列王史』のアーサー王を思わせるような非業の最期として美化され、ウェールズ人の集合的記憶のなかで、「一つのカムリ」という民族意識の拠り所とされるに至る。歴史家ロイドは言う。

彼は王朝を建てることはなかったが、代わりにウェールズ人に、民族精神の復活というかけがえのない宝を残したのだ。彼の活力と勇気に、ウェールズは若さが蘇るのを感じ、自分たちが老いさらばえ、精力を失ってしまった地上の民の仲間入りをしたのだという密かな恐れを心のうちに抱くこともなくなったのである。[80]

「彼」をアーサーと読み替えたとき、私たちはアーサーの冒険が伝えられ続ける秘密の一端に触れることができるのではないだろうか。

（1）Lewis Thorpe (tr.), *The History of the Kings of Britain* (Penguin Books, 1966), p.38, n.1.

（2）レイチェル・ブロムウィッチは、ジェフリーや大陸ロマンスの影響がウェールズ詩歌に表れるのは『列王史』のウェールズ語版が編纂される一三世紀に入ってからであることから、一二〇〇年をもってウェールズの伝統文学の分岐点とする。Rachel Bromwich(ed.), *Trioedd Ynys Prydein. The Triads of the Island of Britain*, the fourth edition,

(Cardiff, 2014), pp.lxv-lxvi.

（3） テクストはJohn Morris (ed. & tr.), *Nennius, British History and The Welsh Annals,* Arthurian Period Sources vol. 8 (London and Chichester, 1980) を用いた。

（4） D. N. Dumville, 'Some Aspects of the Chronology of the *Historia Brittonum*,' *Bulletin of the Board of Celtic Studies*, 25 (1974), pp. 439-445. T.M. Charles-Edwards, *Wales and the Britons 350-1064* (Oxford, 2013), p.346.

ただしJohn T. Koch, 'Historia Brittonum,' *Celtic Culture: A Historical Encyclopedia* (Santa Barbara and Oxford, 2006), p. 926は、記載されている最後の歴史的事項が六八五年のネフタンズミアの戦と六八七年の聖カスバートの死であることを踏まえ、七世紀末に書かれた可能性も示唆している。

なお、現存する最古の写本であるハーレー版に「ネンニウス」による序論（Prefatio Nennii）がないことなどから、序論は後世、偽造されたとするダンヴィルの主張が現在では広く受け入れている（D.N.Dumville, 'Nennius' and the *Historia Brittonum*,' *Studia Celtica*, 10/11(1975-6), pp.78-95）。これには反論もあるが（たとえばP.J.C. Field, 'Nennius and his History,' *Studia Celtica*, 30 (1996), pp. 159-165）、本章では作者名としてネンニウスを挙げない慣例に従う。

（5） デイヴィスによれば、『カンブリア年代記』と「ハーレー系図」は、九六〇年頃、オワイン自身の依頼によりセント・デイヴィッズで編纂された（John Davies, *A History of Wales*, revised ed., Penguin Books, 2007, p.45）。チャールズ＝エドワーズは、これらに『ブリテン人の歴史』が付け加えられ、現在のハーレー版の原型ができたのは「一〇世紀の第三四半期」すなわち九五〇～九七五年、ダヴェッドであるとする（T.M. Charles-Edwards, *Wales and the Britons 350-1064*, p. 347, p. 438）。

（6） T.M. Charles-Edwards, *Wales and the Britons 350-1064*. pp.217-218.

（7） J. E. Lloyd, *A History of Wales*, Vol. I (London, 1911), p.125は固有名詞を出さないのはギルダスのスタイルの特徴であるとする。

（8） 青山吉信『アーサー伝説――歴史とロマンスの交錯』（岩波書店、一九八五年）の九八―一〇五頁には、「ドゥクス・

ベロールム」をめぐる諸説と著者の見解がわかりやすく紹介されている。

(9) Thomas Charles-Edwards, 'The Arthur of History,' Rachel Bromwich, A.O.H. Jarman, and Brynley F. Roberts (eds.), *The Arthur of the Welsh, The Arthurian Legend in Medieval Welsh Literature* (Cardiff, 1991) , p.23.

(10) Acton Griscom, *The Historia Regum Britanniæ of Geoffrey of Monmouth. With contributions to the study of its place in early British history. Together with a literal translation of the Welsh manuscript No 61 of Jesus College, Oxford by Robert Ellis Jones* (London, 1929), p.535 (XII. xix).

(11) 青山吉信、前掲書、七六―七八頁。Kenneth Jackson, 'Once Again Arthur's Battles,' *Modern Philology*, Vol. 43, No. 1 (1945), pp. 44-57.「バッサス」と「エグルウィサイ・バッサ」の同定についてはO. J. Padel, *Arthur in Medieval Welsh Literature* (Cardiff, 2013), p.4を参照。問題の詩は、九～一〇世紀に編纂された、カンザランの姉妹ヘレーズを語り手とする「ヘレーズの歌」(Canu Heledd) に登場する。

(12) Kemp Malone, 'Artorius,' *Modern Philology*, 22 (1924-5), pp. 367-74; K.H Jackson, 'The Arthur of History,' R. Loomis (ed.), *Arthurian Literature in the Middle Ages* (Oxford, 1959), p.2.

(13) Rachel Bromwich, *Trioedd Ynys Prydein*, p.281.

(14) Rachel Bromwich et al (eds.), *The Arthur of the Welsh*, pp.5-6; Rachel Bromwich, *Trioedd Ynys Prydein: the Welsh Triads*, second edition (Cardiff, 1978), pp. 544-545.

(15) P. C. Bartrum, (ed.), *Early Welsh Genealogical Tracts* (Cardiff, 1966).逆にアーサーという名前は一二世紀のブルターニュでは流行っていたというが、これはアーサー王ロマンスの影響であろう。J. E. Lloyd, 'Geoffrey of Monmouth,' *The English Historical Review*, Vol.57, No.228 (October 1942), p.467.

(16) O. J. Padel, *Arthur in Medieval Literature*, p.5, p. 47.

(17) Ifor Williams (ed.) and Rachel Bromwich (tr.), *Armes Prydein, The Prophecy of Britain from the Book of Taliesin* (Dublin, 1982).

(18) Charles-Edwards, *Wales and the Britons 350-1064*. pp.530-533.

(19) 各聖人の伝記的事実についてはWelsh National Biography Online（http://wbo.llgc.org.uk/）をもとにまとめた。

(20) J. S. P. Tatlock, 'The Dates of the Arthurian Saints' Legends,' *Speculum*, Vol. 14, No. 3 (1939), pp. 345-365.

(21) A. W. Wade-Evans (ed.), *Vitae Sanctorum Britanniae et Genealogiae: The Lives and Genealogies of the Welsh Saints*, new edition ed. by Scott Lloyd (Cardiff, 2013), pp. 24-141.

(22) Huw Pryce, 'British or Welsh? National Identity in Twelfth-Century Wales,' *The English Historical Review*, Vol. 116, No. 468 (Sep., 2001), pp. 775-801.

(23) Wendy Davies, *Patterns of Power in Early Wales* (Oxford, 1990), p.10. Rexのさまざまな用例については『カンブリア年代記』を参照のこと。

(24) A. W. Wade-Evans (ed.), *op.cit.*, pp. 194-233.

(25) *Ibid.*, pp.142-47.

(26) *Ibid.*, pp. 252-69.

(27) Elissa R. Henken, *The Welsh Saints. A Study in Patterned Lives* (Cambridge,1991), p.31.

(28) Theodr Mommsen, *Chronica Minora*, saec. IV, V, VI, VII, Bd. 3 (Berolini, 1898), http://daten.digitale-sammlungen.de/0000/bsb00000825/images/?id=00000825&seite=115; Medieval Sourcebook: Caradoc of Llangarfan: The Life of Gildas, http://www.fordham.edu/halsall/basis/1150-Caradoc-LifeofGildas.asp.

(29) Rachel Bromwich, *Trioedd Ynys Prydein*, pp.377-378. 一方、「ジェフリー以前」の説をとるのが J. S. P. Talock, 'Caradog of Llancarfan,' *Speculum*, Vol.13, No. 2 (1938), pp.139-152だ。

(30) Ifor Williams, *Canu Aneirin* (Caerdydd, 1978), t.49.

(31) *Ibid.*, tt. xl-xlii. なお年代についての別の見解についてはCharles-Edwards, *Wales and the Britons 350-1064*. pp.373-380を参照のこと。

(32) Daniel Huws, *Medieval Welsh Manuscripts* (Cardiff, 2000), p.58, p.74.

(33) Kenneth Jackson, *The Gododdin. The Oldest Scottish Poem* (Edinburgh, 1969), p. 44.

(34) Ifor Williams, *Canu Aneirin*, tt. lxiii-lxvii, xc-xciii; Kenneth Jackson, *The Gododdin*, pp. 42-44, 62-63.

(35) G.R. Isaac, 'Readings in the History and Transmission of the *Gododdin*,' *Cambrian Medieval Celtic Studies*, no. 37 (1999), pp. 55-78; Charles-Edwards, 'The Arthur of History,' p. 15.

(36) 写本についてはHuws *op.cit.*, p.70を参照。ウェールズ語テクストはA.O.H. Jarman (gol.), *Llyfr Du Caerfyddin* (Caerdydd, 1982)を用いた。それぞれの詩の解説についてはPatrick Sims-Williams, 'The Early Welsh Arthurian Poems,' Rachel Bromwich *et al* (eds.), *The Arthur of the Welsh*, pp.33-71を参考にした。Brynley F. Roberts, 'Rhai o Gerddi Ymddiddan Llyfr Du Caerfyrddin,' Rachel Bromwich a R. Brinley Jones (gol.), *Astudduaethau yr Hengerdd* (Caerdydd, 1978), tt.281-325には「何者が門番か」と「ゲライント」の詩のテクストとくわしい注釈がある。

(37) Rachel Bromwich, *Trioedd Ynys Prydein*, p.73.

(38) Rachel Bromwich, *Trioedd Ynys Prydein*, pp.50-52. なお、「パリグの猫」伝承と中世フランス文学の関連については、渡邉浩司「アーサー王によるローザンヌ湖の怪猫退治とその神話的背景」、『仏語仏文学研究』（中央大学）第四六号、二〇一四年、一—三五頁を参照。

(39) Brynley F. Roberts, '*Culhwch ac Olwen*, the Triads, Saints' Lives,' Rachel Bromwich *et al* (eds.), *The Arthur of the Welsh*, p.78, 'Rhai o Gerddi Ymddiddan Llyfr Du Caerfyrddin,' p.299; Rachel Bromwich, *Trioedd Ynys Prydein*, p.362.

(40) Ifor Williams, *Canu Aneirin*,tt.53-55: Kenneth Jackson, *The Gododdin*, p.155.

(41) Marie-Louise Sjoestedt, *Dieux et héros des Celtes* (Paris, 1940), A. G. Van Hamel, 'Aspects of Celtic Mythology,' *Proceedings of the British Academy*, xx (1934), pp. 207-248. 森野聡子「ブリテン神話の中のアーサー」、『静岡大学教養部研究報告　人文・社会科学篇』第二八巻第一号（一九九二）、八五—一〇八頁。

(42) Patrick Sims-Williams, 'The Early Welsh Arthurian Poems,' p.38.

(43) XML Edition of the Anglo-Saxon Chronicle, http://asc.jebbo.co.uk/d/d-L.html.

(44) Rachel Bromwich, *Trioedd Ynys Prydein*, p.357.

(45) Rachel Bromwich, *Trioedd Ynys Prydein*, p.9.

(46) Jenny Rowland, *Early Welsh Saga Poetry*. A Study and Edition of the *Englynion* (Cambridge, 1990), p.389.

(47) 本章で扱う「伝説的タリエシン」の詩作については、Marged Haycock (ed. & tr.), *Legendary Poems from the Book of Taliesin*, second, revised edition (Aberystwyth, 2015) を参照した。ヘイコックによれば、これらの詩は言語的には一二世紀～一三世紀初頭の宮廷詩と共通点が多いが、それ以前に作られた作品に基づくアダプテーションを含む可能性もありうるという（*Ibid.*, p.36）。

(48) Patrick Sims-Williams, 'The Early Welsh Arthurian Poems,' p.57; O. J. Padel, *Arthur in Medieval Literature*, p.49.

(49) Ifor Williams, 'Ymddiddan Arthur a'r Eryr,' *Bulletin of the Board of Celtic Studies*, vol. 2 (1925-25), tt. 269-286.

(50) この詩は断片が一六世紀の写本(Wynnstay, I, 91)と一七世紀の写本(Llanstephan 122, 426)に残されており、どちらも Mary Williams, 'An Early Ritual Poem in Welsh,' *Speculum*, Vol. 13, No. 1 (1938), pp 38-51 にテクストと英訳が収録されている。

(51) Rachel Bromwich, *Trioedd Ynys Prydein*, p.1.

(52) *Ibid.*, p. xci.

(53) *Ibid.*, p.5.

(54) *Ibid.*, p.22

(55) *Ibid.*, p.39.

(56) 写本の年代についてはDaniel Huws, *Medieval Welsh Manuscripts*, p.228, p.82参照。

(57) Thomas Charles-Edwards, 'The Date of the Four Branches of the Mabinogi,' *Transactions of the Honourable Society of Cymmrodorion*, 1970, p.298; Sioned Davies, *The Mabinogion* (Oxford, 2007), p. xxvii.

(58) Edward Anwyl, 'The Four Branches of the Mabinogi,' *Zeitschrift für Celtische Philologie*, 1 (1897), pp.277-293.

(59) W.J.Gruffydd, 'The Mabinogion,' *Transactions of the Honourable Society of Cymmrodorion*, 1911-12, pp.28-35.

(60) テクストはRachel Bromwich a D. Simon Evans (gol.), *Culhwch ac Olwen* (Caerdydd, 1997) を用いた。なお『白本

版』は不完全で、ウルナッハの剣の段で終わっている。

(61) *Ibid.*, ll.225-232.

(62) *Ibid.*, ll.283-284.

(63) Rachel Bromwich, *Trioedd Ynys Prydein*, p.146.

(64) Idris Ll. Foster, 'Culchwch and Olwen and Rhonabwy's Dream,' in Loomis (ed.), *Arthurian Literature in the Middle Ages* (1959), p.32.

(65) *Ibid.*, p.32; Rachel Bromwich a D. Simon Evans (gol.), *Culhwch ac Olwen*, t.lxxxvii.

(66) Idris Ll. Foster *op.cit.*, pp.38-39. ブロムウィッチとエヴァンズはフォースターの説を継承するとともに、アーサーの戦士たちのリストに登場するフランス王グウィレネンまたはグウィレニン(Gwilenhen/Guilenhin brenhin Freinc)をウィリアム一世と同定する。Rachel Bromwich a D. Simon Evans (gol.), *Culhwch ac Olwen*, t.lxxxii, n.231, lxxxviii.

(67) R. M. Jones, 'Y Rhamantau Cymraeg a'u Cysylltiad â'r Rhamantau Ffrangeg,' *Llên Cymru*, 4 (1957), tt.208-27. Glenys Goetinck, *Historia Peredur Vab Efrawc* (Caerdydd,1976), tt.xx-xxiii.

(68) 以下、クレティアンの作品への言及は、*Dictionnaire Électronique de Chrétien de Troyes*, http://atilf.atilf.fr/scripts/dect.exe?CRITERE=PRESENTATION;OUVRIR_MENU=MENU_ACCUEIL;LANGUE=FR;s=s081b19dc;ISIS=isis_dect.txt;s=s081b19dc;;LANGUE=EN;ISIS=isis_dect.txt　に基づく。

(69) Rachel Bromwich, *Trioedd Ynys Prydein*, p. 468.

(70) Brynley F.Roberts, 'Geoffrey of Monmouth, *Historia Regum Britanniae* and *Brut y Brenhinedd*,' *The Arthur of the Welsh* (1990), p.98.

(71) Melville Richards, *Breudwyt Ronabwy. Allan o'r Llyfr Cocho Hergest* (Caerdydd, 1948), t.xxxix.
一方、Charles-Edwards, 'The Date of the Four Branches of the Mabinogi,' p.266) は、マドウグの治世に同時代人に向けて書かれた風刺とする。

(72) Melville Richards, *Breudwyt Ronabwy*' tt.37-38.

(73) Charles-Edwards, *Wales and the Britons,* p.507, p.562.

(74) Melville Richards, *Breudwyt Ronabwy*, t.46.

(75) Acton Griscom, *The Historia Regum Britanniæ of Geoffrey of Monmouth*, p.499.

(76) O.J.Padel, Geoffrey of Monmouth and Cornwall,' *Cambrian Medieval Celtic Studies*, no.8 (1984), pp.15-16.

(77) O.J.Padel, *Arthur in Medieval Welsh Literature*, p.87.

(78) Ifor Williams, *Pedeir Keinc y Mabinogi, Allaon o Lyfr Gwyn Rhydderch* (Caerdydd, 1930), t. xli; Glenys Goetinck, *Peredur: A Study of Welsh Tradition in the Grail Legends* (Cardiff, 1975), pp.36-38.

(79) Diana Luft, Peter Wynn Thomas and D. Mark Smith. (eds.), *Brut y Tywysogyon*: (The Red Book of Hergest, t.60v. Rhyddiaith Gymraeg 1300-1425. http://www.rhyddiaithganoloesol.caerdydd.ac.uk.

(80) John Lloyd, *A History of Wales*, Vol.II, second ed. (London, 1912), p.371.

第二部　円卓騎士の諸相

乳兄弟と兄弟愛
——トマス・マロリーの『アーサー王の死』におけるケイの描写——

小宮　真樹子

はじめに

トマス・マロリー（Thomas Malory）の『アーサー王の死』（一四六九～一四七〇年に完成）は題名のごとく、ブリテン王アーサーの生涯を描く物語である。しかし実際には円卓の騎士たちが中心となり、ラーンスロット（Launcelot）やガウェイン（Gawayn）といった登場人物のさまざまな冒険が語られる。単独の英雄を讃えるよりも、大勢の騎士たちが織り成す人間模様に重点が置かれているのである。

マロリーにおける円卓の理想を分析した際、エリザベス・アーチボルドは彼らの持つ「仲間意識」（fellowship）に着目したが、[1]そこには「兄弟愛」（fraternity）の概念が大きく関わっていることを指摘したい。例えば騎士たちが聖杯の探求に赴いた際、兄弟愛が円卓における騎士道を高めているのだと説明される。[2]また、円卓を代表する騎士ラーンスロットとトリストラム（Tristram）の結びつきは、「友にして義兄弟」（frendys and sworne brethirne）[3]と描写されている。

立派な騎士たちの精神的な絆が賞賛される一方で、アーサーの甥たちの妬みは批判的に描かれている。トリストラムは王の縁者であるアグラヴェイン（Aggravayne）とガへリス（Gaheris）に対し、彼らが嫉妬と復讐心から円卓の仲間ラモラック（Lamerok）を殺害したと糾弾する。

'Wyte thou well, sir knyght,' seyde they, 'we feare nat muche to telle the oure namys, for my name is sir Aggravayne, and my name is sir Gaherys, brethirne unto the good knyght sir Gawayne, and we be nevewys unto kynge Arthure.'

'Well,' seyde sir Trystram, 'for kynge Arthurs sake I shall lette you passe as at this tyme. But hit is shame,' seyde sir Trystram, 'that sir Gawayne and ye be commyn of so grete blood, that ye foure bretherne be so named as ye be: for ye be called the grettyste distroyers and murtherars of good knyghtes that is now in the realme of Ingelonde. And as I have harde say, sir Gawayne and ye, his brethirne, amonge you slew a betir knyght than ever any of you was, whyche was called the noble knyght sir Lamorak de Galys. And hit had pleased God,' seyde sir Trystram, 'I wolde I had bene by hym at his deth day.'(4)

「よく聞くがいい、騎士よ」と彼らは言った。「我らは名を告げることを恐れはしない。わが名はアグラヴェイン、そしてわが名はガへリス、優れた騎士ガウェインの兄弟にしてアーサー王の甥である。」

「ならば」と、トリストラムは言った。「アーサー王のために今回は見逃そう。しかし残念なことだ」と、トリストラムは言った。「ガウェインとそなたらはかくも偉大な血統の生まれであるのに、英国における良き騎士たちの最大の破壊者にして殺害者と呼ばれているとは。このような噂を耳にした、ガウェインとそなたら兄弟は、自分たちの誰よりも優れた騎士であったラモラック・ド・ガリスを皆で殺したと。願わくは」と、トリストラムは言った。「私がその日、彼の傍にいたかったものだ。」

マロリーはガウェインの一族を、血縁に固執して優れた騎士を排除する集団として描写している。彼らの特徴とラーンスロットの郎党を比較したキムは以下のようにまとめている。

ガウェインの党派は一面的で、見たところ、彼の親類と近隣の者（おそらく封建上の家臣）のみで構成されている。彼の政治的視野はひどく偏狭であり、しかもそれを改めようとしない。さらに、ガウェインはしばし自身の親類を従えることに失敗している。（中略）

対照的に、ラーンスロットの一派は柔軟性と包括性を備えている。ラーンスロットは立派な騎士、あるいは有望な従者を受け入れることに吝かではないうえ、あらゆる個人的な接点も活用している。分かりやすい例は、ガラハッドの騎士メリアス・ド・リールの受け入れであろう。そのうえラーンスロットは、自分の家臣に絶対的な統制を行っている。(5)

つまり、縁戚関係に拘泥しているアーサーの甥たちと、出自を問わず立派な騎士を受け入れるラーンスロットの一族が対比させられているのだ。血の繋がった兄弟と円卓の仲間（つまり誓いによって結ばれた義兄弟）いずれを重視するのかというジレンマから、兄弟愛の概念が円卓において重要な役割を担っていることが読み取れよう。

実の兄弟と義兄弟が対比させられているマロリーの円卓に一名、興味深い経歴の人物が存在する。アーサーの乳兄弟（foster brother）にあたるケイ（Kay）である。彼は騎士エクター（Ector）の息子で、アーサーと共に兄弟として育てられた。実際、アーサーは石に刺さった剣を抜くまで血の繋がった家族だと信じていた。その後ケイは王国の家令となり、円卓にも加わる。しかし彼の役割は作中で大きな変化を遂げるのである。本章はこのケイという人物を、円卓における血縁と友愛の齟齬を象徴する人物として考察してゆく。

一　アーサー王伝説におけるケイの変遷

実はケイは伝説の初期から存在する人物であり、ウェールズの詩において既にアーサーの仲間として言及されている。しかし彼が王の乳兄弟という立場に据えられるまで、さまざまな紆余曲折を経ている。ケイというキャラクターの変遷に関しては既にリンダ・ゴワンズが詳細な研究を行っているので、(6)ここではマロリーに至るまでの大まかな流れをまとめるに留めておく。

現存する資料の中でケイの名前を確認できる最古の作品は「何者が門番か」(Pa gur yv y porthaur)と呼ばれるウェールズの詩であり、ケイ(＝カイCei)はアーサーに同行している立派な戦士として描写されている。

カイを殺めるのは不可能なことだった。
祝福されたカイとサハイは、
アスタヴングゥンの高台で、
青い槍たちが負わせる怪我を前に、
戦いを挑んでいた。
カイは九人の魔女たちを刺し貫いた。
祝福されたカイはモーンへ赴いて、
怪物たちを絶滅させた。

　　《パリグの猫》を前にすれば、
　　カイの盾は実に小さなものだった。(7)

さらに、十一世紀の物語『キルフーフとオルウェン』（*Culhwch ac Olwen*）はケイの人間離れした能力について詳しく述べている。

　　そうして、カイは立ちあがった。カイには特別な能力があった。九日と九晩、水の下で息を保っていることができたし、九日と九晩、眠らずにいることもできた。カイから受けた傷は、どんな医者も癒すことはできなかった。カイはまた、すばらしい天賦をもっていた。機嫌のよいときには、森の中の一番高い木よりも高く背丈をのばすことができたのである。また、ほかにも特別な能力をもっていた。雨が最高にひどく降っているようなときでも、手の前後、拳の幅くらいの範囲にあるものは、自分の熱で乾かしておくことができたのである。そして、仲間のうえにひどい寒気が襲ってきた場合には、火を起こすための火種を提供することさえできるほどであった。(8)

以上の例から分かるように、アーサー王伝説の黎明期、ケルトの伝承においてケイは超人的な能力を備える戦士として讃えられていた。

　そして十二世紀イングランドで執筆され、後のアーサー王作品に多大な影響を及ぼしたジェフリー・オヴ・モンマス（Geoffrey of Monmouth）の『ブリタニア列王史』（*Historia Regum Britanniae*）は、ケイをアーサーの家令として登場させた。

Tunc largitus est Beduero pincerne suo Etrusiam, quae nunc Normannia dicitur, <K>aioque dapifero Audegauensium prouinciam, plures quoque alias prouincias nobilibus uiris qui in obsequio eius fuerant.[9]

まさにそのとき、王の献酌侍従ベドウェルスに現在ノルマニアと呼ばれるネウストリアを、それに王の執事カイウスにはアンデガウェンセス（アンジュー公国）の属領を、さらに王に奉仕した多くの貴族たちにはその他の領地を惜しげもなく与えた。[10]

アーサーは彼を大いに信頼していたようで、モン・サン・ミシェルの巨人退治の際にはケイとベディヴィアの二人だけをお供に選んでいる。[11] また、ケイの強さや仲間を思いやる気持ちはローマ軍との戦いにおいて詳しく記されている。彼は敵を相手に奮戦し、ベディヴィアの遺体を守り抜いたのだ。[12]

その後フランスで著されたヴァース（Wace）の『ブリュ物語』（*Roman de Brut*）（一一五五年頃）もまた、アーサーの家令ケイを誉れ高き騎士だと記している。

A Kei, sun maistre senescal,
Un chevalier pruz e leal,
Duna tut Angou e Angiers
E cil le reçut volentiers.[13]

勇敢で忠誠心の厚い騎士である、
筆頭家令のケイに（アーサーが）、
アンジュー地方とアンジェの町を与えると、

ケイはこれをありがたく受け取った。

ジェフリーの『ブリタニア列王史』同様、『ブリュ物語』でもケイはアーサーの巨人退治に同行した後、ローマ軍を相手に立派な最期を遂げる。彼は王の腹心の部下、右腕的存在なのである。

しかし「勇敢でアーサーの信頼厚い騎士」というケイのイメージは、十二世紀末にクレティアン・ド・トロワ（Chrétien de Troyes）の作品において大きく変化してしまう。クレティアンは「アーサーに仕える執事」というケイの立場を変えてはいないが、虚栄心の強い人物として描写している。『ランスロまたは荷車の騎士』（*Lancelot ou Le Chevalier de la Charrette*）によると、謎の騎士がアーサーの宮廷に挑んできた時、ケイは身の程をわきまえずに挑戦を引き受ける。

«Sire, fet il, ce sachiez dons
que je voel, et quex est li dons
don vos m'avez asseüré;
molt m'an tieng a boen eüré
quant je l'avrai, vostre merci :
la reïne que je voi ci
m'avez otroiee a baillier;
s'irons aprés le chevalier
qui nos atant an la forest.»

Au roi poise, et si l'an revest,
car einz de rien ne se desdist,
mes iriez et dolanz le fist,
si que bien parut a son volt;
la reïne an repesa molt
et tuit dïent par la meison
qu'orguel, outrage et desreison
avoit Kex demandee et quise.(14)

「王さま、わたくしの望みというのは何か、前もってお許しいただきましたものが何か申し上げましょう。王さまのお情けによりそれをお許し下さいましたならば、これにまさる喜びはありません。王さま、王妃の身柄をわたくしめにお任せになられたのであります。わたくしどもは件の騎士の後を追って行きます。かの者は森でわたくしどもを待っているのです」

これを聞いた王は不安になったが、クーに王妃の身柄を預けるしかなかった。王はかつて約束したことを反古にしたことはなかった。しかしこの時は心ならずも苦悩の中にしたことで、そのため顔にありありとその思いがにじんでいた。王妃の悲しみもまた大きかった。宮廷中の人びとも皆このクーの要求が思い上った心から生れたものであり、身の程知らずで無分別もはなはだしい、と言い合った。(15)

『イヴァンまたはライオンを連れた騎士』（*Yvain ou Le Chevalier au Lion*）においても、ケイは頻繁に人を侮辱する皮肉屋であり、「嫌味たっぷりな悪意に満ちた毒舌家のクー」(16)（Kex, qui molt fu ranponeus, / fel et poignanz et venimeus）[17]に馬鹿にされないようにしようという気持ちが、主人公イヴェイン（イヴァン）の行動を大きく左右することとなる。そして『ペルスヴァルまたは聖杯の物語』（*Perceval ou Le Conte du Graal*）でも、若く未熟な主人公を嘲る役どころで登場する。[18]

特に『ペルスヴァルまたは聖杯の物語』におけるケイの描写は興味深い。ゴワンズが指摘したように、彼は礼節を備えた理想の騎士ガウェイン（ゴーヴァン）と対比させられているのである。[19]王の甥を讃える目的でケイを貶めたのか、クレティアンの真意は分からないが、その後の作品でもケイの生まれと性質に焦点が当てられるようになってゆく。

彼とアーサーの関係を考察するうえで特に注目すべき作品は、クレティアンの影響を受けて書かれたロベール・ド・ボロン（Robert de Boron）の三部作であろう。このロマンスでもケイはアーサーの家令であるが、第二部の『メルラン』（*Merlin*）においてその地位を得た経緯が詳しく語られる。アーサーが王になるべき人物だと判明した際、ケイの父が乳兄弟にあたる息子を取り立ててくれるようにと頼むのである。

> Et Antor respont: «Je ne vos demenderai mie vostre terre, mais tant vos di je bien et requier que vos Qex vostre frere, se vos estes rois, façoiz seneschal de vostre terre en tel maniere que por forfet que il face ne a vos ne a home ne a femme de vostre terre ne puisse perdre sa seneschalcie, que il touz jorz tant comme il vivra seneschaus ne soit. Et se il est fols et vilains et fel, vos le devez bien soufrir, que ces mauvaises tesches a il eues por vos et prises en la garce que il alaita, et por vos norrir est il desnaturez: por quoi vos le devez mielz soufrir que li autre: si vos pri que vos li doingniez ce que je demant.»[20]

アントルは答えた。「この国を求めたりはいたしません。ただし、王になられた暁にはあなたの兄のキューを当国の家令にしていただきたい。これまでのあなたやほかの男女に対する彼の不品行は水に流し、生涯家令の地位においてやってほしいのです。愚かで無作法で邪なこともあってご迷惑をおかけするでしょうが、そもそも彼の不徳は他所の小娘に授乳させたため。いわば陛下を立派に育てるために彼の性質が歪んだものとお心得ください。ですから誰よりも陛下のご寛恕を乞い、この件をお願い申し上げる次第です[21]」

ロベールもクレティアンと同様ケイを毒舌家として描写しているが、その原因は間接的にアーサーにあるのだと述べている。ケイは立派な血筋を備えて生まれてきたのに、彼の母がアーサーにばかり乳を与えたため性格が歪んだとされているのだ。ケイの父だけでなくアーサー自身も同様の考えだったようで、後にケイの無礼な発言を諌める際、自分にも責任の一端があるのだと呟く。

"Je l'en devroie bien soufrir, car toutes ces teces a il par le feme qui le nouri quant il fu sevrés de se mere por moi."[22]

「私は苦しみに値するのだ、というのもケイの持つこれらの欠点すべては彼を養った女性に起因するものなのだから。私のために、ケイが彼の母から離されてしまったために」

このように、アーサーもケイの意地の悪さは生まれつきのものではなく、養育による変化なのだと考えている。

他方、ロベール・ド・ボロンの三部作とほぼ同時期にイングランドで著されたラハモン（Laȝamon）の『ブルート』（*Brut*）は、ケイに関して独特の描写をしている。『ブルート』は主にヴァースの『ブリュ物語』に基づきケイをアーサーの執事だとしているが、同時に親戚でもあると述べている[23]。ラハモンによる修正の理由を分析したゴワンズは、ケイをアーサーの乳兄弟だとするロベール・ド・ボロンからの影響か、ウェールズの伝承を何らかの形で反映したためか、単純に韻を踏むためではないかという可能性を挙げているが[24]、本章では次の点のみ踏まえておきたい。ケイとアーサーに血の繋がりがあるという描写はラハモン以外の作品には受け継がれなかった。ケイはその後のさまざまなロマンス作品で、ロベール・ド・ボロンと同様にアーサーの乳兄弟として描かれるようになる。

おそらく中世ヨーロッパにおいて最も大きな影響を及ぼしたと思われるアーサー王作品・フランス流布本サイクル（一二一五～三五年頃）も、ケイは身分の低い女性から授乳されたために性根が腐ったのだと、ロベール・ド・ボロンと同じように説明している[25]。

なお、マロリーの『アーサー王の死』に影響を与えたイングランドの頭韻詩『アーサーの死』（*Alliterative Morte Arthure*）（一四〇〇年頃）はケイを肯定的に描いている。ローマからの使者をもてなす際には「礼儀正しいケイ」（Sir Kayous the courtais）[26]と、また戦いにおいては「勇猛果敢なケイ」（Sir Kayous the keen）[27]と繰り返し述べられる。ネガティブな描写は一切存在しない。

二　マロリーにおけるケイの描写

これらの作品を踏まえたうえで、以降はマロリーにおけるケイの分析に移る。『アーサー王の死』はフランス流布本サイクルを踏襲して彼をアーサーの乳兄弟だとしているが、授乳が及ぼした悪影響に関する記述をすべて省いている。

'Sir,' said sire Ector, 'I will aske no more of yow but that ye wille make my sone, your foster broder syre Kay, se<n>ceall of alle your landes.'

'That shalle be done,' said Arthur, 'and more, by the feith of my body, that never man shalle have that office but he whyle he and I lyve.'(28)

「どうか」と、エクターは言った。「あなたには以下のひとつだけをお願いします。私の息子、あなたの乳兄弟であるケイを、国すべての家令にしてください。」

「分かりました」と、アーサーは言った。「この体にかけて、他の誰もその地位につかないようにいたしましょう。私と彼が生きている間は。」

このように、エクターがケイを執事にするようにと頼む場面でも、乳母の件は言及されていない。ロベール・ド・ボロンの作品や流布本サイクルとは対照的に、アーサーがケイの人格形成に及ぼした影響が無かったことにされているのである。同様に、トリストラムがケイの口の悪さを非難する場面(29)においても、彼を育てた卑しい女性の存在は述べられない。ケイの毒舌は生まれつきのものであるかのように描写されているのである。

代わりに、マロリーのケイは生まれと育ちの問題を考えるうえで非常に重要な発言をする。彼は身分を隠したまま宮廷を訪れたガウェインの弟ガレス（Gareth）を嘲るが、その時に相手の生まれに敏感に反応しているのである。

Than the kyng betoke hym to sir Kay the Styewarde, and charged hym that he had of all maner of metys and drynkes of the beste, and also that he had all maner of fyndynge as though he were a lordys sonne.

'That shall lytyll nede,' seyde sir Kay, 'to do suche coste uppon hym, for I undirtake he is a vylayne borne, and never woll make man, for and he had be com of jantyllmen, he wolde have axed horse and armour, but as he is, so he askyth. And sythen he hath no name, I shall gyff hym a name whyche shall be called Beawmaynes, that is to say Fayre Handys. And into the kychyn I shall brynge hym, and there he shall have fatte browes every day that he shall be as fatte at the twelve-monthe ende as a porke hog.'[30]

そこで王は彼を家令のケイのところへ連れて行くと、領主の息子と同じようにあらゆる最上の食事と飲み物を与え、またあらゆる用意を整えてやるようにと命じた。

「そんな必要はありませんよ」と、ケイは言った。「そんな金をかけるなんて。奴は卑しい生まれであること請け合いです、そして立派な人物になどならないでしょう。もしも良家の子息であるならば馬と鎧を願ったことでしょう。しかし身の丈に合った願い事をしたのです。名前を持たないのですから、私がボーマンという名を与えましょう。『美しい手』という意味です。私が奴を厨房へ連れて行きましょう、そこで毎日脂っこいスープを食べて十二カ月先には豚のように肥えているでしょうが。」

この場面でケイは宮廷を訪れた若者の「卑しい生まれ」について言及し、そういった人物が立派になることなどないと嘲っている。

一見すると辛辣な言葉に聞こえるが、しかしそこには自嘲の響きも含まれているのかもしれない。突き詰めるとこの発言は、一介の騎士エクターの息子・ケイとウーサー王の息子・アーサーの決定的な断絶を示唆しているからである。いくつかのフランスの作品が養育を通じての変化を記しているのに対し、マロリーにおけるケイは「生まれがその人物の性質と行動を決める」と言っているのである。

しかし、こうした発言は彼自身が作中で示している特徴と矛盾しているようでもある。というのも、マロリーにおけるケイは物語の展開に伴い、まるで別人のような変化を遂げるからだ。彼は作品の序盤、アーサーが王になったばかりの頃は華々しく活躍するが、円卓が設立され平和な時代になると陰険で嫌われ者の執事として描写されるようになってゆく。

ウェールズの詩に初めて登場して以来、マロリーに至るまでのケイの変化も大きなものであったが、マロリーの『アーサー王の死』という単独の作品における変化も顕著なものである。ケイはアーサー王がバン（Ban）王、ボース（Bors）王と共に開催したトーナメントで見事に戦い[31]、アーサーに従おうとしなかった王たちとの戦いでも多くの敵を斬り伏せ[32]、特にネロ（Nero）王との戦いにおいては大いに功名を挙げ、命のある限りその名声は途絶えることがないだろうとまで言われた[33]。さらにアーサーの王国を侵略しにやって来た五人の王との戦いにおいても、ケイは他の騎士を凌ぐ勇敢さを示した。

'Lo,' seyde sir Kayus, 'yondir be tho fyve kynges. Lette us go to them and macche hem.'
'That were foly,' seyde sir Gawayne, 'for we ar but foure, and they be fyve.' . . .
'No force,' seyd sir Kayus. 'I woll undirtake for two of the beste of hem, and than may ye three undirtake for all the othir three.'[34]

「御覧なさい」と、ケイは言った。「あそこに五人の王がいます。行って戦いましょう。」
「それは愚行だ」と、ガウェインは言った。「我らは四人、彼らは五人だぞ。」（中略）
「大丈夫です」と、ケイは言った。「強い二人を私が引き受けます。あなたたちには残りの三人をお任せしますよ。」

見事に相手を打ち負かしたケイは、アーサーとグウィネヴィア（Gwenyver）からその勇ましさを讃えられる。高慢とも取れる発言をしたものの、彼は立派にそれを遂行したのである。それにも関わらず、ケイはやがて毒舌家で負けっぱなしの騎士としてネガティヴに描写されるようになる。「ラーンスロットの高貴なる物語」において、ケイの鎧を身に付けたラーンスロットを見かけた三人の騎士は、ケイを「自分が最高の騎士だと勘違いをしている」（'He wenyth no knyght so good as he, and the contrary is oftyn proved.'）[35]とこき下ろすのである。

物語の中盤以降めっきり活躍の場が減るケイだが、中でも特に「荷車の騎士」での役割を大幅に変更されている。元々クレティアンの作品と流布本サイクルでは、ケイ一人だけが王妃の誘拐を目論む騎士メレアガーント（Mellyagaunce）と戦い負傷する。[36]他方、マロリーは王妃を護衛していた十人の騎士の中の一人としている。しかもアイアンサイド（Ironsyde）やペレアス（Pelleas）の名がメレアガーント相手に奮戦した騎士として挙げられているのに対し、ケイはすぐに敗れた騎士の筆頭として言及される。[37]後にメレアガーントが王妃を不倫の罪で告発すると、フランスの作品ではまずケイが挑戦を受けようとする。[38]大怪我をしているにもかかわらず、彼は名誉のために戦いに臨もうとするのである。だがマロリーの場合、メレアガーントが王妃の不義を糾弾する場面においてケイは名前さえ言及されない。「十人の騎士たち」と一括りにされているのである。[39]

では、何故このような変化がケイの身に起こったのだろうか？　何故、彼はアーサーの乳兄弟にして右腕という立場から、存在感の薄い端役の一人に成り下がってしまったのだろうか？[40]

マロリーにおけるケイの描写のターニングポイントはローマ遠征である。この戦いにおいてケイは大いに活躍するが、その直後「ラーンスロットの高貴なる物語」以降はもっぱら不名誉な役どころで登場するようになる。同時にローマ遠征のエピソードはマロリーで最も興味深い変更点のひとつ、ケイの死とも関連している。例えばジェフリー・オヴ・モンマス、ヴァース、ラハモン、流布本サイクル、『頭韻詩アーサー王の死』では、彼はローマとの戦いで命を落とす。けれどもマロリーはこれらの作品を踏襲しなかった。ケイは敵軍に怪我を負わされるが一命を取り留めるのである。

'Sir kyng,' sayde sir Kay, 'I have served the longe. Now bryng me unto som beryellys for my fadyrs sake, and commaunde me to dame Gwenyvere, thy goodly quene, and grete wel my worshypfull wyff that wratthed me never, and byd hir for my love to worche for my soule.'

Than wepte kynge Arthure for routhe at his herte and seyde, 'Thou shalt lyve for ever, my herte thynkes.' And therewith the kynge hymself pulled oute the truncheoune of the speare and made lechis to seche hym sykerly, and founde nother lyvir nor lungys nother bowelles that were attamed. And than the kyng putte hym in hys owne tente with syker knyghtes and sayde, 'I shall revenge thy hurte and I may aryght rede.'(41)

「わが君」と、ケイは言った。「私はあなたに長くお仕えしてきました。どうか父のために私の葬儀を行ってください。そしてあなたの素晴らしき王妃グウィネヴィア様によろしくお伝えください。また決して私を怒らせることのなかった立派な妻にもよろしく伝え、愛しているなら私の魂のために祈るようにと伝えてください。」

するとアーサーは心の底から憐れみを催して泣き、言った。「そなたは死なぬ、そう思うのだ」そして王は自ら槍の破片を引き抜き、医師にケイの怪我を徹底的に調べさせたところ、肝臓も肺も腸も傷つけられていないことが分かった。そこで王はケイを信用できる騎士たちと共に自分のテントに置き、言った。「そなたの怪我の報復をし、しかるべき措置を取ろう。」

このように、マロリーは死を覚悟したケイが王に別れを告げる感動的な場面を記しておきながらも、すぐにケイは助かったと述べるのである。

おそらく、この修正は時系列の変更によるものであろう。ジェフリーらの作品だとローマ遠征はモードレッドの反乱の直前、王国の崩壊寸前に起こるが、マロリーは物語の比較的序盤に持ってきている。その後のエピソードにも登場させるため、本来ならば勇敢に討ち死にしたはずのケイを助かったことにしたと考えれば不思議ではない。しかしその結果、マロリーの『アーサー王の死』においてはケイがどのような最期を遂げたのか不明になるという奇妙な事態が発生している。もちろん、ケイがローマ遠征で死ななかったとする物語はマロリーの他にも存在する。ロベール・ド・ボロンの三部作や後期流布本サイクルである。ただしこれらの作品では、その後のモードレッド（Mordrede）との戦いで命を落とす。それに対し、マロリーはケイの末路について何も語っていないのである。

この扱いは、年代記でしばしケイと一緒に言及されていたベディヴィア（Bedwer）と比べるときわめて対照的である。マロリーのベディヴィアが最後の戦いまでアーサーに従い、エクスカリバーを湖へ返し、アーサーの墓を守って生涯を終える一方で、若かりしアーサーが石に刺さった剣を抜いた時にすぐ傍にいたケイは、どこかへ姿を消してしまっているのである。

なお、マロリーにおいてケイが最後に言及されるのは円卓が分裂する寸前、ウルリー（Urryè）の治癒に関するエピソードであり、奇跡によってハンガリーの騎士を癒そうと試みた円卓の騎士一一〇名のリストにその名が二回含まれている。しかし、これらの記述はいずれも芳しいものではない。まず家令のケイの名前は大勢の騎士と一緒に、まるでラ・コート・マル・タイユ（La Cote Male Tayle）のおまけのように、しかも同じファーストネームを持つ騎士ケイ・デストランジ（Kay d'Estraunges）と並べて紹介されている。

Than cam in sir Sagramour le Desyrus, sir Dodynas le Saveage, sir Dynadan, sir Brewne le Noyre that sir Kay named La Cote Male Tayle, and sir Kay le Senesciall, sir Kay d'Estraunges, sir Mellyot de Logris, sir Petipace of Wynchylsé, sir Galleron of Galway, sir Melyon of the Mountayne, sir Cardoke, sir Uwayne les Avoutres, and sir Ozanna le Cure Hardy.[42]

それからサグラモー・ル・デジラス、ドディナス・ル・サベージ、ディナダン、ケイにラ・コート・マル・タイユと名付けられたブルーン・ル・ノワール、そして家令のケイ、ケイ・デストランジ、メリオット・ド・ログレス、ウィンチェルシーのペティペース、ガルウェイのガレロン、マウンテンのメリオン、ユウェイン・レ・アヴァルトル、そしてオザンナ・ル・キュア・ハーディがやって来た。

そして、マロリーが最後にケイの名前を挙げているのは「ゴーター、レイノルド、ギルマーは三人の兄弟で、彼らはケイの鎧を着て変装していたラーンスロットに橋の上で倒された」（sir Gauter, sir Raynolde, sir Gyllymere, were three brethirn whych sir Launcelot wan uppon a brydge in sir Kayes armys. …[43]）との説明なのである。

この記述は二つの理由で注目に値する。まず一点目は、以後にケイの名前がまったく出てこなくなることである。この間接的な言及を最後に、家令のケイは『アーサー王の死』の世界から姿を消す。そしてもうひとつの重要な点は、彼を媒介としてゴーター（Gauter）たち三兄弟とラーンスロットの間に起こった戦いが述べられている点である。このエピソードはローマ遠征の直後の「ラーンスロットの高貴なる物語」に記されているが、アーサーの騎士である三人の兄弟がラーンスロットをケイと間違え、戦いを挑んで返り討ちに遭うのである。

元々、種本であるフランス流布本サイクルでは、ラーンスロットがケイの鎧を身に付けたのは偶然であった。それに対しマロリーでは、ラーンスロットは意図的に武具を交換している。そして彼が自分の格好で出立したことに気付いたケイは、宮廷の者と戦うために変装をしたのだと推測する。

'Now, be my fayth, I know welle that he woll greve som of the courte of kyng Arthure, for on hym knyghtes woll be bolde and deme that hit is I, and that woll begyle them. And bycause of his armoure and shylde I am sure I shall ryde in pease.'(44)

「まったく、彼はアーサー王宮廷の者を何名か悲しませることになるだろう。というのも騎士たちは私だと思い込んで騙され、大胆になるだろうからだ。そして間違いなく、ラーンスロットの鎧と盾のおかげで私は安全に馬を進めることができるだろう。」

この発言から、ケイが日頃より円卓の仲間たちに戦いを挑まれていたことが読み取れる。ラーンスロットは、ケイの変装をしていればアーサーの騎士たちに攻撃されるであろうと予想したうえで鎧を交換し、そしてその目論見通りゴーターたち三兄弟は戦いを挑んできたのである。

このように、マロリーが最後にケイの名前を挙げているのが血の繋がった兄弟であるゴーターたちと、彼らにとって円卓の仲間、すなわち義兄弟であるラーンスロットの戦いである点はきわめて意味深長である。「ウルリーの治癒」の後にはガウェイン兄弟とラーンスロットの対立により円卓の仲間割れが起こるからだ。

そもそも、円卓は立派な騎士たちが血縁を超えた絆を結ぶことを理想としていた。たとえ家族を犠牲にしてでも他の騎士たちと仲間になることが誉れであるという理念の下、マーリンは円卓を設立したのである。

'Also Merlyon made the Rounde Table in tokenyng of rowndnes of the worlde, for men sholde by the Rounde Table undirstonde the rowndenes signyfyed by ryght. For all the worlde, crystenyd and hethyn, repayryth unto the

Rounde Table, and whan they ar chosyn to be of the felyshyp of the Rounde Table they thynke hemselff more blessed and more in worship than they had gotyn halff the worlde.

'And ye have sene that they have loste hir fadirs and all hir modirs and all hir kynne, and hir wyves and hir chyldren, for to be of youre felyship. Hit ys well seyne be you, for synes ye departed from your modir ye wolde never se her, ye founde such felyship at the Table Rounde.'(45)

「そしてまたマーリンは円卓を世界の丸さになぞらえて作りました、というのも円卓によって世界の完全さが正しく理解されるべきだからです。キリスト教徒も異教徒も、皆が円卓に集まります。円卓の一員として選ばれしものは、世界の半分を手に入れたよりも祝福され名誉を得たと考えます。

「あなたも見たように、円卓の騎士たちは父も母も血族も、妻も子も失います。よく御存じでしょう、あなたも母上の元を離れてから二度と彼女に会っていないのですから。そのような結束が円卓にあるのです。」

けれども実際は、円卓の騎士たちも完全に血族意識を捨て去ることはできなかった。その分裂が決定的になるのは、王妃の救出にやって来たラーンスロットが処刑現場に居合わせた騎士たちを殺害した時であろう。彼は誤ってガウェインの弟ガレスを手にかけてしまう。この行為は円卓が掲げていた友愛の理念を最悪の形で否定することになる。それまでラーンスロットの振る舞いを弁護しようとしていたガウェインも、弟が殺されたと知り態度を一転させる。ガウェインはラーンスロットによるガレス殺害が偶然の事故だとは信じられず、兄である自分を侮辱するための意図的な行為だと解釈したのである。

'Now, fy on thy proude wordis!' seyde sir Gawayne. 'As for my lady the quene, wyte thou well, I woll never say her shame. But thou, false and recrayde knyght,' seyde sir Gawayne, 'what cause haddist thou to sle my good brother sir Gareth that loved the more than me and all my kynne? And alas, thou madist hym knyght thyne owne hondis! Why slewest thou hym that loved the so well?'

'For to excuse me,' seyde sir Launcelot, 'hit boteneth me nat, but by Jesu, and by the feyth that I owghe unto the hyghe Order of Knyghthode, I wolde with as good a wyll have slayne my nevew, sir Bors de Ganys, [at that tyme]. And alas, that ever I was so unhappy', seyde sir Launcelot, 'that I had nat seyne sir Gareth and sir Gaherys!'

'Thou lyest, recrayed knyght,' seyde sir Gawayne, 'thou slewyste hem in the despite of me. And therefore wyte thou well, sir Launcelot, I shall make warre uppon the, and all the whyle that I may lyve be thyne enemy!'(46)

「貴様の高慢な言葉にはうんざりだ！」と、ガウェインは言った。「王妃様に関しては何も言うまい。しかし貴様、偽りの不実な騎士よ」と、ガウェインは言った。「どんな理由があって私の大事な弟ガレスを殺した？　彼は私や一族よりも貴様を慕っていたのに？　それに、ああ、貴様があの子を貴様自身の手で騎士に叙任したのではないか！　何故、貴様をあんなにも敬愛していたガレスを殺した？」

「弁明しても」と、ラーンスロットは言った。「無駄なことだが、神と騎士道にかけて、きっと私は縁者のボース・ド・ガニスであっても手にかけてしまっていただろう。ああ、何たる不幸だ」と、ラーンスロットは言った。「ガレスとガヘリスに気付かなかったなんて！」

「うそをつけ、この卑怯者の騎士」と、ガウェインは言った。「私が憎くて弟たちを殺したのだろう。覚悟するがいいラーンスロットよ、私は貴様に戦いを挑む、そして生きている限りは貴様の敵となる！」

ラーンスロットによる円卓の仲間、つまり義兄弟の殺害は、実の兄弟からの憎しみを煽ることとなった。これを機に円卓はラーンスロット派とガウェイン派に分裂し、アーサーの王国は崩壊へと向かうことになる。

そして誓約で結ばれた円卓の騎士たちが相争う時、王と共に育ち、互いに兄弟だと信じあい、血を超えた絆を結んでいたはずの乳兄弟ケイは、アーサーを助けることもないまま物語から姿を消しているのである。

おわりに

アーサー王伝説におけるケイは長い伝統の中でさまざまな変化を遂げている。それと同様、マロリーの『アーサー王の死』においても別人のように変わり果てる。武芸に優れた騎士ケイは、次第に意地の悪い家令として描写されるようになっているのだ。

それは彼とアーサーの間に存在している、決して克服できない「生まれの違い」が露呈してゆく過程だとも言えよう。マロリーにおけるアーサーは、最初にケイのことを「兄」と認識していた。それが血の繋がりのないことが判明して「乳兄弟」となり、最後には部下である「家令」として言及されるのみになった。それに伴いケイの優れた素質も物語から失われてゆき、アーサーとの結びつきも薄れていった。赤子の頃から共に育ち、互いに実の兄弟だと信じて疑わなかった乳兄弟のケイであってもアーサーの理想の円卓の騎士、義兄弟となることは不可能なのであった。

このように、共に育ったアーサーとの絆が次第に否定され、物語からフェードアウトしてゆくケイの姿は、友情を誓いあいながらも血のしがらみから解放されることができずに崩壊してゆく円卓の悲劇とも共通するのである。

（1）Archibald, E. (1992), "Malory's Ideal of Fellowship", *Review of English Studies*, New Series Vol. 43, pp. 311-28.

（2）Vinaver, E. (ed.) (1990), Thomas Malory, *The Works of Sir Thomas Malory*, Revised by Field, P. J. C., Oxford: Clarendon Press, p. 946 (16: 3). 便宜上、マロリーからの引用はヴィナーヴァ版のページ数とキャクストン版の巻と章を示しておく。なお文献表示のない日本語訳は筆者自身による。

（3）*Ibid*., p. 596 (10: 16).

（4）*Ibid*., p. 691 (10: 55).

（5）Kim, H. (2000), *The Knight Without the Sword: A Social Landscape of Malorian Chivalry*, Cambridge: D. S. Brewer, p. 94. なお、騎士団員どうしを連帯させる誓約については、ヘスス・ロドリゲス＝ベラスコ（福井千春・渡邉浩司訳）「中世ヨーロッパ騎士団における誓約の意味」（篠田知和基編『神話・象徴・文化Ⅲ』楽瑯書院、二〇〇七年、五五三―五七〇頁）を参照。

（6）Gowans, L. (1988), *Cei and the Arthurian Legend*, Cambridge: D. S. Brewer.

（7）Fleuriot, L, Lozac'hmeur, J.-C. et Prat, L. (1981), *Récits et poèmes celtiques. Domaine brittonique VIe-XVe siècles*, Paris : Stock, p.137. なおウェールズ語のカタカナ表記に関しては大東文化大学の小池剛史先生、ユトレヒト大学のナタリア・ペトロフスカイア先生から貴重なアドバイスを頂いた。両氏に篤く御礼申し上げる。

（8）中野節子訳『マビノギオン　中世ウェールズ幻想物語集』東京：ＪＵＬＡ出版局、二〇〇〇年、一七四頁。

（9）Wright, N. (ed.) (1985), Geoffrey of Monmouth, *The Historia Regum Britannie of Geoffrey of Monmouth*, Vol. 1, Cambridge: D. S. Brewer, p. 109.

（10）ジェフリー・オヴ・モンマス、瀬谷幸男訳『ブリタニア列王史　アーサー王ロマンス原拠の書』東京：南雲堂フェニックス、二〇〇七年、二六六頁。

（11）ジェフリー・オヴ・モンマス　前掲書、二八九頁; Geoffrey of Monmouth, *op.cit*., p. 117.

（12）ジェフリー・オヴ・モンマス　前掲書、三〇四―〇五頁; Geoffrey of Monmouth, *op.cit.*, p. 126.

（13）Weiss, J. (ed. and trans.) (2002), *Wace's Roman de Brut / a History of the British*, Exeter: Univ. of Exeter Press, ll. 10153-56.

（14）Roques, M. (ed.) (1983), Chrétien de Troyes, *Le Chevalier de la charrete*, Paris: Champion, ll. 171-87.

（15）クレチアン・ド・トロワ、神沢栄三訳「ランスロまたは荷車の騎士」（『フランス中世文学集二　愛と剣と』東京：白水社、一九九一年）十二頁。

（16）クレティアン・ド・トロワ、菊池淑子訳『獅子の騎士　フランスのアーサー王物語』東京：平凡社、一九九四年、十五頁。

（17）Roques, M. (ed.) (1975), Chrétien de Troyes, *Le Chevalier au lion*, Paris: Champion, ll. 69-70.

（18）クレチアン・ド・トロワ、天沢退二郎訳「ペルスヴァルまたは聖杯の物語」（『フランス中世文学集二　愛と剣と』東京：白水社、一九九一年）一六二頁; Roach, W. (ed.) (1959), Chrétien de Troyes, *Le Roman de Perceval, ou, la conte du Graal*, Paris: Minard, ll. 1001-7.

（19）Gowans, *op.cit.*, p. 78. 『ペルスヴァルまたは聖杯の騎士』には、ケイ（クウ）がガウェイン（ゴーヴァン）に対し皮肉を込めて、「まったくあなたは口がお上手だ。実に調子のいい甘言を弄されるからな」（'Bien savez vos paroles vendre, / Qui molt sont beles et polies.'）（四三八四―八五行）と述べる場面が出てくるが、この一節は渡邉が指摘するように、二人の騎士が身をもって「毒舌」と「礼節」の対照を浮かび上がらせている（渡邉浩司『クレチアン・ド・トロワ研究序説』中央大学出版部、二〇〇二年、九六頁）。

（20）Micha, A. (ed.) (1979), Robert de Boron, *Merlin: Roman du XIIIe siècle*, Genève: Droz, p. 278.

（21）ロベール・ド・ボロン、横山安由美訳『魔術師マーリン』（西洋中世奇譚集成）、東京：講談社、二〇一五年、二四〇―四一頁。なお引用からは注釈部分を除いている。

（22）Roach, W. (ed.) (1941), Robert de Boron, *The Didot Perceval*, Philadelphia: Univ. of Pennsylvania Press, p. 194. なおモデナ写本より引用した。

(23) Madden, F. (ed.) (1967), *Layamons Brut, or Chronicle of Britain*, Osnabruck: Otto Zeller, ll. 25709-10, 26001-02, 27516-17.

(24) Gowans, *op.cit.*, p. 134.

(25) Sommer, H. Oskar (ed.) (1969), *The Vulgate Version of the Arthurian Romances*, 7 vols, New York: AMS Press, vol. 2, p. 84. なお流布本サイクルについては、渡邉浩司「十三世紀における古フランス語散文《聖杯物語群》の成立」(中央大学人文科学研究所『人文研紀要』第七三号、二〇一一年、三五—五九頁)を参照。

(26) Benson, L. (ed.) (1994), "Alliterative Morte Arthure", *King Arthur's Death: the Middle English Stanzaic Morte Arthur and Alliterative Morte Arthure*, Revised by Foster, Edward E., Kalamazoo: Medieval Institute Publications, l. 209.

(27) *Ibid.*, l. 1864.

(28) Malory, *op.cit.*, p. 15 (1: 6).

(29) *Ibid.*, p. 488 (9: 15).

(30) *Ibid.*, pp. 294-95 (7: 1).

(31) *Ibid.*, p. 23 (1:11).

(32) *Ibid.*, p. 28 (1:14).

(33) *Ibid.*, p. 75 (2:10).

(34) *Ibid.*, p. 128 (4: 3).

(35) *Ibid.*, p. 275 (6: 12).

(36) クレチアン・ド・トロワ「ランスロ」十四頁; Chrétien de Troyes, *Le Chevalier de la charrete*, ll. 257-65; *The Vulgate Version* vol. 4, p. 160.

(37) Malory, *op.cit.*, pp. 1122-23 (19: 2).

(38) クレチアン・ド・トロワ「ランスロ」九八—九九頁; Chrétien de Troyes, *Le Chevalier de la charrete*, ll. 4858-

4900; *The Vulgate Version* vol. 4, p. 210.

（39） Malory, *op.cit.*, pp. 1132-33 (19: 6).

（40） 立派な騎士ケイの変貌に関して、スタインベックの『アーサー王と気高き騎士たちの行伝』は興味深い解釈をしている。彼は家令として王国の財源を預かるようになってから帳簿の収支に頭を悩ませるようになり、騎士道どころではなくなってしまったのである。Steinbeck, J. (1993), *The Acts of King Arthur and His Noble Knights*, New York: The Noonday Press, pp. 267-70.

（41） Malory, *op.cit.*, p. 222. なお、キャクストン版にこのエピソードは存在しない。

（42） *Ibid.*, p. 1148 (19: 11).

（43） *Ibid.*, p. 1149 (19: 11).

（44） *Ibid.*, p. 275 (6: 11).

（45） *Ibid.*, p. 906 (14: 2).

（46） *Ibid.*,p. 1189 (20: 11).

スコットランド抵抗の象徴　モードレッド

小路邦子

はじめに

十二世紀の末にイングランドのグラストンベリ修道院で、アーサーの墓とされるものが発掘された。ことの次第は実際に見聞したという当時の年代記作者ジェラルド・オヴ・ウェールズ（Gerald of Wales）（ラテン名ギラルドゥス・カンブレンシスGiraldus Cambrensis）の記述によって広く知られるに至った。その際、アーサーとその王妃グェネヴィア（Wenneuereia）の遺骨が掘り出されたという。だが、その埋葬された状態がなんとも奇妙なのだ。一基の棺が三つに分けられ、頭部の二つの部分には夫であるアーサーの骨が収められ、下部の三分の一には妻の遺骨が収められていたという。ジェラルドはこの夫の骨が極めて大きく、脛骨はその地域で一番背の高い者の脛と比べても三インチ以上も長く、頭には致命傷と思われる傷を含めて多数の傷跡があったと記している。しかし、普通は夫婦を一緒に埋葬する場合、縦ではなく横に並べて安置しないだろうか。それに、これらの遺骨は横たえられずに入っていたのだろうか。二人を縦に横たえるとしたら、とてつもなく長い棺になってしまう。一基の棺を上下に分け、しかも夫の遺骨はなぜ二つに分けて入れられているのだろうか。このジェラルドの記述が残っているのは唯一、大英図書館コットン写本、ユリウスBⅫ一〇七葉表～一〇七葉裏の『王侯の訓育について』(*De Principis Instructuone*)である。(1) また、同じジェラルドの『教会の鑑』(*Speculum Ecclesiae*)にも発掘の次第が記されてはいるが、この棺の件は述べられていない。(2)

ところが、同じくこの発掘について記している別の三つの写本には棺について異なった記載がある。それはマーガム版と呼ばれるもので、ケンブリッジ大学トリニティ・カレッジ蔵のO・二・四写本『マーガム年代記』(*Annales de Margam*)、大英図書館コットン写本ティトゥスAⅪⅩ一八葉表、そして同じく大英図書館コットン写本ティトゥスCⅫ一八七葉裏～一八八葉表のジョン・オヴ・ブロンプトン(John of Brompton)の『年代記』(*Chronicon*)である。(3) いずれもラテン語で書かれている。この三つの写本には発掘されたのは三基の棺で、一基目にはアーサーの妻、二基目にはアーサーの甥モードレッド、三基目にはアーサーが安置されていたと記されている。ジェラルドが記す状態よりはずっとまともな埋葬法だ。では、これらの写本以外では、というよりもむしろ後世の記述に大きく影響したと思われるジェラルドの記録では、なぜモードレッドについての記載は消されてしまったのだろうか。また、なぜ彼が一緒に埋葬されていたと記されたのだろうか。ジェラルドが記した、棺の三分の二をアーサーの遺骨が占めていたという記述は、三基あった棺のうちでモードレッドの分が消された名残なのではないだろうか。そして、それは彼の評判とも関係していたのではないだろうか。さらにもう一つ思い浮かぶのは、九世紀のネンニウス(**Nennius**)の『ブリトン人の歴史』(*Historia Brittonum*)にあるブリテンの「驚異」として述べられているアーサーの息子アムル(Amr)の墓のことである。彼は戦士アーサーの息子で、アーサーは彼をそこで殺して埋めたという。この墓は、寸法を測るたびに大きさが異なる。(4) しかも、彼の重要性のなさは、庶子であることを示しているという。(5) まるで、モードレッドの写しのようだ。

モードレッドというと「裏切り者」「反逆者」の代名詞のようになっている。十二世紀前半に著されたジェフリー・オヴ・モンマス（Geoffrey of Monmouth）の『ブリタニア列王史』（*Historia Regum Britanniae*）に初めてアーサーの一代記が記される。ここでアーサーの甥モードレッドがアーサーを裏切って王位を簒奪したことが述べられた。ジェフリーの著作はラテン語で著され、当時のヨーロッパ各地で広く読まれた（現存する写本は二百以上ある）ために、彼の記したモードレッド像が普及する。さらに十三世紀にフランスで編まれた膨大な散文アーサー王物語群であるいわゆる流布本体系により、モードレッドはアーサーの近親相姦の子となる。以後この像がモードレッドの基本的なイメージとして現代まで伝わっている。しかし、このイメージは必ずしも普遍的なものではない。ジェフリー・オヴ・モンマス以前のウェールズの伝統では、モードレッドは必ずしもアーサーに対する裏切り者ではなかったし、むしろ立派な良き騎士として描かれていた。そこで、まずはウェールズでのモードレッドについて見てみたい。

一　ウェールズにおけるモードレッド

1　『カンブリア年代記』

モードレッドの名が初めて文献に登場するのは十世紀頃の『カンブリア年代記』（*Annales Cambriae*）である。その第九三年（五三七年）の項にこう記されている。

「カムランの戦い。そこにて、アーサーとメドラウド倒れる。またブリタニアとヒベルニアに死者あり」(6)

メドラウド（Medrawd）とは英語のモードレッドのことで、ヒベルニアとはアイルランドのラテン名である。この記述のみでは、アーサーとメドラウドが敵同士だったのか、味方だったのか不明である。ただ、アイルランドとブリテン島にたくさんの死者があったとあり、それがカムランの戦いと関係したものかどうかも不明である。この記述以外には初期のウェールズの文献にはメドラウド（モードレッド）の名は見られない。

2 『マビノギオン』

ウェールズの伝説を記述した『マビノギオン』（*Mabinogion*）に含まれる「キルフーフとオルウェン」（*Culhwch ac Olwen*）には、キルフーフが長々とアーサーの戦士の名を挙げ連ねる件《くだり》がある。そこには、グワルフマイ（Gwalchmei）すなわちガウェインの名は見られるが、その弟メドラウドの名はない。代わりに、グワルフマイの父と同じ名の父グウィアル（Gwyar）の息子グワルハヴェト（Gwalhafed）があるのみである。この二人は並べて挙げられているので、兄弟と思われる。一方、同じく『マビノギオン』にある「フロウナブウィの夢」（*Breudwyt Rhonabwy*）では、使者を務めたイダウグ（Iddawg）が「アルスルとその甥メドラウドとの戦い、あのカムランの戦い」を自分が引き起こしたことについて述べている。

「……私は、アルスルとその甥メドラウドとの戦い、あのカムランの戦いにあたって、使者をつとめた者の一人なのだ。あのころ、私はなんと血気にはやった若者であったことか。なんとしても戦いにもちこみたいと思うあまり、二人の間にいざこざをひき起こそうと画策したのだった。そこで、こういうふうにやってみた。皇帝アルスルが、自分が養父でもあり叔父でもあるということを思い出させ、プリダインの島の王の息子たちや貴族たちが殺しあうことがないように和解しようではないかと呼びかける提案を託して、私をメドラウドのもとに送り、できるかぎり丁寧な言葉で彼に話してくるようにと命じたとき、私は、考えつくかぎりのもっとも汚い言葉でメドラウドに話しかけたのだ。このために、私はプリダインの攪乱者イダウグと呼ばれるようになった。そしてまたこのために、カムランの戦いがもたらされることにもなったのだ。(7)」

「カムランの戦い」とはアーサーとモードレッドとの最後の戦いのことだが、この戦いについても前述の『カンブリア年代記』の項の直前の五一六年の項に記述がある。そこでアーサーは三日三晩主イエス・キリストの十字架を肩に担いで戦い、ブリトン人は勝者となったと記されている。このときアーサーが担いだという十字架とは、盾に描かれた十字架のことであろうと考えられているが、いずれにしても、アーサーがサクソン人を撃破したことが記されている。

3 「三題歌」

『マビノギオン』では前述の通り、イダウグが引き起こしたとされているカムランの戦いであるが、ウェールズ古来の伝誦を伝える「三題歌《トライアッド》」の五三番「ブリテン島の三つの害をなす打撃」に歌われているところでは、アーサーの王妃グウェンフィヴァール（Gwenhwyfar）をその姉妹のグウェンフィヴァッハ（Gwenhwyfach）が叩いたためであるという。トライアッドとは、一つのテーマに対して三つの項目を挙げて記憶しやすくした三題歌のことである。

　ブリテン島の三つの害をなす打撃
　その第一は、グウェンフィヴァッハがグウェンフィヴァールを叩いたこと。そして、そのためにのちにカムランの戦いが起きた。(8)

さらに、八四番の「ブリテン島の無益な三つの戦い」でも三番目に、カムランの戦いがこの女性二人の争いから起きたことが述べられているが、どのような争いであったのかは述べられてはいない。ここで、アーサーには三人の妃がいたという伝承や、フランスの流布本体系に出てくる偽のグゥエネヴィアのエピソードが思い浮かぶ。

しかし、五四番では、王妃を椅子から引きずり出して打ったのは、グウェンフィヴァッハではなく、メドラウドになっている。

ブリテン島の三つの手のつけられない損害
その第一（が起きたの）は、メドラウドがコーンウォールのケリウィグのアーサーの宮廷に来たときのことである。彼が飲み食いし尽くさなかった宮廷の食べ物も飲み物もなかった。そして、グウェンフィヴァールを玉座から引きずり出して、彼女をひっぱたいた。
二番目の手のつけられない損害（が起きたの）は、アーサーがメドラウドの宮廷に来たときのことである。彼は宮廷に食べ物も飲み物も残さなかった。(9)

このため、五三番でもグウェンフィヴァッハの代わりにメドラウドに戻すことが可能なのではないかと、『ブリテン島の三題歌（ウェールズの三題歌）』を編纂したブロムウィッチは注で指摘している。さらに、ジェフリー以前の伝統でメドラウドの裏切りがなされたという証拠はなく、十二世紀の吟唱詩人の作品では、逆に豪胆さと礼儀正しさの見本となっていると述べている。(10) O・J・パデルによると、たとえばメイリル・ブラディッズ（Meilyr Brydydd）は、グリフィッズ・アップ・カナン（Gruffudd ap Cynan）（一一三七年没）のための挽歌で、彼が「アーサーの力、メドラウドの良き性質」を持っていたと描写している。これは戦場での豪胆さのことを言っている。また、二人の詩人カンゼルウ（Cynddelw）とグウィンヴァルズ・ブラベイニオッグ（Gwynfardd Brycheiniog）は、メドラウドをおそらく豪胆さの比較対象の基準として用いているともいう(11)。

しかし、トライアッド五九番では「ブリテン島の三つの不幸な助言」として、三番目にアーサーがカムランでメドラウドと部下を三つに分けることになってしまったことを挙げている。そして五一番では「ブリテン島の最も不名誉な者たち」の三番目にメドラウドを挙げている。ここでは、アーサーがブリテン島の統治をメドラウドに任せて、アーサー自身は海を越えてローマ皇帝との戦いに赴いたことが述べられている。ローマ皇帝はアーサーに使者を遣わして、祖父の代まで支払っていた貢ぎ物を差し出すようにと要求してきた。それに対しアーサーは、ローマ皇帝のうち二人はこの島の出身だったと主張し、ローマに遠征して皇帝を殺し、アーサーの部下も多数が命を落とす。メドラウドはアーサーの軍が散開したことを耳にすると、アーサーに大逆を働き、サクソン人、ピクト人、スコット人と手を組んでアーサーに立ち向かう。それを知ったアーサーは生き残った者を集めて急遽帰国し、力づくで上陸するとメドラウドとのカムランの戦いとなる。アーサーはメドラウドを殺し、自身も致命傷を負う。その傷がもとでアーサーは亡くなり、アヴァロンの島に葬られたと語っている。

このトライアッドが語っていることがらは、五三番や五四番よりも伝承としては新しく、十二世紀前半にジェフリー・オヴ・モンマスが『ブリタニア列王史』で述べていることをなぞっている。ジェフリーがアーサーの失墜をモードレッド個人の行為に帰しているのは、トライアッド五三番や五四番と共通しているが、この五一番ではメドラウドの大逆がその原因となっている。ここから、トライアッドには様々な時代の伝承が交じりあっていることが窺われる。

補遺としてブロムウィッチが載せている「アーサー宮廷の二四人の騎士」という十五世紀(12)のトライアッドでは

八つのテーマを並べていて、五番目のテーマ「アーサー宮廷の三人の近衛の騎士」では、メドラウドではなくメドロド（Medrod）という形で二番目に挙げられている。一番目のテーマである「アーサー宮廷の黄金の舌持つ騎士」の項に「カンファルスの息子スリュウの息子グワルフマイ」として述べられている騎士と父や祖父の名が同じなので兄弟と思われる。グワルフマイは英語のガウェインのことであるから、その兄弟であればメドロドはメドラウド（モードレッド）と取ることができる。この五番目のテーマの三人の騎士の特性は、いかなる王であれ皇帝であれ、平時における彼らの美しさと叡智のために彼ら三人を拒むことのできるものはなく、一方戦時においては、いかなる戦士であれ闘士であれ、彼ら三人に立ち向かうことのできる者はいないというものである。このために彼らは近衛の騎士と呼ばれている(13)。

ここに描かれたメドラウドには、ジェフリー以降の裏切り者のイメージは微塵も見られない。そして、この優れたメドラウドの姿は『ブリタニア列王史』にも少しばかり反映されているようだ。四分の一ウェールズ人のジェフリーは、ウェールズの伝統に描かれるメドラウドのことを知っていたのかもしれない。アーサーに追われてコーンウォールに逃げ込んだモードレッド(14)のことをこう描写している。

「モードレッドはまことに一番勇敢な男で、いつでも攻撃を真っ先に始める(15)」

二　イングランドにおけるモードレッド

しかしそれでもジェフリーでは、モードレッドはあくまでも「悪名高き大逆者モードレッド」「呪われし大逆者」と断罪される(16)。アーサーの甥として、ロット（Lot）王とアーサーの妹アンナ（Anna）の間に生まれたモードレッドは、スコット人、ピクト人、アイルランド人を同盟に引き込み、その他アーサーに対して憎しみを抱く者たちを陣営に取り込み、八千の軍を擁してアーサーの軍を上陸させまいとする。この戦いでガウェインは落命する。しかし、戦いにおいてはアーサーの軍の方が優勢だった。モードレッド軍は敗走し、それを知った王妃はヨークからレギオンの街へ逃げる。そしてコーンウォールに逃げたモードレッドはそこでアーサー軍を待ち受ける。アーサーは六六六六人の師団を率いてモードレッドのいる所へ突撃する。この戦いでモードレッドは落命するが、それが誰の手によるのかははっきりとは述べられてはいない。アーサーの突撃の中で殺されたので、アーサーの手によったのかもしれない。

1　ラハモンの『ブルート』

ジェフリーの『ブリタニア列王史』を英語の頭韻詩に訳した十三世紀初め頃のラハモン（Laȝamon）の『ブルート』（*Brut*）[17]は、アーサーに妹アンナの子であるガウェインとモードレッドとがとても大切な者だと述べさせた後に、地の文で「モードレッドが生まれしは、なんと悲しきことか。そこから大いなる災いが生じたのだ」（Wale þat Modræd wes ibore —muchel hærm com þerfore!）と歎ずる（一一〇八四行）。さらに詩人は、モードレッドはガウェインゆえに人から尊重され、アーサーもモードレッドを大いに気に入っていたこと、遠征に行くにあたりアーサーはモードレッドに国と王妃を託したことを四回も繰り返す（一二七〇九—七三四行）。しかし同時に、モードレッドが誠実なところなど微塵もない卑劣漢であると述べる（一二七一一—一二行）。こうして、アーサーのモードレッドへの信頼と詩人の不信が対照的に示されていく。

ブルゴーニュにいたアーサーは、ある晩夢を見た。アーサーが城の広間の屋根に跨り国中を見晴るかしていたとき、モードレッドが大勢の人を率いて来て手にした戦闘用の斧で広間の柱をすべて切り始めた。アーサーの王妃も一緒になって広間の屋根を引っ張っているので、城は倒れ始めて、アーサーも落ち、右手を折った。広間は崩れ、アーサーの太刀持として一緒にいたガウェインも転げ落ち彼の両腕は折れていた。アーサーは左手に愛用の剣を持ち、モードレッドの首を刎ね、その後王妃を切り刻み、暗い穴に放り込んだ、というものだった（一三九八二―一四〇〇一行）。その直後に実際にモードレッド大逆の報せを聞いても、アーサーはなかなか信じようとしない。そこで、彼の裏切りについて使者はさらに二度繰り返す。アーサーはモードレッドと王妃を殺すことを決意し、その後はガウェインに国を委ねて、さらにローマへ進軍する決意をする（一四〇二二―七四行）。アーサーを迎え撃つ準備をするモードレッドを詩人は「見下げ果てた男」（'forcuðest monnen'）と、先にアーサーが国を託したときに使ったのと同じ表現で描写する（一四一一九行）。さらに、ウィンチェスターでアーサーに包囲されたモードレッドは「前にも他所でやったことをまたやった。この上ない裏切りを行ったのだ。いつだって邪な振舞いをする。彼はウィンチェスターの前で仲間を裏切った。」（and he dude pere, alse he dude elleswhare, / swikedom mid pan mæste, for auere he dude unwraste. / He biswac his iueren biuoren Winchestren;）（一四一八一―八三行）。ここで、詩人は「彼はやった」（'he dude'）という言葉を三度畳み掛けて、彼の裏切りのほどを強調する。戦場からモードレッドが逃走しコーンウォールに行くと、ここでも詩人は前と同じく'forcuðest'という語を使って彼を「見下げ果てた王」と呼ぶ（一四一九四行）。このように、ラハモンはジェフリーに描かれた以上にモードレッドを卑劣な裏切り者として描いた。

2　スタンザ詩『アーサーの死』

十三世紀初頭にフランスで膨大なアーサー王の散文物語集、いわゆる流布本大系あるいは「ランスロ＝聖杯物語群」と呼ばれるものが作られていき、そこでモードレッドの生い立ちも大きく変わる。彼は、アーサーの妹アンナの子から、アーサーの父親違いの姉との間に、姉と弟とは知らずにできた不義の子となる。先に見たように、十三世紀初めに『ブリタニア列王史』を英語にしたラハモンにはまだその影響が見られないが、十三世紀後半頃にできたスタンザ詩『アーサーの死』（*Le Morte Arthur*）はそのフランスの散文大系の一つである『アーサーの死』（*Mort le roi Artu*）を訳したものである。[18] 彼は、登場したとたんに「多くの厄災を引き起こすモードレッド」と呼ばれている（一六七五行）。彼は兄のアグラヴァイン（Agravain）と共謀して、なんとかラーンスロット（Launcelot）と王妃との密通を暴こうと画策している。ガウェイン他の兄弟たちはこれには乗らない。二人は十二人の仲間を引き連れ密会の現場に乗り込むが、逆にラーンスロットに返り討ちに遭い、アグラヴァインは殺され、モードレッドは狂ったように命からがら逃げる（一八一〇―六三行）。火刑に処されようとする王妃を救い出す際に、ガウェインの弟ガヘリエット（Gaheriet）とガヘリス（Gaheries）が平服でいたのを知らずに混乱の中で殺してしまったラーンスロットは、ガウェインの恨みを買う。大陸に戻ったラーンスロットを追って、ガウェインにせっつかれたアーサーはついには遠征することにする。その際、誰に国を任せるかを臣下の騎士たちに諮ると、彼らはモードレッドが最も信頼に足ると選んだ（二五一六―二〇行）。こうして海を渡ってラーンスロットの城を包囲しているアーサーのもとへ、モードレッド反逆の報が届く。

That fals traytour, syr Mordreid —
The kynges soster sone he was,
And eke hys own sonne, as I rede —
There-fore men hym for steward chase —
So falsely hathe he Yngland ledde,
Wete yow wele, with-outen lese,

Hys emeis wyffe wolde he wedde,
That many a man rewyd that rease.

Festys made he, many and fele,
And grete yiftys he yafe also;
They sayd with hym was joye and wele,
And in Arthurs tyme but sorow and woo;(19)

あの不誠実な裏切り者、モードレッド卿——
王姉の息子であり、
また王の実子でもあるという、わたしが読んだところでは——
　だから人々は彼を執政に選んだのだ——
実に邪《よこしま》にも、彼はイングランドを支配し、
ご存知の通り、たしかに
叔父の妻との結婚を望み、
そのことで多くの人が遠征を後悔した。
彼は何度となく饗宴を催し、
盛大に贈り物もした。

人々は言った、彼となら喜びと幸せがあり、
アーサーの世には悲しみと嘆きばかりだと。（二九五四―六五行）

こうして、アーサーの治世に戦いに明け暮れる日々を疎ましく思う人心をうまく掌握したモードレッドは次に、アーサーが亡くなったので王を選ばなくてはならないという手紙を偽造して使者に持たせる。人々は、「アーサーは戦いばかりを愛し、そんなことを自ら求めたのだ。まことにふさわしい最後を遂げた」（'Arthur loyd nought but warynge / And suche thynge as hym-selfe soght; / Ryght so he toke hys endynge.'）と、モードレッドの思惑通りのことを思ったのだった（二九七四―七七行）。

この作品では、留守中の執政としてモードレッドを選ぶのは、アーサーの実子だからとされている。つまり、そのことは知れ渡っていたのだ。しかも、彼の裏切りの後で人々は、戦いに明け暮れるアーサーの治世に倦み、モードレッドの思惑に乗せられるのだが、そうすると、後悔したのはその後のことになるだろう。かくして、着々と簒奪計画を進め、カンタベリーで戴冠したモードレッドだったが、思惑が外れたのが、王妃に逃げられたことだった。ラハモンではアーサーの夢にあったように、王妃はモードレッドと結託してアーサーを引き摺り下ろした。だが、ここでは王妃にはラーンスロットという恋人がいたために、モードレッドと手を結ぶことはないのだ。こうして、義理の息子との近親相姦という罪は免れる。中世の概念では、血のつながりがなくとも、父親の妻との結婚は近親相姦とされた。

ロンドン塔に立て籠もって抵抗する王妃をモードレッドは攻略するが、なかなか陥落しない。反逆したはいいが、モードレッドは「折々父を怖れたが、／そのため悪虐をやめようとはしなかった。／悪辣に一切を拒もうとした、／自らが戴冠した王国を」（Hys fader dred he eyyr amonge, / There-fore hys bale he nylle not blynne; / He went to warne hem all with wronge, / The kyngdome that he was crownyd inne.)（三〇三八―四一行）。大それたことをしでかした割には、父アーサーにビクビクしながら玉座に収まっているのだ。恐怖心が一層悪辣非道をそそのかしたのかもしれない。そこで、彼はドーバーの防備を固め、アーサーの上陸を防ごうとするが、果たせずアーサー軍との戦闘になり、ガウェインは戦死する（三〇四二―一三五行）。そのうちに、世間にはアーサーに正義があり、モードレッドは不当に戦端を開いたという声が広まる。アーサーの軍は大軍なので、モードレッドには強大な力があるが、さらに贈り物で人をかき集めたのだった（三一五二―五九行）。

一方のアーサーは、決戦を前に夢を見た。「運命の車輪」が回転して、アーサーは落ちてしまい、ドラゴンの中に落ちてしまう。思わず声を上げて、起こされた。その後もう一度夢を見る。亡くなったガウェインが生前助けた人たちと共に訪れ、ラーンスロットが来るまで休戦することを忠告した（三一九六―一二三行）。そしてアーサーはその忠告に従い、両軍は休戦条約を結ぶことにした。ところが、蛇が一人の騎士を噛んだために剣が抜かれ、それを合図に戦闘が勃発してしまう。蛇はドラゴンの別の姿でもある。先にアーサーの「運命の車輪」の下にいたドラゴンの中に、車輪が回転して、振り落とされてしまったようだ。運命のいたずらか、必然か。結局両軍壊滅し、夕方に残ったのはアーサーと二人の騎士、そしてモードレッドのみとなってしまった。アーサーは決着をつけようと、槍を手にするとモードレッドに向かっていき胸板を背中まで突き通す。モードレッドは落命しながらも、アーサーの頭に深傷を与えたので、アーサーは三回気絶した（三三九〇―九九行）。

この詩では、登場のそもそもからして陰謀を巡らしているモードレッドは、ラハモンで描かれたよりさらに悪人になっている。しかも、彼はアーサーの不義の子という烙印を背負って、父と殺しあうことになった。

3　頭韻詩『アーサーの死』

一四〇〇年頃の作である頭韻詩の『アーサーの死』(*Morte Arthure*)[20]は、ジェフリーの年代記の伝統に則っている。アーサーはローマ皇帝からの貢ぎ物の要求に対して、逆にローマ征服のために遠征することを決めた。そこで、アーサーは自分の意思でモードレッドを副王に指名し、全権を与える。彼を選んだ理由を「姉妹の息子だから」と述べる(六四四―四七行)。そして、王妃の保護も委ね、信頼しているのだからゆめゆめ裏切るなと釘をさした(六六九行)。だが、うまく治めたなら帰国の暁には我が手で王にしようと言われたときモードレッドは、自分の力はつまらぬものであるので、他の人を選んで欲しい、アーサーと共に進軍したいし、そのための準備をしていた、とそれを辞退する(六七九―八八行)。

スタンザ詩のように合議によってモードレッドを選んだのではないが、選ばれた理由は似ている。アーサーの甥だからだ。さらに、王妃が常々賞賛していたことも理由となっている(七一一行)。この作品では、彼がアーサーの子であるかどうかは示されない。だが、アーサーは、自分の甥であるし、幼少の頃から自室に仕える小姓として養育してきたのだ、血縁なのだから、と辞退を許さない(六八九―九二行)。「幼少の頃から部屋付きの小姓として養育してきた」という件に、もしかしたらフランスで発展したアーサーの不義の子という含みがあるのかもしれないが、それとは明示されていない。また深読みすると、王妃が彼を日頃賞賛していたというのも、後の伏線なのだろうか。ここで注目したいのが、アーサーがコーンウォールのカドール(Cador)卿の無謀な武勇を叱責して語る場面である。アーサーはこう述べる。

> There is none ischew of us　on this erthe sprongen;
> Thou art apparent to be eier,　or one of thy childer;

Thou art my sister son; forsake shall I never!
この世に余の子はいない、
だからお前、あるいはお前の子供たちの一人は明らかに余の後継者である。
お前は余の姉妹の息子だ。お前を見捨てることは決してない（一九四三―四五行）。

「この世に余の子はいない」（There is none ischew of us）で、「余」と訳した語は'us'となっているが、これは王者の使う複数形と解釈できる（ただし、直後に'my'と'I'を使っているので、苦しいかもしれない）し、また王妃との間の子のことを言っていると取ることもできるが、とにかくアーサーの血を分けた実子はいないと本人が述べている。ブライアン・ストーンはこの'us'を'me'と訳し、'On this earth no issue has sprung from me,'としている。(21) つまり、この詩においてモードレッドがアーサーの不義の子であるという可能性は排除されるのだ。これはまだモードレッドの反逆前のできごとなので、反逆を理由にモードレッドを後継者候補から外したわけではない。しかし、先にモードレッドにした約束はどうなるのか。彼を王にした後に、カドールに次の王位が回るということだろうか。それとも、アーサーの二枚舌なのか。

ガウェインはモードレッドとの一騎打ちを前に、彼に対して「育ちの悪い奴め、悪魔がお前の骨を持っていくように」（"False fostered fode, the fend have thy bones!"）（三七七六行）と呼びかけている。しかし、彼はアーサーの部屋付きで養育されてきたと述べられていた。P・J・C・フィールドは、モードレッドが王の部屋の子供だったというのは、幼児という意味ではなく、若い小姓のことであると述べている。ガウェインが言っているのは、モードレッドが身分違いの者（vilain）の乳に育てられたということで、そのために悪くなったというのだ。(22) これはちょうど、アーサーの乳兄弟のケイが、アーサーに母の乳を取られて、代わりに身分の低い乳母の乳で育ったので口が悪くなったのだから、勘弁してくれという彼の父の弁が思い浮かぶ。つまり、モードレッドは同じアーサーの甥であっても、カドールよりも育ちが悪いので、王位への優先順位が劣るのだろうか。

ローマでアーサーは「運命の車輪」の夢を見、彼もその車輪から転落してしまう。この夢を解いた賢者はアーサーの流して来た血の罪を指摘し、罪を告白して死の覚悟をするようにと助言する（三二二三―四五五行）。その後にモードレッド反逆の報せが届く。彼は異教徒やピクト人、アイルランド人、アーガイル人を引き込み、アーサーの王妃と結婚し子までなしていた（三五五〇―五二行）。アーサーはその報に接し、自分が最も信頼していたモードレッドに裏切られたことに復讐を誓い、急遽兵を返す。モードレッドに全幅の信頼を置いていた（三五六九行）分、アーサーには余計に裏切りがこたえた。ガウェインはモードレッドとの一騎打ちで倒れる。さすがにモードレッドも彼の死には涙し、彼を讃える。それからアーサーを怖れて紋所を変える。コーンウォールへ逃れるが、アーサーとの一騎打ちとなる。このときモードレッドはアーサーの宝剣クラレント（Clarent）を手にして、アーサーの名剣カリバーン（Caliburn）と一戦を交える。王妃の他に知る者のない宝だったのだから、これもアーサーにとっては二重の痛手となった。アーサーはカリバーンでモードレッドに止めをさすと、「こんな邪な盗人が、このような立派な最期を遂げるとは、／実に残念だ」（"Sore me for-thinkes / That ever such a false thef so fair an end haves."）と述懐する（四二三〇―五三行）。

不破有理氏はこの作品におけるモードレッドの人物像が他のアーサー王物語のものと異なることを指摘し、これは詩人が先行する年代記や作品を多数読み、またスコットランドの年代記なども参照するなどの広範な読書から得た「複眼思考に起因する」と考えている。[23] そして、「殺されることに、誰も悲しむ者のないような極悪非道の悪者として一色にモードレッドを染め上げていない」と述べている。[24] たしかに、ジェフリーやラハモンなどの年代記系の作品やスタンザ詩に描かれたモードレッドに比べて、その描写には単純な悪人ではないところがある。ガウェインの死を悼む言葉を述べた後に涙を流しながら立ち去る姿（三八八六―八九行）などは、単なる悪人と思って眺めているると意表を突かれる。

4　マロリーの『アーサー王の死』

一四八五年にキャクストンにより印刷出版されたトマス・マロリーの『アーサー王の死』（*Le Morte Darthur*）[25]は、これまでのアーサー王物語集大成と言えるものである。[26]マロリーは、フランスやブリテンの膨大な作品を読み、それを彼なりに消化して英語で著した。典拠とした作品は様々なので、彼の人物造形は典拠した作品の影響を受け、一貫していないところもある。モードレッドに関しては、今まで述べてきたイングランドの作品では描かれなかった誕生の経緯が語られる。十三世紀フランスの『メルラン』（*Merlin*）において初めて導入されたアーサーと片姉との知らずしての近親相姦の結果生まれた子であるというテーマは、その後流布本体系の『続メルラン』（*Suite du Merlin*）の主要なエピソードとなる。マロリーの第一の物語「アーサー王の物語」（'The Tale of King Arthur'）[27]は細部の違いはあるが、この『続メルラン』をほぼなぞっている。[28]マロリーでは、父親違いの姉ロット王妃モルゴース（Morgause）との間にアーサーは子をなした。その子を始末するために国中の貴族の子で五月一日生まれの子を集めて船に乗せて流したが、嬰児らを乗せた船は難破した。モードレッドのみが助かり、「善良な男」（'a good man'）が見つけて十四歳まで育ててから宮廷に連れてきたと述べている（五五頁）。この嬰児遭難での人々の非難はアーサーよりもマーリンに向かった。

マロリーにおいては、ロット王はモードレッドがアーサーが妻に産ませた子であると知っている（七七頁）。となると、モードレッドが連れられてきたこの宮廷は、どこの宮廷なのだろうか。つい、アーサーの宮廷と思ってしまうのだが。しかも、マロリーの典拠のどこにもその話はない。ただ、先に見たように頭韻詩『アーサーの死』では、モードレッドがアーサーの宮廷で育ったとあった。また、P・J・C・フィールドは、『アーサーの冒険』(*The Awntyrs off Arthur*)(一四二〇年頃)にアーサーの広間でボールで遊ぶ子供の描写がある(三一〇―一二行)[29]が、マロリーがモードレッドの養育についての典拠とするにはあまりにも短すぎるし、この作品自体が頭韻詩を下敷きにしているかもしれないと述べている。[30]また、ラルフ・ノリスはこの遊ぶ子供のイメージは、マロリーの十四歳よりも幼いと述べ、さらに、現存する頭韻詩『アーサーの死』の写本は、もっと長い版の縮約版であると概ね学者の意見は一致しているのだけれども、頭韻詩に嬰児殺しのエピソードのような長い話が抜け落ちているとは考え難い、と述べている。[31]だがマロリーでは、ロット王がアーサーに反乱を起こした主たる動機はアーサーが不義を働いたことなので、おそらくモードレッドは幼少期はロットの宮廷で育ち、十四歳頃にアーサーの宮廷に来たのではなかろうか。なお、マロリーにおいてアーサーに反乱を企てた王は、ロットを含め全員がスコットランド人であることには注意したい。現実の歴史が反映しているようだ。

次にモードレッドが姿を現わすのは、第三の物語「ラーンスロットの物語」('The Noble Tale of Sir Launcelot du Lake')である。典拠の散文『ランスロ』(*Lancelot*)におけると同様、彼はすでに円卓の騎士となっている。つまり、わたしたちには彼がいつ、どのようにしてアーサーの宮廷にやってきたのかわからないのだ。これは、先行作品においても描かれていなかったためであろう。

モードレッドは、もちろんガウェインの弟として他の兄弟たちと一緒に名を挙げられることが多い。彼単独でも、ガウェインの弟という語を伴うことがしばしばである。それは事実なのだが、立派な騎士ガウェインという名と並置されることで、彼の行動がその兄の弟という地位にふさわしいものであるかどうかを測られているようでもある。だが、そのガウェイン自身、立派な騎士であると同時に、物語が進むにつれて、知らずとはいえ弟を殺してしまったラーンスロットに示したような激しい復讐心やそれによってもたらされる破壊性をも共有しているのだ。

典拠が不明である第四の物語「ガレスの物語」（'The Tale of Sir Gareth of Orkeney That Was Called Bewmaynes'）において、ガレスは自分が「父方からも、母方からもガウェインの弟」で「末っ子である」と言って、自分の弟としてモードレッドを数に入れていない。だから、この物語にはモードレッドの居場所はない、とサリー・マップストーンが指摘している。[32] これは、モードレッドが片兄弟だということを彼が知っていることを示している。そして、それはまた、モードレッドにはスコットランド人の血が流れていないということでもあるのだ。[33]

マロリーに描かれるモードレッドは、次兄のアグラヴェインと共に行動していることが多い。まるで、モードレッドの写し鏡のような存在だ。ガウェイン兄弟は、善の面を体現するガレス、その彼とよく対で言及されるガヘリス、[34] それに対して悪を体現するかのようなモードレッドとアグラヴェイン、そして、その両者を体現するガウェインと色分けされているようだ。そして、その悪の面の行動の最たるものが、王妃とラーンスロットとの密会を暴いたことだった。行動を起こした二人にすれば、王妃とラーンスロットとの密通を暴くのは正義の行いだという言い分がある。だが、誰もがおそらく黙認してきたその関係を暴くことは、それまでなんとか保たれてきた均衡を破ることだった。円卓は分裂し、ガウェインは復讐の鬼となり、アーサーはその綻びをなんとか繕わなくてはならなくなった。

最終決戦の場でモードレッドを目にしたアーサーは、槍を手に「この災厄を引き起こした裏切り者」（the traytoure that all thys woo hath wroughte.）（一二三六頁）を成敗せんものと彼めがけて突進する。

> And whan sir Mordred saw kynge Arthur he ran untyll hym with hys swerde drawyn in hys honde, and there kyng Arthur smote sir Mordred undir the shylde, with a foyne of hys speare, thorowoute the body more than a fadom. And

whan sir Mordred felte that he had hys dethys wounde he threste hymselff with the myght that he had upp to the burre of kyng Arthurs speare, and ryght so he smote hys fadir, kynge Arthure, with hys swerde holdynge in both hys hondys, uppon the syde of the hede, that the swerde perced the helmet and the tay of the brayne. And therewith Mordred daysshed downe starke dede to the erthe.

　モードレッド卿はアーサー王を見かけると、抜き身の剣を手にして彼に向かって走った。そこでアーサー王はモードレッド卿の盾の下を槍の一突きで突き刺すと、一尋《ひろ》以上も体を貫いた。モードレッド卿は致命傷を負ったと感じると、ありったけの力を振り絞ってアーサー王の槍の鍔まで体を押していき、両手《もろて》で構えた剣を己が父アーサー王の頭の側面に叩きつけたので、剣は兜を貫き、脳の外膜まで達した。そこで、モードレッド卿はどうと地面に倒れて息絶えた。（一一三七頁）

　マロリーの典拠である流布本の『アーサー王の死』では、アーサーが槍を引き抜くとその傷口を通して夕陽が差し込んだ[35]とあったが、マロリーもスタンザ詩も省いた。その場面は、流布本からマロリーに受け継がれた太陽の英雄ガウェインに対して、あまりにも対照的で印象的な夕陽の英雄といった場面となってしまったことだろう。それは、マロリーの描くモードレッドにはふさわしくなかったのだ。彼は様々な英雄たるべき資質を持ちながら、ついに英雄となることはなかった[36]。

三　スコットランドにおけるモードレッド

1　反トロイ伝説

頭韻詩『アーサーの死』は、アーサーがトロイ王の息子ヘクターの血筋、名高きプリアモスの末裔で、トロイからブリトン人をブリタニアに率いて来た者からアーサーの先祖はすべて出ている、と述べて締めくくる。これは、ジェフリー・オヴ・モンマスが『ブリタニア列王史』に記したものでもある。落城したトロイから人々を率いて脱出したブルータス（Brutus）（シーザーを殺した人物ではない）の末裔がブリトン人であるということは、中世には広く受け入れられていた伝説である。ブルータスは自分の名にちなみこのアルビオンの島をブリタニアと呼んだとされている。このトロイ伝説、あるいはブルータス伝説はすでに九世紀にネンニウスの『ブリトン人の歴史』にも記されていた。十四世紀の『ガウェイン卿と緑の騎士』（*Sir Gawain and the Green Knight*）もこの伝説で語り起こしている。マロリーの典拠の一つである十五世紀半ばのジョン・ハーディング（John Hardyng）の『年代記』（*Chronicle*）は、『ブリタニア列王史』に記されたトロイ伝説とアーサー王伝説を使って、スコットランドをも含めた統一ブリテンの実現を強く訴えた。さらにハーディングは、アーサーの誕生についてあれこれと骨を折って正当化しようとする。ユーサーとイグレーンはアーサーの誕生前に結婚したということをはっきりと述べている。(37) R・J・モールは、これによってイングランドの普通法《コモン・ロー》でも教会法でも、アーサーは嫡子であると明確にしたのだ、と論じている。(38)

しかし、このトロイ伝説に異を唱えたのがスコットランドである。エドワード一世（Edward I）がアングロ＝ノルマン人貴族の私的な領地拡大意欲(39)を利用して一二八二年に併合したウェールズとは異なり、スコットランドは何百年もイングランドの侵略に抵抗を続けてきた。『ブリタニア列王史』を根拠とするエドワード一世のスコットランド侵略に対し、イングランドにも領地を持つスコットランドの貴族は長年対応が揺れながらも、スコットランドとしてのアイデンティティーを明確に意識し、国家としての概念の下団結するようになる。

一二八六年のスコットランド王アレクサンダー三世（Alexander Ⅲ）の急死、またそれに続いて一二九〇年に孫の「ノルウェーの乙女」マーガレット（Margaret）女王がスコットランドへ渡る途中で病気になり夭折したために、空位となったスコットランド王位を埋めるに足る直系が絶えてしまった。そこで、イングランド王エドワード一世が宗主と称して口を出してきた。王家の傍系であるベイリャル家とブルース家との間で王位を争い、結局ジョン・ベイリャル（John Balliol）がエドワードの後ろ盾を得て王となったが、エドワードに臣従を誓わされた。一方で、ベイリャルはイングランドに敵対するフランスとも同盟を組んで、エドワードの怒りを買ってしまった。一二九七年、「ブレイブ・ハート」として知られるウィリアム・ウォレス（William Wallace）(40)が、スターリング・ブリッジ（Stirling Bridge）の戦いに勝利したが、翌年フォルカーク（Falkirk）でエドワードに敗れた。そして、一三〇五年にウォレスが処刑される。一三〇六年、スコットランド教会はロバート・ブルース（Robert Bruce）をスクーン（Scone）で即位させた(41)。一三〇七年スコットランド遠征の途上、エドワード一世は崩御した。ブルースは、一三一四年バノックバーン（Bannockburn）の戦いでイングランドのエドワード二世（Edward Ⅱ）軍を破り、翌年北イングランドを攻略する。

一三二〇年、教皇のロバート一世破門に対し、スコットランドの貴族たちがロバート一世支持のアーブロース宣言（Declaration of Arbroath）を出し、イングランドに隷属する王はスコットランド民衆の手で退けると宣言した。さらに、ノルマン系の領主たちが指揮官として民衆の歩兵を率い、イングランドに勝利をして来た。一三二七年エドワード二世が廃位され、アーサー王伝説に心酔するエドワード三世（Edward Ⅲ）が即位する。翌年、エディンバラ・ノーサンプトン条約により、イングランドはスコットランドの独立を認めた。しかし、一三三三年には、親政を始めたエドワード三世により再びスコットランドは独立を失う[42]。

こうした中で、一三〇五年から〇七年または〇八年の間に、ヨークシャ・ブリドリントンの修道士ピエール・ド・ラングトフト（Pierre de Langtoft）によりフランス語で書かれた『年代記』（*Chronicle*）はスコットランド人の反抗を非難し、エドワード一世のウェールズ・スコットランド征服を、島の統一を予言したマーリンの言葉の実現として、王を第二のブルート、アーサーの帰還と述べている。しかし、エドワードの主張に異議を唱え、その主張の無効を教皇に訴えたのが先に述べたアーブロース宣言であった。

『ブリタニア列王史』に述べられたブルータス伝説によれば、ブルータスの三人の息子たちはブリテン島を三つに分けて受け継ぎ、それぞれの名にちなんで名づけた。すなわち、ロクリヌス（Locrinus）にはレグリア（Loegria）（イングランド）、カンベル（Kamber）にはカンブリア（Kambria）（ウェールズ）、一番下のアルバナクトゥス（Albanactus）にはアルバニア（Albania）（スコットランド）が与えられた。エドワードは、アーサーがスコットランドを征服したことを根拠にスコットランドとウェールズを征服して、かつてのブルータスの時代のように、一人の王の下にブリテン島を治めようとしたのだった。

しかし、スコットランドの側では別の建国伝説を持ち出して、自分たちの方がブルータスがこの島にやってくるよりも先に住み着いていたのだから、征服や侵略を受ける謂れはないと主張し続ける[43]。十四世紀ジョン・オヴ・フォーダン（John of Fordun）の『スコットランド人の歴史』（*Chronica Gentis Scotrum*）では、アテネのゴイデル・グラス（Goídel Glas）（ラテン語名ガイテロス・グラス／ガテロス Gaythelos Glas / Gathelos）がエジプトのファラオの娘スコタ（Scota）と結婚し、その後二人の率いた一行はスペインを経てアイルランドに入り、ついでスコットランドにやって来て、彼女の名にちなんでスコットランドと名づけられたのだという。このスコタはモーゼのときのファラオの娘で、ファラオが紅海で溺れたときに、スコタとガテロスはエジプトを離れざるを得なくなった。これは、トロイが陥落するよりもローマの建国よりもずっと前のことで、[44]それ故に彼らはブリトン人よりも先にこの島に住み着いているのであり、アテネとエジプトの子孫であるということを主張する。ローマよりも古いギリシアやトロイよりもさらに古いエジプト及び聖書とのつながりを持ち出すことで、スコタ伝説、そしてスコットランドの権威を高めようとした。

ジョン・オヴ・フォーダンにもブルータスの息子たちが島を分けたことが記されているが、その後は、スコットランドの地勢の説明が続いている。そして、アーサーがブリテンの王位を相続したことが述べられるが、それは法的には彼のものではなく、むしろ彼の妹アンナのもの、あるいはその子供たちのものである。彼女は正式な結婚で生まれ、スコットランドの相談役でありロージアンの領主であるロットとの正式な結婚で二人の息子、ガルワヌス（Galwanus）とモードレッド（Modred）を授かったからだ、と述べている。さらに、次の第二五章では、アーサーがこの二人を差し置いて王に選ばれたのは、単にサクソン人の侵略に対処する必要に迫られたものなので、必要に迫られれば不法なものも合法となると記している。ガウェインとモードレッドがまだ未成年で、ガウェインは十二歳だったので、成人しかけている十五歳のアーサーが選ばれたということが繰り返される。しかし、ユスティニアヌス皇帝の十五年目である紀元五四三年に、アーサーと甥のモードレッドとの間に戦いが起き、両軍に多数の死者を出し、二人とも落命したと記されている。

このフォーダンの記述についてはジェフリーを一語一語そのまま写し、「敵対的な態度からはほど遠く、アーサーに好意的な描写である」とフローラ・アレクサンダーは書いている。[45]しかし、フォーダンをきちんと見るならば、決してそうではないことは、第二四章でアーサーの王位への正当性に対して、「法的には彼のものではない」と書いていることからも明らかである。そしてその次に、「アンナは正式な結婚から生まれた」と述べていることは、逆にアーサーが庶子であることを遠回しに述べている。

一三七五年頃のジョン・バーバー(John Barbour)の『ブルース』(*The Bruce*)は、一回だけブルースとの比較対象としてアーサーを偉大な王として描きながらも、姉妹の息子モードレッドを裏切りと邪悪により殺した、と歌う[46]。

さらに十六世紀に入ると、このアーサーへの態度はさらに過激になって来る。たびたびラテン語からスコットランド語に翻訳されたヘクター・ボエス(Hector Boece)の『スコットランドの歴史』(*Scotrum Historia*)では、アーサーがいかに不当に王位に就いているかを述べている[47]。ロットはアーサーに使節を派遣して、アンブロシウスとユーサーが跡継ぎなく亡くなったので、正当な後継者であるアンナの子モードレッドとガウェインがブリテンの王位を継ぐべきだと主張した。そして、アーサーとの間に、彼が生きている間は在位し、その後はロットとアンナの息子たちが後を継ぐこと、来るべきときにはピクト人とブリトン人が共にサクソン人にあたることなどを取り決めた。

第九巻十二章では、ロット王が亡くなった後、モードレッドがその後を継いでピクト人の王になると、アーサーとの間に父が取り交わした約束と信頼をアーサーが破って、コーンウォール公の子コンスタンティン(Constantine)を後継者にしたことを非難した。アーサー側の言い分は、契約を交わした相手のロットが亡くなった以上その取り決めは解消したから、コンスタンティンを指名しても何ら違約してはいない、というものである。これは、長年の宿敵同士であるブリトン人がピクト人の支配下に入るのではないかと疑ったためだと記されている。約束を反故にしたことについてのアーサーの言い分は、ロバート・ブルースがエドワード二世との十三年間の講和条約を、エドワード二世の退位を口実に失効したとして、一三二七年にイングランド侵攻をしたことを思い出させる。

当然ながらこの返事に対し、ピクト人側ではブリトン人の裏切りに憤り、ブリトン人を助けてサクソン人を制圧したことを後悔した。そして、話し合いの結果ブリトン人を侵略することに決定する。こうして、スコット人とピクト人対ブリトン人の軍が集結した。しかし、双方の聖職者の話し合いと仲介で戦いは回避されるかと思われたのだが、コンスタンティンがそれを不快に感じ、向こうから戦いを通告して来たのだからここで手を引くのは名誉なことではないと言う。こうして悲惨な戦いが始まり、ハンバー川は血に染まる。この戦いでアーサーもモードレッドもガウェインや多くの者と共に戦死した。ガウェインはアーサーへの愛のために、血のつながった兄弟に対する戦いを行ったのである。

ところで、この本にはアーサーの王妃グアノラ（Guanora）が多くの貴婦人や騎士と共にピクト人に捕われ、ダンバーの城に連れて行かれ、生涯をそこで過ごしたとある。彼女の墓もそこにあり、その墓には「この墓を踏む女はすべてグアノラの如く石女《うまずめ》となろう」と記されているので、女たちはみなその墓を踏むことを避けるという、興味深いことが記されている。つまり、伝統に則り、アーサーには王妃との間に子はなかったのだ。

だが、その次の段落には、ジェフリーがこう記しているとある。モードレッドとアーサーはハンバーで戦ったのではなく、グゥイントン（Gwintoun）の街で戦ったのであって、戦場から生還した。そして、グアノラは腹を立てて尼僧院に入った、と。しかし、彼女が尼僧院へ入ったことが記されているボエスの翻訳はベレンダン（John Bellenden）訳だけである(48)。これはマロリーにもフランスの流布本『アーサー王の死』にも記されているので、ベレンダンはこの辺りの本を読んでいたのであろうか。さらに、アーサーの後継として、ブリトン人はコンスタンティンをブリテンの王にした。コンスタンティンは、モードレッドの子供たちがブリテンの王位を主張しないように、その母の目の前で殺した。ジェフリーでは、コンスタンティンが二人の子をそれぞれ見つけ出し、教会の祭壇の側で殺したとあるが、母の目の前とは記されていない。

同じく十六世紀のアスローン写本に含まれる『スコット人の起源』（*The Scottis Originale*）[49]では、アーサーのことを口を極めて非難している。ここでもスコタ伝説を語って、我々は「トロイの裏切り者」から出ているのではない、とトロイ伝説を全面的に否定する。トロイ没落の三百年以上前にギリシアのガテレとエジプトのスコタから来ていると主張している。そして、ヘラクレスやアレクサンダーもギリシア人であったと述べて、トロイに勝利したギリシアに起源があることを前面に押し出す。さらに、二人の結婚はイスラエルの民が紅海を渡ったときのことであるとして、トロイ伝説よりもさらに古い起源と聖書とのつながりを持ち出して来る。こうしてスコットランド人の起源を述べたすぐ後で、アーサーを「暴君」（'tyrand'）と呼び、彼が信頼と約束を違えて戦いを起こしたと非難する。スコット人とピクト人がアーサーを助けてローマ人を追い出したのに[50]、アーサーが裏切ったと非難している。さらに、マーリンの「魔法」（'devilry'）の助けにより、コーンウォール公の妻がアーサーを身ごもったのだと述べ、不義の子であるから王冠を被ることはできない、モードレッドが正当な後継者なのだから、アーサーが留守の間にロンドンに行って、自分の権利を示したのだと主張する。つまり、モードレッドの王位簒逆とされているものは、本来自分のものを取り戻しただけだ、という言い分である。

さらに、イングランド人は悪魔の直系で、ヘンリー二世は聖トマス・ア・ベケットを殺したということまで『スコット人の起源』の悪口雑言は広がっていく（トマスは殺されたことで、聖人とされたのだが）。このように、実際の政治的状況を踏まえてモードレッドの正当性を主張することで、イングランドのスコットランド支配に抵抗しているのである。

おわりに

ところで、どうしてガウェインではなくモードレッドがスコットランドばかりかブリテンの王座に就くのだろうか。ガウェインの方が長男なのだから、わたしたちの感覚からするとちょっと不思議な気がする。これは、ガウェインがアーサーに心を寄せていて、彼の宮廷に留まったということに原因があるのかもしれない。もちろん、ジェフリーにはモードレッドがアーサーに対して反逆したということが書かれているため、これは外せない要件であるから、それが下敷きになっていることは疑いない。しかし、スコットランドではこのモードレッドの反逆を、イングランドに対する抵抗の象徴として用いたのであろう。

もう一つ考えられる原因は、スコットランドとフランスとの親近である。イングランドを共通の敵としていたために、両国には密接な往来があった。このため、ガウェインが両親の結婚前の子であるために捨てられたというフランスで生まれていた幼年時代のいくつかの逸話[51]が影響したことも可能性として考えられる。これにより、ガウェインは庶子でモードレッドは嫡子となり、ジェフリーの『ブリタニア列王史』に描かれたモードレッドの王座要求に妨げとなる長子ガウェインを排除することが可能になる[52]。

かくして、スコットランドではモードレッドのアーサーへの反逆は、イングランドの支配に対する自分たちの抵抗と重なり、モードレッドの王座への正当性をますます主張するものとなっていった。

（1） *Giraldi Cambrensis Opera*, vol. 8, *De principis instructione liber*, ed., G. F. Warner (1891), London, pp.126-9. Web.

23 Aug. 2015. <https://archive.org/details/giraldicambrensi08gira>

（2） *Giraldi Cambrensis Opera*, vol.4, *Speculum ecclesiae*, ed., J. S. Brewer (1861), London, pp.47-51. Web. 23 Aug. 2015. <https://archive.org/details/giraldicambrensi04gira>

（3） Richard Barber, 'Was Mordred Buried at Glastonbury? Arthurian Tradition at Glastonbury in the Middle Ages,' ed. Richard Barber, et al. (1985), *Arthurian Literature IV*, Woodbridge: D.S. Brewer, pp.37-69. Print. これらのマーガム版をバーバーは「モードレッド」テキストとも呼んでいる。アーサーの妻の名の表記は三つの写本で異なっており、それぞれGuenhoavere（『マーガム年代記』）、Wenevore（コットン写本ティトゥス）、Guenore（『年代記』）となっているが、これは中世の作品にはよく見られることである。バーバーによると、『マーガム年代記』はジョン王の時代の事跡についての主要な典拠として歴史家に長く使われてきたという（四十四頁）。さらに、ジェラルドが記したアーサーの「二番目の妻」'uxore secunda'という表現の'secunda'はここでは古典ラテン語で言葉の綾として使われる「運のいい」'fortunate'という稀な意味かもしれないと示唆している（四十九頁）。

（4） Jon B. Coe and Simon Young with drawings by Lawrie Robertson (1995), *The Celtic Sources for the Arthurian Legend*, Fekibfach: Llanerch Publishers, pp.10-11. Print.; Judith Weiss, 'Mordred', ed., Neil Cartlide (2012), *Heroes and Anti-Heroes in Medieval Romance*, Cambridge: D, S. Brewer, p.92. Print.

（5） Norris J. Lacy and Geoffrey Ashe with Debra N. Mancoff (1997), *The Arthurian Handbook,* second edition, New York & London: Garland, pp.15, 77. Print.

（6） Williams ab Ithel ed. (1860), *Annales Cambriae,* London: Longman, Green Longman and Roberts, p.4. Print.

（7） 中野節子訳『マビノギオン　中世ウェールズ幻想物語集』ＪＵＬＡ、二〇〇〇年、二一九頁。Print. なお、「メドラウド」の表記は中野訳では「メドラウト」だが、本章では本書の森野氏の表記に合わせた。

（8） Rachel Bromwich, ed. with introduction, translation and commentary (1978), *Trioedd Ynys Prydein: The Welsh Triads*, Cardiff: University of Wales Press, p.144. Print.

（9） *Ibid*., p.147.

(10) *Ibid.*, pp.145, 455.

(11) O. J. Padel (2000), *Arthur in Medieval Welsh Literature*, Cardiff: University of Wales Press, p.113. Print.　ここのウェールズ語の固有名詞の表記については、大東文化大学の小池剛史先生にご教示をいただいた。ここに感謝を申し上げる。

(12) ブロムウィッチはこのトライアッドの時代を記してはいないが、パデルは十五世紀と明記している。一一四頁。

(13) Bromwich, *op. cit.*, p.252.

(14) ジェフリーは'Mordred'ではなく、'Modred'という形を用いている。これはおそらくコーンウォール語形もしくはブルトン語形で、ウェールズ語以外からの影響が考えられる。Bromwich, *op. cit.*,p.455; Norris J. Lacy and Geoffrey Ashe with Debra N. Mancoff, *op. cit.*, p.337.　また、'Modred'はコーンウォールやブルターニュでは普通にある名前なので、これらの地域でもウェールズと同様にこの名前に邪悪な含みはないようである。O. J. Padel, *op. cit.*,p.114.

(15) Geoffrey of Monmouth, trans., Lewis Thorpe, (1966. rpt. 1982), *The History of the Kings of Britain,* Hamondsworth: Penguin, p.260. Print.

(16) *Ibid.*, pp. 258, 261.

(17) W. R. J. Barron and S. C. Weinberg eds. and trans. (1989), *Laȝamon's* Arthur: *The Arthurian section of Laȝamon's* Brut *(Lines 9229-14297),* Longman. Print.; Eugene Mason, trans. (1962),*Wace and Layamon: Arthurian Chronicles*, London: Dent. Print. 中世の翻訳は現代の翻案のようなもので、一言一句そのまま訳しているわけではない。

(18) Larry D. Benson, ed. (1974), *King Arthur's Death*: *The Middle English* Stanzaic Morte Arthur *and* Alliterative Morte Arthure, Exceter: University of Exceter, Print.; Shunichi Noguchi ed. (1990), *Le Morte Arthur [British Library MS Harley 2252]*, Centre for Medieval English Studies, College of Arts and Science, University of Tokyo. Print.

(19) Noguchi, *op. cit.*, p.61. 以下本作からの引用は、この版による。

(20) Benson, *op. cit.*, pp.113-238.

(21) Brian Stone, trans. (1988), *King Arthur's Death: Morte Arthure; Le Morte Arthur*, London: Penguin, p.94. Print.

(22) P. J. C. Field (1998), *Malory: Texts and Sources*, Cambridge: D. S. Brewer, pp.97-98. Print.

(23) 不破有理「『正義の戦い』とは?――『頭韻詩アーサーの死』再考」、中央大学人文科学研究所編『続　剣と愛と　中世ロマニアの文学』中央大学出版部、二〇〇六年、三―三九頁。

(24) *Ibid.*, p.27.　この論でのモードレッドについてガウェインが言った'Malbranche'という語についての考察も興味深い。二三―二四頁。

(25) このタイトルは、キャクストンが出版するときにつけたものである。彼は、作品を巻と章に分けた。

(26) Eugène Vinaver, ed., revised by P. J. C. Field (1990), *The Works of Sir Thomas Malory*, 3rd ed., 3 vols, Oxford: Clarendon Press. Print.

(27) ウィンチェスター写本に基づいてマロリーの作品を編纂したヴィナーヴァは、マロリーの作品を八つの独立した作品と考え、それぞれにタイトルをつけた。ここでは便宜上、その区分けを用いる。なお、現在ではこれは一つのまとまった作品と概ね考えられている。

(28) これについては、次の拙論を参照。小路邦子「モードレッド懐胎をめぐって ――『メルラン』、『続メルラン』、マロリー――」(『人文研紀要』第四九号、二〇〇三年）二九九―三一〇頁。Print. ロット王妃に名を与えたのはマロリーである。フランスの作品では名前はない。

(29) '*The Awyntyrs off Arthur*', ed. Thomas Hahn (1995), *Sir Gawain: Eleven Romances and Tales*, Kalamazoo: TEAMS, Middle English Texts Series, p.187. Print.

(30) P. J. C. Field, *op. cit.*, p.95.

(31) Ralph Norris (2008), *Malory's Library: The Sources of the* Morte Darthur, Cambridge: D. S. Brewer, p.33. Print.

(32) Sally Mapstone, 'Malory and the Scots', eds. David Archibald and David Johnson, (2011), *Arthurian Literature XXVIII: Blood , Sex, Malory Essays on the* Morte Darthur, Cambridge: D. S. Brewer, pp.107-120. Print.

(33) *Ibid.*, p.116.

(34) ただし、ガヘリスは、恋人のラモラックLamorakと同衾していた母の首を刎ねるという、大罪を犯している。Malo-

ry, *op. cit.*, p.612.

（35）H. Oskar Sommer ed. (1979), *The Vulgate Version of The Arthurian Romances edited from Manuscript in the British Museum, Volume VI, Les Aventures ou la Queste del Saint Graal, La Mort le Roi Artus*, New York: AMS Press, p.377. Print.; Trans. James Cable (1971), *The Death of King Arthur*, Middlesex: Penguin, p.220; Norris J. Lacy, general editor (1996), *Lancelot-Grail: The Old French Arthurian Vulgate and Post-Vulgate in Translation*, Vol. V. New York and London: Garland Publishing, p.303. Print.

（36）次の拙論参照。Kuniko Shoji (1993), 'The Failed Hero: Mordred, Gawain's Brother', *Poetica*, 38, Tokyo: Shubun International, pp.53-63. Print.

（37）John Hardyng (1812),*The Chronicle of Iohn Hardyng: together with the Continuation by Richard Grafton*, ed. Henry Ellis, London, rpt. New York: AMS Press, 1974, p.120. Print.

（38）Richard J. Moll (2003), *Before Malory: Reading Arthur in Later Medieval Englnad*, Toronto: University of Tronto Press, pp.157-197. Print.

（39）桜井俊彰『イングランド王国と闘った男　ジェラルド・オブ・ウェールズの時代』吉川弘文館、二〇一二年、三一頁。Print.

（40）James Mackay (1995), *William Wallace: Brave Heart*, Edinburgh and London: Mainstream publishing. Print.

（41）歴代のスコットランド国王は、即位に際しスクーンの石に座した。エドワード一世がジョン・ベイリャルを廃した際にロンドンに持ち去ってしまった。ウェストミンスター寺院の、イングランド王戴冠式の玉座の下に置かれていたが、一九九六年にブレア政権によりスコットランドに返却され、エディンバラ城に置かれている。なお、ブルース家はノルマン系である。

（42）Ronald McNair Scott (1982), *Robert the Bruce: King of Scots*, New York: Carroll, 1996, eighth printing 2002. Print. なお、スコットランドでは、エドワード一世がイングランドの長子相続制を導入するまで、長子相続制は定着しておらず、各地のアール（伯）たちが前王に血縁の近い者から選挙で選ぶのが即位の要件であった。ただ、実質的にはミチスンによると、一〇九三年のドナルド三世が王族であれば誰でもが王位継承権を主張できた最後の事例で、以後は王位継承者はたいていは王の長子で、傍系は王位継承からは排除されるようになった。しかも、一〇九七年から一一五三年にかけては二人の王に息子がなく、三人目には一人しかいなかったので、親族間での競合関係が生まれず、たまたま直系による継承が確立したという。ロザリンド・ミチスン『スコットランド史――その意義と可能性』富田理恵、家入葉子訳、未來社、一九九八年、三四―三五頁。

(43) William F. Skene, ed. (1872), *John of Fordun's* Chronicle of the Scottish Nation, translated from the Latin text by Felix J. H. Skene, Edinburgh: Edmonston and Douglas. Web. 5 May 2013. <http://archive.org/details/johnoffordunschr00fordrich>

(44) フォーダンによると、トロイ落城の三三〇年前、ローマ建国の七六〇年前のことである。八頁。

(45) Flora Alexander (1975), 'Late Medieval Scottish Attitudes to the Figure of King Arthur: A Reassessment', *Anglia* 93, 17-34, p.20. Print.

(46) Nycola Royan (2005), 'The Fine Art of Faint Praise in Older Scots Historiography', *The Scots and Medieval Arthurian Legend*, eds. Rhiannon Purdie and Nicola Royan, Cambridge: D. S. Brewer, pp.43-54. Print.

(47) Hector Boece (1821), *The History and Chronicles of Scotland*, tr. John Bellenden, vol.2, Edingurgh: Reprinted for W. and C. Tait. Web. 5 May 2013. <https://archive.org/details/historychronicle02boec>; William Stewart (1858), *The Buik of the Chroniclis of Scotland*, ed. W. Turnball, Rolls Series, 3 vols., London: Longman, Brown, Green, Longmans and Roberts, vol.2, pp.203-261. Web. 5 May 2013. <https://archive.org/details/buikofcroniclis02boec>

(48) John Bellenden, *op. cit.*, p.87.

(49) John Asloan (1923), *The Asloan Manuscript: A Miscellany in Prose and Verse*, ed. W. A. Vraigie, Edinburgh and London: Willam Blackwood and sons, vol.1. pp.185-197. Print.

(50) 紀元四一〇年頃、ローマはブリテン島から撤退した。その後、アングル人やサクソン人といったゲルマン系の民族のブリテン島侵入が始まる。

(51) ガウェインの幼年期の物語については、以下の拙論参照。小路邦子「ガウェインの誕生と幼年時代」、中央大学人文科学研究所編『剣と愛と　中世ロマニアの文学』中央大学出版部、二〇〇四年、九三―一一六頁。

(52) ただし、教皇アレクサンダー三世の布告により、教会は結婚前に生まれた子であっても、後に両親が結婚すれば嫡子と認めるようになった。

※ 本章は、二〇一三年五月に日本カムリ学会（大東文化大学）、及び中央大学人文科学研究所で行った口頭発表を下敷きにして、敷衍したものである。

ゴーヴァンの異界への旅
——クレティアン・ド・トロワ作『聖杯の物語』後半再読——

渡邉浩司

はじめに

「アーサー王物語」の実質的な創始者クレティアン・ド・トロワ（Chrétien de Troyes）[1]が古フランス語韻文（八音節詩句）で著した『ペルスヴァルまたは聖杯の物語』（*Perceval ou le Conte du Graal*）（以下『聖杯の物語』と略記）（一一八二—八三年頃成立）は、同じクレティアンの『ランスロまたは荷車の騎士』（*Lancelot ou le Chevalier de la Charrette*）（以下『荷車の騎士』と略記）（一一七七—八一年頃成立）とともに、十三世紀半ばまでに成立する「聖杯物語群」[2]誕生の契機となった記念碑的な作品である。未完に終わった『聖杯の物語』は、現存の状態によると、物語前半の主人公はペルスヴァル（Perceval）（英語名パーシヴァル）であり、物語後半はペルスヴァルが再登場する短いエピソードを除けば、アーサー王の甥ゴーヴァン（Gauvain）（英語名ガウェイン）が主人公となっている。これまで評者の関心は、「聖杯の神話」を生み出した物語前半に集中していた。中でもペルスヴァルが漁夫王の館で目撃した「聖杯（グラアル）」行列の解釈は多岐にわたっている[3]。これに対し、ゴーヴァンが主人公となる物語後半には、正当な評価が与えられてこなかった。

『聖杯の物語』に認められる二人の主人公の冒険の並置は、意図的なものである。物語前半のペルスヴァルは、登場時点では「荒れ森」育ちの野生児として騎士道とは無縁だったのに対し、物語後半のゴーヴァンは、アーサー王が主宰する円卓騎士団の筆頭騎士である。文字通りゼロから出発して騎士の道へ身を投じ、最終的には霊的な次元にまで達するペルスヴァルの冒険が「動的・上昇志向的」であるのに対し、宮廷風世界に固執するゴーヴァンの冒険は世俗的な次元に留まり続ける点で「静的・水平的」である。こうした物語構成は、ある刊行者がクレティアンの死後に二つの冒険を繋ぎ合わせた結果ではなく、クレティアンの創作意図を反映した有機的かつ音楽的なものである。(4)(5) その意味では、「ゴーヴァンの冒険」は「ペルスヴァルの冒険」にとって、副旋律として機能していると言えるだろう。

このように物語の筋書きや構造上の解釈に留まる限り、ゴーヴァンはいまだ誉れのない若きペルスヴァルにとっての「試金石」であるばかりか、「引き立て役」や「脇役」に甘んじることになってしまう。クレティアン・ド・トロワ以降、韻文と散文により増殖していく「アーサー王物語」の中では、宮廷風礼節の鑑だったはずのゴーヴァンはいわば「常套表現」として使い古され、次第に距離を持って描かれるようになっていく。十三世紀になるとこうした傾向に拍車がかかり、『聖杯の探索』(*La Quête del Saint Graal*)(一二二五―三〇年頃)ではゴーヴァンは作中人物から「悪魔の手先」と呼ばれ、『散文トリスタン物語』(*Le roman de Tristan en prose*)(一二四〇年以降)では父の仇を討つだけでは飽き足らず、裏切りや殺人にまで手を染める残酷な騎士へと変貌している。(6)

本章の眼目は、共感を持って描くか、悪意を込めて描くかという、ゴーヴァンに対して中世の物語作者たちが取った「審美的距離」(7)や、折々に示唆されるゴーヴァン自身の心理描写には一旦目をつぶり、ゴーヴァンの武勇伝を虚心坦懐に眺め、彼の本来の神話的表象を復元するところにある。古フランス語の韻文・散文による「アーサー王物語」の中では、ともするとランスロ（Lancelot）（英語名ランスロット）を始めとした主役たちの偉業に目を奪われがちであるが、「セカンドベスト」と評されることの多いゴーヴァンにも、超人的な試練を乗り越える場面が数多く描かれていることを忘れてはならない。(8)

騎士ゴーヴァンの再評価のためには、フィリップ・ヴァルテールが精力的に推進している神話学的なアプローチに依拠して、作品群の分析に取り組む必要がある。本章ではゴーヴァン復権の試みの一つとして、『聖杯の物語』後半を分析の対象とする。『聖杯の物語』には、十三世紀の「聖杯物語群」に馴染みの、「正午になると力が最大になり無敵を誇る」というゴーヴァンの特徴は認められないものの、「太陽英雄」としての姿はすでに顕著に認められる。クレティアンは『荷車の騎士』と同時期に並行して制作した『イヴァンまたはライオンを連れた騎士』（*Yvain ou le Chevalier au Lion*）（以下『イヴァン』と略記）の中で、騎士の鑑ゴーヴァンを第二四〇四行で「太陽」（'solauz'）と呼んでいるが、この象徴的な表現には、ゴーヴァンを文字通り「太陽（の子）」とみなす神話的意味も担わされていたのである。(9)(10)

『聖杯の物語』を伝える写本は十五点あり、そのほかに四つの断片が伝存している。十五点の写本については、本章では慣例に従い、以下の略号を用いる。Aはフランス国立図書館七九四（十三世紀前半）、Bはベルン市立図書館三五四（十四世紀初め）、Cはクレルモン＝フェラン市立図書館二四八（十三世紀後半）、Eはエディンバラ国立スコットランド図書館一九・一・五（十三世紀前半）、Fはフィレンツェ・ビブリオテカ・リカルディアナ二九四三（十三世紀中葉）、Hはロンドン・ヘラルドカリッジ・アランデル一四（十四世紀中葉）、Lはロンドン大英図書館追加三六六一四（十三世紀後半）、Mはモンペリエ医学部図書館H二四九（十三世紀後半）、Pはモンス公立図書館三三一・二〇六（十三世紀中葉）、Qはフランス国立図書館一四二九（十三世紀後半）、Rはフランス国立図書館一四五〇（十三世紀前半）、Sはフランス国立図書館一四五三（十四世紀初め）、Tはフランス国立図書館一二五七六（十三世紀後半）、Uはフランス国立図書館一二五七七（十四世紀前半）、Vはフランス国立図書館新収六六一四（十三世紀後半）である。なお本章では『聖杯の物語』のテクストとして、ダニエル・ポワリヨンによる校訂本を用いる。[11]

一　名剣と愛馬

T写本によると九一二三四行を数える未完の『聖杯の物語』で、前半と後半の分かれ目になるのは、ペルスヴァルがアーサー王宮廷に迎えられ、祝宴が開かれた場面（四六〇三―四八一五行）である。宮廷にやって来た「醜い乙女」から漁夫王の館での振舞を叱責されたペルスヴァルは「聖杯（グラアル）」の探索に向かう。それに対してゴーヴァンは、「醜い乙女」に続いてやって来た騎士ガンガンブレジル（Guinganbresil）から決闘を申し込まれ、四十日後に決闘が行われるエスカヴァロン（Escavalon）の町を目指して出立する。その後ゴーヴァンは、タンタジェル（Tintagel）の町で行われていた馬上槍試合に、ティエボー（Tiébaut）の妹娘にあたる「小袖姫」の代理騎士として参加し、「小袖姫」の姉の恋人メリアン・ド・リス（Méliant de Lis）に勝利する。[12]この第一の冒険に続くのがエスカヴァロンでの冒険である。

旅の途上にあったゴーヴァンは、約束の場所とは知らぬままエスカヴァロンに到着し、出会った若き王から宿の提供を受ける。エスカヴァロン王は、相手が自分の父を裏切りにより殺害したとして弾劾されていた騎士とは知らず、自分の妹に騎士の世話を任せる。こうしてゴーヴァンは若き王の妹と出会い、愛を語りあう。そして二人が接吻し合っているところへ、ゴーヴァンの身元を知る陪臣が現れ、総動員をかけられた町中の人々がゴーヴァンへの攻撃に向かう。王の妹とゴーヴァンが果敢に防戦していたところへ、先に決闘を申し込んだガンガンブレジルが戻り、さらに王が到着してようやく騒ぎが収まる。事態の収拾を図ったのは別の賢明な陪臣であり、その進言により決闘は一年延期され、ゴーヴァンは「その先端から澄み切った血が涙のように伝い落ちる槍」('La lance dont la pointe lerme / Del sanc tot cler que ele plore')（六一六六—七行）を持ち帰るよう誓約させられる。エスカヴァロンを舞台としたゴーヴァンの第二の冒険で注目すべきは、ゴーヴァンが手にしていた名剣と、連れて来ていた愛馬である。

1　エスカリボール

ゴーヴァンの身元を知る陪臣に呼び寄せられた町中の人々が武装を始めると、塔の中にいた王の妹とゴーヴァンは防戦の手立てを整える。ゴーヴァンは武具甲冑を身につけたものの、盾がなかったため、チェス盤を盾代わりに使うことにする。物語の語り手はこの場面でのゴーヴァンの心中について、

Hui mes, que que doie avenir,
Cuidera bien contretenir
L'uis et l'antree de la tor,
Qu'il avoit çainte Escalibor
La meillor espee qui fust,
Qu'elle tranche fer come fust.

今からは、なにが起ころうと、塔の扉も入口も守ることができると彼は考える。鉄も木同然に切ってしまう以上、これま

で存在した最高の剣エスカリボールを、腰につけていたからだ。（五八九九―五九〇四行）

と述べて、ゴーヴァンが英語名エクスカリバー（Excalibur）で知られる名剣エスカリボール（Escalibor）の所有者であることを唐突に明らかにしている。[13]「アーサー王物語」の骨格を提供したジェフリー・オヴ・モンマス（Geoffrey of Monmouth）の『ブリタニア列王史』（*Historia Regum Britanniae*）（一一三八年頃）によると、エスカリボールに相当する名剣カリブルヌス（Caliburnus）の所有者はアーサー王とされ、[14]十三世紀のフランス語散文「聖杯物語群」から、十五世紀のトマス・マロリーに至るまで、この伝承は連綿と受け継がれていく。それでもジェフリーの記述を根拠にして、名剣の最初の所有者をアーサー王と断定することはできない。ジェフリーが参照しえなかったか、あるいは参照しながらも利用しなかった伝承の中に、ゴーヴァンを名剣の最初の所有者とする伝承が存在した可能性は十分に存在するからである。

ジェフリーの言及するカリブルヌスの語源については、中世ウェールズの散文物語『キルフーフとオルウェン』（*Culhwch ac Olwen*）に言及のあるアーサー（アルシール）の剣カレドヴルフ（Caletuwlch）（「深い傷を負わせる」の意）に由来するという説[15]や、「鋼鉄」を指すラテン語「カリュブス」（chalybs）と関連づける説[16]などが出されてきた。それでも名剣の本来の所有者をゴーヴァンと想定するなら、ラテン語名カリブルヌス（*Caliburnus*）と古フランス語名エスカリボール（Esc*a*l*i*bor）のいずれにも含まれる「カル」（cal）が、「熱い」「燃えている」を指すラテン語「カレオー」（caleo）（不定詞は「カレーレ」calere）に由来する可能性が出てくる。[17]この見方が正しければ、エスカリボールは太陽の火を宿した魔剣となり、太陽英雄ゴーヴァンに相応しい武具となってくるからである。

2　グランガレ

ゴーヴァンとガンガンブレジルの決闘が一年後に延期され、ゴーヴァンがエスカヴァロン王の妹に別れを告げたとき、語り手はこう付言する。

Et a trestoz ses vaslez dist
Que an sa terre s'an ralassent
Et ses chevax an remenassent
Trestoz, fors que le Gringalet.

そして、彼は他の小姓たちみんなに、グランガレ号だけを残し、馬を全部連れて自分の土地へ戻るよう言いつけた。（六二〇六―〇九行）

『聖杯の物語』の六二〇九行で初めて名の挙がるグランガレはゴーヴァンの愛馬であり、後続の冒険ではゴーヴァンと行動をともにする。グランガレはクレティアンの現存第一作『エレックとエニッド』（*Erec et Enide*）の中に早くも、ゴーヴァンの持ち馬として名前が三度挙がっている。[18] このうち二度（第三九五九行、第三九六九行）は定冠詞つき（'le gringalet'）で、第四〇八九行には所有形容詞つき（'son gringalet'）である。『聖杯の物語』では第七一三六行にも名の挙がるグランガレには、いずれにも定冠詞がついているが、この定冠詞には所有形容詞と同じく、親しみを示すニュアンスが込められているのかもしれない。[19]

「グランガレ」（gringalet）という語は、現在のフランス語では「貧相な」「やせて背の低い」を指す形容詞であるが、十八世紀以前には見つからないこの語義は、ゴーヴァンの愛馬には当てはまらない。グランガレの語源解釈については、「白くて強靭な」を意味する中期ウェールズ語Guin-Calet（Gwyn「グウィン（白）」＋caled「カレッド（強靭な、大胆な）」）に由来するとするR・S・ルーミスの説[20]がこれまでは有力だった。これに対してP・ヴァルテールは、フランス西部に残る方言の検討から、異なる解釈を提案している。[21]それによれば、「グランガレ」（Gringalet）のうち「ガレ」（galet）は「馬」を指す「ガリエ」（galier）と同じ系統の語である。さらにフランス西部では《in》や《on》という鼻母音が標準フランス語の《an》に相当し、「グラン」の綴り《Grin》は《Gran》と読み替えることができるため、「大きい」を指す形容詞「グラン」（grand）を喚起する。こうして導き出されるのが「グランガレ」＝「大きな馬」説である。

この見方が正しければ、ウィリアム・オヴ・マームズベリ（William of Malmesbury）が一一二五年頃に著した『歴代イングランド王の事績』（*Gesta Regum Anglorum*）の中で記している「ウァルウェンの墓」は、にわかに現実味を帯びてくる。ウァルウェン（Walwen）（ゴーヴァンのラテン語名）とはウァルウェイタ（Walweitha）の支配者であり、彼の墓の大きさは十四フィートだったという。おそらくウィリアムは巨人としてのゴーヴァンを伝える口頭伝承に通じていたのである。仮に伝承上のゴーヴァンの姿が巨人であるなら、その愛馬も当然、巨大な馬だったはずである。

『聖杯の物語』を伝える写本のうち、B写本とC写本には、グランガレの異本としてガンガレ（Guingalet）という綴りが見つかる。この綴りの最初のシラブル「ガン」（Guin）は、「白」を指すウェールズ語「グウィン」（Gwyn）に通ずるため、ガンガレは「白い馬」を指すことになる。グランガレの本来の姿が白い巨大馬だとすれば、イギリスのアフィントン（オックスフォードシャー）で見つかった、一一一メートルの白馬を描いたケルト期の丘絵は、ゴーヴァンの愛馬の遠い祖先なのかもしれない。

3　クリュサオルとペガソス

「アーサー王物語」は、インド＝ヨーロッパ語族の神話伝承の世界と、数多くのテーマやモチーフを共有している。英雄と馬とのつながりに注目すれば、アレクサンドロス大王と同じ日に生まれた馬ビュセファル（Bucéphale）（アレクサンドル・ド・パリ作『アレクサンドル物語』[22]）、アイルランドの英雄クー・フリンと同じ日に生まれた二頭の馬（『クー・フリンの誕生』[23]）、中世ウェールズの神話物語集『マビノギ』第一話[24]でプラデリ（Pryderi）と同じく五月一日に生まれた馬などの例が想起される。しかしながら、英雄と馬だけでなく名剣も関連する伝承となると、ギリシア神話に登場するクリュサオル（Khrysaor）と天馬ペガソス（Pegasos）のペアを挙げなければならない。

前八世紀頃に活躍したヘシオドスの『神統記』によると、ゴルゴ三姉妹の一人メドゥサ（Medousa）の首をペルセウス（Perseus）が斬り落とすと、そこから天馬ペガソスと、黄金（クリュソス）の剣（アオル）を持つクリュサオルが生まれたという[25]。クリュサオルとペガソスの父は、メドゥサの愛人ポセイドンとされるが、この神話ではメドゥサの首を刎ねたペルセウスが太陽英雄の系列に属している。ペルセウスの母はアルゴス王アクリシオスの娘ダナエであり、ゼウスは「太陽」を象徴する「黄金の雨」に変身してダナエに近づいている。ペルセウスは、誕生後に箱に閉じ込められ海に流されるが、この筋書きはオットー・ランクが『英雄誕生の神話』[26]で検討した「幼児遺棄神話」の一部であり、ゴーヴァンの誕生と幼年時代を描く伝承にも見つかる。

クレティアンの『聖杯の物語』には言及がないものの、十三世紀冒頭の作とされる古フランス語による韻文作品の断片および、十四世紀の写本が伝えるラテン語散文作品『アーサーの甥ゴーヴァンの幼年時代』（*De ortu Waluuanii nepotis Arturi*）が、ゴーヴァンの生い立ちを伝えてくれる。それによるとゴーヴァンは、アーサーの姉妹とその恋人ロット（Loth）の子として生まれると、箱（または樽）に入れられて海に流されるものの、漁師に拾われて育てられ、長ずるとローマ法王（または皇帝）から騎士に叙任される[27]。ゴーヴァンやペルセウスを乗せて波間を漂う箱は、「太陽の舟」を髣髴とさせる。一方でクリュサオルとペガソスの母にあたるメドゥサは、睨みつけた者を石に変えてしまうが、彼女に備わるこの魔力は、直視すると目をくらませる「太陽」の言い換えかもしれない。

出生時からの英雄と馬と剣との密接なつながりは、民話の世界にも認められる。その代表例は国際話型ＡＴ三〇三「魚の王さま」である[28]。この話型によると、釣り上げられた魚（「魚の王さま」）を人間の女と雌犬と雌馬が口にすると、それぞれが額に「太陽」の印を持った三兄弟と三匹の犬と三頭の馬を生み、同時に三振りの剣が出現する。この話型はまさしく『聖杯の物語』の前半、三兄弟の末っ子ペルスヴァルの冒険の雛形になっている[29]が、一方で『聖杯の物語』後半のゴーヴァンと愛馬、名剣との関連をも説明してくれる。以上の類例を併せて考えれば、ゴーヴァンとグランガレはクリュサオルとペガソスと同じく、「太陽」の属性を持った「双子」であり、ゴーヴァンが手にする剣エスカリボールは、クリュサオルが生まれながらに手にする黄金の剣に対応する。

二　異界への入口

1　エスカヴァロン

『聖杯の物語』後半で、「小袖姫」の代理騎士としてタンタジェルでの馬上槍試合を制したゴーヴァンは、エスカヴァロンの町へ向かう途中で、雌鹿の群れが森の縁で草を食んでいるのを認め、その後を追って行く。そのうち一頭の「白い」雌鹿を追いつめるが、乗っていた馬の前脚につけられていた蹄鉄が外れ、馬が歩行困難となり、獲物に逃げられてしまう[30]。ゴーヴァンが仕留める寸前だった「白い」雌鹿は、ゴーヴァンを「異界」へと導く役割を担っていたのである。ケルトの神話伝承を考慮に入れれば、主人公を「異界」へと導く白い獣の原型は、妖精あるいは女神が変身した姿である可能性が高い[31]。いずれにしても、ゴーヴァンがエスカヴァロンの若き王と対面するのは、失敗に終わったこの白鹿狩りの直後のことである。

ゴーヴァンが決闘のために向かった町エスカヴァロンの名に注目すれば、この名が「エスク」(Esc)という接頭辞と「アヴァロン」(Avalon)からなっているのは偶然とは思われない。この地名には多くの異本があり、C写本ではエスカルリヨン(Escarlion)、F写本とM写本ではカヴロン(Cavelon)、L、P、Q、Sの四写本ではカヴァロン(Cavalon)、P写本ではサヴァロン(Savalon)、S写本ではカヴァロン(Quavalon, Kavalon)となっている。こうした異本の多くに「アヴァロン」が含まれている点は看過できない。

先述の通り、ゴーヴァンが手にしていた名剣エスカリボールへの言及が唐突になされるのはこの町でのことであり、エスカリボール(Escalibor)にも「エスク」(Esc)という接頭辞が見つかる。この名剣の来歴については、ジェフリーの『ブリタニア列王史』でも、その古フランス語版にあたるヴァース(Wace)の『ブリュ物語』(*Roman de Brut*)でも、アヴァロンの島で鍛えられたことになっている[32]。したがってエスカヴァロンの町自体もいわばアヴァロン島の変奏であり、「異界」の雰囲気が漂う町なのである[33]。

2　ガルヴォワの境

エスカヴァロンでの冒険に続き、物語はペルスヴァルが再登場する約三百行のエピソード(六二一七—六五一八行)を挿入した後、再びゴーヴァンの冒険に戻る。旅の途上にあったゴーヴァンは、後にグレオレアス(Gréoreas)(異本ではグレゴリアス Grégorias)[34]と判明する負傷した騎士から、今通過中の場所が「ガルヴォワの境」('la bone de Galvoie')(六六〇二行)であり、先へ進んで戻ることのできた者はいないと知らされる。唯一生還できたというその騎士も、境を守る勇敢な騎士に重傷を負わされたという。ゴーヴァンは負傷した騎士の制止を振り切って騎行を続け、野や森をいくつも通り抜け、片側が海に通じる堅固な城に至り、城内で「悪しき乙女」（'male pucele'）に出会う。

後にオルグイユーズ・ド・ログル（Orgueilleuse de Logres）（「ログルの傲慢女」）と判明するこの乙女は、かつてグリノマラン（Grinomalant）という騎士から一方的な恋心を寄せられ、前の恋人を殺されて以来、気がおかしくなり、同行する騎士たちにひどい仕打ちをするようになったことを、物語の結末近くでゴーヴァンに告白する。前の恋人を失った後に、オルグイユーズの恋人となったのが、「隘路の関守オルグイユー（傲慢男）」（Orgueilleux de la Roche à l'Etroite Voie）であり、「ガルヴォワの境」の番人としてその通過を誰にも許さなかった騎士である。ゴーヴァンがこの騎士と対戦するのは、以下で取り上げる「不可思議の城」の冒険後のことである。城からその日の晩までの退出許可をもらったゴーヴァンは、小舟で川を渡って対岸に行き、オルグイユーとの対戦を制する。この戦いの直前にオルグイユーは、恋人のオルグイユーズにこう述べていた。

（…）« Se Dex me gart,
Autre n'aloie ge querant.
Peor en ai eü mout grant
Que il ne me fust eschapez,
Qu'ainz chevaliers de mere nez
Ne passa les porz de Galvoie,
Se tant avient que ge le voie

Et que ge devant moi le truisse,
Que ja aillors vanter se puisse
Qu'il soit de cest païs venuz. (...)»

「神よ守りたまえ、これぞまさしく探し求めてきた相手にほかならぬ。奴が私の手を逃れてしまったのではないかと、とても心配していた。この世に生まれたいかなる騎士といえども、ガルヴォワの港を通っておきながら、もし私の目にとまり、目の前にその姿を見つけたなら、自分はこの土地から無事戻って来たと、ほかの場所で自慢できる者はいないのだ（…）」（八三八〇―八九行）

オルグイユーはここで「ガルヴォワの港」（'les porz de Galvoie'）（八三八五行）と述べているが、B写本、C写本およびH写本には「橋」（pont）という異本が見つかる。いずれにしても、「異界」への入口を指す言葉であることには変わりがない。またC写本は、「ガルヴォワの境」という呼称が初めて出てくる第六六〇二行に続けて、「とても恐ろしい土地であり、そこにはかなり邪悪な人たちが住んでいる」（'Une terre molt felenesse / Se i a gent auques porverse'）という二行を追加している。オルグイユーの言葉を信じるなら、ゴーヴァンは番人である彼に気づかれぬまま「ガルヴォワの境」を通過し、「不可思議の城」に到達したことになる。

ガルヴォワ（Galvoie）の位置については、スコットランド南部のギャロウェイ（Galloway）や、アイルランド西部のゴールウェイ（Galway）などを想定する説が出されてきたが[35]、このように場所の特定を現実の地理上に行う必要はない。ガルヴォワは「ガル」（gal）と「道」を指す「ヴォワ」（voie）からなるが、P・ヴァルテールが指摘するように、「ガル」は境界を画する「石」を指すだけでなく、「乳の（ような）」を指すラテン語「ガラクティクス」（galacticus）をも喚起する[36]。後者の説によれば、ガルヴォワは「天の川」を指すことになり、宇宙論的な含意を持った神話上の場所となってくる。古代の信仰によると、「天の川」を越えたところには、彷徨う霊魂や幽霊がいたとされるが、「不可思議の城」はまさしく彼岸的な性格が顕著な場所である。ゴーヴァンが太陽英雄である以上、「ガルヴォワの境」は太陽が出入りする門にほかならないのである。

3 象牙と黒檀の門

『聖杯の物語』前半の主人公ペルスヴァルが、母方の伯父の息子にあたる漁夫王の館（いわゆる「聖杯城」）を訪ねたのに対し、物語後半の主人公ゴーヴァンは、二人の王妃が住む「不可思議の城」[37]を訪ねる。王妃の一人は、亡くなって六十年以上になるアーサー王の母イジェルヌ（Ygerne）（英語名イグレーン）、もう一人は亡くなって二十年になるゴーヴァンの母（ロット王の妃）であり、城にはゴーヴァンの妹にあたるクラリッサン（Clarissant）[38]も住んでいた。普通の騎士が城中で生き長らえることができない所以である。

「ガルヴォワの境」を越えたゴーヴァンが「不可思議の城」へ行くには、川を越えなければならない。そのためには慣例により、決闘で倒した騎士の馬を渡し守（`notoniers'）（七三七三行）に「分け前」（`fié'）として差し出し、小舟で対岸まで運んでもらう必要があった[39]。ゴーヴァンは馬の代わりに打ち負かした騎士を引き渡すことで、渡し守に納得してもらう。その後ゴーヴァンは、川の対岸にあった渡し守の家で宿を得る。翌日に小塔の窓から美しい国の様子を眺めていたゴーヴァンは、崖の上に城を認める。ゴーヴァンから城のことを聞かれた渡し守は、入城の難しさをこう説明する。

Que chevaliers n'i puet entrer
Qui i puisse mie arester

Une liuee vis ne sains
Qui de coardie soit plains
Ne qui ait an lui nul mal vice
De losange ne d'avarice.
Coarz ne traïtes n'i dure,
Ne foimantie ne parjure :
Cil il muerent si a delivre
Qu'il n'i pueent durer ne vivre.

なぜなら館に入った騎士は、臆病風にとりつかれていたり、または心の中に悪徳、嘘偽り、吝嗇が巣食っていたりすれば、一里走るのにかかる時間ほども、そこに無事に留まることはできないからです。臆病者も裏切り者も、そこでは耐えられないし、卑怯者や不実な人はたちまち死んでしまうので、そこでは生き残ることができないのです。（七五五三―六二行）

渡し守の話によると、城には五百人以上の小姓たち、夫に先立たれ領地を不当に奪われた老齢の貴婦人たち、孤児になった乙女たちがおり、一人の頼もしい騎士が現れ、小姓たちを騎士に叙任し、貴婦人たちの名誉を回復し、乙女たちに夫を授けることを待ち望んでいるという。ゴーヴァンは渡し守の制止をものともせず、冒険に挑む決意を固め、渡し守に城まで案内させる。

渡し守とともに館の中に入ったゴーヴァンが最初に目にするのは、入口の門である。語り手はこの豪華で立派な門について、こう説明している。

L'une des portes fu d'ivoire,
Bien antailliee par desus ;
L'autre porte fu d'ebenus,
Autresi par desus ovree,
Et fu chascune anluminee
D'or et de pierres de vertu.

門のうちの一つは象牙製で、表面に彫刻が施されていた。もう一つの門は黒檀製で、同じく表面に細工が施されていた。そしてどちらの門も、黄金や高価な宝石で飾られていた。（七六八二—八七行）

「象牙」（‘ivoire’）と「黒檀」（‘ebenus’）の門への言及は単なる埋め草ではなく、クレティアンの念頭には、『エネアス物語』（*Roman d'Enéas*）の次の一節があったと考えられる。

Dous grant portes a en enfer,
N'a en nule ne fust ne fer :
L'une porte est eborine
Et l'autre anprés si est cornine.
Par ces portes issent li songe,
Et cil qui tornent a mençonge

Vienent par la porte eborine,
Li voir viegnent par la cornine.[40]

地獄には二つの大きな門があり、いずれにも木や鉄は使われていない。一つの門は象牙、隣にあるもう一つは角でできている。これらの門からは夢が出てくるが、嘘偽りとなる夢は象牙の門から出てくるのに対し、正夢は角の門から出てくる。（二九九七―三〇〇四行）

クレティアンは、この一節に出てくる「象牙の」を指す形容詞の女性形《eborine》を、「黒檀」を指す《ebenus》へと改変したのである。作者不詳の『エネアス物語』（十二世紀中葉）は、ウェルギリウス（Vergilius）がラテン語で著した『アエネーイス』（*Aeneis*）の古フランス語韻文による翻案作品であるが、二つの門への言及は、『アエネーイス』第六の歌（八九三―八九六行）では次のように記されている。

Sunt geminae Somni portae, quarum altera fertur
cornea, qua ueris facilis datur exitus umbris,
altera candenti perfecta nitens elephanto,
sed falsa ad caelum mittunt insomnia manes.[41]

夢の門は二つある。一つは
角の門で、真実の亡霊なら容易にそこから出て行ける。
もう一つは白い象牙を光沢豊かに仕上げてあるが、
この門から下界の霊が偽りの夢を地上へと送っている。[42]

『アエネーイス』第六の歌は、主人公のアエネーアス（Aeneas）がシビュラ（Sibylla）とともに地獄下りを敢行し、亡き父アンキーセス（Anchises）と出会う場面を描いているが、二つの門への言及はアンキーセスが別れ際に息子にした話の中に出てくる。「夢の門」伝承の来歴はさらに古く、ウェルギリウスはホメロス『オデュッセイア』（*Odysseia*）第十九歌で、故郷へ帰国したオデュッセウスに、相手が夫だと分からぬままペネロペイアが語った次の一節に依拠したと推測されている。

客人よ、夢というものは捉え難く、その意味を判ずるのは難しいもの、また人間には夢で見たことがすべてその通りになるわけでもありません。朦朧《もうろう》として実体のない夢の通う門は二つあって、その一つは角《つの》で、もう一つは象牙で造られています。人の見る夢のうち、挽き切られた象牙の門を出て来たものは、実現せぬ言葉を伝えて人を欺きますが、磨かれた角の門を潜って出る夢は、それを見た人に見た通り実現してくれます。(43)

ウェルギリウスは「夢の門」を冥界に位置づけ、角の門と象牙の門をそれぞれ「真実の亡霊」（uerae umbrae）と「偽りの夢」（falsa insomnia）が通過すると説明している。(44) しかしながら、典拠となるホメロスの記述を考慮に入れれば、二つの「夢の門」はむしろ霊魂が通過する二つの至点の門、つまり太陽が「夏至」と「冬至」に通過する門に相当すると考えられる。西洋の占星術伝承によると、「夏至」と「冬至」はそれぞれ「蟹座」と「山羊座」に対応し、霊魂は「蟹座」にある「人間の門」を通って地上に降り、「山羊座」にある「神の門」を通って天に向かうと考えられていたからである。(45) フランス南部ガール（Gard）県で九世紀に作られた『リュネルの詩篇集』（*Psautier de Lunel*）の挿絵では、蟹の右横にある門と、山羊の右横にある門の近くに太陽が描かれていることがそれぞれ「夏至」と「冬至」を表しており、いずれの門でも右側で開閉を担当する門番は「黒檀」のように肌の黒い人物である(46)。

二つの門をめぐるこうした神話伝承から、ゴーヴァンが赴く城館は、生者には近づくことのできない「異界」であることが明らかになってくる。一方で『聖杯の物語』前半の「聖杯城」エピソードも、こうした見方を裏付けてくれる。漁夫王の館に招かれたペルスヴァルは、初めて「聖杯」行列を目撃した後で夕食に与るが、その場面に小姓たちが「黒檀」('ebenus')(三二七一行)製の二組の脚で支えられた「象牙」('ivoire')(三二六一行)製のテーブルを運んでくる。このテーブルは「ものの本が証言するのによれば」('Ensi com reconte l'estoire')(三二六二行)一枚の板でできており、「黒檀」製の木は腐ったり燃えたりすることがないと、語り手は説明している。ここではテーブル本体と脚の素材に使われた「象牙」と「黒檀」が、ペルスヴァルの「異界」逗留を示唆していると言えるだろう。ゴーヴァンが「象牙」と「黒檀」の門を目にする件でも、語り手はその直前に門が豪華で美しく、蝶番や受け金がすべて純金であるのは「ものの本が証言する通り」('tesmoing l'estoire')(七六八一行)と述べており、ここでも「種本言及」が行われている点も注目される。

三　異界での試練

1　タンタジェル城

ゴーヴァンは、「不可思議の城」の門を一年のどの時期に通過したのだろうか。先述した通り、「象牙」と「黒檀」の門が至点の二つの門を象徴するなら、城門の通過は一年で日の長さが最大になる「夏至」の時期だと考えられる。なぜなら『聖杯の物語』前半でアーサー王はウェールズのディスナダロンで「聖霊降臨祭」(「復活祭」

後の第七日曜日）の頃に宮廷を開いており（二七八七行）、物語後半のゴーヴァンの冒険は「夏至」に近い時期に行われていたと推測できるからである。一方でタンタジェルの町でのゴーヴァンの最初の冒険については、その時期の特定を可能にしてくれる傍証が、古フランス語韻文による「トリスタン物語」に見つかる。オックスフォード本『トリスタン狂恋』（*Folie Tristan*）（一一七五—一二〇〇年頃）には、トリスタンの伯父マルクの居城タンタジェルに備わる不可思議な性格がこう記されているからである。

E si fu jadis apelez
Tintagel li chastel faez.
Chastel faë fu dit a droit,
Kar dous faiz le an se perdeit.
Li païsant distrent pur veir
Ke dous faiz l'an nel pot l'en veir,
Hume del païs ne nul hom,
Ja grant guarde ne prenge hom,
Une en ivern, autre en esté,
So dient la gent del vingné.[47]

タンタジェルはむかし「魔法の城」と呼ばれた。「魔法の城」とは言い得て妙である。なぜなら城は一年に二度姿を消していたからである。農夫たちは、土地の者であろうと誰であろうと、どんなに注意を払っていても、一年に二度、冬に一度と夏に一度城の姿を見失ったと断言した。土地の人々はみんな、そう言っている。（一三一—一四〇行）

タンタジェル城に備わるこうした不可思議な性格を、『聖杯の物語』後半のタンタジェルに重ね合わせて読めば、ゴーヴァンがタンタジェルに立ち寄ったのは「夏」で、城が消失する直前の時期だったと考えられる。

2 不可思議の寝台

「象牙」と「黒檀」の門を越えたゴーヴァンは、館の中央に銀製の紐以外、すべて金ずくめの寝台を認めると、座って少し休もうとする。実は「不可思議の寝台」('li liz de la Merveille')（七八〇五行）と呼ばれるこの寝台こそ、城にかけられた魔法の解除に必要な試練の場だった。この寝台に座った騎士は生きて戻ったためしがないと渡し守から教えられたにもかかわらず、ゴーヴァンは寝台に腰を下ろしてしまう。するとすべての窓が開き、矢の群れが雨のように飛来してくる。盾で防戦したゴーヴァンが、身体に刺さった矢をすべて抜き終わらぬうちに、今度は腹をすかせた一頭のライオンが室内に踊り込んで来て、ゴーヴァンに襲いかかる。それでも剣でライオンの頭と両脚を斬り落とし、猛獣退治に成功する。(48) これにより城の魔法が解除され、ゴーヴァンは城主となるのである。

試練に先立って渡し守は、冒険を完遂できるのは、「賢明かつ寛大で、欲心がなく、美男かつ高貴で、大胆かつ誠実で、卑劣さやいかなる悪とも無縁な」('Saige et large, sanz coveitise, / Bel et franc, hardi et leal, / Sanz vilenie et sanz nul mal.')（七五九四―九六行）騎士だと述べていた以上、この一連の形容語がまるごとゴーヴァンに当てはまることになる。こうしてゴーヴァンは、城に住む貴婦人たち、孤児の乙女たち、小姓たちに幸福を約束する存在となった。この状況は、『聖杯の物語』前半のペルスヴァルが漁夫王の館で「聖杯（グラアル）」行列を前にしてしかるべき質問をしなかったため、王の怪我を治すことも、荒廃した王国を元通りにすることもできなかった状況の裏返しではないだろうか。新たな城主となったゴーヴァンが永遠に城に留まる運命になったという筋書きには確かに、クレティアンが忍び込ませた皮肉を認めるのは可能であろう。それでもゴーヴァンが誰にも果たせなかった救世主的な偉業を果たしたことには変わりがない。

そもそも「不可思議の城」は、女城主イジェルヌが連れてきた「天文現象に通じた一人の賢明な学僧」（'Uns sages clers d'astrenomie'）（七五四八行）が建てたものであり、「不可思議の寝台」はその代表作だった。「学僧」として教養七学科（リベラルアーツ）を修めていたクレティアンの教養には「天文学」（astronomie）に関する深い知識も含まれていた。[49] 現存第一作『エレックとエニッド』で、クレティアンが「天文学」を「諸芸術の筆頭」（'la meillor des arz'）（六七七一行）に挙げ、新プラトン主義の哲学者マクロビウス（Macrobius、フランス語名Macrobe）の名を挙げていることを思い起こそう。[50] こうした天文学的・占星術的な観点に立てば、「不可思議の寝台」に腰かけたゴーヴァンに降り注ぐ矢の雨は、「夏至」の時期に降り注ぐ太陽光線を暗示することになる。世界全体を破壊しかねないこの太陽の炎に、自らも太陽の化身であるゴーヴァンが挑んでいるのである。こうした観点から「不可思議の寝台」の形状に注目すると、四つの車輪の上に乗せられていた寝台は、それ自体が太陽の車を思わせるだけでなく、車輪自体も太陽を象徴している。

こうした文脈では、「不可思議の城」に通じる階段の下で青草の束の上に座っていた「義足の男」（'eschacier'）（七六五一行）は、特別な意味を帯びてくる。これまでこの人物については、「悪魔」または「冥界の王」の寓意的表現と解釈されたり、雛形となる神話的表象をケルトの神話伝承の中に探す試みがなされたり、「生者の世界と、死者、あるいは霊魂の世界をつなぐ人物」の系列に属するとみなされたりしてきた。[51] 最後の解釈によれば、「義足の男」が想定させる歩行困難な状態は、彼が「異界」への旅を通じて刻印された通過儀礼の痕跡ということになる。これに対してP・ヴァルテールは、「義足の男」が、一年で日が最も長い夏至（または一年で日が最も短い冬至）に、太陽がバランスを失いながら進む姿を表したものだと推測している。『マグ・トゥレドの戦い』（*Cath Maige Tuired*）で、星や太陽や惑星の運行をあらかじめ確認し、フォウォレ族との戦いを前に「片足、片手、片目」[52]で軍を一周するアイルランドの万能神ルグ（Lug）（その名は「光」「白く輝く者」を指す）や、古代インドの『アタルヴァ・ヴェーダ』（*Atharva-Veda*）十三・一・六に言及のある太陽を支える一本足の雄山羊（アジャ・エーカパッド aja ekapad）[53]などの類例が、インド＝ヨーロッパの神話伝承に見つかるからである。

3 危険な浅瀬

「不可思議の城」で魔法を解除した後で、遅ればせながら「ガルヴォワの境」を守る騎士（オルグイユー）を倒したゴーヴァンは、すでに誰にもできない冒険を二つ完遂したことになる。「不可思議の城」から一時的な外出を許されたゴーヴァンは、再会した「悪しき乙女」オルグイユーズから、騎士としての勇気を証明するために「危険な浅瀬」（Gué Perilleus）を渡るように言われる。ゴーヴァン自身も、この浅瀬の深い水を渡り終えた者は、世にも高い評判を勝ち得ることになるという噂を聞いていた（八五〇六―一〇行）。そこでゴーヴァンは愛馬グランガレにまたがり、速足で飛び越えようとしたが、馬は浅瀬の真ん中に飛び込んでしまう。それでも馬はなんとか泳ぎ切り、高い岸に飛び移るのに成功する。そこにはハイタカを使って猟を行うグリノマランという美男の騎士がおり、ゴーヴァンにこう説明する。

Mes tu as hui feite tel chose
Que nus chevaliers fere n'ose ;
Et por ce que feire l'osas,

Le pris del mont et le los as
Par ta grant proesce conquis.
Quant el Gué Perilleus saillis,
Mout te vint de grant hardemant,
Et saiches bien certainnemant
C'onques chevaliers n'an issi.

ところがあなたは今日、どんな騎士もあえてしないことをやってみせた。そして、あえてやってみせたことで、あなたの快挙によって、世間の賞賛と価値とを手に入れたのです。あの《危険な浅瀬》を跳んだとき、あなたはじつに大胆なところを見せた。ですからとくとご承知おき下さい、いまだかつてあの浅瀬から脱出できた騎士はいないことを。（八五八三—九一行）

浅瀬の真ん中に墜落するという不運にもかかわらず、愛馬グランガレには峻険な対岸まで泳いで上陸する力が残されていたため、ゴーヴァンは結果的に「世間の賞賛と価値」を手にしている。ここでも物語作者のクレティアンは、ゴーヴァンの英雄的行為をいささか滑稽に描いてはいるが、それによりゴーヴァンの成し遂げた偉業の価値が下がることはない。

「危険な浅瀬」で初めて対面したグリノマランとゴーヴァンは、互いに質問をすることで、真実を打ち明け合うことを誓う。そこでゴーヴァンはグリノマランから、「不可思議の城」が「ロッシュ・ド・シャンガン」（Roche del Chanpguin）（八六一七行）という名であり、染色した布の織物を大量に売り出していること、二人の王妃がアーサー王の母とゴーヴァンの母であること、グリノマランがゴーヴァンの妹クラリッサンに恋していること、ゴーヴァンの父がグリノマランの父を殺害したことからグリノマランがゴーヴァンを憎んでいることを順に知らされる。その後ゴーヴァンが名乗り、二人の決闘が予定される。

クラリッサンとの結婚を望むグリノマランが「危険な浅瀬」でゴーヴァンと戦うという筋書きは、十二世紀末の作とされる『サンザシの短詩』(*Lai de l'Epine*)[54]を想起させる。この短詩によると、ブルターニュの王が妾からもうけた息子と、王妃が別の夫からもうけた娘が、幼少から一緒に育てられ、長じると恋に陥る。ある日、二人がベッドで一緒に横になっているところを王妃に見つけられて以来、二人は別々に監視される。「聖ヨハネ祭」(六月二四日)の一週間前、若者は騎士に叙任されるが、その晩王宮で、ある乙女が「サンザシの浅瀬」の冒険を口にしたため、若者がこれに挑む決意を固める。「聖ヨハネ祭」当日の夜、乙女は王宮の果樹園に入り、神に祈りを捧げて眠り込み、目覚めると、サンザシの木の下に移動していた。浅瀬の対岸にいた騎士の「武具はすべて真紅であり、馬は両耳だけが真紅で、そのほかの部分は真っ白だった」(Ses armes sont toutes vermelles, / e del cheval les deus orelles, / e li autres cors fu tous blans,)(三一一―三一三行)。若者はこの騎士との戦いを制し、不思議な馬を手に入れる。若者と乙女の結婚で幕となる筋書きの中で、「聖ヨハネ祭」に「浅瀬」で行われる決闘はいわば婚前儀礼に相当する[55]。

未完の『聖杯の物語』では、ゴーヴァンとグリノマランの決闘の模様は描かれぬままに終わっているが、予定されたこの決闘の背後には、クラリッサンとの結婚を望むグリノマランが挑まねばならぬ婚前儀礼が見え隠れしている。さらにはゴーヴァンが愛馬グランガレにまたがって浅瀬の跳躍を試みる場面は、『サンザシの短詩』で「聖ヨハネ祭」の日に神に祈りを捧げた乙女が、サンザシの木まで瞬間移動する場面を想起させる。『サンザシの短詩』では、主人公の獲得する不思議な馬が紅白の色により「異界」との関連を示唆しているが、『聖杯の物語』後半にも「危険な浅瀬」エピソードに先立つ時点に、同種の馬が登場している。それは「ガルヴォワの境」を越えたところで、ゴーヴァンが「悪しき乙女」オルグイユーズから頼まれて、庭園から連れ出してくる馬で、「頭の片側が黒く、もう一方が白い儀仗馬」（'Le palefroi, qui la teste ot / D'une part noire et d'autre blanche,'）（六八二二―二三行）である。ゴーヴァンの冒険の時期が「夏至」＝「聖ヨハネ祭」の時期である以上、頭の色が半分ずつ白と黒に別れたこの馬は、昼と夜の長さが等分になる「夏至」を暗示しているのかもしれない[56]。

『聖杯の物語』後半にグリノマランという固有名は六度出てくるが、このうち四回には定冠詞（li）がつけられている。定冠詞つきで登場するゴーヴァンの愛馬グランガレと同じく、グリノマランも元来は民間伝承に由来する人物だったのかもしれない。グリノマラン（Grinomalanz）というのはA、C、L、Uの四写本に見られる綴りであるが、この名前にも異本が多い。B、E、Rの三写本ではジロムラン（Giromelanz）、H写本ではグリロムラン（Griromelans）、M写本ではギルムラン（Guiremelenz）とギヴルムラン（Guivremelanz）、P写本とQ写本ではグリヨムラン（Griomelans）、R写本とU写本ではジュロムラン（Geromelans）、S写本ではギムラン（Guimelans）とグリモラン（Grimolans）、T写本ではギロムラン（Guiromelans）、U写本ではグルノムラン（Grenomelans）といった具合である。こうした異本を念頭に置きながらD・ポワリヨンは、この作中人物の名に「ジル＝マル＝ラン」（gire-mal-l'an）、つまり「一年（ラン）を悪く（マル）回転させる（ジル）」といった意味合いが込められている可能性を指摘している[57]。筋書きの上ではゴーヴァンの敵対者の一人に過ぎないグリノマランも、その登場が「夏至」という宇宙論的な意味で重要な時期である以上、太陽の正常な運行を妨げ、世界の終末を招きかねない存在となってくるからである。

四　妖精たちの城

1　糸紡ぎと機織り

『聖杯の物語』後半で最大の試練の場である「不可思議の城」の謎について、補足的な情報を読者＝聴衆が手にするのは、「危険な浅瀬」でグリノマランがゴーヴァンに行う説明である。グリノマランは城の名とそこで行われている仕事を、こう説明している。

Li chastiax, se vos nel savez,
A non la Roche del Chanpguin,
Maint boen drap vermoil et sanguin
I taint an et mainte escarlate,
S'an i vant an mout et achate.

あの城の名は、もしご存知ないなら、ロッシュ・ド・シャンガンというのです。あそこでは多くの良質の布を真っ赤な血の色に、また多くの布を深紅の色に染めているので、人々はそこで布の売買をさかんに行っているのです。（八八一六―二〇行）

これはA写本が伝える詩行であるが、T写本では対応箇所が次のようになっている。

Li chastiax, se vos nel savez,
A non la Roche de Canguin,
Maint bon vert drap riche et sanguin
I tist on et mainte escarlate,
Si'n i vent on molt et achate.

あの城の名は、もしご存知ないなら、ロッシュ・ド・カンガンというのです。あそこでは緑色や血紅色に染めた多くの良質の布と、深紅色に染めた多くの布を織っているので、人々はそこで布の売買をさかんに行っているのです。

第八八一九行で、A写本が布を「染める」（'taint'）としているのに対し、T写本では布を「織る」（'tist'）としているが、この城での主な仕事が糸紡ぎと機織りであることには変わりがない。ところで「不可思議の寝台」の試練を完遂したゴーヴァンのもとへ訪ねてきたイジェルヌ王妃は、「金糸で刺繍が精妙に施された、白い絹の衣をまとっていた」（'Et fu d'un dïapre vestue, / Blanc a fil d'or, d'uevre menue.'）（八一〇九―一〇行）と描写されているが、これはまさしく城で織られた衣であろう。布の売買が頻繁に行われている以上、糸紡ぎと機織りには城に住む多くの貴婦人や乙女たちが従事していると考えられる。しかしながら、物語の背後に見え隠れする神話伝承によれば、アーサー王の母イジェルヌ、その娘にあたるゴーヴァンの母、さらにはゴーヴァンの妹クラリッサンという三者一組こそが、糸紡ぎと機織りの本来の従事者だと推測できる。その傍証となるのはインド＝ヨーロッパ語族の神話伝承であり、中でもギリシア神話の運命の三女神モイライ（モイラの複数形）が重要な比較項である。三女神のうち、糸巻き棒を手にするクロト（Klotho）は生まれた子供の運命を紡ぎ、糸巻きを回すラケシス（Lachesis）は生命の糸の長さを決め、はさみを持つアトロポス（Atropos）は糸を切ることで死の時期を定める。

2　機織りの材料としての血

イジェルヌ、ゴーヴァンの母とクラリッサンからなる三者一組の役割を考える上で鍵となるのは、中心的な位置に来るイジェルヌ（Ygerne）の名である。イジェルヌの異本イグレーヌ（Ygraine）は、古アイルランド語で野生の雁を指す「ギグラン」（gigren）と関連づけられることから、イジェルヌの神話的な姿は「鳥女」だと推測できる。[58] この見方が正しければ、次に想起すべき比較項は、北欧神話に登場するヴァルキューレ（Valkyrya）である。ヴァルキューレは、戦場で死んだ勇者（エインヘリヤルEinherjar）を選び、最高神オーディンの宮殿ヴァルハラ（Walhalla）（古ノルド語ではヴァルホルValhöll、「戦死者の館」の意）へと運ぶ役割を担った存在である。「エッダ」の一つ『ヴェルンドの歌』（*Völundarkviða*）[59] によれば、フィン族の三人息子は、狼池の岸辺で亜麻を織っていた三人の女を見つけ、連れ帰って妻とする。ヴァルキューレだったこの三人の女は七冬を夫たちと過ごした後、戦いを求めて飛び去って行ったという。おそらく夫たちに隠されていた白鳥の羽衣を見つけ出したためであろう（三人の一人スヴァンフヴィートSvanhvitが「白鳥のように白い」の意であることは示唆的である）。

ヴァルキューレと機織りの関連については、『ニャールのサガ』（*Njáls saga*）第一五七章が収録する「槍の歌」[60] が貴重な証言をもたらしてくれる。この歌によれば、ヴァルキューレは機織りを行うとき、人間の首を錘に、人間の腸を横糸と縦糸に、血まみれの槍を糸巻き棒に、矢は梭《ひ》に、剣を打板にしていることが分かる。つまり人間の運命を織るヴァルキューレは、死んだ人間を機織りの材料にしているのである。こうしたヴァルキューレの姿を重ねて読めば、『聖杯の物語』の「不可思議の城」での機織りに使われた布は、人間の血により染められていた可能性が出てくる。城（ロッシュ）の名はA写本ではシャンガン（Chanpguin）、C写本とL写本ではシャンガン（Changuin）、E写本とU写本ではシャンガン（Champguin）、T写本ではカンガン（Canguin）、R写本ではカンガン（Campguin）となっているが、H、M、P、Q、Sの五写本には有力な異本としてサンガン（Sanguin）が見つかる。布を染めるのに人間の血が使われているのであれば、「血の色の」を指す「サンガン」こそが、城の名に相応しいと言えるだろう。

3　人間の加工

先述した通り、「不可思議の城」の入口にある「象牙」と「黒檀」の門は、古代ギリシア・ローマの「夢の門」伝承を介して、至点の二つの門を示唆し、太陽英雄ゴーヴァンは「夏至」の時期に城へ入り込んだと想定できる。こうした太陽（英雄）の動きを、妖精たちの機織りと関連づけてくれる一節が、ホメロスの『オデュッセイア』第十三歌第一〇二―第一一二行に見つかる。故郷イタケに到着したオデュッセウスが、財宝をある洞窟の中に隠す件である。

入江の奥の行き着いたところに、一本《ひともと》の葉の長いオリーヴの木があり、その木に近くほの暗く心地よい洞窟があって、これはネイアス（ナイアス）と呼ばれるニンフたちの聖域である。洞窟の中には、石の混酒器や把手二つの甕がいくつもあり、蜜蜂がそこに巣食って蜜を貯える。また石で造った巨大な機《はた》もあり、ニンフらはここで、紫色に染めなした目もあやな布を織る。また涸れることなき水も湧いている。洞窟の入口は二つあり、一つは北に向かってこれは人間の通路であり、もう一つは南に向かって神のみが用いる。人はここから入ることはなく、これは神々の通路である。(61)

ホメロスによると、ニンフ（ナイアス）たちの洞窟には二つの入口があり、一つは北に、もう一つは南に向いていた。この二つの入口は、それぞれ「夏至」と「冬至」に太陽が通過する門（それぞれ「蟹座」と「山羊座」の門）である。[62] この一節で注目すべきは、ニンフたちが石の機織り台を使って織っていた紫色の布である。P・ヴァルテールが新プラトン派の哲学者ポルピュリオス（Porphyrios）の解釈を踏まえて指摘するように、ここでの「石」は人間の身体の骨格を、紫色の布は人間の肉と血を表しており、ニンフたちの洞窟は、人間の生成が行われる場所なのである。[63] したがって、ニンフたちが用いる紫色染料は、北欧神話のヴァルキューレが用いる人間の血を介して、「不可思議の城」で使われる「真っ赤な血のような」色の布との接点を持ってくる。

4　五百の窓

ここまでの議論では、「不可思議の城」で行われる糸紡ぎと機織りが持つ神話的な意味に焦点を当ててきたが、城には天文学および占星術との密接なつながりがあることを忘れてはならない。そもそもこの城は、イジェルヌ王妃が連れて来た「天文現象に通じた一人の賢明な学僧」の発案だったことを思い起こそう。城に備わる宇宙論的な側面は、「ガルヴォワの境」を越えて「悪しき乙女」オルグイユーズとともに騎行を続けたゴーヴァンが、川の対岸に初めて城を認めた場面に認められる。

Que sor une roche naïve
Avoit un palés bien asis,
Qui estoit toz de marbre bis.
El palés fenestres overtes
Ot bien cinc cent, totes covertes
De dames et de dameiseles

Qui esgardoient devant eles
Les prez et les vergiers floriz.
むき出しの岩山の上に、すべてが灰色の大理石でできた館が鎮座していた。その館に穿たれた五百もある窓は、ことごとく開け放たれ、どの窓にも貴婦人や乙女たちがいて、みんなが前にある草地や花咲く庭園を眺めていた。（七二四〇―四七行）

館に穿たれた多くの窓は、ジェフリー・オヴ・モンマス作『メルリヌス伝』（*Vita Merlini*）（一一五〇年頃）に言及のある天文観測台を想起させる。(64) 妹ガニエダ（Ganieda）の夫ロダルクス（Rodarchus）王の宮廷に引き留められていたメルリヌス（Merlinus）（英語名マーリン、フランス語名メルラン）は、住み慣れた森へ戻ることを切望し、冬でも食料が不足しないよう森の中に家を建て、召使たちを用意するよう妹に求める。そのほかにメルリヌスは妹に、「七十の扉と七十の窓のある家屋」の建設も依頼している。「その窓から金星とともに火を吹く太陽や、夜には天空から滑り落ちる流れ星を観察」し、それによって「王国の人民の未来の出来事を予知」するためだった。メルリヌスは、彼の予言を書き取り板に記録する同数の書記係を望んでいることから、その数は七十名ということになる。七十という数は、エジプトのファラオ・プトレマイオス二世の命を受けて『旧約聖書』をギリシア語に翻訳した七十人の訳者を想起させるが、ここでの「七〇」はむしろ、一週間の七日や、七つの惑星など、暦や天体運行に関連した「七」を踏まえた数字であると考えるべきであろう。(65)

クレティアンの『聖杯の物語』を参照しながら、ヴォルフラム・フォン・エッシェンバハ（Wolfram von Eschenbach）が中高ドイツ語で著した『パルチヴァール』（*Parzival*）（一二〇〇年頃）は、占星術や天文学の影響が濃厚な作品に仕上がっており、『聖杯の物語』後半の「不可思議の城」に対応する「シャステル・マルヴェイレ（魔法の城）」の望楼には、不思議な柱があった。ガーヴァーン（Gawan）（ゴーヴァンのドイツ語名）が望楼に登り、柱に使われていた数多くの高価な宝石を眺めていると、「その大きな柱の中にすべての国々が見えるように彼には思えたのである。しかもそれらの国々はぐるぐる回り、大きな山々が互いに激しくぶつかるような具合に景色が移り変わっていった。柱にはまた人々が馬に乗りあるいは歩き、ある者は走り、ある者は立っているのが見えた。そこで彼は窓に腰かけて、その不思議なものをもっとよく観察しようと考えた」(66)。

窓に腰かけて外側を眺めるガーヴァーンは、天体が地上に及ぼす影響を目にしていたのである。ここでは窓の数が明示されてはいないが、『聖杯の物語』の「不可思議の城」に穿たれた窓の数を想起させる一節が、十世紀初頭の作とされる『グリームニルの歌』（*Grímnismál*）に見つかる（「仮面を被る者」を指すグリームニルは、オーディンの異名の一つ）。この歌は古ノルド語で書かれた歌謡集「古エッダ」（または「詩のエッダ」）の中の一篇であり、散文による短い記述に続いて、韻文の部分に神々の十二の住処が列挙される。ヴァルハラは十二番目の住処であり、「ヴァルハラには五四〇の扉があるように思う。狼との戦いに赴くときには、一つの扉から八百人の戦士が一度に打って出るのだ(67)」と記されている。

巨人族との最終決戦（いわゆる「神々の黄昏（ラグナレーク）」）を前に、地上で戦死した勇士たちが終日戦闘のための鍛錬をし、夕べには食卓を囲んでビールを酌み交わすヴァルハラには五四〇の扉があるとされるが、これは『聖杯の物語』が描く「不可思議の城」に穿たれた五百の窓に対応している。ヴァルハラの勇士たちが最終決戦のときに扉から出撃するのに対し、「不可思議の城」では貴婦人たちや乙女たちは救世主の到着を待ち望んでいる。いずれのときも、天体の運行と響き合うものであり、窓や扉の数はこうした宇宙のリズムを反映したものであろう。

本節では、「異界」の住処で運命を司る女神たち（または女神的な存在）が糸紡ぎと機織りに従事するという筋書きが、ギリシア神話のモイライとニンフ（ナイアス）たち、北欧神話のヴァルキューレ、『聖杯の物語』の三者一組の女（二人の王妃と一人の王女）を結びつけてくれることを確認した。つまり、「不可思議の城」は、ニンフたちの洞窟（ギリシア神話）やヴァルハラ（北欧神話）の異本と考えられる。もちろん諸例に認められる類似は、作品相互の模倣による結果ではなく、インド＝ヨーロッパ神話の共通の遺産からの分岐と考えなければならない。

五　ゴーヴァンによる医療行為

1　薬草による治療

『聖杯の物語』後半でゴーヴァンが果たす最大の偉業は、「不可思議の城」での魔法解除である。この偉業は、「ガルヴォワの境」の番人との戦い、「危険な浅瀬」越えとともに、ゴーヴァン以前には誰も成し得なかったものである。こうした偉業と比較すれば、ともすると看過してしまいそうなエピソードが、エスカヴァロンの町での冒険の直後に見つかる。

ガンガンブレジルとの決闘が一年延期され、再び馬上の人となったゴーヴァンは、旅の途中で重傷を負った騎士とその恋人に出会う。騎士は頭に剣の一撃を受け、両脇腹からは血が流れ、気を失っていた。ゴーヴァンは、意識を取り戻した騎士から、「ガルヴォワの境」へ進まぬよう言われる。しかしゴーヴァンが先へ進む覚悟を伝えたため、負傷した騎士は、ゴーヴァンが無事戻って来られた場合には、彼の病状を確かめに立ち寄り、仮に亡くなっていれば、恋人のことを守ってくれるよう願い出る。

その後ゴーヴァンは、「悪しき乙女」オルグイユーズに出会い、求められるままに、近くの庭園から不思議な儀仗馬（頭の片側が黒で、もう一方が白の馬）を連れ出してきた後、負傷した騎士と乙女を残してきた場所へ戻る。ここで物語は、「そして我がゴーヴァン卿は誰よりも傷を治す術を心得ていて」（'Et mes sire Gauvains savoit / Plus que nus hom de garir plaie.'）（六九一〇―一一行）と述べ、ゴーヴァンがある生垣に傷から痛みを取る薬草を見つけ、それを摘みに行ったと記している。

薬草を取って戻って来たゴーヴァンは馬から下り、負傷した騎士が元気に脈を打ち、唇も頬もそれほど冷たくないことを確認すると、騎士の命に別状はないと言って、騎士の恋人を安心させる。そして薬草についてこう述べる。

Ge li aport une herbe tel
Qui mout, ce cuit, li aidera
Et ses dolors li ostera
De ses plaies une partie
Tantost que il l'avra santie,
Que l'an ne set sor plaie metre
Meillor herbe, ce dit la letre,
Qui tesmoigne qu'ele a tel force,
Qui la metroit desor l'escorce
D'un arbre qui fust anteichiez,
Mes que del tot ne fust seichiez,

Que la racine reprandroit
Et li arbres tex devandroit
Qu'il porroit fuillier et florir.

この騎士のために私は薬草を一つ持って来た。これはとても、彼には役立つと思う。この草が効き出したと感じたらすぐ、傷の痛みをいくぶんか取ってくれるだろう。傷につけるには、これにまさる薬草はない。ものの本が伝えるところによれば、この草には大変な効果があって、これを病気に冒されてはいるがまだ枯れてはいない木の皮に貼れば、根が再び張り出し、木はすっかり元気になって、葉をしげらせ、花を咲かせるようになるという。（六九三〇―四三行）

ここでゴーヴァンが典拠として挙げている「ものの本」('la letre')（六九三六行）はおそらく、医術で有名なサレルノで編纂された「薬草鑑」(68)であり、病気の治療を説明するのにゴーヴァンは、人間と植物のアナロジーを用いている。植物に効く薬草は、人間にも必ず効くという論理である。

ゴーヴァンは乙女が被っていた衣を受け取ると、それを必要な形に割き、薬草を騎士の傷全体に当ててから包帯をする。負傷した騎士は、死ぬ前に聖体拝領を受けることを望み、そこへやって来た盾持ち騎士の駄馬を求めると、ゴーヴァンは盾持ち騎士から無理やり駄馬を奪う(69)。その間に薬草が効き目を発揮し、負傷騎士は相手がゴーヴァンだと分かると、ゴーヴァンの愛馬グランガレを奪ってその場を去って行く。騎士はグレオレアスであり、かつて乙女を拉致して意のままにしたため、ゴーヴァンから裁きを下され、一ヶ月にわたって両手を後ろに縛られたまま、犬たちと一緒に食事をさせられたことへの報復を果たしたのだった。グレオレアスはその後、ゴーヴァンを倒すために甥を差し向けたが、ゴーヴァンは逆にグレオレアスの甥を倒して、愛馬グランガレを奪い返す。

2　太陽神の系譜

このエピソードが描くゴーヴァンは、薬草により治療行為を施した相手から愛馬を奪われることで恩を仇で返され、同行する「悪しき乙女」オルグイユーズから嘲りを浴びることから、ここでもクレティアンが軽妙な皮肉を込めてゴーヴァンの偉業を描いていることが分かる。それにもかかわらず、ゴーヴァンによるグレオレアスの怪我の治癒は、『聖杯の物語』前半との対比で、極めて重要な意味を持ってくる。物語前半の主人公ペルスヴァルは、従兄にあたる漁夫王の館を訪ねたとき、「聖杯（グラアル）」行列を前にして何一つ質問をしなかったことを思い起こそう。漁夫王（Roi Pescheor）は身体が不自由で、唯一の楽しみが川での魚釣りだったことが異名の由来（三五〇八―三三二行）であるが、ペルスヴァルが館で目撃した「血の滴る槍」と「聖杯」についての質問をしていれば、漁夫王の怪我が癒されたばかりか、同時に荒れ果てていた王国も繁栄を取り戻すことになっていた。したがって病気の治癒に関する限り、二人の主人公は鮮やかな対比を見せている。

「アーサー王物語」の世界では、アーサー王の姉妹モルガーヌ（Morgane）[70]と、アイルランド王女イズー（Yseut）[71]が、薬草に通じた治療師として知られているが、円卓の騎士の中ではゴーヴァンが唯一医術を駆使できる人物であるように思われる。太陽英雄であるゴーヴァンには生来、医術の素養が備わっているのである。インド＝ヨーロッパ語族の世界では、ギリシア神話の太陽神アポロンとその息子アスクレピオス、ケルト神話の医術神ディアン・ケフトとその孫にあたるルグが、ゴーヴァンの行う医療行為を理解するための重要な比較項となる。たとえばアイルランド最大の叙事師『クアルンゲの牛捕り』（*Táin Bó Cuailnge*）（三つの版が現存し、古い版は十一世紀の『赤牛の書』に収録）によると、コナハトのメドヴ女王が率いる四州連合軍を相手に孤軍奮闘していたアルスターの英雄クー・フリンが、身体中に深傷を負うと、そこへ父のルグ神が現れる。ルグはクー・フリンが三日三晩眠る間、代わりに敵軍と戦い、「クー・フリンの切り傷、突き傷、裂け傷、打ち傷などの傷口に薬草をあてがい、眠っているうちにすべてが癒えるよう治療した」[72]。またガリアのアポロンについては、カエサル（Caesar）の『ガリア戦記』（*Commentarii de Bello Gallico*）第六巻一七が記述するように[73]、「病魔を追い払う」（morbos depellere）神とみなされていた。

3　鍛冶師の系譜

医術は太陽神の支配領域であるだけでなく、鍛冶師が精通する分野でもある。たとえばフランスではC・ルロワが報告するように、ピカルディー地方やリムーザン地方に、鍛冶師が病を治したという伝承が残っている[74]。ケルト文化圏には神話的鍛冶師をめぐる伝承があり、アイルランド神話ではゴブニウ（Goibniu）という名の鍛冶神が知られている。このゴブニウの指小辞ゴヴァン（Gobhán）が、音声上ゴーヴァンの名に近いのは偶然であろうか[75]。またウェールズ神話には、ゴブニウに対応する鍛冶神としてゴヴァノン（Govannon）が見つかる。ゴヴァノンは、中世ウェールズの神話物語集『マビノギ』第四話[76]に登場するマソヌウイの娘ドーンの子である。

神々の母ドーン（Dôn）（ケルト語da-（「流れる」）に由来）にはマース（Math）（「熊」）という兄がおり、息子にはゴヴァノン（「偉大な鍛冶師」）のほかに、アマエソン（Amaethon）（「偉大な耕作者」）、ギルヴァエスウィ（Gilvaethwy）（「恋する者」）、グウィディオン（Gwydyon）（「博識」）、娘にはアラーンフロド（Aranrhod）（「大きな輪」）がいる。ところでウェールズ語による歴史・伝説を扱った押韻詩集成『ブリテン島三題歌』（*Trioedd Ynys Prydein*）第三五番「ブリテン島から出発した三つの召集軍隊」[77]によると、アラーンフロドはベリ（Beli）の娘とされるため、ベリとドーンは夫婦の関係にあると想定できる。一方でベリとともにブリトン人の始祖とされるアンナ（Anna）はドーンに相当する母神的存在である。アイルランド神話に登場するトゥアタ・デー・ダナン族の名祖ダナ（Dana）は、ウェールズのドーンに相当する女神であるが、このダナが元来別系統の女神だったアナ（Ana）と同一視されることが多い点も忘れてはならない。(78)

これに対してゴーヴァンの系譜に注目すれば、ジェフリー・オヴ・モンマス『ブリタニア列王史』は彼の母としてアーサーの妹アンナ（Anna）の名を挙げ、モードレドゥス（英語名モードレッド、フランス語名モルドレ）という名の弟がいるとしている。十二世紀後半以降に古フランス語で書き継がれていく「アーサー王物語」によると、ゴーヴァンには四人の弟（アグラヴァンAgravain、ガウリエGaheriet、ゲルエGuerrehet、モルドレMordret）と一人の妹（クラリッサン）がいる。この系譜はウェールズの「ドーンの子供たち」を想起させないだろうか。ドーンの兄でその名が「熊」を指すマースは、ケルト諸語で「熊」を指す語と関連づけられるアーサーとの接点を持つことも、こうした見方を裏付けてくれる。(79)アンナの子供たちとドーンの子供たちがケルト文化圏に共通する神話伝承に依拠していたとすると、ゴーヴァンはドーンの息子ゴヴァノンに対応する神話的鍛冶師ということになってくる。以上の推測が正しければ、ゴーヴァンの精通する医術は、鍛冶神の化身としての彼の神話的な姿に由来することになる。

おわりに

ジャン・フラピエは『聖杯の神話』の中で、ゴーヴァンが主人公となる物語後半について、次のような評価を下していた。

この曖昧で寄せ集めじみた世界の中に、さまざまな冒険が、論理的なつながりもなく、行き当たりばったり、ジグザグに継起し、そして終わりに近づくにつれて、珍妙であると同時に詩的でもあり、笑いと讃嘆とを交々に呼び起すに相応しいものとして、お互いに混り合うに至る。このような殆ど脈略のない並列や、種々雑多な小話の入れ子構造をクレチアン（クレティアン）が、その材源の中に見出したというのは、ありうることである。(80)

こうした評価はアーサー王物語研究者たちのコンセンサスであり、従来の伝統的な文学的アプローチに従って物語を字義通りに読めば、必ず導き出される結論でもある。しかしながら本章で試みたように『聖杯の物語』後半を読み直してみると、修辞学や物語論のレベルでは前半の主人公ペルスヴァルの「引き立て役」に甘んじていたゴーヴァンが、神話学的な観点に立つと救世主的な「太陽英雄」としての姿を見せ始めるのである。物語後半でゴーヴァンの挑む一連の冒険はいわば、太陽の運行そのものを表しているのである。

『聖杯の神話』の二部構成については、クレティアン自身が物語の「手引き」にほかならないプロローグにおいて、「種撒く人」の比喩を用いながら作品自体を言葉とイメージの撒布に対して開かれた場所として提示している以上、「ペルスヴァルの冒険」と「ゴーヴァンの冒険」の間に共通したイメージやモチーフ群が散見され、それが呼応し合っているのは偶然ではない。物語中で最も重要な呼応関係は、物語前半の「聖杯城」と物語後半の「不可思議の城」であり、二つとも選ばれた勇士のみが到達可能な「異界」の城である。いずれの城でも城主と住人たちは絶望的な状況に置かれており、救世主を待ちわびていた。こうした状況の中、「聖杯城」のペルスヴァルはしかるべき質問を発しないことで我知らず試練に失敗したのに対し、「不可思議の城」のゴーヴァンは自ら進んで試練に挑み、魔法の解除に成功している。したがって神話学的な観点から見れば、物語の真の主人公はゴーヴァンということになる。(81)

本章では分析の対象を『聖杯の物語』後半に限定したが、同じ神話学的な観点からクレティアンのほかの作品を分析すれば、新たなゴーヴァン像を認めることができる。たとえば『荷車の騎士』では、「剣の橋」（'le Pont de l'Espee'）を通過してゴール（Gorre）国へ入り込み、王子メレアガン（Méléagant）に幽閉されていた王妃グニエーヴル（Guenièvre）をランスロが解放する場面がクライマックスとなっているが、ゴーヴァンが同じ国へ行くのに「水中の橋」（'le Pont soz Eve'）（五〇五九行）を選んだことを思い起こそう。確かに物語によると、ゴーヴァンは「水中の橋」で溺れそうになっていたところを助け出される形でゴール国にたどりついているため、クレティアンが忍ばせた皮肉を認めることは可能であろう。

それでも屈辱的な形であれ、ゴーヴァンがランスロと同じく、「何人もそこから逃れえない王国」（'reäume don nus n'eschape'）（一九四二行）と呼ばれた冥界のごときゴール国に到達し、そこから王妃を伴ってアーサー王のログル（Logres）王国へ帰還できたという事実を忘れてはならない。さらにゴーヴァンが「剣の橋」ではなく「水中の橋」を選択したのは、天文学的には太陽が北の方角で夜間に水中でたどる行程を表しているからである[82]。つまり太陽英雄にとっては、「水中の橋」しか選択の余地はなかったのである。

クレティアン・ド・トロワ以降、「アーサー王物語」は古フランス語の韻文・散文で書き継がれ、全体として膨大な分量に達している。その過程でキリスト教思想が作品に反映されるようになると、元来ゴーヴァンと深く結びついていた神話的モチーフが思いもよらぬ再解釈を受けることになる。たとえば「正午になると力が最大になり無敵を誇る」というゴーヴァンに備わる神話的な属性は、「聖杯物語群」の掉尾を飾る『アーサー王の死』（*La Mort le roi Artu*）（一二三〇年頃）によれば、隠修士がゴーヴァンを正午に騎士叙任したことがその由来だとされている[83]。こうした挿話を作品ごとに丹念に拾い上げ、神話学的な検討を続けていけば、太陽英雄としてのゴーヴァンの姿が一層明確になってくるはずである。

（1）この物語作家のカタカナ表記は、最近の慣例に従い、本書ではクレティアン・ド・トロワとする。クレティアンについては、拙稿「クレチアン・ド・トロワ」（原野昇編『フランス中世文学を学ぶ人のために』世界思想社、二〇〇七年、五三―六二頁）を参照。本章でのクレティアンの作品の引用には、一九九四年にガリマール出版から刊行されたプレイヤッド版『クレティアン・ド・トロワ全集』（Poirion, D. (dir.) (1994), *Chrétien de Troyes, Œuvres complètes*, Paris : Gallimard, Bibliothèque de la Pléiade）を用いる。

（2）拙稿「古フランス語散文《アーサー王物語》の《サイクル化》―プレイヤッド版『聖杯の書』所収『アーサー王の最初の武勲』を手がかりに」（佐藤清編著『フランス　経済・社会・文化の諸相』中央大学出版部、二〇一〇年、九三―一三二頁）および、「十三世紀における古フランス語散文《聖杯物語群》の成立」（中央大学人文科学研究所『人文研紀要』第七三号、二〇一二年、三五―五九頁）を参照。

（3）ジャン・フラピエ（天沢退二郎訳）『聖杯の神話』（筑摩書房、一九九〇年）第八章を参照。

（4）マルティン・デ・リケル（福井千春・渡邉浩司訳）「『聖杯の物語』におけるペルスヴァルとゴーヴァン」（『フランス語フランス文学研究Plume』第五号、二〇〇一年、一―二四頁）を参照。

（5）拙著『クレチアン・ド・トロワ研究序説』（中央大学出版部、二〇〇二年）第Ⅱ部第一章「『聖杯の物語』における《対位法》の問題」を参照。

（6）こうしたゴーヴァン像の変遷については、拙稿「動かぬ規範が動くとき―十三世紀古仏語韻文物語『アンボー』の描くゴーヴァン像」（『剣と愛と　中世ロマニアの文学』中央大学出版部、二〇〇四年、六七―九二頁）を参照。なお『聖杯の探索』の邦訳は天沢退二郎訳（人文書院、一九九四年）を、『散文トリスタン物語』については佐佐木茂美『「トリスタン物語」―変容するトリスタン像とその「物語」』中央大学人文科学研究所、二〇一三年、人文研ブックレット三〇）を参照。

（7）「審美的距離」については、ピーター・ハイデュの著作を参照（Haidu, P. (1968), *Aesthetic Distance in Chrétien de Troyes : Irony and Comedy in* Cligès *and* Perceval, Genève : Droz）。

（8）ランスロの偉業については、拙稿「『ランスロ本伝』の《苦しみの砦》エピソードをめぐる考察」（中央大学『仏語仏

文学研究』第四五号、二〇一三年、一―三三頁）を参照。

（9）フィリップ・ヴァルテールの数多くの著作のうち、神話学的な立場からゴーヴァン像に迫った『太陽騎士ゴーヴァン』が、本稿にとっては導きの糸となる（Walter, P. (2013), *Gauvain le chevalier solaire*, Paris : Imago）。

（10）『イヴァン』のテクストは、前掲書『クレティアン・ド・トロワ全集』所収、カール・D・ウイッティ（Karl D. Uitti）の校訂本による。

（11）ダニエル・ポワリヨン（Daniel Poirion）は、『聖杯の物語』の校訂にあたり、ギヨ・ド・プロヴァン（Guiot de Provins）という名の写字生による、八九六〇行からなるA写本を基底写本とし、B、R、Tの三写本を調整準拠写本に用いた。A写本には四九ヶ所の追加（物語前半に十二ヶ所、物語後半に三七ヶ所）がなされ、全体で九三三四行になっている。ちなみに天沢退二郎による邦訳（クレチアン・ド・トロワ『ペルスヴァルまたは聖杯の物語』）は、T写本を底本としている（『フランス中世文学集二』白水社、一九九一年、所収）。『聖杯の物語』の原文に触れてみたい人には、佐佐木茂美訳注『聖杯の物語、またはペルスヴァルの物語』（大学書林、一九八三年）がお勧めである。

（12）「小袖姫」のエピソードについては、小栗友一「《ゴーヴァンと小袖姫》と《ガーヴァーンとオビロート》―ヴォルフラムのクレチアン受容について」（名古屋大学言語文化部『言語文化論集』第十三巻第二号、一九九二年、三―十五頁）を参照。

（13）エクスカリバーについては、多ヶ谷有子『王と英雄の剣　アーサー王・ベーオウルフ・ヤマトタケル―古代中世文学にみる勲と志』（北星堂、二〇〇八年）、および小路邦子「エクスカリバーの変遷」（中央大学人文科学研究所編『続剣と愛と　中世ロマニアの文学』中央大学出版部、二〇〇六年、六九―九一頁）を参照。

（14）邦訳は、ジェフリー・オヴ・モンマス（瀬谷幸男訳）『ブリタニア列王史』南雲堂フェニックス、二〇〇七年。

（15）*Chrétien de Troyes, Œuvres complètes*, *op. cit.*, p.1367 (note 1 à propos de la p.831).

（16）Vinaver, E. (1971), *The Rise of Romance*, Oxford University Press, p.102, n.1.

（17）Walter, P., *Gauvain le chevalier solaire*, *op. cit.*, pp.218-222.

（18）『エレックとエニッド』のテクストは、前掲書『クレティアン・ド・トロワ全集』所収、ピーター・F・デンボスキー

（Peter F. Dembowski）の校訂本による。グランガレについてデンボスキーは、それが固有名なのか、馬の種類を指す普通名詞なのか分からないとしている（*Chrétien de Troyes, Œuvres complètes, op. cit.*, p.1096, note 1 à propos de la p.97）。

（19） *Ibid.*, p.1370（note 3 à propos de la p.838）.

（20） Loomis, R. S.（1949）, *Arthurian Tradition and Chrétien de Troyes*, New York : Columbia University Press, p.485.

（21） Walter, P.（2010）, « Gauvain, cheval et chevalier, dans les traditions de l'ouest de la France », *Revue 303*, N.114, pp.42-49.

（22） Armstrong, E. C.（éd.）et Harf-Lancner, L.（trad.）（1994）, Alexandre de Paris, *Le Roman d'Alexandre*, Paris : Livre de poche（Lettres gothiques）. アレクサンドル・ド・パリが一一七七年頃に著した『アレクサンドル物語』の第四二五行では、友人のフェスティヨンがアレクサンドルと馬について、「あなたがたは同じ日に生まれたのです。それは確かなことです」（'En un jor fustes né, que de fi le set on.'）と述べている。

（23） Guyonvarc'h, C.-J.（1965）, « La conception de Cúchulainn », *Ogam*, 17, pp.363-380（ici, p.365）.

（24） 中野節子訳『マビノギオン　中世ウェールズ幻想物語集』（ＪＵＬＡ出版局、二〇〇〇年）所収「ダヴェドの大公プイス」を参照。

（25） ヘシオドス（中務哲郎訳）『全作品』京都大学学術出版会、二〇一三年、一〇九―一一〇頁。

（26） 邦訳は、オットー・ランク（野田倬訳）『英雄誕生の神話』人文書院、一九八六年。

（27） 小路邦子「ガウェインの誕生と幼年時代」（中央大学人文科学研究所編『剣と愛と　中世ロマニアの文学』中央大学出版部、二〇〇四年、九三―一一六頁）を参照。

（28） 『フランス民話集Ⅱ』（中央大学出版部、二〇一三年）第一部「ドーフィネ地方の民話」には「魚の王さま」、第三部「ロレーヌ地方の民話」には「魚の女王」という類話があるので参照。

（29） Walter, P.（2004）, *Perceval, le pêcheur et le Graal*, Paris : Imago, pp.56-80.

（30） 拙稿「ペルスヴァルに授けられた剣と刀鍛冶トレビュシェットの謎」（中央大学人文科学研究所編『続　剣と愛と

中世ロマニアの文学』中央大学出版部、二〇〇六年、一六九—二一七頁）の第六章「ゴーヴァンと蹄鉄の外れた馬—鍛冶師神話の余波」を参照。

（31）　十二世紀から十三世紀に創作された「短詩」では、マリー・ド・フランス（Marie de France）作『ギジュマール』（*Guigemar*）に登場する「白い」雌鹿、逸名作者の短詩『グラエラント』（*Graelent*）と『ガンガモール』（*Guingamor*）にそれぞれ登場する「白い」雌鹿と「白い」猪が、主人公を「異界」へ導く獣の代表例である。クレティアン自身も『エレックとエニッド』冒頭の「白鹿狩り」のエピソードでこのモチーフを用いている。拙稿「浦島伝説の日本語版とフランス語版の比較—中世フランスの短詩『ガンガモール』と八世紀の浦島譚」（吉村耕治編『現代の東西文化交流の行方第二巻—文化的葛藤を緩和する双方向思考』大阪教育図書、二〇〇九年、四一—七九頁）を参照。なおケルトの異界については、拙稿「《アーサー王物語》における《異界》—不思議な庭園とケルトの記憶」（細田あや子・渡辺和子編『異界の交錯（上巻）』リトン、二〇〇六年、一二七—一四八頁）を参照。

（32）　ジェフリー・オヴ・モンマスによると、「アルトゥールスはアヴァロンの島で鋳造された比類のない名剣カリブルヌスを帯刀していた」（前掲書、瀬谷訳『ブリタニア列王史』、二五五頁）。またヴァース（原野昇訳『アーサー王の生涯』）によると、「長くて大きい彼の剣エクスカリバーを佩いていた。その剣はアヴァロン島で拵えられたもので、抜き身でそれを手にする彼は得意満面であった」（『フランス中世文学名作選』白水社、二〇一三年、一一一頁）。

（33）　エスカヴァロンの名は、『聖杯の物語』前半の冒頭で、ペルスヴァルの母が披露する身の上話の中にも出てくる。亡くなった二人の息子のうちの長男が「エスカヴァロン王のもとへ」（'Au roi d'Escavalon'）（四六三行）行って仕え、騎士に叙任されたという件である。この王は、ゴーヴァンが面会するエスカヴァロンの若き王の父にあたる人物だったのかもしれない。

（34）　本章で『聖杯の物語』のテクストとして用いているポワリヨン本では、負傷したこの騎士の名前に、M写本に見つかる異本「グレゴリアス」を採用している。なおこの異本は、本人の知らぬままに二重の近親相姦に汚れる運命をたどる聖グレゴリウス（グレゴリアス（グレゴワール）の名を想起させる。グレゴリウスについては、新倉俊一訳『教皇聖グレゴリウス伝』（『フランス中世文学集四』白水社、一九九六年、所収）を参照。

（35） *Chrétien de Troyes, Œuvres complètes, op. cit.*, p.1374（note 1 à propos de la p.849）.

（36） Walter, P., *Gauvain le chevalier solaire, op. cit.*, pp.255-259.

（37） フラピエは前掲書『聖杯の神話』二四一頁で、このエピソードを「貴婦人たちの不可思議の城」（Château merveilleux des dames et des demoiselles）と名づけているため、本章ではこの城を「不可思議の城」と呼ぶことにする。

（38） クラリッサン（Clarissant）という名は、「輝く」「明るい」を指すラテン語の形容詞「クラールス」（clarus）の女性形・最上級「クラーリッシマ」（clarissima）（「最も輝かしい」）に由来する。そのため太陽英雄ゴーヴァンの妹に相応しい名である。

（39） この「慣例」から渡し守は、城の王妃たちの家令のごとき存在だったと想定できる。マルティン・デ・リケル（福井千春・渡邉浩司訳）「『聖杯の物語』における法的な側面」（篠田知和基編『神話・象徴・言語Ⅱ』楽瑯書院、二〇〇九年、三一一—三一六頁）を参照。

（40） Salverda de Grave, J.-J. (éd.) (1925 et 1929), *Enéas, roman du XIIe siècle*, Paris : Champion, 2 vol, vv. 2997-3004.

（41） Perret, J. (éd. et trad.) (1989), Virgile, *Enéide*, Livres V-VIII, Paris : Les Belles Lettres, p.77.

（42） ウェルギリウス（岡道男・高橋宏幸訳）『アエネーイス』京都大学学術出版会、二〇〇一年、二九四—二九五頁。

（43） ホメロス（松平千秋訳）『オデュッセイア（下）』岩波文庫、一九九四年、二〇一頁。

（44） 「夢の門」伝承については、秋山学「'falsa insomnia' (Vergilius, *Aeneis* 6, 896)をめぐる一考察—『牧歌』第四歌との関連で」（『エポス』第一四号、一九九三年、四—一五頁）を参照。

（45） Guénon, R. (1962), *Symboles fondamentaux de la science sacrée*, Paris : Gallimard, pp.217-227. 二つの至点の門については、拙稿「二人の聖ヨハネをめぐる神話学的考察」（『中央大学経済研究所年報』第四七号、二〇一五年、四九五—五〇八頁）を参照。

（46） Gaignebet, C. (1986), *A plus haut sens. L'ésotérisme spirituel et charnel de Rabelais*, tome II, Paris : Maisonneuve et Larose, p.139.

（47） *Folie Tristan d'Oxford*, dans : Walter, P. (éd. et trad.) (1989), *Tristan et Iseut. Les poèmes français*, Paris : Livre de poche, pp.240-241.

(48)「不可思議の寝台」でのゴーヴァンによるライオン退治は、アーサー王による怪猫退治の雛形と考えられている。拙稿「アーサー王によるローザンヌ湖の怪猫退治とその神話的背景」（中央大学『仏語仏文学研究』第四六号、二〇一四年、一―三五頁）を参照。

(49)中世の学僧たちが学んだ教養科目は「三学」（文法、修辞学、弁証法）と「四学」（算術、幾何学、天文学、音楽）からなっていた。こうした科目の習得の重要性は、ラブレー（Rabelais）の『パンタグリュエル』（*Pantagruel*）第八章が示唆するように、十六世紀の時点でも認められていた。この章には、ガルガンチュアが息子パンタグリュエルに宛てた手紙が収められており、その中には「幾何・算術・音楽といった《自由学科》については、おまえがまだ五歳、六歳という幼い時分に、そうした嗜好を授けておいたから、これをきちんとまっとうすればよろしい。ただし天文学については、すべての法則を学ぶのはもちろんとはいえ、未来を予言する占星術や、ルルスの魔術は、錯誤かつ虚妄なるものとして、手をつけずにおくのだ」（宮下志朗訳『パンタグリュエル』ちくま文庫、二〇〇六年、一一四頁）という一節が見つかる。中世期とは異なり、ここでは「天文学（アストロノミー）」と「占星術（アストロロジー）」が別物とみなされている。

(50) Walter, P. (2012), « Chrétien de Troyes et Macrobe (*Erec et Enide*, v.6730-6733) », dans : Courrent, M. (éd.) (2012), *Transports, Mélanges offerts à Joël Thomas*, Presses Universitaires de Perpignan, pp.325-337.

(51)拙稿「クレチアン・ド・トロワ『聖杯の物語』における《義足の男》の謎」（篠田知和基編『神話・象徴・文化Ⅱ』楽浪書院、二〇〇六年、一三五―一五八頁）を参照。

(52) *La Seconde Bataille de Mag Tured*, dans : Guyonvarc'h, C. (1980), *Textes mythologiques irlandais*, Volume I, Rennes : Ogam-Celticum, p.69.

(53)辻直四郎訳『アタルヴァ・ヴェーダ讃歌』岩波文庫、一九七九年、一九六頁。

(54) O'Hara Tobin, P. M. (1976), *Les Lais anonymes des XIIe et XIIIe siècles*, Genève : Droz, pp.255-288.

(55)拙稿「『馬銜のない牝騾馬』における永遠の独身ゴーヴァン」（『日本フランス語フランス文学会関東支部論集』第九

号、二〇〇〇年、一一—一〇頁）を参照。

（56）Walter, P., *Gauvain le chevalier solaire, op. cit.*, p.251.

（57）*Chrétien de Troyes, Œuvres complètes, op. cit.*, p.1390（note 3 à propos de la p.908）.

（58）P・ヴァルテール（渡邉浩司訳）「雁と熊—想像世界での系譜と宇宙創世神話」（『北海道立北方民族博物館研究紀要』第一八号、二〇〇九年、九—二八頁）を参照。

（59）「ヴェルンドの歌」（松谷健二訳『エッダ　グレティルのサガ（中世文学集Ⅲ）』ちくま文庫、一九八六年、所収）を参照。

（60）谷口幸男訳『アイスランド　サガ』新潮社、一九七九年、八四〇—八四一頁。

（61）ホメロス（松平千秋訳）『オデュッセイア（下）』岩波文庫、一九九四年、一五頁。

（62）こうした考え方は、クレティアンが熟知していたと思われるマクロビウスの著作『スキピオの夢の注釈』第一巻十二、一—三にも認められる（Armisen-Marchetti, M. (éd. et trad.) (2011), Macrobe, *Commentaire au Songe de Scipion*, Livre I, Paris : Les Belles Lettres, pp.65-66）。

（63）P・ヴァルテール（渡邉浩司訳）「神聖な機織り場の神話（ホメロス、『古事記』、クレチアン・ド・トロワ）」（比較神話学シンポジウム原稿集『異界と常世』、二〇一二年九月発行、九〇—九六頁）を参照。

（64）ジェフリー・オヴ・モンマス（瀬谷幸男訳）『マーリンの生涯』南雲堂フェニックス、二〇〇九年、三四頁。

（65）物語や伝承の世界を離れて、実際に建造された城に注目すると、ヨーロッパの各地には一年の日数に相当する三六五の窓を備えた城が見つかる。天体の運行が地上の運命に及ぼす影響が、城の設計者の念頭にあったためかもしれない。民俗学者ポール・セビヨの報告によると、フランスにはポン＝ユス（Pont-Hus）城（ロワール＝アトランティック県）、ライエ（Laillé）城（イール＝エ＝ヴィレーヌ県）、セルヴール（Servoules）城（オート＝ザルプ県）を始めとして、三六五の窓を備えた城が至るところにあるという。

（66）ヴォルフラム・フォン・エッシェンバハ（加倉井粛之、伊東泰治、馬場勝弥、小栗友一訳）『パルチヴァール』郁文堂、一九七四年、三一三頁。

(67) 谷口幸男訳『エッダ　古代北欧歌謡集』新潮社、一九七三年、五四頁。

(68) クレティアン・ド・トロワの現存第二作『クリジェス』(*Cligès*) には、偽りの死者を演じる皇后フェニス (Fénice) の生存を確かめるために、サレルノの三人の医者が呼ばれるエピソードがある。前掲書、拙著『クレチアン・ド・トロワ研究序説』第Ⅱ部第三章を参照。

(69) 盾持ち騎士とその持ち馬の描写については、拙稿「クレチアン・ド・トロワ『聖杯の物語』における醜のレトリック」(名古屋仏文学会論集『フランス語フランス文学研究plume』第四号、一九九九年、十二―二三頁)を参照。

(70) 拙稿「メリュジーヌとモルガーヌ―ケルトの大女神の化身たち」(『流域』第六九号、二〇一二年、五五―六四頁)を参照。

(71) 拙稿「西洋中世の韻文《トリスタン物語》におけるイズー像とその原型をめぐって」(佐藤清編『フランス　経済・社会・文化の位相』中央大学出版部、二〇〇五年、九七―一一二頁)を参照。

(72) キアラン・カーソン(栩木伸明訳)『トーイン　クアルンゲの牛捕り』東京創元社、二〇一一年、一四四頁。

(73) カエサル(国原吉之助訳)『ガリア戦記』講談社学術文庫、一九九四年、二一八頁。

(74) Leroy, C. (1936), « Forgerons guérisseurs », *Revue du folklore français et du folklore colonial*, 7, pp.1-14.

(75) Guibert de La Vaissière, V. (2002), « Le forgeron irlandais : de Goibhniu à Gobnait, le Gabha irlandais », *La forge et le forgeron, I. Pratiques et croyances*, L'Harmattan, pp.155-206 (ici, p.156).

(76) 前掲書、中野節子訳『マビノギオン』所収「マソヌウイの息子マース」を参照。

(77) Bromwich, R. (ed.) (2006), *Trioedd Ynys Prydein*, Third Edition (First Edition, 1961), Cardiff : University of Wales Press, p.81.

(78) アイルランドの女神アナとダナ、ウェールズの女神ドーンについては、松村一男・森雅子・沖田瑞穂編『世界女神大事典』(原書房、二〇一五年)所収、渡邉浩司「ケルトの女神」(三三四―三八九頁)のうち「アナ」(三三九頁)、「ダナ」(三四二頁)、「ドーン」(三五七頁)を参照。

(79) P・ヴァルテールは、マースとドーン、アーサーとアンナが兄妹の近親相姦から五人の子供たちをもうけた可能性を指摘している（Walter, P., *Gauvain le chevalier solaire, op. cit.*, p.78）。その傍証となるのは、アルスター王コンホヴァルが妹デヒティネとの間に英雄クー・フリンをもうけたとされるアイルランド神話や、ドーンの息子グウィディオンが姉妹のアラーンフロドとの間にスレウ・スラウガフェース（アイルランドのルグに相当）をもうけたとされるウェールズ神話である。中世ヨーロッパの文学伝承に見られる近親相姦については、P・ヴァルテール（渡邉浩司訳）「シャルルマーニュと妹の近親相姦――中世史に残る《噂》をめぐる解釈学試論」（中央大学『仏語仏文学研究』第四四号、二〇一二年、一九一―二一〇頁）を参照。

(80) フラピエ、前掲書『聖杯の神話』二三三頁。

(81) 前掲書、拙著『クレチアン・ド・トロワ』第Ⅲ部第四章では、クレティアンの現存第二作『クリジェス』の同名の主人公が、視点の転換により異なる姿を見せることを確認した。『クリジェス』は二部構成を取り、父アレクサンドルの物語に続いてクリジェス自身の物語が置かれているが、クリジェスは「武勇」の点で物語前半の父に劣り、「恋愛」の点では物語後半の恋人フェニスに主導権を握られている。このように作品内に限定した読み方によれば、クリジェスは「アンチ＝ヒーロー」のように映るが、神話学的な観点に立てば、オックスフォードでの馬上槍試合を制するクリジェスは「世界の王」としての姿を見せることになる。

(82) Walter, P., *Gauvain le chevalier solaire, op. cit.*, p.96.

(83) 天沢退二郎訳『アーサー王の死』（『フランス中世文学集四』白水社、一九九六年）一九四―一九五頁。

追　記

本章で引用した邦訳文献中、一部の漢字や送り仮名を、本章での表記に合わせて変更させていただいた。

第三部　オランダと北欧のアーサー王物語

中世ネーデルランドのアーサー王文学
――ワルウェインをめぐって――

栗原　健

はじめに

「昨今には真実を愛するものはとんと見かけない。トリストラムやランスロート、ペルシェファルやハレホート（ガレアット）、その他生まれもしなかった英雄たち、そんなことばかり人々は聞きたがる。愛や戦いに関するつまらぬことは世にあまねく読まれ、正しく真実である（神の）福音は我々には難しすぎるのだ」(1)。十三世紀フランドルの詩人ヤーコフ・ファン・マーラント（Jacob van Maerlant）の嘆きの言葉であるが、当時のネーデルランド（現在のオランダ・ベルギー）におけるアーサー王物語の人気ぶりをうかがうことができよう。興味深いことに、マーラントがここで批判しているのはフランス渡来のロマンスのことであり、ジェフリー・オヴ・モンマス（Geoffrey of Monmouth）などラテン語の年代記に記されているアーサー王の物語については、彼も歴史的事実として自著『歴史の鏡』（*Spieghel Historiael*）に取り上げている。彼はその他にも『聖杯の物語』（*Historie van den grale*）や『メルリンの書』（*Boec van Merline*）などを著しており、辛口の彼の批評も、裏を返して見ればアーサー王文学が持つ魅力の抗い難さを伝える当時の人々の肉声と見ることができる。

中世ネーデルランドではどのようなアーサー王物語が読まれていたのであろうか。十三世紀から十四世紀に同地で流布していた物語のうち、現在少なくとも十八点の作品が確認されている。このうち十二点が完全な形で残されているが、現存しない作品も存在したと推測される。(2) しかし、遺憾ながら近年までこれらネーデルランドの作品は本国以外の研究者に注目されることはほとんどなかった。その主たる理由は、中世オランダ語（Middle Dutch）を解する研究者が本国の外に少なく、その実像が長年知られていなかったためである。しかし、一九九〇年代に入るとデイビッド・F・ジョンソン並びにヘールト・H・M・クラッセンスによる主要作品の英訳が開始され、これまでに『ワルウェイン物語』（*Roman van Walewein*）、『フェルフート』（*Ferguut*）また『ランスロ集成』（*Lancelotcompilatie*）に収録されている五つの物語の中世オランダ語・英語対訳版が刊行されている。このため、「アーサリアーナ」（Arthuriana）などの研究誌にもこれらの作品に関する論考が寄せられるようになって来た。(3)

本章では、これら英語圏における近年の研究をもとに、特に一二五〇年頃に成立した『ワルウェイン物語』、また一三二〇年頃に編集された『ランスロ集成』に収録されている物語に焦点をあてて、ネーデルランドのアーサー王文学の特徴と独自性、周辺国の作品との関係などを検討してみたい。特に注目したいのは、これらの物語におけるワルウェイン（ゴーヴァン＝ガウェイン）の扱いである。魅力的ではあるが欠点もある人物として彼を描くことが多かったフランス作品とは異なり、中世オランダ語の物語においては彼は理想的な騎士として手放しで賞賛され、ほぼ完全無欠な人物として描写されている。何故ワルウェインがネーデルランドにおいてそれほどまで人気を博したのであろうか。本章では、その背景を詳しく分析することにより中世オランダ語作品のユニークさを明らかにして行きたい。(4)

一　ネーデルランドにおけるアーサー王文学の特徴

ネーデルランドにおけるアーサー王物語には、三つの主要な特徴が存在する。この背景を把握することが、同地の作品を理解するための鍵となる。

第一の特徴は、現存する作品の多くはフランスで書かれた物語の翻訳または翻案であることである。(5)騎士ランスロの人生、聖杯探索、アーサー王国の崩壊へとつながる三つの物語を一般に『三部作』または『散文ランスロ』と呼ぶが、中世ネーデルランドにはこの三部作の翻訳が少なくとも三種、多ければ五種存在していたと推定されており、フランス渡来の物語に対する人々の熱意がうかがえる。(6)

これらの作品の作者・翻訳者についてはほとんど知られていないが、その多くはフランドルの人物ではないかと思われる。これは、フランドル伯フィリップがクレティアン・ド・トロワ（Chrétien de Troyes）に『ペルスヴァルまたは聖杯の物語』（*Perceval ou Le Conte du Graal*）の執筆を依頼したことからもうかがえるように、フランドル伯の宮廷がフランス文化への入口となっていたことからも容易に理解できるところである。しかしながら、オランダ語版の作品までがフランドル伯の宮廷のために書かれたのか否かは、判断し難しい。フランドル宮廷であればフランス語が通用した筈であり、あえてオランダ語に訳する必要があったとは思えないからである。先に引用したマーラントは『メルリンの書』をゼーラント副伯アルブレヒト（Albrecht）のために書いており、同じくマーラントによる『トーレック』もアルブレヒト伯、また後にホラント伯となったフローリス（Floris）五世のために書かれたと見る研究者もいる。また、後で詳述する『ランスロ集成』の編纂に関与したと見られるローデウェイク・ファン・フェルトヘム（Lodewijk van Velthem）はブラバントの詩人である。これらの事実を考えると、中世オランダ語のアーサー王文学はフランドルのみならず北部の地域にも広がりを持ち、地方の宮廷、また恐らくはヘントやブルージュなどの都市富裕層の庇護も受けて著されていたのではないかと思われるのである。

ネーデルランド作品の第二の特徴としては、翻訳であっても、原典には見られないエピソードを挿入したり物語を短縮するなど独自の変更を加えていることである。また、フランスでは散文がアーサー王物語の主流となりつつあったにもかかわらず、ネーデルランドでは伝統的な韻文形式が守られていたことも注目すべきであろう。(7) さらに、『ワルウェイン物語』のようにフランスには存在しない、恐らく口承伝統に由来するオリジナル作品も数点生み出されている。これらの物語には、後に見るように主人公が幽霊によって窮地から救い出される話や人語を話す狐に助けられる話、黒人騎士が肌の色ゆえに人々に恐れられて苦労する話など、他国の作には例がない独特の展開やモチーフが盛り込まれており、興味が尽きない。本章では主にこれらのオリジナル作品を取り上げる。

さらに、先に述べた通りアーサーの甥であるワルウェインを主人公、また主人公に準ずる理想的な騎士として称揚する顕著な傾向があることも、ネーデルランド作品の大きな特徴である。彼はしばしば作品の中で「冒険の父」(der avonturen vader)と呼ばれて賞賛されており、この点、彼を女性癖が悪く脱線しやすい男として描くことがしばしば見られた十三世紀以降のフランス作品とは、大きな対照を見せている。

以上三つの特徴を踏まえつつ、個々の物語の特徴、主たるモチーフの意味合い、ワルウェインの取り上げ方などについて詳しく見て行きたい。

二 『ワルウェイン物語』とストーリーの設定

『ワルウェイン物語』は一二五〇年頃に書かれた長編であり、約一万一二〇〇行から成る。前半部分をペンニンク（Penninc）、後半をピーテル・フォスタールト（Pieter Vostaert）なる者が著したと文中に明記されているが、この二人の作者については何も知られていない。

物語の粗筋は以下の通りである。アーサー王が円卓の騎士たちとカルリオーン（Carlioen）の城で食卓についていると、突然、広間の窓から光輝く「空飛ぶチェスセット」が入って来て床に着陸する。このチェス盤は本体が象牙と宝石で作られ、金の脚がこれを支えているという豪奢なものである。チェスセットは誰か遊び手を待つかのようにその場に留まっているが、驚きのあまりその場の誰もこの物体に触れようとしない。ややあってチェス盤が飛び去ると、アーサーは「あのチェスセットは理由なくしてここに来た訳ではない。あれを持ち帰った者は自分の死後、この王国の跡継ぎとしよう」と宣言する。しかし、さしもの騎士たちも皆しり込みして沈黙している。遂に、王自らが追跡の旅に出ると言い出すに及んでワルウェインが立ち上がり、愛馬にまたがって出立するのである。

チェス盤を追跡して不気味な山にわけ入った彼は数匹の竜と戦い、深手を負ってしまう。幸い彼は「驚異王」と呼ばれる王の城にたどり着き、魔法のベッドに伏して傷を癒してもらうのであるが、実はこの「驚異王」こそがチェスセットの持ち主なのである。事情を聞いた王は、もしワルウェインがアモラーン（Amoraen）王のもとへ赴き、彼が所有する宝剣を持ち帰ればチェス盤を譲ろうと約束する。ワルウェインがアモラーン王の城に着くと、王は剣を与えることには同意するが、またもや交換条件が提示される。エンディ（インド）にいるアッセンテイン（Assentijn）王の娘イザベル（Ysabele）を自分のために連れて来るというのがその条件であり、騎士は次なる目的地へと急ぐのである。

この間、ワルウェインは兄の仇討ちを望む若者を助けたり、「紅の騎士」（roden ridder）と呼ばれる男に虐げられている女性を救出するなど、さまざまな冒険を経るのであるが、途中で道連れが加わる。ローヘス（Roges）という人語を話す狐であり、彼は元々ある国の王子であったのだが、継母によって魔法で狐にされてしまったのである。このローヘスの手引きによりワルウェインはアッセンテイン王の城に力ずくで押し入るのであるが、武運つたなく捕虜となってしまう。しかし、彼を見たイザベルは一目で恋に陥り、「この者を手ずから拷問したいから」と言って人払いさせると、密かに騎士と肉体関係を持つのである。この密会はたちまち露見して二人は地下牢に監禁されてしまうのだが、突然「紅の騎士」の亡霊が出現して、牢から二人を救い出す。イザベルを愛するワルウェインは、彼女をアモラーン王に引き渡すべきか悩み、遂にイザベルを諦めないことを決意するのであるが、いざ城に着いてみると王はすでに死んでいた。このためイザベルを王に渡す必要は無くなり、彼らは驚異王のもとへと旅路を急ぐ。その後細々した事件はあるものの（ローヘスにかけられた魔法はこの間に解ける）、最終的に騎士と王女はアーサー王の宮廷に到着して大団円となるのである。ただし作者は、「（ワルウェインが）彼女と結婚したのかどうか私はよく知らない」（一一一六九―一一一七〇行）とやや曖昧な言葉で物語を結んでいる。(8)

ここでまず目を引くのは物語の設定である。この作品の枠組みは、アールネ並びにトンプソンによる民話分類で五五〇番にあたる、グリム童話で「金の鳥」と呼ばれるストーリーに酷似している。(9) グリムの話では、ある王の庭園に立つ林檎の樹から毎晩一つずつ実が無くなるという謎から物語が始まる。庭師の三人の息子が順々に張り番をすると、末息子だけが、金の鳥が飛来して林檎をくわえて飛び去るのを目撃する。鳥を探し出すよう命じられた息子は旅に出るが、彼はその途中で人語を話す狐と出会い、狐から、どのようにして金の鳥がいる城に忍び込むべきか助言を与えられる。だが若者は狐の言葉に従わずに行動し、城主に捕らえられて死刑を宣告されてしまう。幸い城主は、「風のように走る馬」を連れて来れば若者の命を助け、金の鳥も与えようと約束。狐は再び助力してくれるのであるが、若者はまたもや同じ失敗を繰り返し、今度は別の城に住む美しい王女を連れて来るよう命じられるのである。ストーリーの構造といい狐の存在といい、『ワルウェイン物語』との類似は明白であろう。特に狐は『ルナール狐』の物語にあるように中世においては狡猾な詐欺師というイメージが強く、アーサー王文学には通常登場しない動物である。その狐が主人公の助け手となっている点を見ても、作者は口承で伝わっていた民話を土台にこの物語を作り上げたものと見られている。

口承において鳥であったものがチェスセットと変えられたとなると、何故チェスセットとされたのかが問題となる。チェスは中世の貴族たちに好まれた娯楽であり、『散文ランスロ』を含めて当時の文学作品にはよく登場する小道具である。このためノリス・J・レイシーは、このチェス盤自体は異常なオブジェという以外に大きな意味はなく、単に王が欲しがっただけであると見なしているが、果たしてそうであろうか。[10] 物語の中でアーサーは「このチェスセットは理由なくして来たのではない」（七〇行）と断言しており、勇猛な騎士たちでさえもこの出現に圧倒されていたことを見ると、何らかの深い意味が隠されていると見るべきであろう。中世においては、チェスを人間社会全体の象徴、諸身分のあるべき姿の見本とするイメージが広く受け入れられていた。この物語のチェス盤も、社会を統治する王権を表すものと解釈することができる。[11] チェスセットが城から飛び去るのを見たアーサーが不吉なものを感じ、盤を取り戻した者を自分の後継者とすると宣言したという設定も、こうしたイメージを踏まえれば理解できるのである。

このチェス盤出現の場面とよく似ているのが、フランス渡来の『聖杯の探索』（*La Queste del Saint Graal*）中にある、アーサー王の宮廷に聖杯が現れる場面である。確かに、聖杯が消えるまで王も騎士たちも身動きできなかったことなど、この場面の雰囲気はチェス盤出現の場面を想起させる。(12) レイシーは、聖杯とチェス盤がパラルになっていることは認めつつも、チェス盤には聖杯のような神秘的な意味やパワーがないことをあげてその象徴性を否定している。しかしながら、聖杯のパラレルであるオブジェに深い意味がないというのは不自然であろう。『聖杯の探索』が霊的探索の物語であるのに対し、『ワルウェイン物語』はこの世の栄誉を追い求める俗界の探索物語として対応していると見るべきではないだろうか。このように口承に由来しつつも、フランス作品に見られるモチーフを巧みに取り込んで物語を構成しているところに、作者の創造性がうかがえる。

三　『ワルウェイン物語』におけるワルウェイン像

ここで、物語の主人公であるワルウェインの人物描写に注目してみたい。ワルウェインはアーサーの妹と後のノルウェー王となるロットの子供であり、クレティアン・ド・トロワの作品においては、武勇・礼節ともに円卓の騎士の筆頭人物、太陽にもたとえられる存在として描かれている。しかしながら、若い騎士の指南役としての役回りがあるため物語の中では脇役とならざるを得ず、またどの女性にも礼節を尽くすために本来の冒険から脱線する傾向があり、女性に甘い男として主人公たちの引き立て役となってしまう傾向があった。十三世紀から十四世紀にかけてフランスでは彼はしばしば色好みで気位の高い、暴力的人物として描かれるようになり、この傾向は『散文トリスタン物語』（*Le roman de Tristan en prose*）において頂点に達する。さすがにその後の作品ではこのような極端なゴーヴァン観は抑えられるようになるが、移り気な性格だけはその後も残されることになるのである。(13)

しかし、ネーデルランド独自の作品においてはこのような傾向はほとんど見られず、ワルウェインを理想的な勇者として描く傾向が強い。『散文トリスタン物語』に見られるようなイメージ悪化に抗するために、意図的にこの点が強調されたものと思われる。特にこの『ワルウェイン物語』では、物語の冒頭部から彼を「他に並ぶ者がいない者」（四二行）として賞賛し、美徳にあふれ、武勇のみならず信仰に篤く教養がある「冒険の父」として描き出している。

彼の美徳が最も顕著に表れているのが「紅の騎士」に関するエピソード（三六七六―四九一五行）であり、ここでワルウェインは単に敬虔なキリスト者であるだけでなく、懺悔聴聞僧の役を務めて死者を看取っているのである。[14] 探索の旅の途中で彼は、異様ないで立ちの騎士が一人の乙女を鞭打ちながら馬を進めているのを見かけ、戦いを挑む。激しい斬り合いの末、相手は深手を負って倒れるのであるが、ワルウェインは彼をそのまま捨て置かずに罪を懺悔するよう勧めるのである。騎士が「自分の罪はあまりに重くて神の救いは望めない」と嘆くと、ワルウェインは「神の慈しみに比べれば全世界の罪といえどもさしたるものではない。よく考えられよ。神がこの世に来られ、我らのために苦しみを受けられたのだ。貴公がいま告解をするならば神は貴公を赦して下さる。地獄の悪魔に惑わされてはならぬぞ」と教え諭す。

この言葉の背景にあるのは、当時拡がりつつあった「往生術」（Ars Moriendi）の思想である。中世初期のキリスト教信仰では、罪に相当する償いのわざの必要性に力点が置かれていたのであるが、十三世紀頃から、心底から罪を悔いてキリストの無限の愛に自らを委ねるのであれば、いかなる大罪人であっても神の赦しを受けることができ、たとえ煉獄での苦しみを経るとしても最終的には天国へ迎えられるとの考えが拡がって行った。しかしながら、悪魔は魂の救済を阻むため、死を前にした罪人に自らの罪の重さにおののいて絶望するよう、さまざまな形で誘惑する。これに屈せずに神の慈悲にすがり抜くということが「往生術」の要点であり、ワルウェインの勧めはこの信仰に忠実に沿ったものであった。[15]

この言葉を受け入れて、瀕死の騎士は乙女の兄を殺して彼女を誘拐した次第を告白する。するとワルウェインは、乙女に騎士を赦すよう促し、彼女は、騎士が差し出した一本のわらを受け取るのである。ゲルマンの習慣ではこれは契約の成立を示す動作であり、二人の間で和解が成り立ったことが示されている。最後に騎士は自分の魂のためにミサをあげてくれるよう、教会墓地に葬ってくれるよう頼み、ワルウェインはこれを承諾し、男の口にひとつかみの土を入れる。これは秘跡の聖餅の代わりである。その直後、「紅の騎士」の徒党三人が襲いかかって来るのであるが、彼はこのうち二人を斬り伏せ、乙女を彼女の叔父の城へと送り届ける。夕闇が迫る頃、彼は「紅の騎士」の死体がある川岸に戻るが、それは死者の魂のために夜通し祈りを捧げるためであった。翌朝、約束通り彼は騎士の死体を近くの礼拝堂に運び、ミサを執り行ってくれるよう依頼する。「誰が私を手伝うのか」と司祭が尋ねると（侍祭がいない小さな堂なのであろう）、ワルウェインは「自分は子供の頃に七年間学校にいたので字が読める」と言ってミサを手伝い、自らの剣で穴を掘ると騎士を埋葬したのである。

このエピソードにおいてワルウェインは、自分の敵の魂の救済にまで配慮し、適切な信仰の助言を与えて死に備えさせ、通夜の祈りを捧げるだけでなく、ラテン語によるミサを助けることまで行っている。学校教育に関する一文は、ヴァース（Wace）の『ブリュ物語』（*Roman de Brut*）などにおいて、ワルウェインがローマで法王のもとで高い教育を受けた人物として描かれていることが背景にあると思われるが、これらの資質は彼が「並ぶ者がない」キリスト者騎士であることを遺憾なく示していよう。

本作をよく読むと、ワルウェインは信心深いだけでなく、人々の傷を癒す治癒者としての術も身につけていたことがうかがえる。物語の後半部で、彼は誤解からランスロの弟エストル（Estor）と戦って相手に瀕死の傷を負わせてしまうのであるが、携帯している薬草・膏薬を用いた彼の素早い手当てによりエストルは命を取り留めるのである（一〇〇一〇―一〇〇二五行）。薬草の知識に豊かな治療者としてのワルウェインのイメージは、クレティアンの『ペルスヴァルまたは聖杯の物語』などにもすでに見られるが、ネーデルランドにおける作品では彼の活躍が多い分、医術の腕前を示す場面がしばしば登場し、「彼に匹敵する医者は見出せなかったろう」と述べている作品もある。『ワルウェイン物語』では彼は肉体・魂双方の治癒者として働いており、その徳性が強調されている。(16)

これほどまでに理想化されているワルウェインであるが、物語の展開には、その完璧さにそぐわない部分も含まれている。アモラーン王の花嫁となるべきイザベルと彼が肉体関係を結んでいることである。これは信義に反した行動であり、女性関係にルーズというフランス作品のイメージに近いものとなってしまっている。しかしながら別の解釈も可能であろう。

ウォルター・ハウグやバルト・ベサムスカは、イザベルとのこの関係はワルウェインをトリスタンと意図的に対比するものであり、ネガティブにとらえるべき要素ではないと見ている。王の妻となるべき女性を愛してしまうという設定は、正しくトリスタンと同じものである。密会の場を急襲される場面は、ゴットフリート・フォン・シュトラースブルク（Gottfried von Strassburg）の『トリスタンとイゾルデ』（*Tristan und Isold*）にも登場するが、トリスタンがイゾルデを残して逃げてしまうのに対して、ワルウェインは逃走を勧めるイザベルの言葉を退け、恋人と運命を共にする覚悟を決めている（八一一一―八一一六行）。また、トリスタンが最終的にイゾルデを王に渡してしまうのに対し、ワルウェインはイザベルを諦めないと決意する（九四三一―九四六七行）。宝剣をアモラーン王に返上することでイザベルを留めようと考えたようであるが、それではチェス盤は手に入らないことになり、彼の冒険は失敗に終わることになる。それは、チェス盤を持ち帰れば王国の後継者にするというアーサーの約束を退けることであり、ワルウェインにとって人生最大の目的であった栄達の道を捨てることを意味する。それを承知の上でイザベルの方を選んだことは、トリスタンよりもワルウェインの方が恋人としても上で

あったことを示すと見ることができよう。(17)

確かに、彼が冒険の間に脱線することが多いのは、一人の貴婦人を意中の人として選ばないゆえに遭遇する全ての女性に心を惹かれてしまうためであった。バズビーが指摘するように、クレティアンの『ランスロまたは荷車の騎士』(*Lancelot ou Le Chevalier de la Charrette*)において、ランスロが「剣の橋」を渡ることに成功したのにゴーヴァンが「水中の橋」を渡りきれなかったのも、王妃を愛するランスロのように熱烈な恋から生じる超人的な力がなかったためだと見るべきであろう。(18) この意味で、ワルウェインはイザベルによって初めて真剣な恋をしたのであり、彼が全てを彼女のために自分の全てを犠牲にすると決意したために、アモラーン王が急死するという奇跡が生じたと見ることも可能である。バスビーは、ランスロやペルスヴァルと違ってゴーヴァンは初めから完成された騎士として登場するので人格の成長というものがなく、物語の作者にとっては便利な存在ではあっても単独のヒーローにはなり得ないと指摘しているが、この問題も『ワルウェイン物語』では克服されており、ワルウェインが最高の騎士であることが一層明らかとなるのである。(19) 聖杯探索においては、不倫の罪にあるランスロをはじめ罪に汚れた騎士たちは聖杯を手にすることはできないのであるが、浮世の聖杯であるチェスセットについては、信義よりも愛の熱情を選んだワルウェインに与えられるのである。聖杯物語を裏返した、実に巧妙なストーリー展開と言えよう。

しかしながら、何故ネーデルランドにおいてこれほどまでワルウェインが称揚されたのであろうか。多くの研究者は、ワルウェインを英雄とする口承がフランス文学などを経ずに直接イギリスからネーデルランドに伝わっていたと見る。この典拠となる文書が、一一一八年にワルウェイン・ファン・メレ(Walewein van Melle)なる者が彼の兄弟たちと共にヘントの聖ピーテル僧院へ土地を寄進した際の記録である。寄進者である以上彼は成人であった筈であるが、そうなると彼が誕生した十一世紀末にはネーデルランドにワルウェインという名が知られていたことになる。この騎士に関する英雄的な物語が伝えられていたからこそ、彼の父は息子にこの名前を与えたのであろう。これはクレティアンはおろかジェフリー・オヴ・モンマスの記述よりも相当以前にネーデルランドにおいてワルウェインのストーリーが語られていた証拠と見ることができる（ただし寄進を記録した書記はこの名前にVualauuaynusという奇妙な綴りをあてた上に、その脇に「名前」と書き添えているので、聞き慣れない名であったのであろう）。J・D・ヤンセンスは、ノルマンディー公ウィリアムに伴ってイギリスに渡ったフランドル貴族たちのネットワークがアーサー王伝承を本国へ運ぶ媒介となった可能性を指摘しているが、一理ある説である。(20)

実際、ネーデルランド独自のワルウェイン伝承の示唆する文章が『ワルウェイン物語』には登場する。アッセンテイン王の城に押し入って守備兵と戦闘になった時、ワルウェインが「彼の母（sijn moeder）から学んだ技術を彼らに見せつけてやった」（六三〇四―六三〇五行）と記した一文があるが、彼が母親から武術を学んだという伝承は他国には見られないものである。これが作者の書き間違いではないことは、狐のローヘスも自分は実母から乗馬、武具の使い方、騎馬試合における戦い方を習ったと述べている（五三三三―五三四三行）ことからも分かる。ヤンセンスはこの記述を母権社会であったケルト文化の名残と見る。(21) 口承でネーデルランドに伝えられたアーサー王物語では、ワルウェインはケルトの女性戦士であった母から武術を学んだことになっていたのかも知れないのである。そうなると、彼の母はアーサーの妹であった以上、アーサー王の宮廷におけるジェンダー関係は我々が考えるものとはかなり異なっていたのではないだろうか。想像が刺激されるところである。

四　『ワルウェイン物語』における「異界情緒」

ここでいったんワルウェインから離れて、この物語に登場するモチーフとその由来に注目してみたい。『ワルウェイン物語』の構造が口承に基いていると推定されることは先に論じた通りであるが、このテキストには民話的な俗信、信仰書、その他の文献から取り入れられた多様なモチーフが見られ、主人公の冒険を彩る重要な背景を作り出している。その一つが、牢に入れられたワルウェインとイザベルを「紅の騎士」の亡霊が助け出すという設定である。この時幽霊は「貴公は私を埋葬して、（臨終の）秘跡も授けて下さった。それゆえ貴公をこの牢から解放しよう」（八三七五—八三七七行）と言うのであるが、これは、ワルウェインの敬虔な配慮のためにキリスト者として死ぬことができ、地獄落ちを免れた報いということになる。

死者に善をほどこしたためにその亡霊が恩返しに来るという「死者の恩返し」（The Grateful Dead）の話は、古来からヨーロッパ各地に伝えられており、『黄金伝説』のような宗教文学だけでなくロマンスにもしばしば取り上げられている。十三世紀ピカルディー地方で書かれた『美男リシャール』（*Richars li biaus*）はその典型である。借金のかたに取られて埋葬を許されずにいた死体を主人公は大金を払って埋葬してやるのであるが、間もなく彼のもとに見知らぬ騎士が現れる。謎の男の助けを得て主人公は騎馬試合に勝つのであるが、実はその援助者は彼が葬らさせた者の亡霊であった。死者を埋葬することは中世においては七つの慈悲の一つであり、聖別された墓地に葬られることは、死後もキリスト者の共同体に属していることを示すものであるため、人々にとっては一大関心事であった。死者を思いやるこのモチーフが人々に愛されたことも理解できる。[22] この民話的主題を物語に織り込んでワルウェインの美徳を強調するために用いた上に、主人公を窮地から救い出す切り札に使うとは、作者は並々ならぬストーリーテラーである。

この亡霊出現の舞台となるのがアッセンテイン王の城であるが、この城の地理は興味深い。城は奇妙な川の対岸にあり、そこには一本の「鋤の刃のごとく細くて鋭い」橋が架けられているのみである。ワルウェインは橋を渡らずに馬で川を渡ろうとするが、深さを測ろうと槍を水に入れてみると槍から炎が吹き上がり、先端が灰に化してしまう（四九五六―四九九一行）。後にワルウェインはローヘスから、この川自体が煉獄であると聞かされる。ワルウェインが眺めていると、黒い鳥が水に入り白い鳥となって飛んで行くのが見られたが、ローヘスの解説によれば鳥は死者の魂であり、この川の水によって罪から清められて天国へ向かうのである（五八二五―五八五五行）。中世においてはベスビオ山、エトナ山、またアイルランドの「聖パトリックの洞窟」には煉獄への入口があると信じられており、この川もそのような異界の一部ということになる。ワルウェインがいよいよこの世ならぬ世界に入ろうとしているという雰囲気を盛り上げる、格好の舞台設定である。

なお、これら「刃のような橋」、「炎の川」、「魂としての鳥」といったモチーフは、当時の宗教文学にも散見されるものである。刃の橋はクレティアン作品からの借用であろうが、同様のイメージは死後の世界を描いた中世の文献にしばしば登場する。例えば、八世紀に聖ボニファシウス（Bonifatius）が記した書簡の中で言及されている「僧ウェンロックの幻視」では、死者は黒々とした川に架かる丸木橋を渡るよう強制されるが、川に落ちた者も清められて対岸にたどり着くことができると記されている。同様の橋はグレゴリウス（Gregorius）法王の『対話』（*Dialog*）、『聖パトリックの煉獄』（*Tractatus de Purgatorio Sancti Patricii*）、『トゥンダルの幻視』（*Visio Tnugdali*）にも登場するが、ウェンロックの幻視の記述には、炎が吹き上がる淵の脇に「黒い鳥に似た姿をした罪人の魂」がいるという一文があり、ローヘスの言葉と重なるのである。これらの作品に登場する死後の世界のイメージも元来は民間信仰の世界に由来するものと思われるが、『ワルウェイン物語』の作者は、こうしたモチーフを巧みに物語に挿入して「異界情緒」を醸し出している。このよう奇怪な川の畔にある城に亡霊が出現するのも、理解できるところであろう。(23)

ただし、アッセンテイン王の城自体は決して不気味な場所ではない。テキストでは、この城の中には花が咲き乱れる美しい果樹園、老人が水を浴びると三十歳に戻るという若返りの泉、また金でできた鳥がさえずる黄金の樹があるとされている（三四八五―三五九二行）。「金の鳥」の樹と言えば、いよいよグリムの原話が姿を現したかと思われるのであるが、アド・プッターの研究にあるようにこれらの不思議なイメージは口承から取られたのではなく、当時現実のインドから届いたと信じられていた『司祭ヨハネの手紙』（*Epistola Presbyteri Joannis*）の記述から取られたものなのである。[24] この文献には「若返りの泉」も「金の鳥の樹」も登場し、地上の楽園としてインドが描かれている。アッセンテイン王の城はインドにあることになっているため、作者は実際のインドを描いたとされる記述から想を得て、物語の本当らしさを補強しているのである。俗信から信仰書、最新の「異国情報」に至るまで多様な情報を取り入れているこの物語は、中世ネーデルランド文学の旺盛な吸収力をよく示している。

五 『ランスロ集成』におけるワルウェイン礼賛

ネーデルランドのアーサー王文学を語る上で最も基本的な史料となるのが、ハーグの王立図書館に保存されている手稿『ランスロ集成』（以下『集成』）である。この手稿はフランス語から翻訳された『ランスロ三部作』を中心にして十点の中世オランダ語によるアーサー王物語を収録した物語集であり、一三二〇年頃に編集されたものと推定されている。『ランスロ』（*Lanceloet*）、『聖杯の探索』（*Queeste vanden Grale*）、『アーサーの死』（*Arturs doet*）からなる三部作の間に、『ペルシェファル』（*Perchevael*）、『モリアーン』（*Moriaen*）、『ラヒセルの復讐』（*Die Wrake van Ragisel*）、『袖の騎士』（*Die Riddere metter Mouwen*）、『ワルウェインとケイ』（*Walewein ende Keye*）、『ランスロと白い脚の鹿』（*Lanceloet en het Hert met de Witte Voet*）、『トーレック』（*Torec*）の七篇が挟み込まれているが、『ペルシェファル』と『ラヒセルの復讐』を除く五篇は全てネーデルランド独自の作品である

『トーレック』についてはフランス語の原作とマーラントによる翻訳が存在したと思われるが、現存しているのは『集成』収録の物語のみである)。なお『集成』は四冊の写本から成り立っており、元々は二巻本として綴じられていたと思われるが、第一巻が失われているため『ランスロ』の物語は一部が失われている。

収録の作品は全て『集成』が編纂される以前にすでにオランダ語で成立していたものと思われるが、編者は前後する物語に共通するモチーフを伏線として取り上げたり、短い解説を挿入するなどして、あたかも続き物のストーリーであるかのように各物語を連結させており、「円卓の騎士年代記」と呼ぶべき物語群(サイクル)に仕上げている。編纂の背景、編者、注文主については定かではないが、言語から見てブラバントで製作されたものであろう。原稿の途中に「これにてランスロの物語終わる。ローデウェイク・ファン・フェルトヘム師の所有なり」との一文があるため、詩人ローデウェイクが編纂に関与していた可能性が高いが、確実なことは不明である。(25)

ここでは、『集成』に収録されているネーデルランド独自の物語を概観した上で、これらの作品におけるワルウェインの描写を分析してみたい。興味深いのは、『三部作』においてはワルウェインは必ずしも理想的な騎士とは描かれていないものの、『三部作』に挟まれたネーデルランドの作品においてはワルウェインを極端に称揚する傾向が続いていることである。『聖杯の探索』では、殺人の罪を犯したワルウェインに対して隠者は罪を悔い改めて告解するように勧めるが、騎士はこれを拒み、神の恵みを退けてしまう。このような頑なな態度ゆえに、ワルウェインは聖杯を手にする栄誉を得ることができないのである。のみならず、この物語の中で彼は円卓の騎士を十八名も殺害してアーサーを悲しませている。ワルウェインが告解師の役を果たす物語を生み出したネーデルランドの人々にとっては、このような不敬虔なワルウェイン像は困惑すべきものであったろう。このため、ベサムスカが見ているように、ワルウェインの名誉を保つべくあえて彼の偉業を強調する作品群が挿入され

た と思われる。(26)

『集成』中で最もワルウェインを理想化した物語は『ワルウェインとケイ』と『ランスロと白い足の鹿』の二篇である。『ワルウェインとケイ』は、ワルウェインの出世を妬んだ宮廷執事のケイが偽の証人を二十人集め、アーサーに対して「ワルウェインは高慢の罪に陥っており、『自分は一年の間に、円卓の騎士を全て併せた以上の冒険をすることができる』と豪語している」と讒訴するところから始まる。アーサーがこの告発を信用していることに心を痛めたワルウェインは宮廷を去るのであるが、それは本当に一年の間に大冒険をして自分の武勇を証明し、汚名を雪ごうとしたからであった。かくて彼は旅の間に悪党騎士を打ち負かし、竜を退治し、巨人を倒して囚人を解放、また戦争中であったアラゴン王とポルトガル王を和解させるなど次々に手柄を立てる。一方、ケイも負けじと仲間を引き連れて冒険に出るのであるが、惨憺たる目に遭った挙句に宮廷から追放されるに至る。かくて物語はワルウェインが栄誉に包まれてアーサーのもとに凱旋する場面で終わるのである。(27)

この物語で注目すべきはワルウェインとケイのコントラストであろう。ケイは初期のウェールズの物語では勇猛果敢な騎士にして策士、特殊な能力を駆使する不思議な人物として描かれている。しかしながら、クレティアンの作品からは美丈夫ではあるが皮肉屋、虚栄心から余計な行動をして失敗する厄介者として描かれることが多くなり、本篇では、彼は嫉妬心から王の忠臣を陥れる陰険な奸臣にまで堕している。ネーデルランドの物語では総じてケイの悪意と愚かぶりを強調する傾向が強いのであるが、ここでは彼はワルウェインと対照的な悪役、ほぼ道化師のような存在とされており、ワルウェインの美徳を引き立たせるためにケイが極端なほど貶められていると見ることができよう。(28) そのような人物が宮廷執事の要職にあるのは不思議であるが、ネーデルランド作品では彼は王妃の叔父または従兄とされており、本篇の後でケイは王妃の執り成しで宮廷に戻るのを許されたことになっている。

本篇の中でワルウェインは単に武勇に優れているばかりではなく、敵対する二人の王を和解させ、恋人を虐待する騎士を打ち負かした後に二人が仲直りするのを手伝うなど、行き逢う人々の問題を次々に解決して行く。その一方で、『ワルウェイン物語』とは異なり彼はどの女性とも親しい関係を持つことがない。ルーシー・ペリーは、この物語でもワルウェインが「冒険の父」と呼ばれているのは、争う者に和解をもたらし、若者を指導する父親的な役割を彼が果たしているためであると見る。父親役に徹しているがゆえに恋愛沙汰もないのである。(29) しかしながら、女性に弱いというフランス渡来のイメージを払拭してワルウェインの高潔さを強調するために、あえて物語から恋愛の要素が取り除かれたとする方が事実に近いのではないだろうか。この作品には、自分が救い出した女性とワルウェインがある城に宿泊する場面があるが、ここで騎士は「あの女性と一緒に休まれるのですか。それとも、あの方のために別の床を用意しましょうか」と尋ねられ、直ちに「そうしてほしい」と答えている。しかも作者は「彼は彼女に一人で寝てほしかったのだ」と一言加えて念を押しているのである（五三五―五三九行）。このような奇妙な会話をわざわざ挿入しているのは、ワルウェインがお調子者のゴーヴァンとは異なる性格の持ち主であることを強調するためであろう。

ただし、ワルウェインを登場人物たちの父親役と見るペリーの指摘は正鵠を射ており、これは『ランスロと白い脚の鹿』にもあてはまる。ある日、一人の女性がアーサーの宮廷に現れると、自分は絶世の美女である女王に遣わされてここに来た、ある森に巨大な獅子たちに守られている白い鹿がおり、この鹿の脚を切り取った者は女王と結婚できようと告げる。直ちにケイがこの挑戦を受けて立つものの、間もなく逃げ帰って来たため、今度はランスロが出発する。彼は獅子を倒して鹿の脚を切るが、負傷して動けなくなってしまう。そこへ一人の見知らぬ騎士が来たため、ランスロは鹿の脚を女王に届けて自分のことを伝えてほしいと頼むのであるが、卑怯な騎士はランスロを剣でさらに傷つけ、彼の手柄を横取りしようとするのである。幸いにもランスロの安全を気遣ったワルウェインが間もなく現場へ到着、瀕死のランスロを介護した後、女王のもとに駆けつけて悪漢騎士を倒す。傷が癒えたランスロは女王に喜んで迎えられるが、王妃を愛する彼は女王の愛を受け入れることができず、適当な理由をつけて女王との結婚を延期してアーサーのもとに帰還するのである。(30)

本篇の山場である「手柄横取り」のモチーフはヨーロッパ各地の民話に見られるほか、ゴットフリート・フォン・シュトラースブルクの『トリスタンとイゾルデ』にも登場するお馴染みのものである。物語の構成は十三世紀初頭のフランスの『ティオレの短詩』(*Lai de Tyolet*)の後半部分と酷似しており、主人公がゴーヴァンの助けによって窮地を救われるという点も同じであるため、この作品が土台となっていると見られる。(31) 題名を見ればランスロが主役であるかのような印象を与えるが、実際の主役はランスロを救うワルウェインであり、ここでも彼は騎士たちの保護者、父親役を果たしている。

一点奇妙なことは、『ティオレの短詩』では主人公の騎士と女王が結婚することで大団円となるのであるが、本篇では、王妃への愛ゆえに初めから結婚できないランスロが冒険に乗り出しているため、結末が消化不良なものとなっていることである。無名の主人公ティオレの代わりに人気キャラクターをはめ込んだために生じた矛盾であるが、何故このような矛盾をはらむ作品が『集成』に収められたのであろうか。『アーサーの死』においてはワルウェインとランスロは仇敵同士となってしまうため、『集成』の編者としては、二人の騎士の情愛ある結びつきをここで強調しておきたかったのかも知れない。

『モリアーン』の主人公はムーア人の国から来た黒人騎士であるが、ワルウェインも単なる脇役に留まらない重要な役目を果たしている。聖杯探索から帰らないペルセファルを探すべくワルウェインとランスロは共に旅立つが、その途路、二人は肌も甲冑も剣も黒色という騎士に遭遇する。話を聞くと、モリアーンという名の彼はペルセファルの兄アグロファエルの息子であり、母を置いて聖杯探索に戻ってしまった父の行方を探しているとのことであった。騎士の話に心を打たれた二人はアグロファエル捜索を手伝うことを約束する。やがて三人は三叉路にさしかかり、モリアーンは海を渡る道を、二人の騎士はそれぞれ別の道を選ぶ。モリアーンは海辺に着いたものの、彼の黒い肌と長身を見た人々は彼のことを悪魔と思って逃げ出してしまい、彼は船頭を見つけることができない。やむなく彼は三叉路に戻るのであるが、そこで彼が見たものは、トラブルに巻き込まれて手傷を負い、身ぐるみ剝がれたワルウェインであった。モリアーンは直ちに悪党どもを撃退して彼を救出する。この後、さまざまな出来事を経て黒人騎士はアグロファエルとペルセファルを探し出すことに成功し、サクソン軍・アイルランド軍に攻められていたアーサーの救援にも一役買うなど大活躍をするのである。(32)

ここでもワルウェインは若い騎士たちの指南役として立ち働いている。当初はモリアーンの肌の色に驚きつつも、いったん彼の武勇を認めるや躊躇なく異邦人を受け入れるワルウェインの鷹揚さは、彼の懐の深さを示すものであろう。その彼がモリアーンによって窮地から救われたことは、黒人騎士の美点を引き立たせている。父の存在に飢えていたモリアーンにとって、自分をありのままに受けとめて指導してくれるワルウェインは父親代わりとなっていたであろう。事実、研究者の中には、この物語は元々ワルウェインとモリアーン二人の物語であって、ランスロは後から付け加えられたのではないかと見る向きがあるほどである。(33) まさにワルウェインは「冒険の父」だけではなく「冒険者たちの父」でもあった。

ワルウェインの姪クラレット（Clarette）と若き新米騎士の恋を描いた『袖の騎士』では、ワルウェインは大きな役割を果たしていない。(34) しかし、本篇にはワルウェインがアーサーに諫言する場面がある。クラレットの城がアラゴン王の軍勢に攻められて窮地に陥った際、アーサーは、自国もアイルランド軍に攻められている最中であることを理由に援軍を送ることを拒否する。これに対してワルウェインは王に反対する意見を述べ、円卓の騎士たちに援軍への協力を呼びかけたのである。激怒したアーサーはワルウェインの所領を没収すると宣言するが、ランスロなど騎士たちが王命を無視して出立する構えを見せたため、王は甥の意見を受け入れることにする（二八六〇―二九〇五行）。短いエピソードであるが、逆鱗を恐れずに主君に対しても忠告する態度は彼の美徳の現れであり、円卓の騎士たちの反応も彼がいかに慕われているかを示すものである。

六　『ラヒセルの復讐』におけるワルウェインと女性たち

不思議なことに、この高潔なワルウェイン像を覆すような作品が『集成』には登場する。ラウール・ド・ウーダン（Raoul de Houdenc）によるフランス語の物語を短縮した『ラヒセルの復讐』である。ここでネーデルランド版の作者は原作にはない笑話的なエピソードを挿入し、騎士をさんざんな目に遭わせている。[35]

物語は、アーサーが食卓で冒険の始まりを待ち焦がれていたところ、槍に刺し貫かれた騎士の死体を乗せた船が漂着するという劇的な場面から始まる。死体には手紙が添えられてあり、死体から槍を抜くことができた者と、その指から指輪を抜き取ることができた者とが共同でこの死者のために復讐をなすことになる、そして復讐にはこの槍が用いられると記してあった。ケイを始め円卓の騎士たちが試してみると、槍はワルウェインが抜くことができたが、指輪は誰も抜くことができない。ワルウェインは早速探索の旅に飛び出すのであるが、肝心な槍を持って行くのを忘れてしまう。この時点で早くも、本作のワルウェインは完璧な英雄ではないことが見て取れるのである。

ほどなく彼は、訪れる騎士を全て殺すという「黒い騎士」の城に行き遭い、激しい戦いの末にこの騎士を打ち負かす。しかし話を聞いてみると、マウルス（Maurus）という名のこの騎士の蛮行にはそれなりの事情があるのであった。彼はかつてハレストロート（Galestroet）の城主である貴婦人に恋し、彼女のために開かれた騎馬試合に出場して善戦したため、彼女の心も彼になびき始めたのだが、そこへワルウェインがやって来て騎士を打ち負かして優勝してしまった、以来、彼女はワルウェインに夢中になってもはやマウルスの愛を受け入れようとしない。それゆえに、彼はいつかワルウェインが来るやも知れぬと思って城を訪れる騎士を皆殺しにしていたのである（四八九―五七六行）。ここで、ワルウェインは自分の武勇を示すべくさまざまな冒険に乗り出すが、その英姿によって女性の心をかき乱して他の男性に迷惑をかけているという、裏から見た冒険の実態が見えて来る。世の秩序を取り戻す筈の英雄が、不用意な行動をしてかえって混乱を振りまいているのである。[36] もっとも、カティー・デ・ブンデルが指摘するように、失恋の恨みゆえに無関係の者をも無差別に殺すというマウルスの姿は道を外れたものであり、「愛は武勇を生む」という騎士道の大前提が機能していないことを示している。[37] この物語が騎士道礼賛の著ではなくパロディであることが、この箇所で示唆されるのである。

ワルウェインはこの後、問題のハレストロートの貴婦人の城に到着する。実は彼女は騎馬試合の他にも、かつて自分の城が敵に包囲された時にワルウェインに助けられたことがあり、相手の顔も知らないのにワルウェインを熱愛している。そのために彼女は、騎士をおびき出すためにワルウェインの弟ハリエット（Garriet）を城の中に監禁していたのである。彼が城に入ると、以前アーサーの宮廷にいたことがある侍女が出迎えるが、彼女は客人が誰であるかを知ると、「身元が露見すればあなたの命は無くなるから、ケイ殿ということにしましょう」と提案し、彼はこれに従う。自分の名を隠さない筈のワルウェインがケイを装うというのは、無論笑いを誘う仕掛けであろう。

彼を迎えた貴婦人は騎士を礼拝堂に連れて行くと、不思議な窓が取りつけられている壮麗な墓所を見せる。この窓にはギロチンのような断頭装置が隠されており、ワルウェインが来れば自分はこの装置を用いて彼の首を斬り落としてやる、そして自分も自害して彼と墓中で永遠に結ばれるのだと、彼女は相手が当のワルウェインであることも知らずに話すのである。貴婦人は、たとえワルウェインが慈悲を乞うても自分と共に死なせてやると語るのだが、その理由は「彼は冒険に出ることを止められないから」（八〇六―八〇七行）というものであった。つまり、仮に彼が彼女の愛を受け入れても殺すことに変わりはない、どのみち自分のもとに留まってくれないのだからというのである。さすがのワルウェインもこれには肝を冷やし、弟ハリエットを救い出すと早々に城を離れるのである。

この貴婦人の愛は倒錯した妄想であるが、全く不可解なものとも言えない。愛する女性のためにさまざまな冒険に出るのが騎士道の常道であるが、想い人が傍にいてくれないのは女性にとって辛いことである。どうせ一緒にいてくれないのなら死によってでも結ばれたいという彼女の言葉も、妄想とは言え愛する人の不在を嘆く女性の肉声と言うこともできよう。「愛は武勇を生む」の原則は、ここでは女性にも受け入れられていないのである。

この後に続く旅の途中、ワルウェインは二人の騎士が一人の女性を虐待しているのを見かける。ハリエットは他人の問題に介入すべきでないと考えるが、ワルウェインは騎士を倒して女性を救出。イデイン（Ydeine）という名のこの美女にワルウェインは想いを寄せ、肉体関係を持つのである。この後三人はアーサー王の城へと向かうが、その途中で彼らはアーサーの宮廷で騒動が持ち上がっているとの報に接する。恋人に不誠実な女性が着ると縮んでしまうという魔法のマントが宮廷に持ち込まれ、王妃を含めてほとんどの女性がこの試験に失敗したというのである。フランスの『マントの短詩』（*Le Mantel mautaillé*）でお馴染みのテーマであるが、これは、間もなくワルウェインが体験することになる災難の前触れとなるものである。

ワルウェインたちは城であたたかく迎えられるが、それも束の間、突然ドロイデイン（Druidein。騎士自身が名乗った名であるが、「イデインの恋人」の意）なる騎士が現れてイデインは自分のものだと主張し、ワルウェインは四十日後に彼女を賭けて彼と戦うことになってしまう。すると毒舌家のケイは、ワルウェインに対して「貴公は素晴らしい恋人を選ばれましたな。こんなに沢山の殿方が彼女のことをご存知なんですからね。まだ乙女でいらっしゃることでしょうな」（一四六四―一四六八行）と嘲笑し、彼は黙り込んでしまう。あれほど簡単に自分に身を任せたのは自分の魅力ゆえではなくて、他の男にも同じことをして来たのではないかと不安になり始めたのである。(38) ワルウェインがケイに一本取られるという逆転した展開になるのが面白い。

ここでネーデルランド版の筆者は原作にはないエピソードを挿入するのであるが（一四七五―一八九四行）、それは卑猥なファブリオー（韻文による笑話）と言うべきものである。ワルウェインは王妃に「女性の心とはどのようなものなのでしょうか」と尋ねるのであるが、彼女の答えは「それはいろいろなので、誰も分かりません」という心もとないものであった。すると彼は正しい答えを求めて探索の旅に出てしまうのである。「女性が最も求めるものは何か」というテーマは「バースの女房の話」を含めて中世文学にしばしば登場するものであるが、ここでは探索というテーマのパロディとなっていると見て良いであろう。

間もなくワルウェインは魔法を使う小人の王に出会い、自分の悩みを打ち明ける。王は彼を自分の城に連れて行くと、自分の奥方が下賤な召使と姦通を犯した話をして「女の心はかくの如し」と諭した。ワルウェインが納得しないでいると、王は彼を自分のような小人の姿に変えてアーサーの城へ行かせ、イデインを誘惑するよう勧めるのである。結果は小人が予見した通りであり、イデインは小人の姿をした騎士と関係を結んでしまう。帰って来たワルウェインはイデインを責めるが、結局彼女の愛嬌に負けて不実を赦す。ここまでがラウール・ド・ウーダンの原作にはない挿入部分である。(39)

翌日、二人はドロイデインとの決闘のために旅立つが、通りがかりの騎士がイデインに目をつけて彼女を要求する。騎士たちが「本人に選ばせよう」と合意すると、イデインはワルウェインを責め、相手の騎士と共に立ち去ってしまうのである。恋人に捨てられた上に、ドロイデインのもとにイデインを伴って行けなくなったワルウェインは嘆きにくれるが、間もなく先ほどの騎士が「イデインの飼犬をあなたが持っているそうだから、自分に渡してくれ」と戻って来たので、決闘になる。ワルウェインが相手が倒すや否や、イデインは「あなたこそ私の恋人。あなたが彼を倒すことを知っていたので、私はあの騎士を戻らせたのです」と言って彼とよりを戻そうと試みるが、ワルウェインもこれには呆れ果て、決闘ではドロイデインに勝利したものの彼にイデインを譲るのである。

この後、彼はさまざまな冒険を経た後にスコットランドに渡り、最終的にはイディエル（Ydier）という騎士と共にラヒセルの仇を討つのであるが、本章ではこのイデインに関するエピソードにのみ注目したい。小人の王やイデインの描写が中世文化のミサジニー（女性嫌悪）の産物であることは論を待たないが、問題は何故彼女の無節操を強調するファブリオー的挿話が書き加えられたのかということである。ベサムスカは、イデインの不誠実を前面に出すことによってワルウェインを守ろうとする意図をここに読み取っている。もしも女性が常に移り気であり、その求めているものが情欲の充足のみであるのなら、ワルウェインが女性関係にルーズであっても止むを得ないことになるからである。かくしてワルウェインの脱線の責任は全て女性の側に帰される。[40] 正しく男性中心のミサジニーの論理であるが、ワルウェインを弁護したいネーデルランドの筆者には好都合な理屈であろう。

だが、フェミニスト的視点からこの物語を読み直せば、ここに登場する人物は男性も女性も疑わしい行動を取っていることが見えて来る。イデインの言動は、ある研究者の言葉を借りれば「自分のために男たちが殺し合うのを見ることを快楽としている」と言うべき非情なものであるが、そもそもアーサー王文学の世界では基本的に女性はトロフィーであり、騎士たちはそれをめぐって当の女性の気持ちなど二の次にして戦い合うのである。[41] イデインの性格は、上辺は女性を礼賛しながらも実際には彼女たちを冒険のオブジェとしてしか扱わない騎士道システムが生んだ裏の果実、ある種の自壊作用と言えるのではないだろうか。マウルスやハレストロートの貴婦人を見ても、「愛は武勇を生む」の原則は現実には機能していないことが分かる。さらに、高徳の騎士と淑女が集っている筈のアーサーの宮廷でも男女が裏切り合っていることが「マントの試験」でさらけ出されてしまう。高邁の理想と現実との間に大きなギャップが存在するのである。(42) この物語が『聖杯の探索』のすぐ後に置かれていることは注目すべきであろう。多くの騎士たちが聖杯を探し出すことに失敗した理由がこの理想と現実のギャップにあることが、本作により一層明らかになるからである。

中世の読者たちが、そのような深い意図をこの物語の中に読み込んでいたか否かは定かではないが、このように多様な解釈を可能にする本作が単なる笑い話では終わらず、騎士道の矛盾に斬り込んだ痛快なパロディになっていることは確かである。『集成』の編者がこの物語に心を惹かれ、ワルウェインを貶める危険を承知しつつこれを収録したことも理解できるところである。

おわりに

以上見て来たように、ネーデルランドの作品は周辺国のアーサー王文学について考える際に多くの新しい洞察を与えてくれる貴重な文献である。クレティアンなどの作品がネーデルランドの筆者たちによっていかに受容され、解釈を加えられた上で翻案されて行ったかをたどることは、当時の人々がどのようにアーサー王物語を理解していたかを探る上で重要な鍵となる。ネーデルランドの作者たちはフランスの作品に精通し、そこから抽出したモチーフやイメージを自在に用いて新たな物語を生み出している。聖杯のイメージをチェスセットに転化させて俗界の栄誉の探索とした『ワルウェイン物語』、『ペルスヴァル』と巧みに物語をシンクロナイズさせて黒人騎士を活躍させた『モリアーン』など、彼らは実に創造性豊かである。ワルウェインを称揚する自国の伝承を守るだけでなく、『ワルウェイン物語』では彼を一途な愛を通して人格的に成長させ、真のロマンス・ヒーローに仕上げている。ゴーヴァン＝ガウェイン像を比較研究する者にとって、これらの物語は必読の情報源であろう。近年では、ネーデルランドの作品が他国のアーサー王物語に影響を及ぼした可能性について論じた研究も表れている。例えばフェリシティ・リディーは『ワルウェイン物語』が『ガウェインと緑の騎士』の作者に影響を与えた可能性について、両作品に共通する「交換」のモチーフに焦点をあてて分析しているが、中世におけるイギリスとフランドルの活発な商業関係を考えれば、アーサー王文学が海峡を越えても不思議ではない。[43] イギリスのアーサー王ロマンスの中心人物もガウェインであるから、共感し合えるものがあった筈である。[44] 今後の研究の発展が待たれる。

ネーデルランドのワルウェイン礼賛は、彼を理想化した伝承がイギリスから直接もたらされたために生じたと思われるが、ワルウェイン以外の人物に関しても何らかの伝承が伝わっていたのであろうか。この点については研究が乏しいが、興味を引くのはネーデルランドにおけるケイの描写である。先に見た通り、初期の文献においてはケイは武勇に優れた猛者として描かれているが、クレティアン以降は否定的な描写が増えて行く。K・S・フェッターは、叙事詩では英雄であったケイが悪役に転落したのは、他人を毒舌で罵ることは叙事詩の武者にとっては戦いの一部であったのに対し、宮廷文学の世界においてはこれは単なる無作法でしかないためであると見ている。[45] ケイを殊更愚かしげに描くことが多かったネーデルランドについても、事情は同じであろう。

しかしながらこの地の作品においては、ケイが毒舌によって他者を挑発し、物語の行方を左右するという設定がしばしば登場する。一例が『ワルウェイン物語』である。チェスセットを追って旅立つ主人公をケイははやし立てる（一七二一—一九一行）のであるが、城を出て間もなく、ワルウェインはチェス盤に手を伸ばせば捕まえられるというチャンスに恵まれる。しかし、城から人々が自分を見ていることを知っていた彼は、失敗して恥をかくことを恐れて結局手を伸ばさず、チェス盤を逃してしまうのである（二一七―二二四行）。ケイのからかいがワルウェインの内心にあった失敗に対する恐れを引き出してしまったのであるが（自己の名声に傷がつくことを恐れすぎるのが彼の弱さである）、そのためにワルウェインは大変な冒険をする羽目になるのである。一方、『袖の騎士』においては、ケイの侮辱は若き主人公を大いに発奮させて武勇を立てることに駆り立てている。これを見ても、ケイの言葉は決して単なる無作法ではなく、良くも悪くも主人公たちの心にカタルシスを起こして物語を盛り上げる機能を果たしていることが分かる。一種のトリックスターであるが、これは叙事詩の伝承における彼の言動の名残であろう。[46]

このようにワルウェインの描写を追って行く中で、他の登場人物や作品中のモチーフについても新たな視点が与えられるのである。今後もネーデルランド作品の英訳プロジェクトが進み、より多くの作品がわが国の研究者の手に届くことを期待したい。

（1） Classens, Geert H. M., and Johnson, David F. Johnson (2000), "Arthurian Literature in the Medieval Low Countries: An Introduction", Classens, Geert H. M., and Johnson, David. F. (eds.) (2000), *King Arthur in the Medieval Low Countries*, Leuven : Leuven University Press, p. 2.

（2） *Ibid.*, p. 31.

（3） Johnson, David F. (ed. and tr.) (1992), *Roman van Walewein*, New York : Garland; Johnson, David F., and Classens, Geert H. M. (eds.) (2000), *Dutch Romances I: Roman van Walewein*, Cambridge : D. S. Brewer; David F., and

Classens, Geert H. M. (eds.) (2000), *Dutch Romances II: Ferguut*, Cambridge : D. S. Brewer; David F., and Classens, Geert H. M. (eds.) (2003), *Dutch Romances III: Five Interpolated Romances from the* Lancelot Compilation, Cambridge : D. S. Brewer. 十九世紀から現代に至る中世オランダ語アーサー王文学の研究については以下に簡潔にまとめられている。Besamusca, Bart (2006), "Dutch Arthurian Literature", Lacy, Norris J. (2006), *A History of Arthurian Scholarship*, Cambridge : D. S. Brewer, pp. 158-168. なお*Arthuriana* 第十七巻第一号（二〇〇七年）は中世オランダ語作品に関する特別号であり、七点の論考を収録する他、同年までに刊行されたオランダ語以外による研究の一覧を掲載している。Johnson, David F. (2007), "Bibliography of Scholarship on Middle Dutch Arthurian Romances in Languages other than Dutch", *Arthuriana* Vol.17, No.1, pp. 109-117.

（4）ベルギー・オランダ地域については「ネーデルラント」と「ネーデルランド」の二つの呼称がわが国の学界では用いられているが、本章では、川口博の意見に従い「ネーデルランド」で統一する。「ネーデルラント」ではオランダと同義になってしまうからである。川口博『身分制国家とネーデルランドの反乱』彩流社、一九九五年、一二―一四頁。

（5）フランス作品の影響については下記を参照。Janssens, J. D. (1998), "The Influence if Chretien de Troyes on Middle Dutch Arthurian Romances: A New Approach", Lacy, Norris J., Kelly, Douglas, and Busby, Keith (eds.) (1998), *The Legacy of Chretien de Troyes*, eds. Norris J. Lacy, Amsterdam : Rodopi, pp. 285-306.

（6）Besamusca, Bart (2000), "The Medieval Dutch Arthurian Material", Jackson, W. H., and Ranawake, S. A. (eds.) (2000), *The Arthur of the Germans*, Cardiff : University of Wales Press, p. 195.

（7）Besamusca, Bart (2003), *The Book of Lancelot: The Middle Dutch* Lancelot *Compilation and the Medieval Tradition of Narrative Cycles*, Cambridge : D. S. Brewer, p.7.

（8）Johnson and Classens, *Roman van Walewein, op. cit.* 以下、物語からの引用箇所は文中でテキストの行数で示す。

（9）この事実についてはドラークの比較研究（一九三六年）が詳しい。Draak, A. M. E. (1975), *Onderzoekingen over de* Roman van Walewein, Amsterdam : Bert Hagen.「金の鳥」と同じ話型を持つフランス民話の例としては、ドーフィネ地方に伝わる民話「子ギツネ」を参照（『フランス民話集Ⅱ』中央大学出版部、二〇一三年、二〇一―二一三頁）。

(10) Lacy, Norris J. (1999), "Convention and Innovation in the Middle Dutch *Roman van Walewein*", Besamusca, Bart, and Kooper, Erik (eds.) (1999), *Originality and Tradition in the Middle Dutch Roman van Walewein*, Cambridge : D. S. Brewer, pp. 57-58.

(11) 甚野尚志『中世ヨーロッパの社会観』講談社、二〇〇七年、二二〇頁―二四二頁。Van Dalen-Oskam, Karina (2000), "The Flying Chess-Set in the *Roman van Walewein*", Classens and Johnson, *King Arthur in the Medieval Low Countries*, *op. cit.*, p. 68; Adams, Jenny (2004), "Pieces of Power: Medieval Chess and Male Homosocial Desire", *Journal of English and Germanic Philology*, Vol.103, No.2, pp. 213-214.

(12) Van Dalem-Oskam, *op. cit.*, p. 63.

(13) Busby, Keith (1980), *Gauvain in Old French Literature*, Amsterdam : Rodopi; Thompson, Raymond H., and Busby, Keith (eds.) (2006), *Gawain: A Casebook*, New York : Routledge. ゴーヴァン像の多様性については以下も参照。小路邦子「ガヴェイン——その毀誉褒貶」(*The Round Table* 第二二号、二〇〇八年、八五—九五頁)、渡邉浩司「クレチアン・ド・トロワ以降の古仏語韻文作品におけるゴーヴァン像」(篠田知和基編『神話・象徴・文学Ⅲ』楽浪書院、二〇〇三年、四八一—五一八頁)、渡邉浩司「動かぬ規範が動くとき——十三世紀古仏語韻文物語『アンボー』の描くゴーヴァン像」(『剣と愛と　中世ロマニアの文学』中央大学出版部、二〇〇四年、六七—九二頁)、渡邉浩司「『名無しの美丈夫』におけるゴーヴァン」(中央大学『仏語仏文学研究』第三八号、二〇〇六年、七一—九一頁)、渡邉浩司「《伝記物語》の変容(その二)——『グリグロワ』をめぐって」(中央大学『人文研紀要』第五九号、二〇〇七年、四七—八〇頁)、渡邉浩司「フランス中世盛期の『ゴーヴァン礼賛』——『危険な墓地』をめぐって」(*The Round Table* 第二二号、二〇〇八年、九六—一〇九頁)。

(14) Johnson, Ludo (2000), "Walewein as Confessor: Crime and Penance in the *Roman van Walewein*", Classens and Johnson, *King Arthur in the Medieval Low Countries*, *op.cit.*, pp. 45-58.

(15) このエピソードと「往生術」の信仰との関係については拙論を参照。「『紅の騎士』と勇者ワルウェイン——中世ネーデルラントの騎士道物語に見る死の風景」『日蘭学会会誌』第五四号、二〇〇六年、四六—四七頁。

（16） Johnson, David F. (2001), "'Men hadde niet Arsatere vonden alsoe goet': Walwein as Healer in the Middle Dutch Arthurian Tradition", *Arthuriana*, Vol.11, No.4, 2001, pp. 39-52.

（17） Walter Haug (1999), "The Roman van Walewein as a Postclassical Literary Experiment", Beasamusca and Kooper, *op. cit.,* pp. 26-28; Besamusca, "Medieval Dutch Arthurian Material," *op. cit*., p. 215.

（18） Busby, *Gauvain*, *op. cit*., p. 65.

（19） *Ibid*., pp. 386-387.

（20） Janssens, J. D. (1994), "The 'Roman van Walewein', and episodic Arthurian romance", Kooper, Erik (ed.) (1994), *Medieval Dutch Literature in Its European Context*, Cambridge : Cambridge University Press, p. 123; Janssens, "Influence", *op. cit*., pp. 296-297. 一一一八年の寄進の記録については以下を参照。Gerritsen, W. P. (1984), "Walewein van Melle (anno 1118) en de Oudnederlandse Arturliteratuur," *Naamkunde*, Vol.16, pp. 115-134.

（21） Janssens, "'The Roman van Walewein'", *op. cit*., pp. 122-123.

（22） このエピソードと死者の恩返しの民話の関係については、拙論四八―四九頁を参照。なお死者の恩返しのモチーフについては以下の研究が詳しい。Gerould, Gordon Hall (2000), *The Grateful Dead: The History of a Folk Story*, Urbana : University of Illinois Press.

（23） 『ワルウェイン物語』における煉獄の川のイメージと中世の異界訪問記とのつながりについては、拙論四九―五一頁を参照。「僧ウェンロックの幻視」との関係については以下を参照。Putter, Ad (1999), "Walewein in the Otherworld and the Land of Prester John", Besamusca and Kooper, *op. cit*., pp. 90-91.

（24） Putter, *op. cit*., pp. 93-99.『司祭ヨハネの手紙』は以下に邦訳されている。池上俊一訳『西洋中世奇譚集成　東方の驚異』講談社、二〇〇九年。

（25） 『ランスロ集成』の構造、筆記者などテキストの背景については以下を参照。Besamusca, *The Book of Lancelot*, *op. cit*., pp. 8-17.

（26） *Ibid*., pp. 166-169.

（27） "Walewein ende Keye", Johnson and Classens (eds.) *Five Interpolated Romances*, *op.cit*., pp. 368-523.

（28） Hogenbirk, Marjolein (2003), "A Comical Villain: Arthur's Seneschal in a Section of the Middle Dutch Lancelot Compilation", *Arthurian Literature*, Vol.19, pp. 174-175; Hogenbirk, Marjolein (2005), "Intertexuality of Gauvain", *Arthuriana*, Vol.15, No.2, p. 23. ケイについては、渡邉浩司「ケイ」（松村一男・平藤喜久子・山田仁史編『神の文化史事典』白水社、二〇一三年、二一八―二一九頁）のほか、本書所収の論考、小宮真樹子「乳兄弟と兄弟愛――トマス・マロリーの『アーサー王の死』におけるケイの描写」を参照。

（29） Perry, Lucy (2007), "Masculine Excess, Feminine Restraint, and Fatherly Guidance in the Middle Dutch *Walewein ende Keye*", *Arthuriana,* Vol. 17, No.1, pp. 46-48.

（30） "Lanceloet en het Hert met de Witte Voet", Johnson and Classens (eds.), *Five Interpolated Romances*, *op.cit*., pp. 524-561.

（31） 『ティオレ』と『白い脚の鹿』の比較については以下を参照。Van der Schaaf, Baukje Finet (1994), "*The Lai de Tyolet* and *Lancelot and the Whitefooted Stag*: Two Romances Based on Folktale Motif", *Arthuriana*, Vol.4, No.3, pp. 235-249. なおアーサー王物語における「鹿の白い脚」というモチーフについては、渡邉浩司「《グリザンドールの話》におけるメルランの雄鹿への変身」（篠田知和基編『神話・象徴・図像Ⅰ』楽瑯書院、二〇一一年、三三七―三六七頁）を参照。

（32） この物語の詳しい要約は以下を参照。Classens and Johnson (eds.), *King Arthur in the Medieval Low Countries*, *op. cit*., pp. 209-216.

（33） Besamusca, *The Book of Lancelot*, *op. cit*., pp. 89-90.

（34） "Die Riddere metter Mouwen", Johnson and Classens (eds.), *Five Interpolated Romances*, *op.cit*., pp. 196-367.

（35） "Die Wrake van Ragisel", Johnson and Classens (eds.), *Five Interpolated Romances*, *op.cit*., pp. 50-195.

（36） De Bundel, Katty (2005), "Hi sette sijn vechten an hare minne: Love and Adventure in Die *Wrake van Ragisel*", *Arthuriana*, Vol.15, No.2, p. 30.

（37） *Ibid.*, pp. 30-31.
（38） *Ibid.*, p. 32.
（39） この挿話は十二世紀ウェールズのラテン語ロマンス『アーサーとゴルラゴン』の前半部分とよく似ている。恐らくこのロマンスにヒントを得たファブリオーが存在し、それをネーデルランドの筆者が取り入れたものと推測されている。Besamusca, Bart (2003), "In Quest of What's On A Woman's Mind: Gauvain as Dwarf in the Middle Dutch *Wrake van Ragisel*", *Neophilologus*, Vol.87, p. 593.
（40） *Ibid.*, p. 595.
（41） Baird, W. (1980), "The Three Women of the 'Vengeance Raguidel'", *The Modern Language Review*, Vol.25, No.2, p. 272.
（42） De Bundel, *op. cit.*, p. 34.
（43） Riddy, Felicity (1999), "Giving and Receiving: Exchange in the *Roman van Walewein* and *Sir Gawain and the Green Knight*", Besamusca and Kooper, *op. cit.*, pp. 101-114.
（44） 中世イギリスにおける三十篇のアーサー王文学のうち十二篇がガウェインの物語として分類できる。Boardman, Philip C. (2006), "Middle English Arthurian Romance: The Repetition and Reputation of Gawain", Thompson and Busby, *op. cit.*, p. 257.
（45） Whetter, K. S. (1999), "Reassessing Kay and the Romance Seneschal", *Bibliographical Bulletin of the International Arthurian Society*, Vol.51, pp. 359, 362.
（46） ケイのトリックスター的性格については以下を参照。Spivack, Charlotte, and Staples, Roberta Lynne (1994), *The Company of Camelot*, Westport : Greenwood Press, pp. 47-58.

フェロー語バラッド『ヘリントの息子ウィヴィント』の三ヴァージョンと
ノルウェー語バラッド『エルニングの息子イーヴェン』

林　邦彦

はじめに

フェロー諸島、およびデンマークの一部の地域で使用されているフェロー語によって今日まで伝承されている数多くのバラッドの中に、『ヘリントの息子ウィヴィント』（*Ívint Herintsson*、以下『ウィヴィント』とする）と呼ばれる、アーサー王伝説に題材を取ったと考えられる作品がある。(1) この作品は十八世紀後半から十九世紀半ばにかけて、一般にA、B、Cと呼ばれる三つのヴァージョンが採録されている。いずれのヴァージョンも複数のバラッドから構成されるバラッド・サイクルで、作品の大筋は三ヴァージョン間で共通している。バラッド・サイクル全体としてのこの作品の物語は、バラッド・サイクルの表題になっている騎士ウィヴィント・ヘリンツソン（Ívint Herintsson、ヘリントの息子ウィヴィント）の父ヘリント（Herint）の求婚話、その息子ウィヴィントおよびウィヴィントの兄弟の冒険、さらにウィヴィントの息子ゲァリアン（Galian）の冒険によって構成されている。ウィヴィントの父ヘリントの求婚相手が、アーサー王のことと考えられるハシュタン（Hartan）王の妹である。

また、詳しくは後述するが、ノルウェー語のバラッド作品群の中に、それぞれ本バラッド・サイクルの物語内容の一部と共通の題材を扱った二作品が伝承されており、これらと本サイクルとの関連が指摘されている。

本章では、バラッド・サイクル『ウィヴィント』の前半に焦点を当てた拙稿（二〇一五）[2]に続き、同バラッド・サイクルの後半に対象を絞り、『ウィヴィント』の三ヴァージョン間の比較を行い、また、三ヴァージョン間で異同が見られた箇所については共通の題材を扱ったノルウェー語バラッド作品とも比較を行い、フェロー語のバラッド・サイクル『ウィヴィント』の三ヴァージョンの形の生成・伝承過程を巡る考察を試みたい。

以下が本章で扱うフェロー語バラッド『ウィヴィント』の梗概である。ここでは代表としてAヴァージョンを用いる。

Ⅰ．『ヨアチマン王』（*Jákimann kongur*）（八〇スタンザ）

フン族の国の王で醜悪な風貌のヨアチマン（Jákimann）がハシュタン王の妹を妻にもらいたいと思う。ヨアチマンは船でハシュタン王のもとへ赴き、ハシュタン王に面会し、王妹への求婚の意志を伝える。妹はヨアチマンを拒絶。それを知ったヘリント（Herint。在住国名は記されず）もハシュタン王の妹を妻にもらいたいと思い、船でハシュタン王のもとへ赴き、ハシュタン王に面会。ヨアチマンとヘリントが戦うこととなり、ヨアチマンはヘリントに斃され、ヘリントはハシュタン王の妹と結ばれる。

Ⅱ．『クヴィチルスプラング』（*Kvikilsprang*）（六〇スタンザ）

ヘリントとハシュタン王の妹の間には三人の息子ウィヴィント（Ívint）、ヴィーフェル（Víðferð）、クヴィチルスプラング（Kvikilsprang）が生まれる。三男のクヴィチルスプラングはジシュトラント（Girtland。ギリシャのことか？）へ行くが、捕らわれの身になる。ジシュトラント王の娘ロウスィンレイ（Rósinreyð）は父王にクヴィチルスプラングを自分に与えるよう懇願するが、父王は拒否。ロウスィンレイはウィヴィントに応援に来てもらうべく彼に使いを送る。事情を知ったウィヴィントはジシュトラントへ向かい、クヴィチルスプラングを救出。翌日、二人はジシュトラント王やその軍勢と戦い、ウィヴィントはジシュトラント王を斃す。クヴィチルスプラングはロウスィンレイと結ばれ、ジシュトラントの王位に即く。

Ⅲ.『ウィヴィントのバラッド』(*Ívints táttur*)(八〇スタンザ)

ウィヴィントの弟ブランドゥル(Brandur hin víðførli。前出のヘリントの次男ヴィーフェル(Víðferð)と同一人物か?)が「異教徒の(heiðin)森」へと冒険に出かけ、一人の巨人を斃し、次にその息子も斃すが、毒のある泉で落命する。それを知った兄のウィヴィントは仇討ちをするべく冒険に出かける。彼はハシュタン王のもとへ行き、事情を説明する。ハシュタン王は三日間ウィヴィントに同行する。ウィヴィントは一旦一人になる。巨人達はウィヴィントが近付いてくるのを目にする。レーイン(Regin)という名の巨人はウィヴィントに立ち向かうが、ウィヴィントに斃され、レーインの母は悲しむ。ウィヴィントは巨人の住処へと向かい、レーインの母を殺す。ウィヴィントは帰途につき、道中ハシュタン王と会い、王に冒険の一部始終を話す。ハシュタンはウィヴィントに、一緒に宮廷へ戻るよう促す。

Ⅳ.『ゲァリアンのバラッド 第一部』(*Galians táttur fyrri*)(一〇〇スタンザ)

ハシュタン王の城市を野生の鹿が走り回っているとの情報がハシュタン王の宮廷に寄せられる。鹿狩りが行われ、ウィヴィントも参加する。鹿は捕まえられず、その晩、ウィヴィントはある裕福な未亡人の館で宿を取り、未亡人と肉体関係を持つ。未亡人は子どもを宿す。翌朝、ウィヴィントは「いつ帰って来るのか」との未亡人の問いには「自分が帰って来ることを期待するな」と答え、ウィヴィントは出発する。裏切られたと思った未亡人は毒の入った飲み物をウィヴィントに飲ませ、ウィヴィントを長期間病床に置くことで復讐しようとする。ウィヴィントはハシュタン王の宮廷に着く頃には発病しており、宮廷の上階の部屋で病床に伏す。九カ月後、未亡人は男児を出産。男児は母親のもとで育ち、武勇に優れた若者へと成長するが、ふとした機会に自分の父のことを耳にし、母から詳細を聞き出すと、「もしそなたが父に危害を加えたのであれば、すぐに死んでもらう」と母に対し剣を抜いて身構えるが、母から「自分の母親を殺すとは狂った（galin）人間だ」と言われると、男児は自分がゲァリアン（Galian）という名で呼ばれることを求める。ゲァリアンは母から父ウィヴィントの病を癒す飲み物を渡され、ハシュタン王の宮廷へ向かう。母からは、苦境に陥ったら母を思い出すように言われる。ウィヴィントとよく似た男が城市に向かっているとの情報がハシュタン王の宮廷にもたらされると、レイウル（Reyður）という名の騎士がその男に立ち向かうことになる。ハシュタン王の宮廷までやって来たゲァリアンは、レイウルとの一騎打ちの末、レイウルを斃す。宮廷でゲァリアンは病床のウィヴィントに面会し、母からもらってきた飲み物を飲ませるとウィヴィントは快癒し、周囲は喜ぶ。

V．『ゲァリアンのバラッド 第二部』（*Galians táttur seinni*）（六〇スタンザ）

ハシュタン王は毎年クリスマスに「北の入江」（Botnar norður）と呼ばれる場所に臣下を派遣する習慣があった。「お前はまだ若すぎる」とのハシュタン王の制止を振り切り、ゲァリアンは「北の入江」へと向かい、多くの怪物を捕らえる。彼はある巨人が多くの勇士達を捕らえているのを目にし、巨人を斃す。ゲァリアンが巨人の住む広間へ行くと、ある美しい乙女がいる。彼はその乙女を連れて行く。ゲァリアンは龍が飛んでいるのを目にし、龍に向かってゆく。彼は馬もろとも半身まで飲み込まれるが、剣で自らを解放する。大量の血にまみれ、地面に横たわるが、心の中で母に助けを求めると、母が飲み物を持って現れる。それを飲み、体力を取り戻したゲァリアンは、かの乙女を連れてハシュタン王のもとへ向かう。ウィヴィントとよく似た男が城市に向かっているとの情報がハシュタン王の宮廷にもたらされると、他ならぬウィヴィントがその男と戦うことになる。ゲァリアンが宮廷までやって来ると、その前には彼を息子ゲァリアンだとわからないウィヴィントがおり、ウィヴィントはゲァリアンが連れてきた乙女を巡ってゲァリアンとの一騎打ちを求める。ゲァリアンは相手が自らの父だとわかり、当初ゲァリアンは本気を出さずに戦うが、ウィヴィントから「『北の入江』から怯えて帰って来て、剣で切り付ける勇気がないのではないか」と言われ、ゲァリアンは本気を出す。しかし、やがてゲァリアンは剣を鞘にしまい、「自分の父を殺そうとするのは狂人だ」と言って正体を明かす。二人は武器を壊し、ゲァリアンは父ウィヴィントに、かつて自分を孕ませて程なく捨てた母と結婚するよう命じる。ウィヴィントはゲァリアンの母を娶り、ゲァリアンは自らが「北の入江」から連れてきた乙女と結ばれる。

以上がバラッド・サイクル全体としての本作品の梗概である。なお、Ⅲの『ウィヴィントのバラッド』はAヴァージョンにしか含まれておらず、Ⅳの『ゲァリアンのバラッド 第一部』（以下『ゲァリアン 第一部』とする）とⅤの『ゲァリアンのバラッド 第二部』（以下『ゲァリアン 第二部』とする）についてはBヴァージョンではこの二バラッドの内容が一つのバラッドに統合されてⅢ.『ゲァリアンのバラッド』(*Galians táttur*) と表記され[3]、Cヴァージョンでは A ヴァージョンのⅣとⅤの内容を扱うⅢ.『ゲァリアントのバラッド』(*Galiants kvæði*) が(Ⅰ)[4]、Ⅱ、Ⅲに分かれている[5]。

また、既述のように、ノルウェー語によるバラッド作品群の中に、それぞれ本作品の物語内容の一部と共通の題材を扱った二作品があり、フェロー語の『ウィヴィント』との関連が指摘されている。これらのノルウェー語の二作品は『クヴィキェスプラック』(*Kvikkjesprakk*)[6] および『エルニングの息子イーヴェン』(*Iven Ernings-son*、以下『イーヴェン』とする)[7] と呼ばれる作品で、『クヴィキェスプラック』はⅡの『クヴィチルスプラング』と共通の題材を扱ったもので、『イーヴェン』ではⅣの『ゲァリアン 第一部』とⅤの『ゲァリアン 第二部』に該当する内容が扱われている。

本章で中心的に扱うのはフェロー語バラッド『ウィヴィント』である。『ウィヴィント』を扱った先行研究ではしばしば物語の素材に焦点が当てられ、特にアーサー王物語のモチーフの痕跡について、オイゲン・ケルビング（Eugen Kölbing）[8]やクヌート・リーステール（Knut Liestøl）[9]、マリアンネ・E・カリンケ（Marianne E. Kalinke）[10]、M・J・ドリスコル（M. J. Driscoll）[11]らによって、以下に記した点が指摘されてきた。

1．主人公のウィヴィントの名がクレティアン・ド・トロワ（Chrétien de Troyes）の『イヴァン』（*Yvain*）の主人公イヴァン（Yvain）、あるいは『イーヴェンのサガ』（*Ívens saga*）[12]の主人公イーヴェン（Íven）の名と類似しており、ウィヴィントの名はイヴァン／イーヴェンに由来するのではないか[13]。

2．ハシュタン王。Aヴァージョンでは Hartan と表記され、B、Cでは語頭のHのない Artan（アシュタン）と表記されるが、これがアーサー王の名と類似し、かつ作品中、

（一）Tað var siður í ríkinum, / tá Hartans dagar vóru, / eingin skuldi at borði ganga, / uttan ný tíðindi bóru.
ハシュタン王の御世では国ではこのような慣わしだったのだが、新しい知らせがもたらされることがなければ、何人も食卓へ行くことはならなかった。（A、Ⅳ、第三スタンザ、二一〇頁）[14]

という記述が（特にAヴァージョンにおいては繰り返し）登場するが、これは他言語圏のアーサー王文学に描かれたアーサー王の習慣でもある[15]。

3．『ゲァリアン 第一部』冒頭での鹿狩りのエピソードはクレティアンの『エレックとエニッド』（*Erec et*

Enide）および『エレクスのサガ』（*Erex saga*）[16]の冒頭における、アーサー王の指示で鹿狩りが行われるエピソードを連想させる。[17]

4．鹿狩りが行われた晩、ウィヴィントは未亡人と一夜を共にし、彼女に子どもを孕ませるが、妙齢の未亡人というモチーフは『イヴァン』および『イーヴェンのサガ』にも登場する。[18]

5．『ゲァリアン 第一部』で、ウィヴィントの病を癒す飲み物の入った瓶を持ったゲァリアンがハシュタン王の宮廷に到着すると、その前でレイウル（Reyður）という名の騎士に戦いを挑まれ、ゲァリアンはレイウルを斃し、その後ハシュタン王の宮廷に入り、ウィヴィントの病床へと向かうが、このレイウルという騎士はクレティアンの『ペルスヴァル』（*Perceval*）および『パルセヴァルのサガ』（*Parcevals saga*）[19]において、ペルスヴァル／パルセヴァル（Perceval）／パルセヴァル（Parceval）が最初にアーサー王宮廷を訪問した際にペルスヴァル／パルセヴァルに斃される真紅の騎士を思わせる。[20]

6．『ゲァリアン 第二部』において、ゲァリアンは巨人と戦うが、巨人との戦いは、『エレクスのサガ』、『イーヴェンのサガ』、いずれの主人公も経験する。また、『イーヴェンのサガ』の中で、イーヴェンが戦う相手として登場する巨人達は鉄製の棒、ないしは棍棒を持っているが、こうした特徴もゲァリアンが戦う相手の巨人と同様である。[21]

7．ウィヴィントはⅢの『ウィヴィントのバラッド』において、ゲァリアンはⅤの『ゲァリアン 第二部』において各々空飛ぶ龍と戦うが、こうした龍との戦いは『エレクスのサガ』や『イヴァン』および『イーヴェンのサガ』にも登場する。[22]

8．Ⅴの『ゲァリアン 第二部』でウィヴィントとゲァリアンの父子が一騎打ちをするが、こうした親族との戦いはアーサー王物語に見られる素材である。[23]

このように、本作を扱った先行研究ではいくつものアーサー王物語の痕跡が指摘されているが[24]、本章ではこの作品の三ヴァージョン間の異同に着目したい。と言うのも、本作品に関し、ブランドゥルおよびウィヴィントの冒険を描いた『ウィヴィントのバラッド』がAヴァージョンにしか存在しない点を除けば、過去にこの作品の三ヴァージョン間の異同を取り上げているのはクヌート・リーステール（Knut Liestøl）[25]のみであったが、本作品の三ヴァージョン間にはまだリーステールが指摘していない異同箇所が多くあり、中には特定のヴァージョンを性格付けるほどの大きな特徴となるものも見受けられる。そこで、拙稿（二〇一四）[26]では本作Aヴァージョンにおける一部登場人物の人物像について、BC両ヴァージョンと比較した際に見られる特徴について触れ、拙稿（二〇一五）ではバラッド・サイクルとしての本作を構成する複数のバラッドのうち、サイクルの前半に位置し、題材の共通するノルウェー語バラッドが遺されているⅡの『クヴィチルスプラング』に焦点を絞り、特定の人物に限らず、フェロー語バラッド三ヴァージョン間の比較を行い、ヴァージョン間の主だった異同箇所について、ノルウェー語バラッド『クヴィキェスプラック』の該当箇所とも比較を行ったが、本章ではそれに続き、バラッド・サイクルの後半に位置し、同じく題材の共通するノルウェー語バラッドが遺されているⅣの『ゲァリアン第一部』とⅤの『ゲァリアン第二部』に焦点を当て、フェロー語バラッド三ヴァージョン間の比較を行い、明らかとなる異同箇所から特定のヴァージョンの性格が垣間見られるケースについては、その特徴を明らかにし（結論から先に言えば、はっきりとした特徴が見られるのはAヴァージョンとCヴァージョンである）、それと同時に、これら三ヴァージョン、ないしは三ヴァージョンで異同が見られた箇所における個々のヴァージョンの形の生成・伝承過程を浮き彫りにすることを目指し、個々の異同箇所について、同じ題材を扱ったノルウェー語バラッド『イーヴェン』の該当箇所とも比較を行いたい。

一　『ゲァリアン 第一部』、『同 第二部』三ヴァージョン間の相違を巡る先行研究での指摘

リーステールがフェロー語バラッド・サイクル『ウィヴィント』の三ヴァージョン間の相違について指摘している箇所のうち、Ⅳの『ゲァリアン 第一部』に関わるものはなく、Ⅴの『ゲァリアン 第二部』については以下の三点が指摘されており、一点目についてはノルウェー語バラッドの該当箇所との比較まで行われている。

1.『ゲァリアン 第二部』の冒頭、AB両ヴァージョンでは、ハシュタン王が毎年クリスマスの夜に臣下を一人「北の入江」へ行かせる習慣があったことが地の文で記されると、(27) ゲァリアンが自ら「北の入江」行きを希望する。(28) Cヴァージョンでもハシュタン王の上記の習慣を巡る記述はあるが、(29) ゲァリアンが「北の入江」行きを申し出る直前に、(30)「北の入江」の巨人から、客となる人間をハシュタン王のもとから連れて行くとの知らせが届いたことが地の文で記される。(31) この点について、『ゲァリアン 第一部』および『同 第二部』にあたる内容が扱われているノルウェー語バラッド『イーヴェン』の該当箇所では、王の習慣に関する記述はないが（ノルウェー語作品ではアーサー王は登場せず、名前の登場しないデンマーク王が代役を果たしている）、小姓がやって来て、巨人が税を要求していることを告げると、(32) ガリテ（Galite。フェロー語作品のゲァリアン（Galian）に該当）は自らが「怪物の入江」（Trollebotn。フェロー語作品の「北の入江」（Botnar norður）に該当）へ赴いて怪物を斃すと表明する。(33) この点で、リーステールは、AB両ヴァージョンと比べ、Cヴァージョンが最もノルウェー語の『イーヴェン』と内容が近く、AB両ヴァージョンとノルウェー語作品の中間形態と言えると指摘している。(34)

2．『ゲァリアン 第二部』で、ゲァリアンが殺した巨人の母について、Aでは「邪悪な母親のドゥーン」（vánda móðir Dun）、Cでは「怪物女、母親のドゥーン」（flagda, móðir Dun）とあるが、Bでは「麗しき巨人の母」（fagra risans móðir）と、fagra（fagur「麗しい」）との形容がなされている。[35]

3．ゲァリアンが巨人の住む広間へ行くと、そこにはある美しい乙女がいるが、ゲァリアンがその広間へ向かう際、Cヴァージョンには

（二）»Tó skal eg í hellið inn, / antin har eru fólk ella trøll.«
「そこに人間がいようと怪物がいようと私は広間の中へ行く。」（C、Ⅲ—Ⅲ、第九三スタンザ（三—四行）、二四〇頁）

とのゲァリアンの台詞（独白）がある。[36]

以上がフェロー語バラッド・サイクル『ウィヴィント』の三ヴァージョン間の異同としてリーステールが取り上げている箇所のうち、『ゲァリアン 第二部』に関わるものである。しかし、『ゲァリアン 第二部』の三ヴァージョン間には他にも異同箇所は見られ、リーステールが指摘している箇所のない『ゲァリアン 第一部』においても三ヴァージョン間の異同は見受けられる。また、リーステールは上記の『ゲァリアン 第二部』に見られるヴァージョン間の異同箇所の1として挙げた点を除き、題材の共通するノルウェー語作品との比較までは行っていない。

そこで、以下では『ゲァリアン 第一部』および『同 第二部』の三ヴァージョン間の比較を行い、明らかとなる異同箇所から特定のヴァージョンの性格が垣間見られるケースについては、その特徴を明らかにし、同時に

個々の異同箇所については、同じ題材を扱ったノルウェー語バラッド『イーヴェン』の該当箇所との比較も行いたい。

二 『ゲァリアン第一部』および『同第二部』の三ヴァージョンとノルウェー語バラッド『イーヴェン』

1 『ゲァリアン 第一部』および『同 第二部』におけるAヴァージョンの特徴

『ゲァリアン 第一部』および『同 第二部』においては、ウィヴィントの人物像に関わる箇所で、Aヴァージョンのみが他の二ヴァージョンとは異なる箇所が二箇所見受けられる。この二箇所については既に拙稿（二〇一四）で取り上げている(37)のでここでは深くは立ち入らないが、この二箇所についてはいずれもAヴァージョンでは他の二ヴァージョンと比べ、ウィヴィントが与える印象がより良いものとなっているのが特徴である。

1. 『ゲァリアン 第一部』の冒頭で、城市を一頭の野生の鹿が走り回っていることがハシュタン王の宮廷に伝えられると宮廷の者達は鹿狩りに出かけるが、この時、BC両ヴァージョンではハシュタン王が鹿狩りの際の注意を与えるのに対し、Aヴァージョンでは鹿狩りの際の注意を与えるのがウィヴィントになっており、Aヴァージョンでは他ヴァージョンに比べ、ウィヴィントがより責任ある立場にあるとの印象を与える。

一方、ノルウェー語バラッドでは、フェロー語バラッドⅣの『ゲァリアン　第一部』冒頭の、野生の鹿の存在が伝えられて鹿狩りが行われる場面の記述はなく、夜になってイーヴェンが供の者達にその日の宿について話すところから描写が始まっている[38]。

2. クライマックスにおけるウィヴィントとゲァリアンとの一騎打ちの場面において、BC両ヴァージョンではそれぞれウィヴィントがゲァリアンに対し、自分との一騎打ちを求める際、目の前の相手に「ゲァリアン」と呼びかけており、ウィヴィントが相手を自分の息子だと認識した上で自分と一騎打ちをするよう求める形になっているが[39]、Aヴァージョンでは一騎打ちの前にウィヴィントによるそのような呼びかけはなく、ウィヴィントはあくまで目の前にいるのが息子のゲァリアンだとはわからない状態で、ゲァリアンに自分との一騎打ちを求める形になっている。

この場面についてはノルウェー語バラッド『イーヴェン』にも該当箇所があり、ノルウェー語作品ではイーヴェンとガリテの戦闘の末[40]、イーヴェンは目の前の相手が息子であることが判明すると、ガリテを抱きしめ、息子に会えたことを天のキリストに感謝する[41]。ここまでのところでイーヴェンが目の前の相手にガリテと名前で呼びかける箇所はなく、相手を自分の息子と認識していることを示す記述も見られないが、ノルウェー語の『イーヴェン』はフェロー語の『ウィヴィント』と比べ、細部の描写が乏しく、作品全体の中では断片的にしか伝えられていない部分も多く、ノルウェー語作品でも、元々はイーヴェンが相手に「ガリテ」と呼びかける記述や相手を息子と認識していることを示す記述がありながら、現在伝わっている版に至るまでの伝承過程でそうした箇所が削除された可能性もある[42]。

以上二点は、Aヴァージョンのみが他の二ヴァージョンと異なる箇所の中でウィヴィントの人物像に関わる箇所として拙稿（二〇一四）で取り上げた箇所であるが、この他にも、Aヴァージョンのみが他の二ヴァージョンとは異なる箇所として、『ゲァリアン 第一部』において、ウィヴィントと一夜を共にして身籠った未亡人が、後

に自ら出産した男児を養育する過程の記述が挙げられる。未亡人の出産後、[43] BC両ヴァージョンではそれぞれ、

（三） síðan bað hon presti bera, / Svein biður hon hann kalla.
それから彼女は（男児を）僧のもとへと連れて行くよう頼み、彼（男児）をスヴァイン[44]と名付けるよう頼んだ。（B、Ⅲ、第三六スタンザ（三―四行）、二二五頁）

（四） síðan varð hann presti borin, / hon kallaði hann dreingin djarvan.
それから、彼（男児）は僧のもとへと連れて行かれ、彼女は彼（男児）を豪胆な戦士と呼んだ。（C、Ⅲ―Ⅱ、第三四スタンザ（三―四行）、二三七頁）

と、男児が僧のもとへ連れて行かれ、母である未亡人が、男児が特定の名を付けられることを望む（あるいは特定の呼び方をする）ことを示す記述があり、

（五） meiri læt hon røkta hann / enn alt sítt gull í skrín.
彼女は箱の中のすべての金よりも彼の面倒をよく見させた。（B、Ⅲ、第三八スタンザ（三―四行）、二二五頁）

（六） meiri læt hon røkta hann / enn alt sítt gull í skrín.
彼女は箱の中のすべての金よりも彼の面倒をよく見させた。（C、Ⅲ―Ⅱ、第三五スタンザ（三―四行）、二三七頁）

と、未亡人による男児の養育姿勢を巡る記述があり、その後、

（七）Hann veks upp hjá síni móður,
彼は彼の母のもとで育ち（B、Ⅲ、第四〇スタンザ（一行）、二二五頁）

（八）Hann vóks upp hjá síni móður,
彼は彼の母のもとで育ち（C、Ⅲ—Ⅱ、第三九スタンザ（一行）、二三七頁）

と、男児が未亡人のもとで育ったことを示す記述が続くが、Aヴァージョンでは B C 両ヴァージョンとは異なり、男児が生誕後に僧のもとへ連れて行かれたとの記述はなく、

（九）sjálv gav hon honum eiti gott, / og kallaði hann riddaran snjalla.
彼女は自ら彼に善き名を与え、彼を有能な騎士と呼んだ。（A、Ⅳ、第四四スタンザ（三—四行）、二一二頁）

と、母である未亡人が自ら男児に特定の名を与えた（彼女が与えた具体的な名は明示されない）とあり、この後、B C両ヴァージョンには存在した「彼女は箱の中のすべての金よりも彼（男児）の面倒をよく見させた」との記述はなく、引用（九）の直後に、

（一〇）Hann veks upp hjá síni móður / innan for hallargátta,

彼は彼の母のもとで、屋内で育ち（A、Ⅳ、第四五スタンザ（一―二行）、二―三頁）

とあり、ここではBC両ヴァージョンで共通して述べられている「彼（男児）は彼の母のもとで育」ったという点に「屋内で（innan for hallargátta）」という条件が加えられている。そしてさらに（一〇）の引用の直後に、

（一一）taǒ segǒi mær so mangur maður, / hon duldi hann, alt hon mátti.
大層多くの人が私に語ってくれたところでは、彼女はできる限り彼を隠したとのことだ。（A、Ⅳ、第四五スタンザ（三―四行）、二―三頁）

とある。この引用（一一）の内容はBC両ヴァージョンにはない。これら引用の（一〇）・（一一）からわかるように、Aヴァージョンではbc両ヴァージョンとは異なり、未亡人がヴァリアンを育てる際に彼を外界と触れさせないよう気を使っている様が記されている。

なお、この箇所は、ノルウェー語バラッドでは未亡人による男児の出産[45]の直後に、

（一二）Så lét ho til kyrkja bera, / sæle sonen sin, / ho kalla han Junkar riddarson / etter sæle fa'eren sin.
それから彼女は彼女の愛息を教会へと連れて行かせ、彼女の愛父にちなんで彼を騎士の息子ユンカーと名付けた。（第二六スタンザ、一〇三頁）

と、先の引用（三）のフェロー語Bヴァージョンに最も近い「母が男児を僧のもとへと連れて行かせ、彼女が男

児に特定の名を付けた（フェロー語Bヴァージョンでは「付けるよう頼んだ」）」という内容が記されている他は、引用（五）・（六）および（一一）におけるフェロー語各ヴァージョンの記述に該当する、未亡人による男児の養育姿勢の描写はなく、また、引用（七）・（八）での「彼（男児）は彼の母のもとで育」ったとのBC両ヴァージョンの地の文での記述、あるいはそれに「屋内で」との要素が加わったAヴァージョンだけに見られる記述のいずれについても、ノルウェー語作品では該当する箇所は見られない。(46)

2 『ゲァリアン第一部』および『同 第二部』におけるCヴァージョンの特徴

フェロー語作品のCヴァージョンはバラッド・サイクルⅠの『ヨアチマン王』やⅡの『クヴィチルスプラング』においてはプロット上の登場人物の言動がAB両ヴァージョンとは大きく異なる箇所がいくつも見られるのが特徴であったが(47)、この点は『ゲァリアン 第一部』および『同 第二部』においても同様である。

まず、『ゲァリアン 第一部』中の箇所であるが、鹿狩りが行われた晩、ウィヴィントは未亡人のもとで一夜を共にし、翌朝、未亡人の意に反して旅立つが、AB両ヴァージョンでは以下の引用（一三）、（一四）のように、いずれも未亡人はウィヴィントに飲み物を飲むように言い、それを飲んだウィヴィントは病床に伏すことになる。

（一三） bar so inn fyri Ívint sterka / bað hann drekka til sín.　Tá ið Ívint Herintsson / drukkið hevði á, / allur hansara fagri litur / burt úr kinnum brá.

（未亡人は）剛きウィヴィントのもとへ（飲み物を）持って行き、彼に飲むよう求めた。ヘリントの息子ウィヴィントはそれを飲むと、彼の頬からは美しい色が皆消えてしまった。（A、Ⅳ、第三四スタンザ（三―四行）、第三五スタンザ、二

二二頁）

（一四）Hon bar honum reglur tvær / alt fyri uttan ekka: / »Hoyr tað, Ívint Herintsson, / tú skalt av báðum drekka!« ……Hann drakk av teim reglum tveimum, / tað var mikil villa, / tá ið hann kom á borgararm, / tá tók hans hold at spilla.

彼女は何の憂慮もなく彼のもとへと二本の瓶を持って行った。「さあ、ヘリントの息子ウィヴィントよ、両方を飲むのです。」……彼（ウィヴィント）はその二本の瓶から飲んだ。それは大きな誤りであった。彼が城の翼面に着くと、彼の皮膚は朽ち始めた。（B、Ⅲ、第二七・二九スタンザ、二二五頁）

Bヴァージョンでは以下の引用（一五）のように飲み物を渡す際、未亡人は不満と呪いの言葉を口にする。

（一五）Ívint tú tókst við neyðum meg, / tungt mundi sorgin falla, / fyri tað ligg tú fimtan vetur / aldur og ævi alla!

ウィヴィント、そなたは無理やり私を抱きましたね。大層悲しいことでした。そのためにそなたには十五冬の間、ずっと病床に伏せっていてもらいましょう。（B、Ⅲ、第二五スタンザ、二二五頁）

しかしCヴァージョンではこの場面で飲み物は登場せず、未亡人から、

（一六）Ívint, tú tókst neyð[u]ga meg,(48) / segði tann liljan snjalla, / Harfyri skalt tú sjúkur liggja / aldur og ævir allar.

「ウィヴィント、そなたは無理やり私を抱きましたね」と、かの抜け目ない女は言った。「そのためにそなたには、ずっと

病床に伏せっていてもらいましょう。」[49]（C、Ⅲ―Ⅰ、第二二スタンザ、二三七頁）

と不満と呪いの言葉をかけられると次のスタンザで、

（一七）Ívint reið fram allan dag, / slíkt var mikil villa, / tá ið hann kom í Artans høll, / tá tók hans háls at spilla.
ウィヴィントは終日馬を進めたが、そのようなことは大きな誤りであった。彼はアシュタンの宮廷にやって来ると、彼の首は朽ち始めた。（C、Ⅲ―Ⅰ、第二三スタンザ、二三七頁）

とあり、この場面では飲み物は登場せず、未亡人の呪いの言葉が（あるいはそれに加えて、ウィヴィントが未亡人から呪いの言葉をかけられた状態で終日馬を進めるという、体力を消耗する行動を取ったことも）彼の病をもたらしたことになる。

以上がフェロー語バラッド三ヴァージョン間の相違であるが、ノルウェー語バラッドでは未亡人はイーヴェンに、

（一八）«Nå skò du Iven minnast det / at du meg tok med valde: / liggje skò du i femten år / sjuk'e i sterke halde. No skò du Iven minnast det / at du meg naudige tok: / no skò du liggje i femten åri / sjuk'e i sterke sott. Du skò liggje i femten åri / sjuk'e i sterke sott, / alli skò den lækjaren koma / som deg kan vinne bot.»
「さあイーヴェン、そなたは私を無理やり我がものとしたことをよく覚えておいてもらいましょう。十五年間病で大変な苦痛のうちに伏せっていてもらいます。さあイーヴェン、そなたは私を強引に我がものとしたことをよく覚えておいても

らいましょう。これから十五年間重い病に伏せっていてもらいます。そなたには十五年間重い病に伏せっていてもらいます。決してそなたを治せる医者が来ることはありません。」（第一二―一四スタンザ、一〇一頁）

と、呪いの言葉を発するだけで、この場に毒性の飲み物は登場しない。この点についてはCヴァージョンと同様である。

次は『ゲァリアン 第二部』中の箇所であるが、『ゲァリアン 第二部』クライマックスでのゲァリアンとウィヴィントの一騎打ちの後、AB両ヴァージョンではウィヴィントはゲァリアンに命じられて未亡人と結婚し、ゲァリアンは「北の入江」から連れてきた乙女と結ばれる。まずはゲァリアンがウィヴィントに未亡人との結婚を命じる台詞がある。

（一九）Svaraði Galian riddari: / »Yvirstaðið er hetta, / men annar okkara skal lívið láta / ella mína móður at ekta.«
騎士ゲァリアンは答えた、「終わりだ。我々のどちらかが命を失うか、それとも我が母を娶るかだ。」（A、V、第五〇スタンザ、二二八頁）

（二〇）Galian stendur á [grønum] vølli,[50] / heldur á búnum knívi: / »Ektar tú ikki móður mína, / skalt tú láta lívið!«
ゲァリアンは（緑の）平原に立ち、剣を抜いた、「我が母を娶らなければ、そなたの命はないぞ。」（B、Ⅲ、第一一二スタンザ、二二九頁）

その後、ウィヴィントが未亡人のもとへ赴き、両者の対話の後、二人が結ばれ、さらにゲァリアンと彼が「北の入江」から連れてきた乙女が結ばれたことが地の文で記される。

（二一一）Tað var Ívint Herintsson, / hann tók sær frú at festa, …Tað var Galian riddari, / tók sær frú at festa,
ヘリントの息子ウィヴィントは婦人を娶った。……騎士ゲァリアンは婦人を娶った。（A、Ⅴ、第五四・五六スタンザ（ともに一―二行）、二一八頁）

（二一二）Tað var Ívint Herintsson, / fellur pá síni knæ, / meðan hann ta ríku einkju / til ekta festi sær. Tað var Garian riddarin, / fellur á síni knæ, / meðan hann tað væna vív / til ekta festi sær.
ヘリントの息子ウィヴィントはかの裕福な未亡人を娶る際に跪いた。騎士ゲァリアンはかの麗しき妻を娶る際に跪いた。
（B、Ⅲ、第一一七―一一八スタンザ、二二九頁）

しかしCヴァージョンでは、

（二一三）Hoyr tað, mín hin sæli sonur, / eyka mær ongan harm, / eg átti mær so vænt eitt vív, / eg fekk frá borgararm!
聞くのだ、我が大事の息子よ、私に悲しみを引き起こさないでほしい。私はある大層麗しき妻を娶ったのだ。城塞から連れて来たのだ。（C、Ⅲ―Ⅲ、第一二〇スタンザ、二四一頁）

と、ウィヴィントは既に自分が結婚したことを告げて未亡人との結婚に反対し、さらには、

（二四）Hoyr tað, mín hin sæli sonur, / eyka mær onga sprongd, / eg skal fáa tær fagurligt fljóð, / at leggja í tína song! (51)
聞くのだ、我が大事の息子よ、私に苦しみを引き起こさないでほしい。そなたの寝床で横になる麗しき乙女をそなたのために手配してやろう。（C、Ⅲ—Ⅲ、第一二二スタンザ、二四二頁）

と、ゲァリアンに自分の方で結婚相手を手配してやろうとまでする。その次のスタンザで、

（二五）Tá var vín í Artans høll, / tá ið drukkið var sum mest, / tað gjørdi Galiant, kempan reyst, / at hansara móðir varð fest.
それからアシュタン王の広間ではワインが盛大に飲まれると、勇敢な戦士ゲァリアントは彼の母が娶せられるようにした。（C、Ⅲ—Ⅲ、第一二三スタンザ、二四二頁）

とあるものの、未亡人が結ばれた相手は明示されず、ゲァリアンの結婚を示す記述もない。

このように、『ゲァリアン 第二部』の末尾におけるウィヴィント、ゲァリアン父子の各々の結婚を巡る箇所はCヴァージョンのみがAB両ヴァージョンとは大きく異なっているが、ノルウェー語バラッド『イーヴェン』ではイーヴェン、ガリテ父子の戦闘の後、

（二六）Om tala Galite riddarson, / han heldt på sylvbudde kniv: / «Ektar du kje mo' er mi, / så skò det koste ditt liv!»
すると騎士の息子ガリテは銀で飾り付けられた剣を手にして言った、「もしそなたが我が母を娶らなければ、そなたの命はないぞ。」（第八四スタンザ、一一一頁）

と、ガリテがイーヴェンに迫った後、

（二七）Det var årle om morgonen, / då soli ho rau i lunde, / då feste Iven og Gjertrud fruva / i sama morgostunde.[52]
Det var Garite riddarson, / han syntes det vera ein mun:

朝早く、太陽が空高く上ると、イーヴェンと婦人ギェトルードはその朝のうちに結ばれた。騎士の息子ガリテは一人の乙女と結ばれた。（第八六スタンザ、第八七スタンザ（一―二行）、一一一頁）

とあり、ガリテの結婚相手の乙女が誰であるかが判然としない点を除けばフェロー語ＡＢ両ヴァージョンとほぼ同じ形である。[53]

おわりに

ここまで、フェロー語のバラッド・サイクル『ウィヴィント』を構成する五つのバラッドのうち、Ⅳの『ゲァリアン 第一部』およびⅤの『ゲァリアン 第二部』について、三ヴァージョン間の比較を行った結果、Ａヴァージョンと Cヴァージョンについては、三ヴァージョン間の異同箇所から個々のヴァージョンの特徴が浮き彫りになり、同時に、本バラッド・サイクルの三ヴァージョン、および三ヴァージョンで異同が見られた箇所における個々のヴァージョンの形の生成・伝承過程を探るべく、本章で取り上げた個々の異同箇所のうち、本作と題材の共通するノルウェー語バラッドが遺されている箇所についてはノルウェー語作品の該当箇所との比較も行った。

その結果、Cヴァージョンだけが AB両ヴァージョンとは大きく異なり、かつそこではCヴァージョンとノルウェー語作品の内容が共通しているという箇所が、先行研究で指摘があった箇所の他にもう一箇所見受けられた。

この「フェロー語のCヴァージョンだけがAB両ヴァージョンとは大きく異なり、かつそこではCヴァージョンとノルウェー語作品の内容が共通している」という異同の形は、フェロー語バラッド・サイクルのⅡの『クヴィチルスプラング』およびノルウェー語バラッド『クヴィキェスプラック』についても、最も多く見られたケースであった[54]。この点を合わせて考えれば、伝承過程のどこかでフェロー語AB両ヴァージョンのグループとCヴァージョン・ノルウェー語バラッドのグループへの分岐が存在したことが窺えよう。

しかし、フェロー語AB両ヴァージョンの内容とCヴァージョン・ノルウェー語バラッドの内容のどちらが原初の形に近いのか、また、フェロー語のAヴァージョンだけがBC両ヴァージョンとは異なる箇所や、本章では取り上げなかった形でヴァージョン間の異同が見られた箇所[55]で個々の形が成立した経緯については、いずれも現時点での断定は難しく、今後、本バラッド・サイクル全体に亘ってさらに細かくヴァージョン間の比較を行い、その結果と併せてバラッド・サイクル『ウィヴィント』三ヴァージョンおよび題材の共通するノルウェー語作品の形の生成・伝承過程を浮き彫りにすることを目指したい。

（1） テクストは *Ívint Herintsson* (1976), in Djurhuus, N. (ed.) *Føroya Kvæði*, Corpus Carminum Færoensium, 5, Copenhagen: Akademisk Forlag, pp. 199-242を使用。

（2） 拙稿「フェロー語バラッド *Ívint Herintsson* の三ヴァージョンとノルウェー語バラッド *Kvikkjesprakk*」（『人文研紀

要』第八一号、二〇一五年）一一五—一三九頁。以下、「拙稿（二〇一五）」とする。

（3）Bヴァージョンでは I の『ヨアチマン王』（*Jákimann kongur*）は五一スタンザ、IIの『クヴィチルス・ブラグドゥ（クヴィチルスプラング）』（*Kvikils bragd*（*Kvikilsprang*））は三一スタンザ、IIIの『ゲァリアンのバラッド』（*Galians táttur*）は一一九スタンザからなる。

（4）I については実際の番号の表記はなく、筆者による補足である。

（5）Cヴァージョンでは I の『ヨアチマン王』（*Jákimann kongur*）は七六スタンザ、IIの『クヴィチルブラグドゥ（クヴィチルスプラング）』（*Kvikilbragd*（*Kvikilsprang*））は三六スタンザ、IIIの『ゲァリアントのバラッド』（*Galiants kvæði*）は一二二スタンザからなる。以後、全体としてのバラッド・サイクルを構成する個々のバラッドについては、原文の引用箇所を除き、Aヴァージョンの分け方と名称を使用する。また、作中の登場人物名もヴァージョンによって細かな違いが見られる場合があるが、こちらも原文の引用箇所を除き、Aヴァージョンにおける表記を使用する。

（6）テクストは *Kvikkjesprakk* (1958), in Knut Liestøl and Moltke Moe (eds.), Ny Utgåve. Olav Bø and Svale Solheim (eds.) *Folkeviser*, 1, Norsk Folkediktning, Oslo: Det Norske Samlaget, pp. 69-78を使用。本作は六八スタンザからなる。なお、この作品には異なるタイトルで呼ばれ、六一スタンザからなる別の版 *Kvikkisprak Hermoðson* (1853) in Landstad, M. B. (ed.) *Norske Folkeviser*, Christiania: Chr. Tönsbergs Forlag, pp. 146-56も存在する。

（7）テクストは *Iven Erningsson* (1958) in Knut Liestøl and Moltke Moe (eds.), Ny Utgåve. Olav Bø and Svale Solheim (eds.) *Folkeviser*, 1, Norsk Folkediktning, Oslo: Det Norske Samlaget, pp. 99-111を使用。本作は八七スタンザからなる。なお、この作品には異なるタイトルで呼ばれ、六二スタンザからなる別の版 *Ivar Erlingen og Riddarsonen* (1853) in Landstad, M. B. (ed.) *Norske Foleviser*, Christiania: Chr. Tönsbergs Forlag, pp. 157-68も存在する。一部分を除いては、上記の Bø = Solheim の版と物語内容は変わらないが、本章での引用箇所で、Bø = Solheim の版とは異同の見られる箇所については Landstad の版の内容について注記する。

（8）Kölbing, Eugen (1875), "Beiträge zur Kenntniss der færöischen Poesie", *Germania*, 20, pp. 385-402.

（9）Liestøl, Knut (1915), *Norske trollvisor og norrøne sogor*, Kristiania: Olaf Norlis Forlag.

（10） Kalinke, Marianne (1996), "*Ívint Herintsson*", in Norris Lacy (ed.) *The New Arthurian Encyclopedia*, Updated Paperback Edition, New York/London: Garland Publishing, Inc., pp. 248-249.

（11） Driscoll, M. J. (2011), "Arthurian Ballads, *rímur*, Chapbooks and Folktales", in Marianne E. Kalinke (ed.) *The Arthur of the North. The Arthurian Legend in the Norse and Rus' Realms*, Cardiff: University of Wales Press, pp. 168-195.

（12） クレティアン・ド・トロワの『イヴァン』がノルウェー語を経てアイスランド語にまで翻案されたものと考えられている作品。詳しくは拙訳「イーヴェンのサガ――羊皮紙版――」、拙訳書『北欧のアーサー王物語　イーヴェンのサガ／エレクスのサガ』麻生出版、二〇一三年、五―六九頁、および「イーヴェンのサガ――Stockholm46紙写本版――」、前掲拙訳書、七一―一一一頁を参照。

（13） Kölbing, Eugen, *op. cit.*, p. 397; Liestøl, Knut, *op. cit.*, p. 180; Kalinke, Marianne E, *op. cit.*, p. 249; Driscoll, M. J., *op. cit.*, p. 177.

（14） 特に断りのない限り、引用は原文のまま。引用テクストのヴァージョン（A・B・C）、バラッド・サイクル中の個々のバラッドに付された番号（Ⅰ、Ⅱ…）、スタンザ番号（一部の行のみの引用の場合は行番号も併記）、使用テクストの頁数を記す。以下同様。

（15） Kölbing, Eugen, *op. cit.*, p. 397; Liestøl, Knut, *op. cit.*, p. 180; Kalinke, Marianne E, *op. cit.*, p. 249; Driscoll, M. J., *op. cit.*, p. 177.

（16） クレティアンの『エレックとエニッド』がノルウェー語を経てアイスランド語にまで翻案されたものと考えられている作品。詳しくは拙訳「エレクスのサガ」前掲拙訳書、一一三―一五一頁を参照。

（17） Kölbing, Eugen, *op. cit.*, p. 397; Liestøl, Knut, *op. cit.*, p. 181; Kalinke, Marianne E, *op. cit.*, p. 249; Driscoll, M. J., *op. cit.*, p. 177.

（18） Kalinke, Marianne E, *op. cit.*, p. 249; Driscoll, M. J., *op. cit.*, p. 177.

（19） クレティアンの『ペルスヴァル』がノルウェー語を経てアイスランド語にまで翻案されたものと考えられている作品。

(20) Kölbing, Eugen, *op. cit.*, p. 399; Liestøl, Knut, *op. cit.*, p. 181. なお、reyðurという語はフェロー語で「赤い」を意味する形容詞である。

(21) Liestøl, Knut, *op. cit.*, p. 185.

(22) Liestøl, Knut, *op. cit.*, p. 187; Kalinke, Marianne E, *op. cit.*, p. 249; Driscoll, M. J., *op. cit.*, p. 177.

(23) Kalinke, Marianne E, *op. cit.*, p. 249.

(24) なお、本作の物語素材についてはアーサー王物語以外のものも指摘されている。例えば、Ⅰの『ヨアチマン王』の内容、すなわち、狂戦士や怪物が王のもとへとやって来て乙女に求婚し、王の臣下の一人かまたは他の王がその狂戦士や怪物と戦って斃すという物語はサガの一ジャンルである「先史時代のサガ（fornardarsögur）」などによく見られる（Liestøl, Knut, *op. cit.*, pp. 168-169）、Ⅱの『クヴィチルスプラング』の内容は、先史時代のサガに属する『ゴイトレークルの息子フロウルヴルのサガ』（*Hrólfs saga Gautrekssonar*）の物語の一部分やフェロー語バラッド『美丈夫フィンヌル』（*Finnur hin fríði*）との類似が見られる（Liestøl, Knut, *op. cit.*, pp. 169-179; Kalinke, Marianne E, *op. cit.*, p. 249; Driscoll, M. J., *op. cit.*, p. 177）、Ⅳの『ゲァリアン第一部』において、未亡人が毒のある飲み物を用いてウィヴィントを病床に置くというエピソードには『ミールマンのサガ』（*Mírmanns saga*）の影響が見られる（Kölbing, Eugen, *op. cit.*, p. 399; Liestøl, Knut, *op. cit.*, p. 181; Kalinke, Marianne E, *op. cit.*, p. 249; Driscoll, M. J., *op. cit.*, p. 177）等の点である。

(25) Liestøl, Knut 前掲書。

(26) 拙稿「フェロー語バラッド*Ívint Herintsson*試論」（『ケルティック・フォーラム』第一七号、二〇一四年）四九―六〇頁。以下、「拙稿（二〇一四）」とする。

(27) A、V、第一―二スタンザ、二一五頁／B、Ⅲ、第七九スタンザ、二二七頁。

(28) A、V、第三スタンザ、二一六頁／B、Ⅲ、第八〇スタンザ、二二七頁。

(29) C、Ⅲ―Ⅲ、第八二スタンザ、二四〇頁。

(30) C、Ⅲ―Ⅲ、第八五スタンザ、二四〇頁。

（31）C、Ⅲ—Ⅲ、第八四スタンザ、二四〇頁。

（32）第七二スタンザ、一〇九頁。ノルウェー語作品については以下、直接原文を引用する際もスタンザ番号（一部の行のみ引用の場合は行番号も）とテクスト頁数のみを表記する。

（33）第七五スタンザ、一一〇頁。

（34）Liestøl, Knut, *op. cit.*, pp. 184-186.

（35）*Ibid.*, p. 168.

（36）*Ibid.*, p. 168.

（37）拙稿（二〇一四）五四—五六、五八頁。

（38）拙稿（二〇一四）五四—五五頁。

（39）もっとも、一騎打ちの後には、ウィヴィントが相手をゲァリアンと知らずに一騎打ちを求めたAヴァージョンのみならず、相手に「ゲァリアン」と呼びかけた上で一騎打ちを求めたBC両ヴァージョンにおいてもウィヴィントがゲァリアンに対し、ゲァリアンが早く正体を明かさなかったことを責める発言があり（A、V、第四八スタンザ（三—四行）、二一八頁／B、Ⅲ、第一一〇スタンザ（三—四行）、二二九頁／C、Ⅲ—Ⅲ、第一一六スタンザ（三—四行）、二四一頁）、BC両ヴァージョンでは先にウィヴィントが相手に「ゲァリアン」と呼びかけて一騎打ちを求めたことと矛盾する。しかし、少なくともウィヴィントがゲァリアンに一騎打ちを求める場面に限って言えば、AヴァージョンではBC両ヴァージョンのように、ウィヴィントが相手を息子と認識した上で一騎打ちを求めるのではなく、あくまで相手を息子だと知らずに自分との一騎打ちを求めた形である。なお、AB両ヴァージョンではウィヴィントはゲァリアンが連れてきた乙女を巡って一騎打ちを要求するが（A、V、第四一スタンザ、二一七頁／B、Ⅲ、第一〇五スタンザ、二二九頁）、Cではウィヴィントがゲァリアンに自分との一騎打ちを求める理由は明示されない。

（40）『イーヴェン』ではガリテの「怪物の入江」への冒険（既述のようにフェロー語バラッドにおけるゲァリアンの「北の入江」への冒険に該当すると思われる）を巡るエピソードを断片的にのみ伝える第七章と第八章の後、第九章の最初のスタンザでは唐突にDet var Iven Ermingsson, / då voks honom hugjen meire: / «Eg vil meg på leikvollen, / den avringskjempa røyne.»（するとエルニングの息子イーヴェンはより強い思いが沸き起こってきた。「戦場でかの勇士相手に自分を試すのだ。」）（第七九スタンザ、一一〇頁）との記述があり、その後、戦闘が始まる。恐らく本来はこの第七九スタンザの前に、一人の騎士がやってきたことが伝えられる箇所があり、第七九スタンザでのイーヴェンの発言はそれを受けてのものだと思われる。

（41）第八三スタンザ、一一一頁。

（42）拙稿（二〇一四）五五―五六、五八頁。

（43）各ヴァージョンにおいて未亡人の出産が記されている箇所は以下の通り：A、Ⅳ、第四三スタンザ、二一二頁／B、Ⅲ、第三四―三五スタンザ、二二五頁／C、Ⅲ―Ⅱ、第三〇―三三スタンザ、二三七頁。（ただしAヴァージョンではウィヴィントが未亡人のもとを発つ前に位置する第二三―二五スタンザにおいて、未亡人が身籠って九カ月で男児を出産したことが記されている：二一一―二一二頁。）

（44）後に男児は自分が「ゲァリアン」と呼ばれることを望む。本文前出の本作梗概を参照。

（45）ノルウェー語作品での未亡人による男児の出産の記述は第二五スタンザ（一〇三頁）。

（46）なお、ノルウェー語バラッドLandstad版でも本文の引用（五）～（八）や（一一）に該当する記述はないが、Bø＝Solheim版の引用（一二）に該当する記述もなく、未亡人が男児を出産したとの記述（第二一スタンザ、一六一頁）の後には、男児の成長が他の子ども達と比べて格段に早かったという、フェロー語各ヴァージョン（A：第四七スタンザ、二一三頁／B：第四〇スタンザ、二二五頁／C、第三九―四〇、四二スタンザ、二三七―八頁）およびノルウェー語Bø＝Solheim版（第二七―二八スタンザ、一〇三頁）いずれにも見られる記述が続いている（第二二―二三スタンザ、一六一頁）。なお、フェロー語各ヴァージョンおよびノルウェー語Bø＝Solheim版においてこの内容の記述が見られるのは、本文での引用（三）から（一二）までの記述がそれぞれ各々のヴァージョンおよび版においてすべてあらわれた後である。

（47）例えばⅠの『ヨアチマン王』ではAB両ヴァージョンではいずれもヨアチマン王がハシュタン王のもとへ赴き、王の面前で王妹への求婚の意志を表明し、ハシュタン王は妹を呼びにやり、ヨアチマン王の姿を見た王妹がヨアチマンに対する嫌悪感を示すという形であるが、Cヴァージョンではヨアチマン王がハシュタン王に妹との結婚を求める台詞はなく、王が妹を呼びにやるとの記述もなく、「彼（ヨアチマン）がもたれると壁がすべて崩れ、彼が座るとベンチは皆壊れた」（C、Ⅰ、第二七スタンザ、二三一頁）とのCヴァージョンにしか存在しない描写があり、それを受けて「アシュタン（ハシュタン）王は『このようなのは怪物の立てる音だ』と考えた」（C、Ⅰ、第二八スタンザ（三―四行）、二三一頁）とあり、王妹はヨアチマン王との結婚を拒み、兄王にヘリントを呼びにやるよう頼む、という形になっている（A、Ⅰ、第二一―三二スタンザ、二〇〇―二〇一頁／B、Ⅰ、第一三―二〇スタンザ、二一九―二二〇頁／C、Ⅰ、第二五―三三スタンザ、二三一頁、および拙稿（二〇一四）五六―五七頁）。なお、王妹が兄王にヘリントを呼びにやるよう頼むという要素はCヴァージョンにしかない。またⅡの『クヴィチルスプラング』では、ジシュトラントを訪れたクヴィチルスプラングがその地で捕らわれの身になるのはいずれのヴァージョンにも共通であり、AB両ヴァージョンではジシュトラント王の娘が父王にクヴィチルスプラングを解放して自分に与えるよう求め、認められないと彼女が救援のために小姓を使ってウィヴィントを呼び寄せるが、Cヴァージョンではジシュトラント王の娘が父王にクヴィチルスプラングを解放するよう要求する場面や彼女が小姓を使ってウィヴィントを呼びにやるとの記述はなく、ウィヴィントのもとへ向かう伝令については、その名前や社会的帰属、および彼がウィヴィントのもとへ向かうに至る経緯は一切明示されない（A、Ⅱ、第二〇―二五スタンザ、二〇四頁／B、Ⅱ、第九―一四スタンザ、二二二頁／C、Ⅱ、第一〇―一五スタンザ、二三四頁、および拙稿（二〇一五）一二四―一二七頁）。他の点については拙稿（二〇一五）一二〇―一二四、および一二七―一三〇頁を参照。

(48) 原文中の角括弧（［ ］）内は編者による補足と思われるが、テクストにはその旨の記載はない。以下、本文中の引用（二〇）にも同様の角括弧があらわれる。

(49) 訳文の鉤括弧は引用者による補足。ここでの未亡人の台詞は第二〇スタンザ（二三六頁）からこの第二二スタンザまでで、原文では第二二スタンザ最終行の末尾に括弧閉じ（ ᷾ ）があるが、第二〇スタンザでは、未亡人の台詞の始まる箇所に括弧は付けられておらず、第二二スタンザ二行目における segði tann liljan snjalla（〜とかの抜け目ない女は言った〜）との地の文の挿入部分の前後もカンマで区切られているのみである。

（50）原文中の角括弧（［ ］）については註（48）を参照。

（51）ここでのウィヴィントの台詞は第一一九スタンザからこの第一二一スタンザ最終行までに亘り、原文ではこの第一二一スタンザ最終行の末尾に括弧閉じ（︽）がある。

（52）フェロー語バラッドではどのヴァージョンにおいてもウィヴィントが関係を持つ未亡人の名前は明示されないが、ノルウェー語作品については、**Bø** = Solheim の版ではギェトルード（Gjertrud）、同 Landstad の版ではクリスティ（Kristi）と呼ばれている（Landstad 版第三スタンザ、一五七頁他）

（53）ノルウェー語作品では **Bø**=Solheim の版、Landstad の版とも、フェロー語作品の「北の入江」でのゲァリアンの冒険の中で彼が巨人の住む広間から連れて行く乙女に関わる冒険中のエピソードに該当する部分は伝わっておらず、**Bø**=Solheim の版では本文中の引用（二七）でガリテと結ばれる乙女はこの箇所が初めての登場である。Landstad の版ではイーヴェンとガリテの一騎打ちの後、両者のどちらについても結婚したことを示す記述はなく、ガリテがイーヴェンに、未亡人と結婚するよう迫る台詞で終わっている：**Deð var Galiðr Riddarson, / riste på sylvbogað kniv: /gifter du inki móðir mi, / sá skjótt skal du láte dit liv! / Ivar Sterke / reið glað gjönum borginne.**（すると騎士の息子ガリズル（ガリテ）は銀で飾り付けられた剣を手にして言った、「もしそなたが我が母を娶らなければ、そなたの命はないぞ。」剛きイーヴァル（イーヴェン）は喜んで城市へと馬を進めて行った。）（Landstad 版、第六二スタンザ、一六八頁、訳文中の鉤括弧は引用者による補足。）

（54）拙稿（二〇一五）一一九―一三六頁を参照。

（55）例えば、『クヴィチルスプラング』のクライマックスにおける戦闘およびその後の場面については、フェロー語バラッド各ヴァージョンとも互いに細かく異なっている。まず、Bヴァージョンのみ、クライマックスでの戦闘の末、ジシュトラント王が自国の半分と娘を差し出して命乞いをするところでバラッドが終わっている（**Liestøl, Knut, *op. cit.*, pp. 166-167**）。Cヴァージョンでもジシュトラント王は戦闘の末に命乞いをするものの、自らが命乞いをした相手であるクヴィチルスプラングに殺される。Aヴァージョンでは戦闘後にジシュトラント王の命乞いの場面はないまま王は殺されるが、Cヴァージョンとは異なり、王を殺すのはウィヴィントである（拙稿（二〇一五）一三〇―一三三頁）。

第四部　近現代のアーサー王物語

二人の魔術師
――マーク・トウェイン『アーサー王宮廷のコネティカット・ヤンキー』におけるアーサー王物語――

近藤　まりあ

はじめに

一八八四年、マーク・トウェイン（Mark Twain）は、講演旅行に同伴していた作家ジョージ・ワシントン・ケイブル（George Washington Cable）から、サー・トマス・マロリー（Sir Thomas Malory）の『アーサー王の死』（*Le Morte d'Arthur*）を読むよう勧められる。そしてこの騎士道物語から、トウェインは新たな小説の着想を得ている。[1] その後断続的に執筆された小説は、一八八九年に出版される『アーサー王宮廷のコネティカット・ヤンキー』（*A Connecticut Yankee in King Arthur's Court*）（以下『コネティカット・ヤンキー』）となる。

出版の三年ほど前、一八八六年にトウェインは、創作上の相談相手であったフェアバンクス夫人（Mary Fairbanks）に宛てた手紙で、これは「風刺」ではなく「コントラスト」の小説であると述べている。[2] また、晩年に口述筆記された自伝においても、この作品では中世イングランドの生活と現代文明とのコントラストを描こうと考えていたと述べている[3]。

主人公ハンク・モーガン（Hank Morgan）が十九世紀のアメリカから六世紀のイングランドにタイムスリップするこの小説で、執筆当初のトウェインはおそらく、そのコントラストをユーモラスに描くことを主眼としていた。しかし彼は次第に、六世紀イングランドの文化・風習・制度を風刺し、批判することに力を尽くすようになる。トウェインはマロリーの『アーサー王の死』に何を見て、それをどのように小説の枠組みとしていったのだろうか。本章では、トウェインがアーサー王物語のプロットや人物設定にどのような変更を加えたのかということを考察し、それがトウェインの問題意識にどうつながっていくのかを考えることで、風刺の対象を見極めたい。

一　コントラストと風刺

物語は入れ子構造となっている。イングランドを旅行中の語り手「私」がウォリック城を見学中、奇妙な男に出会う。男はアメリカ人で、六世紀のイングランドにタイムスリップした経験について「私」に話し始める。やがて睡魔に襲われ話を続けられなくなった男は、自らの経験を綴った本を「私」に手渡し、続きを読むよう促す。彼の経験は、以下のようなものだった。

一八七九年アメリカ、コネティカット州ハートフォードの兵器工場で働く主人公ハンク・モーガンは、仲間と喧嘩をし、殴られて気を失う。目覚めるとそこには、鉄の甲冑を身に着け、盾と剣と槍を持つ馬上の人物がおり、ハンクに馬上槍試合を挑む。状況を呑み込めないハンクはこの男をサーカス団か精神病院から抜け出してきた者とみなすが、遠くの町を指さしてハンクが、そこはブリッジポート（コネティカット州南西部の港湾都市）なのかと尋ねると、男はその場所をキャメロットだと言う。
その後辿り着いた城で出会った少年に、そこがアーサー王の宮廷であり、現在西暦五二八年であるということを聞いたハンクはひどく動揺するが、やがて以下のように思い直す。

… and if on the other hand it was really the sixth century, all right, I didn't want any softer thing: I would boss the whole country inside of three months; for I judged I would have the start of the best-educated man in the kingdom by a matter of thirteen hundred years and upwards.

もし逆に、今が本当に六世紀なら、よし、こんなに楽なことはない。三か月以内にこの国のボスになってやろう。私はこの王国で一番教育のある奴よりも、一三〇〇年以上の知識がある分有利なのだから。(4)

サー・ケイ（Sir Kay）に捕らえられたハンクは、処刑される寸前に自ら魔術師と名乗り、「魔術」によって太陽を消す。皆既日食をうまく利用したのだったが、この行為によりハンクは処刑を免れるだけでなく、国王に次ぐ権力を与えられる。権力者となったハンクは国政に携わり、アーサー王国を文明化することに情熱を注ぐ。その後はさまざまな意味で、ハンクがアーサー王物語の舞台となる中世イングランドを近代化していく過程が描かれる。
ハンクはやがて、テクノロジーの導入や社会改革に乗り出す。封建制度・奴隷制度・騎士道を廃止し、税制を改革する。宗教を改革し、カトリック教会の代わりにプロテスタント信仰を普及させようと考える。また、アーサー王亡き後には共和制国家を樹立して自らが初代大統領になろうと目論む。

この小説で六世紀イングランドと十九世紀アメリカとの「コントラスト」は、どのように描かれているだろうか。まず、ユーモリストであるトウェインが本領を発揮する、バーレスク的場面には以下のようなものがある。

巨人征伐のため遍歴の旅に出るようアーサー王から命じられたハンクは鎧兜を身に着けるが、着るのも脱ぐのも大掛かりな甲冑の不便さを嘆く。汗が目に入ってもハンカチを取り出すことができない。そもそも鎧にはポケットがない。気温が上がり、鉄の鎧は熱くなる。体が痒くても掻けず、その上、兜に蠅が入り込み、ハンクは我慢の限界に達する（一三四―四七）。民衆がアーサー王とハンクを絞首刑にしようとする場面では、騎士たちが二人の救出に向かう。馬では間に合わないだろうと気を揉むハンクだったが、ラーンスロット（Sir Launcelot）と五百人の騎士たちは自転車で駆け付け、無事アーサー王を救出する（四九〇―九一）。ハンクは馬上槍試合の代わりに、騎士たちの間に野球を普及させる。騎士たちは鎧を着たまま野球に興じる。ボールは鉄の鎧に当たって遥か彼方へと跳ね返る（五一八―二〇）。ハンクは遍歴の騎士たちの装束に、石鹸や歯ブラシの商品名が書かれた広告を付け、国中に宣伝させることを思い付く（一八九―九五、二三九―四〇）。そして円卓は、株式会議に利用される（五一六―一七）。

だが、ユーモラスなコントラストの素材となる六世紀イングランドの制度や風習は、他方で批判の対象ともなっている。ハンクは馬上槍試合を「馬鹿げた人間版の闘牛」（ridiculous human bull-fights）（一〇七）と呼び、最終的に廃止する。王政や貴族制はいかなるものであれ侮辱的なものであると考え、撤廃しようとする（九七―八）。カトリック教会への批判も随所に現れる。教会が世襲制の階級制度を導入したために人間は人間でなくなったとハンクは考え、最終的にはカトリック教会を打倒しようとする（九八―九、五一三―四）。鎖につながれ鞭で打たれる奴隷たちに胸を痛め、いつか奴隷制度を排斥しようと考える（二六二―三）。そして結末で、ハンクは民主制共和国宣言を発する。しかし教会が「聖務禁止令」（interdict）を発令し支配権を握る。民衆と騎士たちがハンクに反旗を翻して攻撃してくる中、ハンクはダイナマイトや機関銃で、アーサー王国の民衆と騎士たちを殺戮する。

この唐突なカタストロフィに読者は当惑することになる。アーサー王国を壊滅させることでトウェインが批判したものはいったい何だったのか。主人公ハンクの視点や態度に一貫性がないこともあり、『コネティカット・ヤンキー』の結末は、多種多様な解釈を生み出してきた。

まずは、トウェインが自伝等で語っていたように、そして『コネティカット・ヤンキー』出版当時の読者の多くがそうであったように、作品はアーサー王時代の中世イングランドと十九世紀アメリカのコントラストを描き、前者の旧弊で非人間的な制度や習慣を批判していると見る解釈がある。エヴェレット・カーターによれば、民主主義や合理的精神を推進するハンクは封建制度やカトリック教会の横暴を強く非難しており、作者トウェインもハンクの姿勢に共感していた。したがってハンクがアーサー王国を最終的に壊滅させても驚くには当たらないとする。(5)

この解釈につながるのは、中世というよりは十九世紀当時のイギリスがトウェインの批判の対象であったという見方である。『コネティカット・ヤンキー』が出版された一八八〇年代は、イギリスの知識人たちによるアメリカ批判が急増した時期である。マシュー・アーノルド（Matthew Arnold）は一八八七年、南北戦争の北軍総司令官であり第十八代大統領であったユリシーズ・S・グラント（Ulysses S. Grant）の『回想録』（*Personal Memoirs of General Ulysses S. Grant*）を批判する書評を書く。トウェインはグラントと親交があり、さらにこの『回想録』はトウェインが自ら設立した出版社から出ていたこともあって、アーノルドの批判はトウェインを苛立たせた。こういったトウェインの、十九世紀当時のイギリスに対する批判がその矛先を過去にさかのぼり、『コネティカット・ヤンキー』に反映されたと見る論も多い(6)。

また、ヘンリー・ナッシュ・スミスは、結末の大量殺戮を以下のように説明している。新たな発明品やテクノロジーが次々に現れた十九世紀アメリカに生きたトウェインは、一方で機械に魅了されながらも他方では破壊されていく故郷南部の風景に郷愁を感じていた。意識的には科学技術の発展を喜びながらも、無意識には非人間的な機械に支配される恐れを感じていたのである(7)。

『コネティカット・ヤンキー』においてハンクが利用したテクノロジーの多くは兵器だった。結末の大量殺戮は、その後の世界大戦やベトナム戦争を思い起こさせる。トウェインは予言的に、大量破壊兵器につながるようなテクノロジーの用い方に警鐘を鳴らしていたとも解釈できる。

『コネティカット・ヤンキー』の結末については他にもさまざまな解釈が存在するが、トウェインの風刺・批判の対象を考察するにあたってここではまず、アーサー王物語が作品内でどのように再現されているかを確認したい。

二 『コネティカット・ヤンキー』におけるアーサー王物語

『コネティカット・ヤンキー』には、アーサー王だけでなく、王妃グィネヴィア（Queen Guenever）、ラーンスロット、サー・ケイ、サー・ギャラハッド（Sir Galahad）、サー・ディナダン（Sir Dinadan）、サー・ガレス（Sir Gareth）、サー・サグラモーア（Sir Sagramour）、モーガン・ル・フェイ（Morgan le Fay）、魔術師マーリン（Merlin）といったアーサー王物語の主要人物たちが登場する。また時代設定や登場人物だけでなく、物語のプロットが生かされる箇所もある。特に王妃グィネヴィアとラーンスロットの不倫と、それが引き起こすアーサー王国の内乱についてのくだりは、『コネティカット・ヤンキー』でもプロット展開のための重要な要素となっている。

また、マロリーの『アーサー王の死』の原文が長々と引用される箇所もある。『コネティカット・ヤンキー』冒頭で語り手がマロリーの『アーサー王の死』を読む場面（一八―二〇）や、アーサー王が剣エクスカリバーを手に入れる際に自分がいかに活躍したかを魔術師マーリンが自慢する場面（一七六―八四）、そしてアーサー王国の内乱に関する（Sandy）が、ハンクの捕らえた騎士たちの説明をする場面（四八―九）、お喋りな従者サンディ「従軍記事」が紹介される場面（五三六―七）において、引用がそれぞれ数ページにわたって記される。これを冗長であるとする向きもあるが、この引用によりトウェインは、ハンクのアメリカ口語とマロリーの文体のコントラストを際立たせているとも言える。

アーサー王物語の状況・人物設定はかなり踏襲されているようにも見えるが、トウェインは実際、当時欧米で人気が再燃していたアーサー王物語のプロットを存分に生かしているとは言えない。そもそも、『コネティカット・ヤンキー』においてアーサー王国は正しく再現されていない。あるいは、トウェインはあえて正しく描かなかった。この小説の序文でトウェインは、作品内に描かれる法律や慣習が六世紀のイングランドに実在したとは限らないと断っている。トウェインは、さまざまな歴史書を参考に『コネティカット・ヤンキー』を執筆しているが、それは必ずしも中世イングランドに関するものではなく、十八世紀のイングランドや、アメリカ南部における黒人奴隷に関するものだった(8)。

マロリーの著した『アーサー王の死』が、主として騎士たちを巡る物語であるにもかかわらず、『コネティカット・ヤンキー』では平民や奴隷たちに割かれる紙幅が多く、主人公ハンクは騎士よりも平民や奴隷の方に感情移入している。例えば第三九章でハンクは何人もの騎士を銃で撃ち殺しながら彼らの死を嘆くこともない。それに対して第二一章で出会った奴隷が鞭で打たれる場面を見て心を痛めるのである。例外もあるが、多くの場合王や騎士たちは風刺の対象であり、トウェインがシリアスに描写するのは、アーサー王物語にはほとんど登場しない平民や奴隷なのである。トウェインが素材としてのアーサー王国にこのような変更を加えている理由について、トウェインの他作品も参照しつつ考えたい。

三　アーサー王国と十九世紀アメリカ南部

ジェームズ・D・ウィリアムズやジェームズ・M・コックス等が指摘するように、『コネティカット・ヤンキー』におけるアーサー王国の牧歌的な情景描写と、アメリカ南部を舞台とするトウェインの他作品で描かれる、自然に囲まれた南部の情景描写は非常によく似ている。(9) だがアーサー王国とアメリカ南部は、情景描写以外の点でも重なり合う。『コネティカット・ヤンキー』でトウェインがアーサー王国におけるさまざまな制度や風習を批判していることは既に見た通りだが、その批判の一部は、トウェインの『ミシシッピの生活』(*Life on the Mississippi*)(一八八三)や『ハックルベリー・フィンの冒険』(*Adventures of Huckleberry Finn*)(一八八四)を読んでいた読者にとっては既視感のあるものだっただろう。『コネティカット・ヤンキー』における批判は、十九世紀アメリカ南部を描いた二つの作品に既に現れていたのである。

『コネティカット・ヤンキー』でハンクは、サンディやアーサー王と共に国内を遍歴するが、その過程で貴族や民衆や奴隷の生活をつぶさに観察することになる。旅の過程では主に、平民や奴隷がいかに虐げられているかが描写される。鎖につながれて歩く奴隷たちの描写や、身分の低い、立場の弱い者たちが冤罪により火あぶりや絞首刑になる残虐な場面が繰り返し描かれる。こういった描写は作品中、読者を戸惑わせるほど数多く出てくる。例えば第二一章には、家族と引き離されて売られていく奴隷の姿、第二九章では、天然痘にかかり一人また一人と死んでいく家族、第三五章では、暴徒に捕らえられて火あぶりになる女性の姿が描かれている。虐げられる民衆の姿は、作者トウェインの強調したかったものだと考えることができる。

民衆の生活を観察する旅に出ると言うハンクに、アーサー王は同伴することになる。出立に当たって王は平民に変装するのだが、どうしても国王らしく堂々と歩いてしまう。ハンクは王に対して、平民の力ない歩き方は、その卑しい生まれに由来する苦痛によって作り出されるものだと説く。そして以下のように言う。

[Y]ou must intimate the trade-marks of poverty, misery, oppression, insult, and the other several and common inhumanities that sap the manliness out of a man and make him a loyal and proper and approved subject and a satisfaction to his masters....

人間から人間らしさを奪い、人間を忠実で礼儀正しく好ましい国民とし、主人に満足をもたらす者に変えてしまう貧困、不幸、抑圧、侮辱やその他、共通する非人道的な扱いを受けた者の特徴を真似しなければいけません。（三六一―二）

またハンクは、アーサー王国における国民の多くは鉄の首輪を付けた奴隷であると言い、その奴隷たちこそが王や貴族の優雅な生活を守るためにあらゆる不幸を引き受けているのだと非難する（九八）。

このようにハンクはアーサー王国にあって、騎士たちの聖杯探求や馬上槍試合に感情移入せずに、平民や奴隷の境遇に思いを馳せる。そしてハンクが、中世イングランドの奴隷制度を見て十九世紀アメリカ南部の奴隷制度を思い起こす場面がある。第三四章では、平民を装ったアーサー王が村の住民たちから疑われ、捕らえられて奴隷として競売にかけられることになる。その際ハンクは、「これと同じような極悪非道な法律が、私の時代、つまり一三〇〇年以上も後のわが南部にも存在していた」（This same infernal law had existed in our own South in my own time, more than thirteen hundred years later）（四四九）と考えるのである。

ハンクがここでアメリカ南部の奴隷制度にまつわる法律を思い出すのも当然である。というのもこの作品には、十九世紀アメリカ南部の奴隷を巡る状況が反映されているからだ。『コネティカット・ヤンキー』の奴隷描写においてトウェインが参考にした書籍のひとつは、一八三六年に出版された黒人奴隷チャールズ・ボール（Charles Ball）の自伝『アメリカ合衆国における奴隷制度』（*Slavery in the United States*）だった[10]。

第十八章ではハンクとサンディが、モーガン・ル・フェイの城を訪れるエピソードが描かれる。ここでハンクは、モーガンによって土牢に拘禁されている囚人たちを見る。冤罪の可能性がありながらも拷問を受ける囚人、些細な罪で投獄された囚人、罪状も定かではないまま幽閉される囚人たちを、ハンクはモーガンに訴えて何とか解放させる。臣下を無慈悲に殺害し、多くの囚人たちを拘禁するモーガンの冷酷さ、悪辣さにハンクは思いを巡らせるが、ここからハンクの思考はさらに広がっていく。彼は、「当時の法律にはあまりにもひどい、本当にひどいものがあった。主人は何の理由もなく自分の奴隷を殺すことができた」（Some of those laws were too bad, altogether too bad. A master might kill his slave for nothing）（二一八）と言う。ハンクは、モーガン・ル・フェイ個人に対する批判を、貴族が平民や奴隷を殺しても何の咎めも受けない中世イングランドの法律に対する批判に敷衍するのである。

ここで、モーガンの役割が、アーサー王物語におけるそれからやや逸脱していることに留意したい。アーサー王物語におけるモーガンは、魔術師マーリンから魔術を学び、アーサー王殺害を企て、ラーンスロットやその他多くの騎士たちを幽閉するというように、王や騎士たちに悪事を尽くす妖姫として登場する[11]。しかし『コネティカット・ヤンキー』においてはそういった背景がほぼ削除され、冷酷で無慈悲な貴族という属性のみが強調される。その結果モーガンは、貴族が平民や奴隷に対して非情な仕打ちをする、その最も顕著な例のひとつとなっているにすぎない。

第三〇章で、アーサー王と共に旅に出たハンクは炭焼き職人一家の世話になる。そこでは、ある領主の殺害と放火事件があり、犯人探しが行われていた。疑いをかけられた家族とその親戚は、領主の従者たちに煽られた地域住民に首を吊られ、無残に殺される。ハンクは、住民が何も考えず集団で住民仲間を惨殺した事実に直面して動揺する。

ここでハンクは、十九世紀の南部における奴隷制度と、南部の「貧乏白人」(poor white)を思い起こす。「貧乏白人」たちは、自らを貧しい環境にとどめる原因となっている奴隷制度を存続させるために、積極的に活動する。それは、彼らが一人で異を唱えることができず、力のある者の意見に付き従うだけの臆病者だからだという。

ここでは、集団で残虐な行動に出る群衆の姿が描かれているが、こういった暴徒の集団心理については、トウェインが十九世紀のアメリカ南部を描いた『ハックルベリー・フィンの冒険』にも描かれている。第二二章では、ボッグズ(Boggs)を射殺したシャーバン大佐(Colonel Sherburn)をリンチしようと詰めかける群衆を、シャーバンが非難する。その過程でシャーバンは、北部人と南部人を比較する。自分を馬鹿にする者にはそうさせておき、それに耐えるのが北部人であるなら、覆面をし、群れをなして悪党をリンチしに行くのが南部人であると言う。

You didn't want to come. The average man don't like trouble and danger. ... But if only *half* a man ... shouts 'Lynch him, lynch him!' you're afraid to back down—afraid you'll be found out to be what you are—cowards—and so you raise a yell, and hang yourselves onto that half-a-man's coat tail, and come raging up here, swearing what big things you're going to do. The pitifulest thing out is a mob; that's what an army is—a mob; they don't fight with courage that's born in them, but with courage that's borrowed from their mass, and from their officers.（強調は原文）

お前たちは来たくはなかった。普通、人間はトラブルや危険を好まないものだ。……しかし半人前の人間が……「リンチしろ、リンチしろ！」と叫ぶと、後へ引くのを恐れ、自分たちの正体が、つまり臆病者であることがばれるのを恐れるあまり叫び声を上げ、半人前の人間の威を借りる。そして激怒しながらここへ来て、これからすごいことをするのだと騒ぐ。最も軽蔑すべきは群衆だ。軍隊も群衆だ。奴らは生まれ持った勇気で戦うのではなく、寄り集まる者や将校から借りた勇気で戦うのだ。(12)

『ハックルベリー・フィンの冒険』と照らし合わせれば、集団で行動する群衆の浅薄さや恐ろしさは、特に中世イングランドのみの特徴とはみなされていないことがわかる。

ハンクは馬上槍試合をことごとく批判し、最終的にアーサー王国における騎士制度を廃止するが、ここから多くの読者が思い起こすのが、『ハックルベリー・フィンの冒険』第十七章から十八章における南部貴族たちの果し合いの場面だろう。南部で名門の家柄であるグレンジャーフォード家（the Grangerfords）は、シェパードソン家（the Shepherdsons）と怨恨関係にあり、折を見ては互いに相手の家の者を殺そうとする。当初の諍いの原因は既に忘れ去られつつあるにもかかわらず、子供たちでさえこの殺し合いに巻き込まれる。仲良くなったバック

(Buck) がシェパードソン家の人間に殺されてしまったのを見たハック (Huck) は恐ろしくなり、筏で逃げ出す。

トウェインがミシシッピ川を訪れた際の旅行記『ミシシッピの生活』には、サー・ウォルター・スコット (Sir Walter Scott) の『アイヴァンホー』(*Ivanhoe*) などの中世歴史ロマンスがアメリカ南部に悪影響を与えていると書かれている。トウェインのスコットに対する批判は辛辣である。スコットが特に南部で人気があることを指摘し、南部に階級意識や奴隷制度が根付くような精神を植えつけたと非難し、スコットの存在が南北戦争の引き金になったとまで言っている[13]。そしてこういったトウェインのスコット／中世ロマンスに対する批判は、ルイ・J・バッドも指摘するように、『コネティカット・ヤンキー』につながっている[14]。

以上見てきたように、ハンクは六世紀イングランドの状況から十九世紀アメリカ南部の状況を思い起こす。また、『ミシシッピの生活』や『ハックルベリー・フィンの冒険』といった南北戦争前の南部を描いた作品の一部が、『コネティカット・ヤンキー』の内容と重なり合う。トウェインが批判の矛先としてアーサー王国の向こうに十九世紀のアメリカ南部を見ていることは明らかである。彼は中世ロマンスであるアーサー王物語の世界を批判することで、南部の奴隷制度、リンチに集まる南部の群衆、南部貴族、中世ロマンスを愛する南部人たちをも批判している。トウェインは、南北の境界にあるミズーリ州で育ち、南北戦争では南軍の義勇兵として戦うことを自ら選び、そして南部は敗れた。トウェインの南部に対するアンビヴァレントな思いとそこからくるオブセッションが、複数の作品にまたがる南部への批判として表されている。

そしてトウェインは『コネティカット・ヤンキー』で、自らの主張を際立たせるために、アーサー王物語の本来のプロットや人物設定をあえてずらしている。本来王や騎士が中心になるはずの舞台に平民と奴隷を引っ張り上げて主役とし、また王や騎士やモーガン・ル・フェイのキャラクターをフラットにし、その役割を制限することで自らの主張を補強している。そしてもうひとつ、アーサー王物語には、トウェインの主張のために変更された要素がある。それが、魔術師マーリンの存在である。

四　二人の魔術師

物語の冒頭、サー・ケイの捕虜となったハンクはある方法でその状況から逃れることになるが、その際重要な役割を果たすのが、魔術師マーリンの存在である。アメリカ十九世紀の文明社会からやって来たハンクにとって、魔術師マーリンは単なるペテン師にしか見えないが、六世紀の人々はマーリンを心から恐れている。「この王国で一番教育のある奴よりも、一三〇〇年以上の知識がある分有利」(I would have the start of the best-educated man in the kingdom by a matter of thirteen hundred years and upwards)（三六）であると考えるハンクは、名案を思い付く。それが、自分も魔術師だと公言することである。外部からやって来た血縁も財産も持たない人間が、中世イングランドでヒエラルキーの上位に入り込むことはできない。そこでハンクは、階級から外れていながらも人々から恐れられる存在である魔術師となる。

ハンクによる最初の「魔術」は、第六章において披露される。ハンクは奇妙な服を着ていたためにサー・ケイに捕らえられ、捕虜となる。処刑されることが決まるが、火あぶりを逃れるためにハンクは魔術師と名乗る。そして「魔術」によって太陽を消すことを予言し、見事に成功する。それによりハンクは処刑を免れ、国王に次ぐ権力を与えられる。ハンクは、旧暦紀元五二八年六月二一日の正午過ぎに皆既日食が起こることを知っており、その知識を利用したのである。

マーリンは突如現れたこのライバル魔術師に敵意を燃やし、ハンクをペテン師と呼ぶ。そこで第七章では、ハンクはさらなる「奇跡」と称し、マーリンの石塔を爆破する。十九世紀の兵器工場で主任監督として働いていたハンクは、火薬、導火線、避雷針を準備し、石塔に周到に設置すると、天からの火によってマーリンの塔を吹き飛ばすと予言し、雷を利用して見事に実現する。魔術によってそれを必死に阻止しようとしたが失敗したマーリンは、王や民衆からの信頼を失うことになる。

マーリンとのさらなる対決が、第二一章から二四章において行われる。修道院の涸れた泉に再び水が湧くよう「魔術」を行って欲しいと依頼されたハンクとマーリンは再び対決する。六世紀の魔術師であるマーリンには、煙を立て、両手を振り回し、呪文を唱えるも、群衆の面前で井戸の水を取り戻すことはできない。ハンクは言う。

> [H]e was an old numskull, a magician who believed in his own magic; and no magician can thrive who is handicapped with a superstition like that.
>
> 奴は時代遅れの愚か者、自分は魔術を使えると信じ切っている魔術師だった。迷信というハンディを持った魔術師が成功するわけがない。(二七四—五)

そして、井戸を隈なく調べ、原因が漏水であることを見極めたハンクは、ポンプや鉛管、火薬、花火、工具、資材等をキャメロットから取り寄せて泉に設置し、群衆とマーリンの見守る中、恐ろしげな呪文を唱えながらスイッチを押すと花火の見事な効果と共に、水が湧き出るという「奇跡」を行う。六世紀の「迷信」に対して、十九世紀の科学技術が勝利する。

第三九章では、騎士の馬上槍試合にハンクが参戦することになる。ところが実際にはハンクの対戦相手であるサー・サグラモーアの後ろにはマーリンがつき、サグラモーアの武器や鎧兜に魔術をかけている。事実上、ハンク対マーリンの戦いである。二人の偉大な魔術師が対戦することになり、アーサー王国は沸き返る。ハンクは、騎士制度を廃止する意図もあり、自らの生命を懸けて果し合いに挑む。

観衆は鎧兜も身に着けずに登場したハンクを嘲笑するが、ハンクはカウボーイの投げ縄を使ってサー・サグラモーアと、それに続く騎士たちを落馬させることに成功する。次にはサー・ラーンスロットを縄で引きずり、これで騎士道も終わりだと考えた時、マーリンに投げ縄を盗まれる。再び襲いかかって来たサー・サグラモーアを、ハンクは即座にピストルで撃ち殺す。それを見た五百人もの騎士たちが突撃してくるが、ハンクがさらに数名の騎士を射殺すると、残りの騎士は群れをなして逃げ出す。

Knight-errantry was a doomed institution. The march of civilization was begun. ... And Brer Merlin? His stock was flat again. Somehow, every time the magic of fol-de-rol tried conclusions with the magic of science, the magic of fol-de-rol got left.

騎士制度は破滅する運命となった。文明の行進が始まった。……そして、同志マーリンは？　彼の株はまた下がった。ともかく、安物の魔術が科学による魔術と競おうとすれば、必ず安物魔術が敗北するのだ。（五〇七）

ところが、最終章（第四四章）で明らかになるのは、ハンクとマーリンの最終対決における急展開である。第四二章において、アーサー王が亡くなったことを伝え聞いたハンクは、すべての人間は平等であり、階級も存在せず、宗教も自由であることを明記した民主制共和国宣言を発令する。

民衆は当初宣言を歓迎したが、長くは続かなかった。教会は「聖務禁止令」を発令し、支配権を握る。カトリック教会が権力を持ち、それになびいた民衆と騎士たちはハンクに反旗を翻し、イングランド全体がハンクに敵対する。ハンクはやむなく、苦心して建設した工場を爆破し、ダイナマイトを爆発させ、鉄条網に強力な電流を流し、機関銃で射撃し、ついにはそのテクノロジーで、イングランドにおけるすべての騎士を壊滅させる。ハンクは勝利するが、ほぼすべての国民に裏切られ、かつては味方であったはずの何万もの騎士の死体の山を前にした勝利は苦いものとなる。

さらに、勝利を手にしたはずのハンクは、女性に扮したマーリンに騙され、彼の「魔術」によって十三世紀の間眠り続けることになる。魔術に成功したマーリンは勝利に酔いしれ、「お前らは征服者だった。だが、今は征服されているのだ!」(Ye were conquerors; ye are conquered!)(五七〇)と叫び、笑いながら鉄条網にかかり死ぬ。イングランドを征服したはずのハンクは、新しい共和制国家を見ることもなく眠りにつく。そして十三世紀後に目覚めると、冒頭に登場した語り手「私」の前で夢と現実の区別がつかないまま うなされ、息絶える。

ここでは、民衆に裏切られるハンクに最後の一撃を与える役割をマーリンが担っている。科学・文明・現実世界の象徴としてのハンクと、非科学・迷信・ロマンスの象徴としてのマーリンの戦いは、当初はテクノロジーや科学的知識を駆使するハンクの圧勝だったが、結末においてはマーリンが勝つ。最終的にトウェインは、十九世紀の科学技術を体現するハンクを敗北させる。この結末は、何を意味するのだろうか。

ハンクは、マーリンや六世紀イングランドの人々の非科学的、迷信的な態度を批判していた。また、先に確認したように、この小説ではハンクが科学技術にかける熱意が示される。彼はアーサー王国を文明化するにあたって、通信網・交通網を確立、蒸気船や鉄道を建設する。大規模な工場を建て、十九世紀アメリカで注目を集めていた電信、電話、蓄音器、タイプライター、ミシン等を導入する。こういったハンクのテクノロジーに対する情熱は、トマス・エジソンの実験室を訪れたこともある作者マーク・トウェインの情熱でもあった。(15)

『コネティカット・ヤンキー』執筆と同時期にトウェインは、ジェームズ・W・ペイジ（James W. Paige）による植字機の開発に魅了され多額の投資をしていた。こういった伝記的事実は、『コネティカット・ヤンキー』で六世紀イングランドに近代テクノロジーを導入しようと躍起になるハンクの姿に反映されただろう。この時代、開発に成功し投資家に大金をもたらした植字機もあったが、トウェインの投資していたペイジ植字機は成果を得られなかった。多大な期待を寄せていたトウェインの思惑は裏切られ、投資した巨額の資金は消えてしまう。この投機の失敗と同時期に、トウェイン自ら創設した出版社が破産する。この時期のトウェインの失意と幻滅が『コネティカット・ヤンキー』の悲劇的な結末に影響を与えたと考えられる。

ジェームズ・M・コックスは、トウェインが『コネティカット・ヤンキー』という作品とペイジ植字機を同一視するようになったと述べ、主人公ハンクを、ペイジ植字機に対するトウェインのオブセッションの具現化と見ている。(16)またチャールズ・H・ゴールドは、この時期における未刊行の書簡を丹念に調べ上げ、トウェインの周囲に対する理不尽な振る舞いをも明らかにすることで、トウェインの強烈な焦燥感と怒りを浮かび上がらせている。『コネティカット・ヤンキー』は、科学技術の可能性を高らかに歌い上げる小説になるかと思われたが、最終的にハンクは、すべてを破壊するために科学技術を利用する。トウェインのフラストレーションと怒りはハンク・モーガンの性格形成に影響を与えたとゴールドは指摘する。(17)ハンクとマーリンの戦いにおいては、トウェインの科学技術に対するアンビヴァレントな思いを見出すことができる。

ハンクにとって、魔術師マーリンの存在はもうひとつの意味で重要である。マーリンがいなければ、彼はアーサー王国で権力を持つことはなかった。ハンクは階級制度を嫌悪するが、そもそも階級制度の上位に入り込まなければこの制度を改革することはできない。このジレンマを解消するのが魔術師という立場だった。「由緒ある家柄も、受け継いだ称号もない」（I had no pedigree, no inherited title）（一〇〇）ハンクが見事な魔術を披露した時、アーサー王は彼を自らの右腕とし、自らに次ぐ権力を与えた。対照的に、ハンクがマーリンの塔を爆破し、マーリンにそれを阻止することができなかった時、アーサー王はマーリンへの給与支払いを停止し、国外へ追放しようとまでした（九一）。

王国で第二位の権力者となったハンクは、その権力を利用すれば、称号など簡単に手に入っただろうと考える。だが、彼は称号を求めることはしなかった。しかし、「何年にもわたる、誠実で立派な努力を通して」（in the course of years of honest and honorable endeavor）（一〇二）獲得した「称号」については、誇りをもって身に着けた。その称号こそが、「ザ・ボス」（the Boss）という庶民からの呼び名だった。ハンクは、自らが価値を置く能力主義・個人主義を、中世イングランドにおける魔術師の立場に見出したことになる。そしてその能力の基礎となったのが、科学技術の力だったのである。

アーサー王物語では、マーリンは悪魔を父として生まれ、姿を変え未来を予言する魔力を持つ。アーサーが王位につくための環境を整え、アーサー王の相談役として、さまざまな魔術を駆使して重要な役割を果たす。アーサー王物語の世界では、悪魔の血を引くということがマーリンの立場に重要な影響を与えている[18]。だがトウェインは『コネティカット・ヤンキー』における魔術師の立場を、中世イングランドの封建社会で競争原理が働く場として設定した。そしてマーリンの魔術師としての能力を大幅に制限しているのである。

おわりに

六世紀イングランドと十九世紀アメリカのコントラストをユーモラスに描くはずだった『コネティカット・ヤンキー』は、執筆当初の想定とはかけ離れた陰惨な結末を迎え、現在でも多くの読者によってさまざまな解釈がなされている。本章では、トウェインが、ケイブルの勧めにより読んだ『アーサー王の死』に何を見て、それにどのような役割を与えたのかを考察した。

アーサー王国や六世紀のイングランドを批判しているかに見える『コネティカット・ヤンキー』だが、批判の矛先にはさらにその先があった。トウェインの、アメリカ南部と科学技術にまつわるオブセッションは不吉な形で『コネティカット・ヤンキー』の結末に反映されている。そしてそのオブセッションをさらに際立たせるのは、『アーサー王の死』で主役となる王や騎士ではなく、平民であり、奴隷であり、魔術師だった。トウェインが序文で強調したように、彼は『コネティカット・ヤンキー』にアーサー王国を忠実に再現しなかった。トウェインがこの作品で描いたのはアーサー王国ではなく、彼にとってのオブセッションを解き放つために生み出された、アーサー王国によく似た世界だったのである。

（1） Arlin Turner, *Mark Twain and George W. Cable* (East Lansing: Michigan State UP, 1960), 135-6.

（2） Mark Twain, *Mark Twain to Mrs. Fairbanks*, ed. Dixon Wecter (San Marino, Calif.: Huntington Library, 1949), 257-8.

（3）Mark Twain, *Autobiography of Mark Twain* Vol. 2, ed. Benjamin Griffin and Harriet Elinor Smith (Berkeley: U of California P, 2013), 306-7.

（4）Mark Twain, *A Connecticut Yankee in King Arthur's Court*, ed. Shelley Fisher Fishkin (New York & Oxford: Oxford UP, 1996), 36. 以下、同書からの引用は括弧内にページ数を記す。本章における英語文献からの引用はすべて拙訳である。

（5）Everett Carter, "The Meaning of *A Connecticut Yankee*," *A Connecticut Yankee in King Arthur's Court*, by Mark Twain, ed. Allison R. Ensor (New York: Norton, 1982), 434-52.

（6）Howard G. Baetzhold, *Mark Twain and John Bull: The British Connection* (Bloomington: Indiana UP, 1970), 110-120. なお、ルイ・J・バッドはこういった見解に反論し、トウェインのアーノルドに対する怒りは『コネティカット・ヤンキー』に特に大きな影響を与えてはいないとする。Louis J. Budd, *Mark Twain: Social Philosopher* (Columbia : U of Missouri P, 2001), 118-120.

（7）Henry Nash Smith, *Mark Twain's Fable of Progress: Political and Economic Ideas in "A Connecticut Yankee"* (New Brunswick, N. J.: Rutgers UP, 1964), 104-8.

（8）James D. Williams, "The Use of History in Mark Twain's *A Connecticut Yankee*," *A Connecticut Yankee in King Arthur's Court* (Norton), *op. cit.*, 368-83.

（9）James D. Williams, "Revision and Intention in Mark Twain's *A Connecticut Yankee*," *Ibid.*, 363-4; James M. Cox, "*A Connecticut Yankee in King Arthur's Court*: The Machinery of Self-Preservation," *Ibid.*, 395.

（10）Bernard L. Stein, "Explanatory Notes," *A Connecticut Yankee in King Arthur's court*, by Mark Twain, ed. Bernard L. Stein (Berkeley: U of California P, 1983), 473.

（11）アーサー王物語については、以下を参照した。サー・トマス・マロリー『アーサー王の死　中世文学集Ⅰ』厨川文男、厨川圭子編訳、筑摩書房、二〇〇四年。トマス・ブルフィンチ『中世騎士物語』野上弥生子訳、岩波書店、一九八〇年。なおモーガン・ル・フェイについては、渡邉浩司「モーガン・ル・フェイ」（松村一男・森雅子・沖田瑞穂編『世

界女神大事典』原書房、二〇一五年、三八六―三八八頁）を参照。

（12）Mark Twain, *Adventures of Huckleberry Finn*, ed. Sculley Bradley, et al. (New York: Norton, 1977), 118-9.

（13）Mark Twain, *Life on the Mississippi* (New York: Viking Penguin, 1984), 326-9.

（14）Louis J. Budd., *op. cit.*, 89-90, 115.

（15）*Ibid.*, 138.

（16）James M. Cox., *op. cit.*, 398.

（17）Charles H. Gold, *"Hatching Ruin" or Mark Twain's Road to Bankruptcy* (Columbia: U of Missouri P, 2003), 74.

（18）マーリンについては、渡邉浩司「マーリン」（松村一男・平藤喜久子・山田仁史編『神の文化史事典』白水社、二〇一三年、五〇〇―五〇一頁）を参照。またマーリンの誕生からアーサーの誕生までの筋書きについては、ロベール・ド・ボロン『西洋中世奇譚集成　魔術師マーリン』（横山安由美訳、講談社、二〇一五年）を参照。

アーサー王物語とJ・R・R・トールキン
――アヴァロンとエレッセア――

辺見葉子

はじめに

1　中世学者トールキンとアーサー王物語

トールキン（J.R.R. Tolkien）とアーサー王物語との関わりと言えば、まず中世英語英文学研究者として、彼がリーズ大学での同僚だったゴードン（E.V. Gordon）と共著で一九二五年に刊行した、中英語のアーサー王ロマンス『サー・ガウェインと緑の騎士』（*Sir Gawain and the Green Knight* 以下『ガウェイン』）の校訂本が挙げられる。トールキンが担当したのは、テクストとグロッサリー、そしておそらく詩の言語に関するコメンタリーであった。[1] したがって初版の序文はゴードンが書いたものだと思われるが、この共著の序文において『ガウェイン』は、アーサー王ロマンスが概して（傑作とされるフランス語の『ペルレスヴォー』（*Perlesvaus*）やマロリー（Sir Thomas Malory）の『アーサー王の死』（Morte Darthure）ですら）取り留めがなく一貫性に欠ける中で、ナラティヴの統一性において卓越した物語であると賞賛されている。[2]

『ガウェイン』については、トールキンは一九五二年、グラスゴー大学での講演も行っている。この講演では『ガウェイン』というアーサー王ロマンスを、十四世紀のみならず中世英語で書かれた物語詩の中で、着想・形式において最高の作品とし、これに匹敵するのは唯一チョーサー（Geoffrey Chaucer）の『トロイルスとクリセイデ』（*Troilus and Criseyde*）のみであり、気高さにおいてはこれをも凌いでいると評している。[3]

トールキンはさらに『ガウェイン』の現代英語訳も手がけた。翻訳原稿は一九六二年にはすでに完成していたようだが、『真珠』（*Pearl*）、『サー・オルフェオ』（*Sir Orfeo*）の現代語訳と共に出版されたのは、没後の一九七五年になってからであった。この序文では、[4]『ガウェイン』は北部独自の語彙や頭韻詩という古風な韻律を特徴としており、チョーサーに代表される十四世紀英文学の主流とは異なる、「もう一つの中世」の姿を伝えるものだと、その重要性を説いている。トールキンは上述の講演においてと同様に、ガウェイン詩人にはチョーサーにはない気高さとでも言うべきものがあると賞している。[5] この資質はトールキンにとっては、頭韻詩という韻律と不可分なものだったと思われる。ノルマン征服によってイングランドの文学伝統が壊されたと見なしていたトールキンにとっては、この韻律が古英語の頭韻詩の伝統を復活させたものであることが、何よりの魅力だったようだ。『ガウェイン』の韻律を活かすことを、自身の現代英語訳の主要目的として挙げているほどである。[6] 実際、トールキン唯一の「アーサー王作品」である『アーサーの顚落』（*The Fall of Arthur*）は、古英語頭韻詩の韻律を現代英語詩に応用する試みなのである。[7]

『ガウェイン』の韻律と同様に、もしくはそれ以上にトールキンを惹きつけたのは、詩の言語、すなわちトールキンの言語的「故郷」意識の核心を成すウェスト・ミッドランズ（West Midlands）の方言であったと思われる。彼は中英語のこの方言を目にした途端、旧知の言葉だと感じ好感を持ったと述べている。[8] この感覚は、以下に論じるように、彼独自の「母語」（*native language*）論とも関わってくるものである。[9]

2　物語作家トールキンとアーサー王物語

一方、『ホビットの冒険』（*The Hobbit*）や『指輪物語』（*The Lord of the Rings*）をはじめとする物語作家としてのトールキンは、アーサー王物語を自らの作品と同様「妖精物語」と見なしていた。[10] トールキンは「すぐれた妖精物語は大抵、〈危険な王国〉（妖精の国）における、または影深いその国境地帯に踏み入った人間の〈不思議な体験〉（*aventure*）を扱っている」と述べている。[11] トールキンが使っている'*aventure*'という中英語の言葉は、[12] アーサー王ロマンスをその典型とするロマンスのジャンルと関係が深い。『ガウェイン』では四回使われ、トールキンとゴードンのグロッサリーでは「冒険または不思議な出来事」（'adventure or marvelous event'）と注釈されている。[13] トールキンは『ガウェイン』の現代語訳ではそれぞれ'marvel'（二九行）、'wonder'（二五〇行）、'dangerous deed'（四八九行）、'adventures'（二四八二行）と訳出しているが、[14] トールキン自身の妖精物語の定義がアーサー王ロマンス、中でも『ガウェイン』と密接な関係にあったことは注目に値しよう。

トールキンは子供の頃「〔『マビノギオン』（Mabinogion）の〕ペレディール（Peredur）と同じ位、アーサー王宮廷の騎士を尊敬していて、会って話をしてみたいと願っていた」そうだが、その頃の彼はアーサー王伝説を「歴史」と捉えていたようだ。[15] 後年トールキンは、殊に「妖精物語について」（'On Fairy-stories'）の講演（一九三九年）を機に妖精物語に関する考察を深め、それに伴いアーサー王物語とその登場人物たちについての認識も変化した。講演ではアーサーについて、歴史上はさほどの重要人物ではなかったかもしれないが、神話や妖精の国の材料と共に「物語の大鍋」に放り込まれ、そこにアルフレッド大王（Alfred the Great）のヴァイキング防戦のような史実も紛れ込み、長い時間煮込まれた結果「妖精の国の王」として出現したのだと述べている。[16] このアンドリュー・ラング・レクチャー（Andrew Lang Lecture）の内容は、加筆修正され一九四七年に出版されたが、このエッセイでは『ガウェイン』を、「妖精の国／魔法」（Faërie / Magic）の扱いが見事な例だと賞賛している。[17]

トールキンはただし、アーサー王物語世界一般に関しては、その力強さは認めつつも、イングランドに起源を持たず完全に同化していない、イングランドの神話としては飽き足らないものだと考えていた。[18] 元来ブリトン人の英雄であったアーサー王の物語は、ブリテン（＝ブリトン人の国）の物語なのであり、イングランドの土地と言葉（英語）との結びつきは深くない。また、アングロ・ノルマン朝の政治プロパガンダとして、イングランドの栄光の歴史に寄与すべく利用されたという歴史的経緯もある。[19]「英語とウェールズ語」（'English and Welsh'）[20] に顕著なように、ブリテン島の最古層の言語である「ブリティッシュ（＝ブリトン語）」とその後継であるウェールズ語をこよなく尊重するトールキンは、「ブリティッシュ」という言葉を「イングリッシュ」と同一視する帝国主義的な誤用に強い異議を唱えていた。[21]

アーサー王物語は、イングランドの土地に完全に同化していないという以外にも、「妖精の国が奢侈に流れ空想的で、取り留めがなく繰り返しが多すぎる」、「キリスト教の教義が明白に含まれている」など、問題点が多いと考えていた。[22] 彼自身満足のいく神話体系を構築し、それをイングランドに捧げたいというトールキンの初期の願望は、後に『シルマリルの物語』（*The Silmarillion*）や『指輪物語』として結実したわけだが、その過程で、アーサー王物語に欠如している「イングランドの土地への同化」という課題は、以下に考察するように、さまざまな形をとることとなる。本章では、トールキンのアーサー王物語詩『アーサーの顚落』（*The Fall of Arthur*）における、エルフの楽園の島エレッセア（Tol Eressëa）とアヴァロン（Avalon）との関係に注目し、西方の楽園の島への航海者アーサーを、トールキンの神話物語の文脈の中で考えてみたい。

一　『アーサーの顚落』――*The Fall of Arthur*

1　概　要

『アーサーの顚落』は、トールキン唯一の「アーサー王作品」である。この遺稿が、息子クリストファー（Christopher Tolkien）によって編纂・出版されたのは、トールキン没後四十年にあたる二〇一三年のことである。全九四五行のこの未完の詩作品に関しては、カーペンター（Humphrey Carpenter）による伝記（一九七七年）での短い紹介とほんの数行の引用以外には情報がなく[23]、トールキンの遺稿の中でも最も出版が望まれていた作品であろう。

ロンドンのユニバーシティ・コレッジの教授でトールキンの旧友であり支持者でもあったチェインバーズ（R.W. Chambers）は、一九三四年に『アーサーの顚落』の草稿を読み、『ベーオウルフ』（*Beowulf*）の韻律を現代英語で再現する、この英雄的な詩を完成させるようにと激励の手紙を送っている。しかし一九三七年に『ホビットの冒険』が出版され、その続編執筆に取りかかったトールキンは、再びアーサー王物語詩に立ち戻ることはなかった。ただし、『指輪物語』の出版が完結した後の一九五五年の書簡でも、まだ頭韻詩『アーサーの顚落』を完成させたいという希望を述べている[24]。また、クリストファーが巻末付録として載せている、一九四三～四四年（すなわち『指輪物語』執筆時期）に行われた[25]、古英語の韻律に関するレクチャー（抜粋）でも、トールキンは『アーサーの顚落』から二度の引用を行っている[26]。未完のまま放棄されてしまった作品ではあったが、『指輪物語』執筆時にも、自らのアーサー王物語詩のことを忘れていたわけではないことが伺えて興味深い。

さて『アーサーの顚落』は以下のような構成になっている。

〈第一部〉アーサーとガウェインが大陸の「サクソン人の地」で戦うため遠征する。ただし目的はローマ征服ではなく、ローマを異教徒のゲルマン人から守ることである。勝利を収めながら東方へ進軍するアーサーたちが、陰鬱な闇の森（Mirkwood）の際で野営している所に、故郷ブリテンが外敵の来襲を受け、モードレッドが王位簒奪のために敵と手を組んだという裏切りの知らせが届く。アーサーはランスロット（Lancelot）の助力を仰ぎたいとガウェインに相談するが、ガウェインは、もしランスロットが悔いているなら求められずとも馳せ参じるはずだ、と反対する。

〈第二部〉モードレッド（Mordred）を苛むグィネヴィア（Guinever）への欲望が、嵐の暗い夜の海と重ね合わせられ描かれる。モードレッドは、アーサーがブリテンに向かっていることを知り、傭兵たちを招集する。またグィネヴィアに王妃になるよう迫るが、彼女は夜陰に紛れて逃れる。

〈第三部〉ベンウィック（Benwick）の城で嵐を眺めているランスロットの姿から始まり、ランスロットとグィネヴィアの恋から円卓の崩壊へと繋がった悲劇の経緯、追放後のランスロットとグィネヴィアの心情の変化と別れが描かれる。モードレッドから逃れたグィネヴィアはランスロットが救出に来てくれないものかと思い、一方ランスロットはグィネヴィアかアーサーからの招集がないかと待ちわびている。

〈第四部〉ウェールズとイングランドの国境辺りで、モードレッドの部下たちがグィネヴィアを狩り出そうとする。しかし果たせず、ケントにいるモードレッドの所へ戻る。帰郷しようとするアーサーを、異教徒たちが迎え撃ち海戦となるが、ガウェインが撃退する。

〈第五部〉断片が残るのみ。アーサーが、モードレッドとの戦いを延期し、別の上陸場所を探すべく西方へ向かおうと、ガウェインに提案するところで途切れている。

このように、『アーサーの顛落』はトールキン自身の神話とのリンクとなるはずの、アヴァロンへのアーサーの船出のシーンに辿り着く前に放棄されてしまったわけである。しかし後に論じるように、詩のその後の展開について、トールキンは断片的な、しかし極めて興味深い草稿をいくつか遺しているのだ。

2　主　題

『アーサーの顚落』の本編と既存のアーサー王物語の関係については、編者クリストファー・トールキンが詳細な解説をほどこしている。[27] トールキンが主に典拠としたのは、頭韻詩『アーサーの死』（*Alliterative Morte Arthure*）とスタンザ詩『アーサーの死』（*Stanzaic Morte Arthur*）である。

これら二つの中英語作品およびマロリーの『アーサー王の死』（*Le Morte D'Arthur*）においては、「運命の車輪」の夢がアーサーの死の前兆として使われている。この「運命の車輪」のイメージは、「王侯の没落」（the Fall of Princes）というボッカチオ（Boccaccio）やリドゲイト（Lydgate）らのお気に入りのテーマと結びついて使われたものである。トールキンはアーサーの夢を『アーサーの顚落』に含めていないので、「運命の車輪」も登場しない。トールキンが'Morte'でなく'Fall'を題名に使っていることからも分かるように、彼がテーマとしたのは、アーサーの'Fall'「顚落」である。トールキンはこれを「運命の車輪」の代わりに潮の満ち引きによって表現している。[28]

トールキンの詩は、アーサーの顚落を引き起こす大陸への遠征で幕開けするが、クリストファーによる執筆過程の分析によれば、第一部は最後に書かれたのだという。つまり、トールキンは最初、モードレッドの裏切りやグィネヴィアとランスロットの不倫をメインに構想していたが、テーマを「顚落」とする決定に伴い、第一部を冒頭に追加したというわけである。[29]

本章ではアーサー王の栄華の極みから落下するイメージを伝えるべく、暫定的に'Fall'を「顚落」と訳出したが、この'Fall'という言葉は、トールキンの神話作品におけるキーワードでもある。したがって、典拠作品における'Morte'を自作品のタイトルでは'Fall'に置き換えたことは、トールキンがこのアーサー王詩を、自らの神話作品に引きつける意図とも解し得る。

'Fall'は、キリスト教の文脈では、大天使ルシフェル（Lucifer）の神への反逆と天からの追放という「堕天」を意味し、またサタンとなった彼に唆された人間の「堕罪」も指す。より一般的には、精神的道義的「堕落」を意味し、他にも栄華や繁栄からの没落・零落、文明や都市の滅亡、物理的な落下・転落など、さまざまに訳し分けられる言葉である。

トールキンの神話でも、最初にメルコール（Melkor）の「堕天」が起こる。『シルマリルの物語』は、フェアノール（Fëanor）とその息子たちのシルマリルへの所有欲によって引き起こされた'Fall'が主軸となっている。[30]また『ヌメノールの滅亡』（*The Fall of Númenor*）という作品は the *Akallabêth*: the *Downfall of Númenor*（邦訳では「ヌメノールの没落」）の初期のヴァージョンであるが、ヌメノールという人間の王国が海底に沈み壊滅・滅亡するという意味での'Fall'を物語ると同時に、サウロン（Sauron）に唆され神々に背いて禁を破ったヌメノール人たちの'Fall'すなわち宗教的な意味での顚落・堕落についての物語である。[31]また『指輪物語』には、「力の指輪」をめぐるさまざまな様態の'Fall'が描かれていると言えるだろう。『指輪物語』の最後で、この世では癒えぬ傷を負ったフロド（Frodo）が西方の海へと船出するシーンは、トールキン自身も「アーサー王風のエンディング」と呼んでおり、[32]トールキンの「言語的故郷」であるウェスト・ミッドランズのウスターシア（Worcestershire）の詩人であり、古英語の頭韻詩の伝統の継承者でもあるラハモン（Laȝamon）が描く、アーサーのアヴァロンへの船出のシーンと比較されるものである。[33]

二　エアレンデル——神話の始まり

『アーサーの顚落』においても、ラハモンと同じく、トールキンが'Fall'の主題の物語のエンディングとして、アーサーを「エルフの島」アヴァロンへ向けて船出させる構想を持っていたことは疑いない。それに加え、「書かれなかった」結末部に関する草稿では、アーサーとランスロット、トールキン自身の神話における異界への航海者エアレンデル（Éarendel）と関連づけられているのである。(34)

エアレンデルは、トールキンの神話の原点とされる、西方への航海者である。トールキンはオックスフォード大学の学部生時代の夏休み、八世紀のアングロ・サクソン詩人キュネウルフ（Cynewulf）の古英語詩「キリスト」（*Crist*）で*éarendel*という言葉と出会う。この言葉の背後に広がる、神話世界・宇宙神話の存在を直感した若きトールキンは、一九一四年、エアレンデルの船出を詩に唄い、これが彼の神話の始まりとなった。(35)

この経緯を、トールキンは後年、『ノーション・クラブ・ペイパーズ』（*Notion Club Papers*、以下『ノーション・クラブ』）というタイムトラベル作品において、ラウダム（Lowdham）(36)という登場人物に語らせている。『ノーション・クラブ』のメンバーたちは、トールキンやルイス（C.S. Lewis）らオックスフォードのドンたちで作っていたインクリングズ（Inklings）という集まりのパロディーである。ラウダムは主に古英語、アイスランド語、比較言語学に興味があり、喜劇風または風刺的な詩を時々書くこともある、オックスフォードのブレイズノウズ・コレッジの英語学の講師と紹介されている。

ラウダムは、キュネウルフの「キリスト」の一節「エアレンデル、最も輝かしき天使よ、人間のためにこの世に遣わされし」でエアレンデルという言葉と出会った時のセンセーションを次のように説明している。「何かが眠りから半分目覚め自分の中で蠢いたように、奇妙に心動かされたのだ。その言葉の背後には、もし捉えることができるならば、古《いにしえ》の英語を超えた、何か遙かで見知らぬ美しいものがあるのだと。[37]」また、「エアレンデルというのは、古英語の言葉だが、同時にもっとずっと古い何か別の言葉でもある。これは言語的な偶然・一致の驚くべきケースだが、無論こういうことは起こるものだ。つまり、借用関係もない二つの無関係な言語に、音も意味も似た言葉が存在することがある。ふつうは単なる偶然だと片付けられるし、重要でないケースもあるだろう。しかし時には、二つの異なるルートから似通った目的を遂げようとする、未解明の象徴形成過程の結果だと思う。その結果が、エアレンデルのように美しく、詩的な意味を持つ場合には特に」と説明している。[38]

ラウダムはまた、「別の言語〔本章で後述するように、この作品ではアヴァロン語と呼ばれているエルフ語〕で、この *éarendel*、正確には *ëarendil* という言葉をよく耳にするのだが、「大いなる航海者」文字通りでは「海の友」という意味であり、星とも関係のある言葉だ」と言っている。[39]

このラウダムという人物は、「言語霊の訪れ」(visitations of linguistic ghosts) を体験しており、多くは古英語やそれに関連するものだが、それ以外に二系統の言語があって、突然頭の中に響いているのを聞いたり口走ったりする自分を発見するのだという。[40] この現象を理解するためには、まずトールキンの「母語」(*native language*) 論を踏まえておく必要があろう。

三　トールキンの「母語」論

1　定　義

トールキンが「英語とウェールズ語」で展開している「母語」論は、極めて独自性の高いものであり、本人もそのオリジナリティを自負していた。[41] 一般に母語というと、最初に学ぶ言語、第一言語と考えられているが、これとは区別されるものだと主張するのだ。[42] トールキンは、各人が持つ「母語」を、「生得の言語的嗜好」（inherent linguistic predilections）と説明している。[43]「嗜好」が複数形にされていることにも注目しなければならない。その嗜好はその言語の実用的知識と関係がない。このような言語的な好みには個人的なものと、一定のグループに共有されるものとがあり、どちらも個人の言語的「故郷」の感覚と結びついていると考えていた。祖先から受け継いだ言語的記憶とも言えよう。

2　トールキンと「母語」

トールキンは、彼自身の嗜好から説明を始め、母方の系譜ゆえに、ウェスト・ミッドランズの中英語を見た時、「知っている言葉だ」と感じたという。ウェスト・ミッドランズはウェールズとの国境地方であって、二つの言語が密接に関わり合っていた地域だったことを強調し、自らが感じるブリトン語／ウェールズ語の魅力を説明しようとしている。またこの地域は、トールキンが『失われた道』（*The Lost Road*）という作品で描き出しているように、アングロ・サクソン期には古ノルド語も加わった多言語的な言語環境にあった地域であった。[44] トールキンは自分のブリトン語／ウェールズ語、古英語、古ノルド語への言語的嗜好を、ウェスト・ミッドランズにおける言語層から説明しようとしているわけである。また、彼のラテン語、ギリシア語、スペイン語、ゴート語、フィンランド語への嗜好は、ブリテン島を越えて、スカンディナヴィア、バルト海地方へ、ヨーロッパ北西部へと広がる彼の言語的「故郷」の感覚により説明されている。[45]

ブリテン島で記録に残る最古の言語であるブリトン語（British）の直系の子孫であるウェールズ語は、トールキンにとっては二つの意味でかけがえのない存在であった。ウェールズ語がブリテン島という島、その土壌に根ざした言語で、ブリテン島の住民の古《いにしえ》の言語であるという歴史的な価値、そしてウェールズ語の言語としての審美的な価値という二つの観点から、ウェールズ語を絶賛しているのだ。トールキンにとって、ウェールズ語とはブリトン語まで遡る歴史を内包した言語であるから、彼がウェールズ語と言う時、それはいつもブリトン語／ウェールズ語（British-Welsh）という含みを持つのである。

3　ブリトン語／ウェールズ語とシンダリン

トールキンは、音韻的な美で自分を魅了した言語から、自らの二種類のエルフ語を作った。クエンヤ（Quenya）はラテン語をベースにフィンランド語とギリシア語の要素を加えて作られ、ヨーロッパにおけるラテン語に相当するような、エルフの古典語と位置づけられ、中つ国（Middle-earth）では典礼や歌に用いられる。

一方シンダリン（Sindarin）は、トールキンが辿り着いた決定的な「母語」と言うべきブリトン語／ウェールズ語の音韻体系に基づいて作られ、中つ国のエルフたちの共通語となっている。

トールキンは、ブリトン語／ウェールズ語という「母語」（言語的嗜好）は、ブリテン島に住む人々――トールキン自身のようにイングランドに住み英語を話している者も含めて――にとって、普段は眠った状態にあって、存在に気づかないことが多いが、機会を与えられれば、鮮烈に意識され得るものだと主張している。[46]

さらに、かつてブリテン島のほぼ全域でブリトン語の言語文化が共有されていたという歴史を踏まえると、[47] ブリトン語の末裔である現代ウェールズ語は、ブリテン島に住む人々の言語的心性の琴線に触れ、奥深くに眠っているブリトン語という共有された「母語」を呼び覚ましてくれる。ブリテン島に住む人々はいまだに深層部ではブリトン人（British）なのであり、その言語ブリトン語／ウェールズ語（British-Welsh）は、そこへ帰郷できる「母語」なのだと主張するわけである。[48]

この主張を裏付ける「証拠」として、彼は自分の『指輪物語』を挙げているのだが、[49]『指輪物語』に彼の「母語」論が具体的にどのように実践・反映されているかについては、『トールキン研究』(*Tolkien Studies*) 第七号(二〇一〇年)に発表した拙論(本章の註9)を参照されたい。

四 「言語霊の訪れ」

1 エレッセア語とベレリアンド語

以上のようなトールキンの「母語」論は、「言語霊の訪れ」という形で『失われた道』と『ノーション・クラブ』において展開されている。[50]

『失われた道』は、トールキンとC・S・ルイスとの間で交わされた「トールキンがタイム・トラベル作品を書き、ルイスはスペース・トラベル作品を書く」という一九三六年の会話・約束から生まれたものだった。トールキンはまた、これとほぼ同時期にヌメノールに関する最初期の物語『ヌメノールの滅亡』にも着手している。クリストファーが指摘するように、『失われた道』と『ヌメノールの滅亡』は互いに密接に関係しており、同時期に同一の意図に動かされて執筆されたと考えられる。[51]

ルイスは一九三七年の秋には『マラカンドラ――沈黙の惑星を離れて』(*Out of the Silent Planet*) を書き終えている。一方トールキンの『失われた道』はまだ完成にはほど遠い状態だったが、一九三七年に出版された『ホビットの冒険』の成功を受け、続編の要請に応えて出版社に送られた原稿の中に『失われた道』も含まれていた。[52] この時送られた原稿には「ケルティック・アートを目にしたすべてのアングロ・サクソンを当惑させる、あの狂気を帯び輝く目をした美、とでもいうような美しさを持っている」と評されトールキンを憤慨させた「シルマリリオン」も含まれていたが[53]、『失われた道』も一般読者受けするとは到底考えられないとして却下された。[54]トールキンは観念して「新ホビットの冒険」、つまり『指輪物語』の執筆に取りかかることになる。

しかしクリストファーによれば、『指輪物語』の執筆が『二つの塔』（*The Two Towers*）の終わりまで辿り着いた一九四四年の十二月以降の一九四五年のこと、トールキンは一旦は放棄した『失われた道』を新たに語り直す作業に取りかかる。これが『ノーション・クラブ』である。[55]『失われた道』においてと同様『ノーション・クラブ』においても、Bliss-friendとかElf-friendという意味の名前を持った現代イングランドの父と息子が登場し、神話的過去の記憶は、夢や半覚醒状態の時に聞こえてきたり目にしたりする、神話テクストやヴィジョンという形で蘇る。『ノーション・クラブ』ではこの体験が「言語霊の訪れ」と呼ばれているわけである。

『失われた道』では、夢の中アルボイン・エロル（Alboin Errol、AlboinはÆlfwineのラテン語化した形）のもとに、アングロ・サクソン語や古ゲルマン語、ケルト語らしき言葉に混じって、彼がエレッセア語（Eresseän）とベレリアンド語（Beleriandic）と呼ぶ言葉が訪れる。アルボインが挙げている***Anar***と***Isil***、そして***Anor***と***Ithil***という例からも分かるように[56]、エレッセア語はクエンヤに相当し、ベレリアンド語は後にシンダリンと呼ばれるようになるエルフ語である。

2　アヴァロン語とアドゥナック

さて、『失われた道』と同時期の、『ヌメノールの滅亡』の最初期のヴァージョン（FN Ⅰ）における「トル・エレッセア」（Tol-eressëa）は、第二ヴァージョン（FN Ⅱ）では「アヴァロン」（Avallon）に変更されている[57]。アヴァロンという言葉の語源説明や、アーサー王物語のアヴァロン（Avalon）との関係については、本章の第七節で扱う。

『ノーション・クラブ』の最初のヴァージョン（E）では、ラウダムに訪れる二つの言語霊の言葉は、エレッセア語と「第二の言葉」（つまりベレリアンド語）となっており、『失われた道』と同じ例が引かれている。[58]その後、上述の第二ヴァージョン（FN Ⅱ）で行われていた変更を反映して、エレッセア語がアヴァロン語と呼ばれるようになる。しかし『ノーション・クラブ』ではエレッセア語という呼び名も併用されており、エレッセアがアヴァロンと同一であることが明確になっている。

「エアレンデル／エアレンディル」という言葉は、ラウダムによればアヴァロン語であるという。『ノーション・クラブ』では、ラウダムを訪れる二種類の言語は、「言語Ａ」、「言語Ｂ」と呼ばれるが、『ノーション・クラブ』のヴァージョンＥ以降の新たな展開として注目されるのは、『失われた道』およびヴァージョンＥにおいてエレッセア語と並んでラウダムに訪れていたエルフ語のベレリアンド語が、ヌメノールの人間の言語アドゥナイック（Adunaic）に置き換えられたことである。これと呼応してこの時期にトールキンは、言語こそ彼の物語世界の礎と言明する彼ならではと言えようか、『アナドゥーネの水没』（*The Drowning of Anadûnê*）というヌメノール滅亡の物語――『ヌメノールの滅亡』の第三のヴァージョン――を書いており、ここでは作品中使われている名前がすべてアドゥナイックになっているのである。[59]

こうしてヌメノールで復活した人間の言語の重要性の増大を反映して、『ノーション・クラブ』ではヴァージョンＥ以降ベレリアンド語が姿を消し、アドゥナイックが「言語Ｂ」の位置を占めることになる。ラウダムだけでなくレイマー（Ramer）というメンバーも、「言語霊の訪れ」によりアドゥナイックを聞き、またヌメノール滅亡のヴィジョンを見ている。さらにジェレミー（Jeremy）というメンバーは、「言語Ａ」（アヴァロン語）のサウロン（Sauron）に対応する「言語Ｂ」（アドゥナイック）の*Zigûr*という言葉を契機に、ヌメノールの過去の記憶が蘇り、ラウダムと共にヌメノールの過去にタイムトラベルすることになる。[60]

レイマーは、「言語霊の訪れ」によって聞こえてくるアドゥナイックは、自分の「母語」なのだと言っており、我々は誰もが少なくとも潜在的には自分自身の「母語」を持っているのだと説明している。[61] レイマーの口を借りて、トールキンが「母語」論を紹介している場面である。『ノーション・クラブ』が書かれたこの時点で、十年後『王の帰還』（*The Return of the King*）の出版直後に「英語とウェールズ語」で披露されることになる「母語」論が、すでに形成されていたという事実は興味深い。

3　「言語霊」のメッセージ

海上の異界という観念は、海と接する民に普遍的なものであるから、ブリテン島およびアイルランドの海岸部に住むケルト語族が共有していたことはもちろん、ブリテン島に後からやって来たサクソン人たちにも、また広くは舟葬の慣習が広がる北西ヨーロッパ地域にも共有されていたとトールキンは考えていた。したがって『ノーション・クラブ』では、古英語の「海ゆく人」（*The Seafarer*）の一節が取り上げられ、この古英語詩の中に、メンバーたちが共有する海への憧憬、特に西方の海のかなたの異界の楽園への憧憬が読み取られているわけである。ラウダムがまだ十六歳の時、古英語を学ぶ前の時期に、聞こえかつ見えたものを書き留めたのだという詩は、古英語の「海ゆく人」のヴァリエーションである。言語霊の訪れにより「見えた」テクストでは、写本に残るテクストにおいて*elþēodigra eard* "the land of aliens" となっている部分が、*aelbuuina* すなわち後のスペリングでは *ælfwina*（Ælfwines「エルフの友の」）となっているという。ラウダムによれば、「言語霊の訪れ」が古英語の場合には、それが聞こえるだけでなく、文字として見えるのだという。[62] さらに、現存するこの古英語詩には残っていない妖精と神々の楽園に関する詩行が、『失われた道』でも『ノーション・クラブ』でも顕現している。[63]

ラウダムのもとに、古ゲルマン語から古英語と思われるものまで、繰り返しさまざまなヴァリエーションで訪れたメッセージは、「西方にのびたるまっすぐな道、今は彎曲す」というものだった。[64] これは、かつて西方の

「地上の楽園」トル・エレッセアへとのびていた海の道が、ヌメノールの滅亡により引き起こされた世界の形状の変化によって彎曲し、エルフの楽園に到達する「まっすぐの道」が失われてしまったことを指し示す。『ノーション・クラブ』においても、初期のエリオル（Eriol）の物語以来の、西方のエルフの楽園への航海と真の妖精伝承の継承が重要な主題ではあるが、ただしヌメノールの悲劇が引き起こしたエレッセアに関する概念の大転換が、今や重要な鍵となっていることが分かる。

五　トル・エレッセア

1　エレッセアとイングランド

トールキンの初期の神話物語は、彼が後年ミルトン・ウォルドマン宛の手紙に書いているように、彼が故郷イングランドに欠如していると感じていた、イングランドの土地とその言語に根ざした神話体系を目指すものであった。[65]

こうして生まれた『失われた物語の書』（*The Book of Lost Tales*）の最初期のヴァージョンである『失われた楽しみの家』（*The Cottage of Lost Play*）では、[66] エレッセアは完全にイングランドと同一視されていた。エリオルの物語の最初期のアウトラインによれば、[67] 航海者エリオルの故郷はアンゴル（*Angol*、すなわち北海を渡ってブリテンに来る前のユトランド半島での故郷）であり、[68] そこから海を渡って、エルフの島エレッセアに到来して住み着く。彼の故郷にはヘンゲスト（Hengest）とホルサ（Horsa）という二人の息子がいたが、[69] 妻の死後、「さすらい人」（古英語 Wæfre）[70] というあだ名を持つ彼は、海への憧憬に取り憑かれ（彼はエアレンデルの光のもとに生まれた「エアレンデルの息子」であったから）、トル・エレッセアを目指した。ここでリンペ（*limpë*）によって若返り、再婚してへオルレンダ（Heorrenda）という息子を得る。エリオルはエルフたちから故郷にちなんでアンゴルという名前で呼ばれ、彼の子孫エングル人（the *Angolcynn* or *Engle*、つまりイングランド人）を通して、真の妖精伝承が伝えられたのである。妖精について、アイルランド人やウェールズ人（the *Iras* and the *Wéalas*）は歪曲された事柄を伝えているにすぎない。こうしてケルト語圏で語られているどの妖精伝承よりも真実のものがイングランド生まれたのだ、とされている。[71]

エリオルの物語では、トル・エレッセアは地理的にイングランドの位置にあり、[72]中心の町コルティリオン（Kortirion）は、地理的にも語源的にもウォリック（Warwick）と同定される。[73]ウォリックシアは、トールキンの母親の生前、母と弟と共に幸せな子供時代を過ごした地、理想郷的なセアホール（Sarehole）があった所である。

トールキンは一九二〇年にはエリオルの物語を一旦離れ、[74]エレッセアへの航海をエルフウィネ（Ælfwine「エルフの友」の意）の物語として、語り直し始める。これに伴い、トル・エレッセアとイングランドとの同一視は消える。[75]エルフウィネの物語の最初期に属すと思われる「エリオルの生涯の物語」（'Story of Eriol's Life'）では、[76]彼は十一世紀のウェセックスのイングランド人となり、トル・エレッセアへと海を渡り、エルフの真の伝承を伝える記録者となるのである。イングランドは、エレッセアと別の島になったとはいえ、物語において重要な位置を占めていることに変わりはない。イングランドは、エルフたちからはルサニー（Luthany）と呼ばれており、エルフウィネはイング（Ing）[77]という王の子孫であった。かつてこのイング王またはイングウェ（Ingwë）[78]王の治世に、エルフたちはルサニーに住んでいたことがあったとされる。エルフは後にルサニーからエレッセアへと戻って行った。かつてはエルフの住まう国であったルサニーから、西方のエレッセアへと海を渡ったエルフウィネは、エルフたちがエルフ語の他に、ウェセックスのアルフレッド王[79]の時代の英語を話すことを発見する。こうしてイングランド人エルフウィネは、トル・エレッセアで真のエルフの伝承を学び、それを古英語に翻訳してイングランドに伝えたとされるのである。
エリオルの物語からエルフウィネの物語への変遷の中で、ルサニー／イングランドはトル・エレッセアと同一ではなくなったが、トル・エレッセアでは古英語が話されているだけでなく、エルフが住んでいた頃のルサニーを彷彿とさせる、極めてイングランド的な風景を持っている。(80) ここでトル・エレッセアに関する概念の変遷を詳述することは紙面が許さないが(81)、初期作品においては、エレッセアとイングランドは重なり会う部分が大きかったことに注目したい。

2 失われた「まっすぐの道」

最初期の『失われた物語の書』におけるような「地上の楽園」としてのエレッセアの概念が、新たな展開を迎えたのは、『ヌメノールの滅亡』および同時期に書かれたと考えられる『失われた道』においてである。ヌメノールの王国の滅亡の引き起こした大変動により、西方の海のかなたに存在したトル・エレッセアは、人間には到達できない場所となってしまう。しかし不死の存在であるエルフたちには、トル・エレッセアへ至る「まっすぐの道」が開けているというコンセプトの誕生である。

トールキンが『失われた道』執筆を中断し、二十世紀とヌメノール時代に介在する物語の構想を練り直している時のメモの一つに、「イングランドの物語――『まっすぐの道』に乗った男の話?」とある。これには次のような注釈が付けられている。

これは「失われた物語」(the Lost Tales) の導入として最適ではないか。いかにしてエルフウィネが「まっすぐの道」を舟で行ったか。海をどんどん進んで行くと、非常に明るくなり静まりかえる。雲一つなく風はそよとも吹かない。眼下には海面が薄く白く見える。エルフウィネが見下ろすと、水中に太陽に輝いて土地と山が見える。呼吸困難になる。エルフウィネの仲間は次から次へと舟から身を投げてしまう。エルフウィネはその土地と花のすばらしい香りを嗅ぐと気を失う。気がつくと、水の中を歩いている者たちが舟を引いていた。彼は、千年の時の中でもエレッセア（すなわちアヴァロン）の空気を吸った人間はほとんどいないし、それ以上先へ行った者はいないと聞かされる。こうして彼はエレッセアにやって来て「失われた物語」を聞く(82)。

地上の楽園として存在していたエレッセアへの航海者の物語が、地表から失われた楽園への「まっすぐの道」という新たな概念と結びついた時、エレッセアへの航海者は、本来人間には到達不可能な場所へ赴いた伝説的な英雄の面影を帯びる。トールキンのエレッセアへの航海者たちは、アーサー王をはじめとする、西方の楽園への航海者たち、既存の伝説の英雄たちとの繋がりを強めたのではないだろうか。この時期のトールキンは、こうした既存の伝説の異界楽園への航海者たちを、自らのエレッセアへの航海者の物語に招き入れることに積極的な姿勢を示していたように思われるのである。

六　西方楽園への航海者たち

トールキンはアイルランドに伝わる（つまり「ケルティック」な）西方の楽園の島に関するさまざまな物語を、エレッセアに関する物語のヴァリエーションと見なしていたようだ。『失われた道』の「書かれなかった章」の一つとしてのエルフウィネのストーリーではあるが、トールキンは次のようなメモを遺している。

エアドウィネは、アイルランドの不思議な話を聞いたことがあると言う。北西にある土地で、氷に覆われているが人が住むのに適している――ヴァイキングに追われた聖なる隠者たち。

エルフウィネはキリスト教徒として異議を唱える。エアドウィネは、聖ブレンダンが何世紀も昔にやったことではないかと言う――そしてマイル・ドゥーンなど他にも沢山の者が。しかも彼らはまた戻って来たのだ――戻りたいというわけではなかったかもしれないが。『喜びの島』――『地上の楽園』〔から〕すらも。

エルフウィネは『地上の楽園』には舟で行けないと反論する――大洋よりも深い海によって隔てられているのだ。道は曲がってしまったのだ。結局はまた元に戻ってきてしまう。船で〔この世から〕逃れることはできない。

エアドウィネはそれが本当だとは思わないと言う――本当でなければいいと願っていると。(83)

ここで言及されているブレンダンとは、『聖ブレンダンの航海』（*Navigatio Sancti Brendani Abbatis*）で知られる伝説的な聖人ブレンダンである(84)。ブレンダンは、このラテン語作品ではアイルランドの西方にあるとされている、キリスト教のエデン／地上の楽園すなわち「聖人に約束された地」（*terra repromissionis*）(85)を目的地とした航海に出る。このアイルランドの聖人による航海譚は、その途上で遭遇する数々の冒険からも明らかなように、『マイル・ドゥーンの航海』（*Imram Maíl Dúin*）をはじめとする中世アイルランド語の世俗文学の航海譚（*immrama*）や異界行譚（*echtra*）と共通する、西方の海のかなたの異界の楽園を扱っている。他にもアイルランド語の伝承には、『ブランの航海』（*Imram Brain*）や『コンラの異界行』（*Echtrae Conli*）、オシーン（Oisín）伝承で有名な「常若の国／ティル・ナ・ノーグ」（*tír na nóg*）(86)、生者の国（*tír na mBeo*）、海神マナナーン・マク・リル（Manannán mac Lir）の住処エウィン・アヴラハ（*Emain Ablach* 'fortress of apples'）など、数多くの西方の異界の楽園が見いだされる。トールキンは、ポピュラーイメージの中で「ケルティック」と認識されているこうした西方の海のかなたの楽園を、アヴァロンと同様、自らの神話のトル・エレッセアのヴァリエーションと見なしていたと考えられるのである。(87)

トールキンのこのような認識は、『ノーション・クラブ』において顕著に認められる。例えば、フランクリーというメンバーには眠っている間に、聖ブレンダンの航海譚のテクストが訪れる。後に「航海譚《イムラヴ》」(*Imram*)として出版された詩であるが、(88)この詩では、西方への航海者エアレンデルの星、「いにしえの道」(=「まっすぐの道」)、「微風が運びきたった、死のごとく／甘やかにして鋭い香気」などが言及されており、聖ブレンダンが目的地とした「地上の楽園」(聖人に約束された地)が、トールキン自身の神話のエレッセアと同一視されていることが示唆される。

かの星と? それを見たのははるかに高く、
海原と天とが道をわかつところ。
その星あるは、時の扉の向こうがわ、
この世を囲む外の闇との境のあたり、
この丸い世界が峻しく沈みゆくところ。
だがなおも、いにしえの道はつづき行く。
目に見えぬ橋のごとくに弓描き、
知る者もなき海辺へといたる。
…………
いまだわが心にあるは、その星と、

天と海とのその岐れ路。
微風が運びきたった、死のごとく
甘やかにして鋭い香気。(89)

『ノーション・クラブ』の主人公ラウダムのファースト・ネームはAlwin、ミドル・ネームはArundelであり、この古英語形はそれぞれÆlfwine「エルフの友」とEarendel「エアレンデル」である。トールキンの初期の神話作品において、エレッセアに船で辿り着き「真の妖精伝承」を学び伝えたのは、エリオル／エルフウィネであり、エアレンデルもまた西方の不死の楽園への航海者である。『ノーション・クラブ』の「エルフの友・エアレンデル・ラウダム」は、ジェレミーと共に夢の中でアングロ・サクソン時代のイングランドにタイムトラベルし、エルフウィネとトゥレオウィネ（Tréowine）として西方へ船出する。

トールキンが遺したいくつかの草稿やメモによれば、トールキンは一案として、現代のラウダムとジェレミーの遠い祖先であるこのエルフウィネとトゥレオウィネを、ヌメノール時代のエレンディル（Elendil）とヴォロンウェ（Voronwë）の子孫と位置づけ、ヌメノール時代の祖先の見たこと、その記憶を共有することによって、過去の物語を伝える役割を担わせようと考えていたようである。(90)フリーガーが指摘しているように、(91)『ノーション・クラブ』で語られる「アトランティスの物語」では、エリオルの物語が現代の読者にどのようにして届くのかという問題に対しての答が用意されている。つまりヌメノール滅亡の物語は、現代と過去を繋ぎ記憶を共有する登場人物たちの「言語霊の訪れ」やそれがもたらすヴィジョン（文字テクストのヴィジョンを含む）によって、現代に届けられるのである。こうして共有され受け継がれる記憶の核にあるのは、西方の楽園への航海者たちの物語であり、そこにブリテン諸島の沿岸部に伝わる、アヴァロンをはじめとした西方の海の異界に関する既存の伝説も関わってくるのである。

七　『アーサーの顚落』とトールキンの神話

1　「書かれなかった詩」

実際に書かれた『アーサーの顚落』の詩は、モードレッドとの対決の前で途切れてしまっているため、瀕死のアーサーが運ばれる西方の楽園の島としてのアヴァロンへの言及はない。ただしトールキンは、ここでもまた、この後の作品の展開に関しての構想を記した原稿を遺しており、クリストファーが「書かれなかった詩、およびそれと『シルマリリオン』との関係」というセクションで詳細に論じている。[92] クリストファーが紹介するこれらの草稿によれば、カムランでの戦いでアーサーはモードレッドを殺すが、自らも瀕死となり川を上ってきた舟に乗せられる。その後、ランスロットについての次のようなメモがある。

ランスロットのもとには何も知らせが届かず、ある灰色の雨の日、彼はライオネル（Lionel）を連れてロメリル（Romeril）に行くが、戦いの後まもなくのこと、まだカラスが死体にたかっている。ランスロットが誰もいない道を馬で行くと、ウェールズからやってきた王妃と出会うが、彼はただアーサーの居場所を聞くのみである。彼女は知らない。彼は彼女と別れてさらに西方へと馬を進める。海辺の隠者がアーサーの船出を告げる。ランスロットは舟を手に入れて西方に向けて海を行き、二度と戻らない。――Eärendel passage。[93]

興味深いのが末尾の「エアレンデルの一節」という部分である。エアレンデルは、アヴァロン語で「大いなる航海者」を意味する言葉とされている。[94] 西方の海へ去ったアーサーを追ってランスロットが船出して行き、二度と戻らなかったというところに「エアレンデルの一節」という書き込みがあるわけであるから、アーサーそしてランスロットが赴いたアヴァロン、西方の海のかなたにある楽園への船出を、自分の神話世界のエアレンデルによる、西方の海のかなたにある楽園への船出と結びつけていると解釈できよう。ではこの「エアレンデルの一節」とはというと、クリストファーはこれを、別の紙に残る十七行の頭韻詩のタイプスクリプトであると同定している。クリストファーが「エアレンデルの探求」（*Eärendel's Quest*）と呼ぶこの一節に「アヴァロン」（Avalon）という名前があるのだが、ここではトールキンが自身のエレッセアの別名として使っている、ジュフリー・オヴ・モンマス（Geoffrey of Monmouth）やギラルドゥス・カンブレンシス（Giraldus Cambrensis）のラテン語著作に倣った綴りのアヴァロン（Avallon）とは異なる、一般に英語のアーサー王物語で使われている綴り（Avalon）を採用しているのだ。[95] このアヴァロンは、エアレンデルがヴァリノール（Valinor）へ向かう途中で通り過ぎた島であるから、エレッセアに間違いない。この「エアレンデルの探求」では、トル・エレッセアの別名として英語のアーサー王物語で親しまれている「アヴァロン」（Avalon）という形が使われ、両者が同一視されていることになる。

またトールキンが遺した、詩の展開・構想についてのメモの中には、クリストファーが「アーサーの墓」（*Arthur's Grave*）と読んでいる詩も含まれている。[96]「エアレンデルの探求」との類似が顕著なこの詩では、「アーサーは月と太陽のもと、この世には塚（「墓」が取り消されて'mound'となっている）を持たず……海のかなた、惑わしの島を過ぎ、夜の広間、天の境にあるドラゴンの門を超え、世界の縁のアヴァロン（Avalon）の入り江の暗き山々の向こう……この世の縁にある、アヴァロンで待つ（「眠る」が取り消されて'biding'に変更）」とあり、[97] クリストファーが詳細に裏付けを行っているように、トールキンはこのアーサー王物語の文脈の中で、アヴァロン

（Avalon）をトル・エレッセアの意味で使っているのである。(98)

アーサーの船出についての記述はごくわずかしか見つからず、暗がりの中息絶えようとしているアーサーのもとに川を上って「暗い色の舟」がやって来て、アーサーが乗せられるというメモの他、(99) ランスロットとグィネヴィアについてのメモに「ランスロットはグィネヴィアと別れ、ベンウィックに向けて船出するが、西方に針路を変えアーサーの後を追う。そして海から二度と戻らない。ランスロットがアヴァロン（Avalon）でアーサーに会えたか、そして戻って来るのか、誰も知らない」という走り書きが残るだけである。(100)

2 アーサー王物語のアヴァロン

以上から、トールキンが『アーサーの顚落』において、タイトルに'Morte'を使わず'Fall'に置き換えた直接的な理由には、アーサーは死なず、傷を癒すためにアヴァロンの島へと船出したという結末の構想が関わっていたことが分かる。トールキンが典拠とした頭韻詩『アーサーの死』では、アーサーのアヴァロンでの死とグラストンベリー（Glastonbury）への埋葬という展開（四三〇七行〜四三四二行）が描かれる。(101) 一方スタンザ詩『アーサーの死』（三五〇〇行〜三五五七行）では、アーサーが傷を癒すためにアヴァロンへ船出するが、アーサーは真夜中に再び女性たちによって返されて埋葬され、翌日ベディヴィアが墓を発見する。(102)

これらに対して、トールキンにとってのアヴァロンは、グラストンベリーとは無縁であり、西方の海のかなたにある島であったことは疑いない。クリストファーが指摘しているように、(103) トールキンは、ジェフリー・オヴ・モンマスの『ブリタニア列王史』（*Historia Regum Britanniae*）と『マーリン伝』（*Vita Merlini*）における異界の楽園の島としてのアヴァロン、およびラハモンの『ブルート』（*Brut*）が初出である、アーサーのアヴァロンへの船出（『ブルート』ではアヴァロンはエルフの楽園の島とされている）という伝統の方に与しているわけである。『ブルート』は、トールキン自身の『アーサーの顚落』と同様、古英語の『ベーオウルフ』の系譜に属す頭韻を用いた作品であり、[104] 加えて作者ラハモンは、トールキンが「この世のどこよりも自分にとっての故郷」と呼ぶウスターシアのセヴァーン川沿いの教区[105]（すなわちウェスト・ミッドランズ）の司祭であった事実も注目される。[106] クリストファーは、トールキンが一九二七年に購入した、サー・フレデリック・マッデン（Sir Frederic Madden）の三巻本の『ブルート』のエディションから引用しているが、[107] トールキンが、ラハモンの描いたエルフの島アヴァロンに、最も心惹かれたのは想像に難くない。

3　トールキンのアヴァロン

本章の第五節でも触れたように、トル・エレッセアとアヴァロンの同一視が初めて見られるのは、『ヌメノールの滅亡』第二ヴァージョン（FⅡ）においてである。なお、この引用箇所は、ヌメノールの水没により引き起こされる世界の球体化以前の、つまりエレッセア／アヴァロンが地表にあった時代の記述である。

モルゴスが世界の外側へ追放されると、神々は協議を行った。エルフたちは西方の楽園へ戻るよう召集され、それに従ったエルフたちは再びエレッセア、離れ島に住むこととなった。エレッセアはアヴァロン（Avallon）と呼ばれるようになったが、これはヴァリノールのほど近くに位置するからである。[108]

エレッセア／アヴァロンのさらに西方、同じ地表には神々の至福の国ヴァリノールが存在していたため、アヴァロンの語源説明として「ヴァリノールに近い」となっている。「ヴァリノールに近い」という意味なのでアヴァロンと呼ばれているのだという語源説明がされている。また『失われた道』のヌメノールに関する断片においても同様の説明――「この島がアヴァロンと呼ばれるのは、ヴァリノールそして至福の国の光が見える距離にあるためである」――が見られる[109]。言うまでもなく、『ヌメノールの滅亡』でも『失われた道』でも、物語はエレッセア／アヴァロンそしてヴァリノールが地表から失われる展開となる。この新展開を反映しているため、同時期（一九三七年末～一九三八年初め）に書かれたと考えられる『語源考』（*The Etymologies*）における説明は次のようになっている[110]。

> AWA-: away, forth; out. Q〔uenya〕*ava* outside.〔Added:〕*Avalóna*, cf. *lóna*〔LONO〕[111]
> LONO-: *lóna* island, remote land difficult to reach. Cf. *Avalóna*〔AWA〕= Tol Eressea = the outer isle.〔Added to this is *A-val-lon*〕[112]

AWA-というステムには「離れた、外部へ」、クエンヤで「外側の」という意味が記されている。また*LONO*というステムは*lóna*「島、到達が困難なはるかな地」と説明されており、アヴァロンがこの世の外側、人間には到達できない場所になってしまったという展開を受けての語源説明である。

　クリストファーは、したがって、アヴァロンという名前がエレッセアに使われるようになったタイミングは、世界の形状が変わって、不死の異界の楽園へは「まっすぐの道」を通ってのみ辿り着けるという概念が導入されたのと同時期だと分析している[113]。むしろ、この時期は不死の異界の楽園の島をめぐる転換を、トールキンが模索していた時期と捉えた方がいいかもしれない。例えば、一九三七年『指輪物語』執筆に取りかかるために放棄された『クエンタ・シルマリリオン』（*Quenta Silmarillion*）では、エレッセアとしてのアヴァロンは、まだ地上の楽園として描かれているのである。

エレッセアの島へ船で渡った人間はほとんどいないが、長い月日の中で例外的に一度か二度、エアレンデルの一族の者が、この世を後に海を超えて行き、アヴァロン（Avallon）の埠頭の灯火のかすかな光を目にし、遠くドルウィニオン[114]の野に咲く不死の花の香りが漂い来るのを嗅いだ。その中の一人が、エルフウィネと呼ばれたエリオルである。彼のみがこの世に戻り来て、コルティリオンのたよりを伝えたのである[115]。

さらに興味深いことに、クリストファーは、トールキンの『アーサーの顚落』の展開に関する次のようなメモを紹介している[116]。

Battle of Camlan
Arthur slays Mordred
& is wounded
Aug 1937 Carried to Avalon
Lancelot arrives too late
[? rejoins] Queen
Goes in ship West and is never heard of again

一九三七年八月という日付は何を意味するのだろうか？　カギ括弧のような印が、『アーサーの顚落』では「書かれなかった」アーサーのアヴァロンへの船出以降、彼を追って西に船出するランスロットに関する部分までを指していると考えると、そこに一九三七年という日付が書かれていることは、非常に興味深い。先に引用した『ヌメノールの滅亡』や『クエンタ・シルマリリオン』、また『語源考』において、トールキンがエレッセアの別名としてアヴァロンを用いるようになり、エレッセアがこの世の地表から消え「まっすぐの道」を通じて不死の者のみが到達できる場所になったという、大きな転換が始まった時期と重なり合うからである。

一九三〇年代の後半、トールキンのトル・エレッセアに関する概念は、大きな転換を迎えていた。トールキンは、人間には到達できないはずの異界の楽園エレッセアにごく稀に赴く伝説的な英雄がいて、それが自らの神話ではエルフウィネであり、ブリテン島に伝わる後世の神話では、アーサー王がそれに相当すると考えたのだと思われる。「アヴァロン」という言葉は、『ノーション・クラブ』でラウダムが言っているように、「エアレンデル」という言葉と同様、偶然の一致、ないし「未解明の象徴形成過程」によって[117]、アーサー王物語でもトールキンの神話のエルフ語においても、西方の海の楽園の島を意味する言葉になったということだと思われる。

おわりに

トールキンの『指輪物語』では、この世では癒せない傷を負ったフロドが、西方の海へと船出して行く。これがアヴァロンへ船出するアーサーを彷彿とさせることはしばしば指摘されている[118]。また先にも言及したように、トールキン自身もこれを「アーサー王物語風のエンディング」と読んでいた[119]。ただしブリトン人がアーサーのアヴァロンからの帰還を信じているというラハモンの記述については、トールキンは「不可能で、虚しい空想」と見なしていた。[120]『指輪物語』の中では説明されていないが、トールキンの神話世界の死生観によれば、死すべき運命にある者（人間やホビットなど）の運命は変えることはできず、西方の不死の楽園で傷を癒しに海を渡ったとしても、いずれは死を迎えこの世を去るからである。[121]『指輪物語』でフロドとビルボ（Bilbo）が灰色港（the Grey Havens）から船出して行った西方のエルフの楽園とは、トル・エレッセアであるが、[122]彼らが再び中つ国に帰還することはあり得ないのだ。

この世の地表にあった初期のトル・エレッセアが、中つ国との往来が不可能な地となった展開を受けて、『指輪物語』においては、妖精伝承を継承する場所は、トル・エレッセアではなく、この世の地表にある裂け谷へと変容したとも考えられよう。初期の物語においてトル・エレッセアを訪ね、そこで学んだエルフの真の伝承を『黄金の書』（*The Golden Book*）に書き記して後世に伝える役割を果たしたエリオル／エルフウィネの役割は、[123]『指輪物語』においては裂け谷のエルロンド（Elrond）の館に滞在し、このエルフの伝承の宝庫で学んだことを「シルマリリオン」として書き記して後世に伝える役割を果たすビルボ、[124]そしてその本を完成させたフロドに引き継がれていると見なすことができると思われるが、これについてはまた稿を改めて論じる必要があろう。

最後に、ビルボもフロドも「エルフの友」（Elf-friend）と呼ばれていることに注目したい。[125]字義どおり、二人はエルフの友人であり、かつ、エリオル／エルフウィネの系譜に連なる西方のエレッセアの楽園の島への航海者「エルフウィネ」（Ælfwine）なのである。

（1）Hammond, W.G. and Anderson, D., eds (1993), *J.R.R. Tolkien: A Descriptive Bibliography*, Winchester: St Paul's Bibliographies, p. 285; Shippey, Tom (2014), 'Tolkien as Editor', in Lee, S.D., ed (2014), *A Companion to J.R.R. Tolk-*

ien, Chihester: Wiley Blackwell, p. 45, p.54, n.7. Andersonによれば（Shippeyへの私信）この情報はトールキンからN.R. Kerに宛てた未刊行の書簡の情報に基づいている。

（2） Tolkien, J.R.R. and Gordon, E.V., eds (1925), *Sir Gawain and the Green Knight*, Oxford: Oxford University Press, p. x.

（3） Tolkien, J.R.R. (1983), *The Monsters and the Critics and Other Essays*, ed. by Tolkien, Christopher, London: George Allen & Unwin, p. 105.

（4） Tolkien, J.R.R. trans (1975), *Sir Gawain and the Green Knight, Pearl, and Sir Orfeo*, London: George Allen & Unwin, pp. 14-17; この序文の第一部はトールキンの遺した注釈、第二部は、トールキンが1954年にBBC Third Programme（現在のBBC Radio3）のための二十分間のトークのために用意した原稿を簡略化したものである。Scull, C. and Hammond, W. G. (2006), *The J.R.R. Tolkien Companion & Guide: Reader's Guide*, London: HarperCollins, p. 932.

（5） *Sir Gawain and the Green Knight, Pearl, and Sir Orfeo*, p. 17.

（6） *Ibid.*, p. 14.

（7） Tolkien, J.R.R. (2013), *The Fall of Arthur*, ed. by Tolkien, C., London: HarperCollins, pp. 9-10.

（8） Tolkien, J.R.R. (1981), *The Letters of J.R.R. Tolkien*, ed. by Carpenter, H., London: George Allen & Unwin, p. 213.

（9） トールキンの*native language*という概念に関しては、'*English and Welsh*' in *The Monsters and the Critics*, pp. 162-97およびHemmi, Yoko (2010), 'Tolkien's *The Lord of the Rings* and His Concept of *Native Language*: Sindarin and British-Welsh', *Tolkien Studies*, Vol. VII, pp. 147-74参照。

（10） Tolkien, J.R.R. (2008), *Tolkien On Fairy-stories: Expanded Edition, with Commentary and Notes*, eds, by Flieger, V. and Anderson, D. A., London: HarperCollins, p. 15, p.30. トールキンはまた、『指輪物語』は実質上この妖精物語論を実践した作品であると述べている。*Letters*, p. 310.『ガウェイン卿と緑の騎士』の現代英語訳に付けた序文でも、このロマンスを「妖精物語」と呼んでいるが、この序文は註4で述べたように、一九五四年のトークに基づいている（すなわち『妖精物語について』の講演および出版後のトールキンの認識である)。*Sir Gawain and the Green Knight, Pearl, and Sir Orfeo*, p.14.

(11) *On Fairy-stories*, p. 32.

(12) Flieger, V. (2014), 'Tolkien's French Connection' in Eden, B. L. ed., *The Hobbit and Tolkien's Mythology*, Jefferson: McFarland, p. 71参照。

(13) Tolkien and Gordon, *op. cit.*, p. 137; Tolkien, J.R.R. and Gordon, E.V. eds, 2nd edn, ed. by Davis, Norman (1967), *Sir Gawain and the Green Knight*, Oxford: Oxford University Press, p. 167; Seaman, Gerald, 'Arthurian Literature' in Drout, M.D.C., ed (2007), *J.R.R. Tolkien Encyclopedia: Scholarship and Critical Assessment*, New York and London: Routledge, p. 33.

(14) *Sir Gawain and the Green Knight, Pearl, and Sir Orfeo*, p. 25, 31, 37, 87.

(15) *On Fairy-stories*, Manuscript B, p. 235.

(16) *Ibid.*, p. 46. 講演の最初期の手稿(Manuscript A)にも基本的に同じ記述が見られる。

(17) *Ibid.*, pp. 32-33. これはManuscripts A, Bにはないので、講演の後、出版の際に追加されたものだと思われる。

(18) *Letters*, p. 144.

(19) Davies, R. (1996), *The Matter of Britain and the Matter of England; An Inaugural Lecture delivered before the University of Oxford on 29 February 1996*, Oxford: Clarendon Press, p. 17.

(20) 'English and Welsh'は一九五五年十月二一日、『王の帰還』の出版直後にオックスフォード大学のオ・ドネル・レクチャーシリーズの第一弾の講演として行われ、一九六三年、エッセイとして出版された。

(21) *The Monsters and the Critics*, pp.182-83.

(22) *Letters*, p.144;

(23) Carpenter, H., *J.R.R. Tolkien: A biography*, London: George Allen & Unwin, 1977, pp. 168-69.

(24) *Letters*, p. 219.

(25) *The Fall of Arthur*, p. 224.

(26) *Ibid.*, pp. 231-33.

(27) *Ibid.*, pp. 73-122.

(28) Flieger, V. (2014), 'The Fall of Arthur by J.R.R. Tolkien' (review), *Tolkien Studies*, Vol. XI, pp. 216-17.

(29) *Ibid.*, p. 220.

(30) *Letters*, pp. 147-48.

(31) トールキンは、これが人間の二番目の'Fall'だとしている（人間の最初の'Fall'は自分の物語では描かれていない）。*Ibid.*, p.154.

(32) Tolkien, J.R.R. (1992), *Sauron Defeated,* ed. by Tolkien, Christopher, London: HarperCollins, p. 132.

(33) Shippey, T. (2005), *The Road to Middle-earth*, revised and expanded ed., London: HarperCollins, p. 69n.

(34) *The Fall of Arthur*, pp135-36.

(35) Carpenter, H., *op. cit.*, p. 72; Garth, J. (2003), *Tolkien and the Great War*, Boston and New York: Houghton Mifflin, pp. 44-45.

(36) Lowdhamという名前は、「騒がしい」'loud' とかけた冗談のようであり、初期のヴァージョンBでは一貫してLoudhamと綴られていた。*Sauron Defeated*, p. 153, n. 4. なお、'lowde'という綴りは、中英語期のヴァリアントであり、クリストファーが*The Fall of Arthur*で引用している頭韻詩「アーサーの死」で使われているものである（三九九五行）。*The Fall of Arthur*, p. 130. また、Lowdhamはトールキンが一九一四年にエアレンデルの詩を書いた時に滞在していたゲルディング（Gelding）という村に近い実在の地名でもある。Garth, J., 'Middle-earth turns 100', https://johngarth.wordpress.com/2014/09/24/middle-earth-turns-100/

(37) *Sauron Defeated*, p. 236.

(38) *Ibid.*, p. 237.

(39) *Ibid.*, p. 237.

(40) *Ibid*., p. 237.
(41) *Letters*, p. 319.
(42) *The Monsters and the Critics*, p. 190.
(43) *Ibid*., p. 190.
(44) Tolkien, J.R.R. (1987), *The Lost Road and Other Writings: Language and Legend before 'The Lord of the Rings'*, ed., by Tolkien, C., London: Unwin Hyman, p. 83.
(45) *Letters*, p. 214, 212, 144.
(46) *The Monsters and the Critics*, p. 194.
(47) *Ibid*., p. 174.
(48) *Ibid*., p. 194.
(49) *Ibid*., p. 197, n. 33.
(50) 'Visitations of linguistic ghosts'や'ghost words'という言い方が使われているのは*The Notion Club Papers*においてである（*Sauron Defeated*, pp. 237, 240）。
(51) *The Lost Road,* pp. 8-10.
(52) Tolkien, J.R.R. (1985), *The Lays of Beleriand*, ed. by Tolkien, C., London: George Allen & Unwin, p. 364.
(53) *Ibid*., p. 364*, p. 366; *Letters*, pp. 25-26, 215.
(54) Scull, C and Hammond, W. G., *op.cit.*, pp. 563-64.
(55) *Sauron Defeated*, pp.145-47.
(56) *The Lost Road,* p.41.
(57) *Ibid*., p. 24.
(58) *Sauron Defeated*, pp. 302-03.
(59) *Ibid.,* p. 147.

(60) 最初期のヴァージョンEにはまだアドゥナイクは登場していないので、ジェレミーは「サウロン」というクエンヤの言葉に反応している。*Ibid.*, pp. 289-90, n. 59.
(61) *Ibid.*, p. 201
(62) *Ibid.*, p.244.
(63) *The Lost Road,* p. 44; *Sauron Defeated*, p.244.
(64) *Ibid.*, p.243.
(65) *Letters*, p. 144.
(66) Tolkien, J.R.R. (1983), *The Book of Lost Tales Part I*, ed. by Tolkien, C., London: George Allen & Unwin, pp.13-20.
(67) Tolkien, J.R.R. (1984), *The Book of Lost Tales Part II*, ed. by Tolkien, C., London: George Allen & Unwin, pp. 289-94.
(68) *The Book of Lost Tales I*, p. 24.
(69) ヘンゲスト、ホルサ、ヘオルレンダの三人は、後にエレッセアを征服し、島は「イングランド」となった。*The Book of Lost Tales II*, p. 293.
(70) 古ノルド語では'Gangleri'に相当する。スノッリ・ストゥルルソンの『散文エッダ』との関係については、Flieger, V. (2000), 'The Footsteps of Ælfwine', in Flieger, V. and Hostetter, C. eds *Tolkien Legendarium: Essays on The History of Middle-earth*, Westport, Connecticut and London: Greenwood Press, pp. 186-88を参照。
(71) *The Book of Lost Tales II*, p. 290.
(72) *Ibid.*, p. 293. トル・エレッセアはthe Great Lands（Middle-earthの初期の名称）の近くに引っ張ってこられ、現在のイングランドの位置に移動された。*Ibid.*, p. 283.
(73) *Ibid.*, pp. 291-92.
(74) Lee, *op.cit.*, p. 259.
(75) *The Book of Lost Tales II,* p. 301.

（76） *Ibid.*, pp. 290-312.

（77） Ingについては、Hostetter, Carl F. and Smith, A. R. (1995), 'A Mythology for England', in *Proceedings of the J.R.R. Tolkien Centenary Conference 1992*, ed. by Reynolds, P. and GoodKnight, G., Milton Keynes and Altadena: The Tolkien Society and the Mythopoeic Press, p. 288参照。

（78） IngとIngwëについては*The Book of Lost Tales II*, p. 305を参照。

（79） Ælfredの'Ælf'は'Elf'の意。

（80） *The Book of Lost Tales II*, p. 325.

（81） 'The History of Eriol or Ælfwine', in *ibid.*, pp. 278-334参照。

（82） *The Lost Road*, p. 78.

（83） *Ibid.*, p.80.

（84） Selmer, C. ed (1989), *Navigatio Sancti Brendani Abbatis: from Early Latin Manuscripts*, Blackrock: Four Courts Press参照。

（85） ラテン語の「約束の地」（*terra repromissionis*）は、アイルランド語に置き換えられてティール・タルンギリ（*tír tairngiri*「約束の地」）となり、アイルランドの世俗文学において異教の楽園を指す。例えば『コルマクの異界行』（*Echtra Chormaic*）では海神マナナーン・マク・リルの住処とされる。*The Lost Road*, p. 77.

（86） ティル・ナ・ノーグは、『失われた道』執筆を中断し、二十世紀とヌメノール時代に介在する物語の構想を練り直している時のメモでも言及されている。*Ibid.*, p. 81.

（87） 辺見葉子「西方の楽園への航海者たち」（『ユリイカ』四月臨時増刊号、二〇〇二年）二四—三二頁参照。またアヴァロンについては、渡邊浩司「《アーサー王物語》における《異界》——不思議な庭園とケルトの記憶」（細田あや子・渡辺和子編『異界の交錯（上）』リトン、二〇〇六年、一二七—一四八頁）を参照。

（88） *Sauron Defeated*, pp. 296-99. トールキン, J.R.R.「航海譚《イムラヴ》」辺見葉子訳、（『ユリイカ』四月臨時増刊号、二〇〇二年）十六—二三頁参照。

(89) 「航海譚《イムラヴ》」、二十一—二十二頁。

(90) *Sauron Defeated*, p. 278.

(91) Flieger, V. (2004), '"Do the Atlantis story and abandon Eriol-Saga"', *Tolkien Studies*, Vol. I, p. 55.

(92) *The Fall of Arthur*, pp. 125-68.

(93) *Ibid.*, p.136.

(94) *Sauron Defeated*, p. 237.

(95) *The Fall of Arthur*, p. 138.

(96) *Ibid.*, pp.138-39.

(97) *Ibid.*, p. 139.

(98) *Ibid.*, 161.

(99) *Ibid.*, pp.135-36.

(100) *Ibid.*, p.135.

(101) Benson, L.D. (1994), *King Arthur's Death: The Middle English Stanzaic Morte Arthur and Alliterative Morte Arthure*, revised by E.E. Foster, Kalamazoo, Medieval Institute Publications, p. 260.

(102) *Ibid.*, p. 109.

(103) *The Fall of Arthur*, pp.146-48.

(104) ただしhalf-lineを頭韻ではなくrhyme（脚韻）かassonance（母音韻）で結んでいる。

(105) *Letters*, p.54.

(106) *The Fall of Arthur*, p.78.

(107) *Ibid.*, pp.147.

(108) *The Lost Road*, p. 24.

(109) *Ibid.*, p. 64.

(110) *The Fall of Arthur*, p.152.

(111) *The Lost Road,* p. 349.

(112) *Ibid.*, p. 370.

(113) *The Fall of Arthur*, p.163.

(114) ここではトル・エレッセアにある。

(115) *The Lost Road,* pp. 333-34.

(116) *The Fall of Arthur*, p. 155.

(117) *Sauron Defeated*, p. 237.

(118) Shippey (2005), *op. cit*., p. 69n.

(119) *Sauron Defeated*, p. 132; Tolkien, J.R.R. (1993), *Morgoth's Ring*, ed. by Christopher Tolkien, London: HarperCollins, pp. 365-66.

(120) *Letters*, p. 199.

(121) *Ibid*., pp.198-99.

(122) *Letters*, p. 198.

(123) ヴァージョンによっては、エリオルの息子ヘオルレンダが編纂したとなっている。*The Book of Lost Tales II,* p. 290-91.

(124) *The Book of Lost Tales I*, pp.5-6.

(125) Tolkien, J.R.R. (1978), *The Hobbit or There and Back Again*, fourth ed., London: George Allen & Unwin, p. 267; Tolkien, J.R.R. (1966), *The Fellowship of the Ring*, second ed., London: George Allen & Unwin, pp. 90, 135.

アーサー王伝説とミシェル・レリスの「聖杯探求」が出会うとき
――Beadever の名をめぐって――

本田貴久

はじめに

聖杯の探求というモチーフ。その遂行にあたって、降りかかる困難を乗りこえる冒険。ここに示したのはごく単純化した安易なる図式に過ぎない。しかし、中世とはその精神も技術も世界の広さも変質した現代においても、この図式に該当するような物語は容易に列挙することができるであろう。(1) 一方で、この定式の用語（聖杯・探求・冒険）を吟味・分析し、抽象化してみるならば、物語とはほど遠い形式を備えたエクリチュールにも、この図式を当てはめることができるかもしれない。抽象化するにしたがって諸概念はより曖昧になるわけだから、当然の帰結に過ぎないと一蹴することはできよう。遠く離れている、あるモチーフとある作品の主題とを、物語構造の次元において共通項を見出すことにどれだけの意味があるのかと。

こうした疑念に駆られつつ、それでもミシェル・レリス（Michel Leiris）の自伝やさまざまなエクリチュールに聖杯探求のモチーフを見出そうとするのはゆえなきことではない。六十年ほどにわたる文筆家としての長いキャリアゆえに残されたテクストは相当な量となっており、それゆえ、語彙の面でも、アーサー王伝説のモチーフは、間歇的に登場してくることもあるのだ。それはあくまで付随的なものであり、導入的なものに過ぎないのであるが、それというのもレリスのエクリチュールにおいて、シニフィアンの水準での分析、すなわち語の音声的イメージ、視覚的イメージへのこだわりは、内容そのものを横滑りさせていくからであり、あるモチーフが話題として登場したかと思うと、いつの時点からか（しかしいつかは回帰することもあるにはあるのだが）後景に退いてしまうように読ませてしまうことがままあるからだ。それはあたかも、美しいカーブを備えた二本の異なる曲線を近づけていくとき、接点で瞬間的に接触したり、あるいは二つの点で交わったりすることがあっても、決して重なることがないかのようである。だからこそ、アーサー王伝説のモチーフを、たとえばレリスの作品に対して影響を与えた源泉のひとつと見なすような、正面から論じる論考をここで提示するわけにはいかないように思われる。(2)

それゆえ、ここで示してみたいのは、「探求（quête）」という語を手がかりにレリスのテクストを読み解きつつ、テクストがアーサー王伝説と接触するまでの経緯をかいつまんで素描することである。あらかじめ結論めいたことを予告すると、レリスのテクストは、一種の探求の試みとなってはいるものの、探求の対象（objet）そのものは、適切に分析され言語化されないまま、すでに探求がはじまってしまっているようなものである。その一点において、「冒険（aventure）」の語源とされるラテン語の動詞「advenire（偶然に起こる）」が含んでいる偶発性という要素が、すなわち降りかかる出来事に対する受動性が、レリスの探求には見られるのである。このプロセスはまさに、ブロセリアンド（Brocéliande）の森で出会った巨大な牛飼いとの会話で「わたしは見つけることのできないものを探索している騎士である。わたしは長きにわたって探求したが、なにも見つけられないでいる」(3)と自身の現状を語る「ライオンを連れた騎士」イヴァン（Yvain）の姿と重なるのである。とはいえ、レリスが自身をアーサー王の円卓の騎士になぞらえることはないし、クレティアン・ド・トロワ（Chrétien de Troyes）がイヴァンに語らせる内容をレリスが知っていたかどうかはさしあたり関係ないことであるから、この見立ては修辞以上の価値を持ってはいない。

探求という語を吟味した後、アーサー王伝説のモチーフはレリスにおいて、「驚異的なるもの（le merveilleux）」という概念の理解の枠組みにおいて登場することになるのだから、「驚異的なるもの」という語の使用例を読み解くことによって、これが探求の対象たりえるのかを第三節で検討する。第四節では、「驚異的なるもの」を主題とするテクストになぜアーサー王伝説のモチーフが特権的に導きの糸として用いられることになるのか、その問題について検討することになる。

一　レリスにおけるアーサー王伝説への言及

最初にレリスとはどういう人物であるか簡単に説明し、レリスのアーサー王伝説に関する記述がどこに現れるかを画定しなくてはならない。少なくとも、レリスはアーサー王伝説を研究者として論じ、それを研究者が取り上げるというようなアカデミックな循環とは、ほぼ無関係に存在した作家である以上、本書のなかでは、アーサー王伝説の現代的な受容という観点からのみ関わりを持ちうるレリス本人についての説明は、手続き上必要であると考えるからである。

ミシェル・レリス（一九〇一―九〇年）は、パリに生まれ、シュルレアリスムの詩人として文壇に出た。その後、シュルレアリスムとは訣別し（一九二九年）、ジョルジュ・バタイユ（Georges Bataille）と『ドキュマン』誌（*Documents*）（一九二九―三〇年）の編集に携わる。そこで人類学と出会い、フランスの大規模な人類学的な調査に参加し、二年ほどかけ、記録官としてアフリカを横断した（一九三三―三四年）。最初の自伝的作品『成熟の年齢』（*L'Âge d'homme*）は一九三八年に出版され、その後、『ゲームの規則』（*La Règle du jeu*）という総題を付された四冊の自伝（『ビフュール』（*Biffures*）（一九四八）、『がらくた《フルビ》』（*Fourbis*）（一九五五）、『小繊維《フィブリーユ》』（*Fibrilles*）（一九六六）、『微かなる音《フレール・ブリュイ》』（*Frêle bruit*）（一九七六）を刊行した。簡単にいえば、レリスは詩人であり、人類学者として人類学博物館（le Musée d'Homme）に研究者として勤務するかたわら、断続的に自伝的エッセーを書き続けた人物である。

レリスの紹介はこれくらいにとどめておくが、著作のうちアーサー王伝説に言及されたテクストは、『成熟の年齢』と『微かなる音』と数えるほどしかない。なお後者は、『ゲームの規則』の第四巻とされているが、大小さまざまな二四六のシークエンス（断章と形容されることが多い[4]）から成っており、明らかに前三作と構成は異なっている。このなかで、アーサー王に直接的な言及があるのは二三九番目のシークエンスである[5]。アーサー王伝説に関する言及は、冒頭にも述べたように中心的ではないものの、このシークエンスのボリュームが突出して大きいことと相まって、必然的に注目されるものである。しかし、ここに登場する円卓の騎士に関する固有名詞に的を絞った分析は、多岐亡羊のそしりをまぬかれないだろう。このシークエンスがなによりも「驚異的なるもの」を中心とした、表面的には一貫性を見出せないような多数の事象がそこに吸い込まれていく渦巻きのようであり、はたしてそれらの名前が本当に効果を持ちえているのかどうかは、このシークエンスをいかに読むかに多分に左右されるからである。

二　探求という語をめぐって

1　レリスの使用例

前節で、レリスと円卓の騎士との接点、すなわち本章の最終的な検討の目標をあらかじめ確認しておいた。以降、そこにいたるまでの道筋を段階的に検討する。最初に、「探求」という語について、聖杯探求（la quête du (Saint-)Graal）という語に由来するものであるゆえ、この語を検討することとしたい。

フランス語辞書『プチ・ロベール』（*Petit Robert*）では、二つの意味が充てられているが、さしあたり「調査・探索（recherche）（に出る）」という最初の定義のみ了解しておけばよい(6)。また『フランス語宝典』（*Trésor de la langue française*）においては、「（人・もの）を執拗に探す行為」と定義され、「執拗に」という含みを持たせている。さらに派生する意味としては、「獲物を追跡する犬や狩人の行動」という意味での「狩り」が挙げられている。この語は、騎士道・冒険物語の枠組みで「聖杯」やたとえばゲームの『ドラゴンクエスト』に見られるように「（超自然的な）怪物」と組みあわせてタイトルで使われることが現代ではほとんどであり、騎士道・冒険物語を単独で喚起させる語となっている。便宜上、調査（recherche）という意味で言い換えられて説明されることはあっても、逆の例は少ないといってよいだろう。ゆえにこの語の使用は、必然的に騎士道物語や冒険譚というコノテーションを含むことになる。

《quête》の語義がレリスのテクストにおいてどのような効果を持っているのかをつぎに検討する。対象となるテクストは多いだろうが、ここでは『ゲームの規則』の四部作に範囲を限る。というのも、一般的に出現頻度の少ないこの語が、それでも間歇的に現れてくるのがこの四部作だからである。もちろん、この現象が、この作品の持っている語りの特徴に多くを負っていることについては後に言及することになるが、《quête》の使用の実例に接すれば自ずと明らかになることでもある。まずは、この語の初出であろう第一巻『ビフュール』の冒頭近くの一節を読み解くことにしよう。

> …Cette sensation donnée, par le seul fait d'un mot, de l'existence intempestive d'un objet – qui reste indéfini, mais n'en est pourtant pas moins une chose presque palpable, tant le vocabulaire est pourvu d'autorité – cette sensation irritante (comme la recherche d'un souvenir, que par instants l'on croit toucher mais qui, à chaque coup, échappe) n'est peut-être pas à tel point différente, malgré sa futilité, de ce que fait éprouver la quête de l'absolu aux esprits qui s'y acharnent, sans fois, mais avec soif.

> たったひとつの語によって与えられたあるもの——定義されないものの、その語には権威があるから、感知しうるもの——の思いがけない存在の感覚、このいらだたせる感覚（つかまえることができたと思ったのもつかのま、逃れ去ってしまう記憶の調査（recherche）のような）は、おそらく、その他愛なさにもかかわらず、信仰はなくとも、飢えるように絶対の探求（quête）が熱中する人々に体験させるものと、たぶん、さほどの違いはないだろう。（7）

探求に対して（その内実を明らかにするのは保留するとして）「絶対」という発見の困難な目的語が付されていることがここで確認できると同時に、微かな記憶をたどる探索・調査行（recherche）とほぼ同義で使われていることにも留意すべきである。しかしまた、「探求」という語が、描写されている事態そのものではなく、比喩的に使われていることにも留意したい。ところで、この引用の前半で述べられている中心的な話題は、引用直前に展開されていることの帰結である。それは、聞き間違えたことによって、一般には存在していない語がそれひとつで、その音の持つさまざまな印象から、あたかもそれに対応する事物が存在しているかのような錯覚を与えていることに対する感慨である。すなわち、記号としての語は、それに対応する内容を持っていないにもかかわらず、語そのものの持つ音声的・歴史的・語源的・（使用者の）個人的諸要素が複合的に関連し合った結果、存在していなかった事物・事態をあらしめてしまうことに対するいささか軽率な驚きである。この唯名論的言語観は、レリスのエクリチュールの持つ内的論理のひとつとして機能し、また詩人としてのレリスに顕著に見られる言語観であることを想起すれば、それが「記憶の調査」と「絶対の探求」の比較にたえうる可能性を秘めていることは明らかである。とはいえ、ここで描写された事態がもたらす感慨は、「絶対の探求」それ自体がもたらす感慨とは、あくまで比較されているに過ぎない別物である。

ところが、この「探求」は次第に、レリス自身のエクリチュールそのものとして認識されていくことが明らかになっていく。辞書上の語義から見ても、周到にレリスが自分のエクリチュールそのものを探求と見なそうとしていることが浮かび上がってくるのである。

つぎの引用の直前では、レリスは、自分のエクリチュールにおいて、ある忘れられた思い出を記憶の片隅から必死に思い出そうとテクストをつぎからつぎへと紡ぎ出しているのだと語るのだが、その試みは不首尾に終わり、書かれていくのは、獲物そのものではなく、その「影」ばかりである、と続ける。

Que je fasse la chasse à l'instant présent qui me fuit, la chasse au souvenir qui est tombé en poussière ou la chasse à ces objets imaginaires qui semblent se cacher derrière les fausses fenêtres de mots peints en trompe-l'œil sur la façade de mon esprit, c'est toujours un même gibier que je poursuis〔...〕. Car la chasse que je fais, je la fais toujours au présent. De tout cela, elle est sans doute la seule chose émouvante et c'est, probalement, cette course tendue qui, devenue son propre objet, constitue, dans la crispation du geste d'écrire comme dans la détente du rêve, cette suite étrange de vibrations sonores dont la perception vague me fascine.

その都度逃れ去る現在時において狩り（chasse）を行うこと、塵にまみれてしまった思い出の狩りを行うこと、あるいはわたしの精神の正面にいろいろな単語で書かれた、だまし絵のような偽の窓の背後に隠されているかのような、想像上の対象の狩りを行うこと、ここでわたしが追跡しているのはつねに同じ獲物なのである。〔中略〕というのも、わたしが行う狩りは、つねに現在形において行っているからだ。それらすべてから、この狩りは、おそらく唯一感動的なことであり、そして、この緊迫した追跡（course）自体が、狩りの目的となってしまっているのであり、これは、夢がぼやけていくときと同様に、書くという行為がもたらす痙攣状態において、これらの一連の奇妙な音の振動を構成しているのである。[8]

レリスは記憶をさかのぼって失われた思い出をたぐり寄せようとする行為を「狩り」ないし「追跡」と形容し、またその対象を「獲物」（gibier, proie）と形容する。ここでは、「狩り」という比喩で自身の試みを表現しているわけだが、対象を執拗に狩り出すことは、辞書の語義から見ても「探索」と同じ語として使われていると見なすことができる。そしてこの引用が描いているのは、レリスのテクストに特徴的に見られる、狩りそのものが狩りの目的＝対象（objet）となっているという事態なのである。現在形において、失われた思い出を探索するということはエクリチュールにおいて行われることなので、必然的に事物・事態そのものとなることはできず、表象（représenter）するのみである。ゆえに、その「影」でしかないと。探索の対象である事物・事態は、記憶のなかで文章を通じて行われるとき、原理的にいえばすでに失われており、狩りをしていることが二重の意味で自己目的化していくだろう。すなわち、言語は代理表象に過ぎないという事実を受け入れているからこそ、レリスの試みはエクリチュールの可能性を探ることへと、すなわち可能な限り対象をそのものとして描くための方法を模索することへと傾いていくのであり、また、現在形において書き続けられるそのエクリチュールの蓄積は、必然的に書く主体そのものの軌跡となり、それが結果的に自分語りになっていく。

このことを段階的に検討していくと、まず以下の引用では、探しているものが、探しているものを定義することと同一視される。

L'espoir de trouver ce que je cherche s'est, pour moi, réduit peu à peu à celui de trouver, non pas la chose que je cherche, mais quelle est exactement cette chose que je voudrais trouver. Bref, ce qu'aujourd'hui je cherche, c'est *ce qu'est* ce que je cherche.

自分が探しているものを見つけたいという希望は、わたしにとって、次第に、自分が探しているものではなく、自分が見つけたいと思っているものが正確にはなにかということを見つけることに還元されてしまった。要するに、現在わたしが探しているものは、自分が探しているものがなにかということなのである。(9)

それがなにかわかっているが見つからない対象を探し出すことが探求であるはずだが、そもそもその対象がなにかということさえ知らないという事態に気づき、対象の正体を画定することに主眼が移っている。そして「わたしは自分の探求の試みを、自然の時間の秩序にしたがわせ、その発生＝創世記（Genèse）を発見するかのように、長い年月の流れに飛び込むのである(10)」と語るとき、探求は、空間ではなく、時間の次元において行われることが明確に示されることになる。それは結局、失われた対象（の起源）を記憶のなかに求める試みにほかならない。レリスの探求は、こうして、自分の記憶に残された断片から名付けがたいなにかを言語化する、文字通りの自伝的な行為へと変質する。すなわち、自ら（auto-）が人生（-bio-）を書く行為（-graphie）であるところの自伝（autobiographie）となるのである。

〔...〕je sais tout aussi bien que je ne pourrais y renoncer sans m'écarter de mon propos, puisque ce goût représente (que je le veuille ou non) l'une de mes tendances en matière d'esthétique et que ma quête d'une vérité trop sensible pour ne pas être inextricablement mêlée à la beauté doit passer par ce qui, dans la vie, m'émeut ou me séduit et par ce que, sur le plan littéraire, une attirance invincible me conduit à introduire dans le jeu.

わたしは、それ〔訳注―自分の書く文章に対する狂気じみたこだわり〕を、自分の話題から切り離さない限りは、あきらめられないということをよく承知しているのだ。というのも、この〔訳注―文章を過度に飾り立てたいという〕趣向は、（それを望んでいるのかそうでないかは別として）自分の美的な傾向のひとつを表しているからだし、また、過敏すぎて美ともつれあってしまうひとつの真実を探求するわたしの行為（ma quête d'une vérité）は、実人生においては、わたしを感動させ、誘惑するものの作用を受けなくてはならないからだし、そしてまた、文学的な次元においては、抗しがたい魅力によってゲームに参入させられる体験をしなければならないからである。(11)

ここにおいて、実人生における経験と、文学的な次元における体験が、「探求」という名において結びつけられていることが確認できよう。その前に、この引用を理解するには「ゲーム」（jeu）という語に対する補足的な説明が必要である。レリスの自伝的作品に『ゲームの規則』という総題が付されていることを想起しつつ、「規則」（règle）という語に込められた意味を検討すると、「規則」とはまさに実存と文学とを結びつける方法として、レリスが想定していることがわかるだろう。「詩の方法と同時に生き方の方法である」ところの「黄金の法則（règle d'or）」を言い当てることは、すでにあきらめてしまったこととはいえ、長年の切実なる願いであったとレリスは別のところで語っている。[12] ここでいわれる規則は、実存と虚像であるしかない文学とをひとつに溶け合わせるのに必要な方法である。背反的であるゆえにそれらが融合してしまうというのは不可能なことである。「ゲーム」というのは、この不可能な状態の一時的な出現であり、一種の神秘的な体験である。したがって、上記の引用では「ゲーム」のところを、不可能なことが実現している状態とでも読み替えておけばよいだろう。そして、この「規則」と「探求」とは区別されているものの、ほぼ同義で使われていることもつぎの引用で確認できるだろう。

Tâcher d'atteindre par l'écriture à quelque chose de vrai qui comblerait autant qu'une prestigieuse fiction, j'aurais pu décider que telle serait ma règle, au lieu de persister dans ma quête utopique.

エクリチュールによって、貴重なフィクションによっても実現しうる、なにか真実のものを達成しようと試みること、これを、わたしのユートピアの探求に代わって、わたしの規則として決定することもできたのだが。[13]

語源的には「どこにもない場所（ギリシャ語で「非」を意味する《ou》と「場所」を意味する《topos》を合成した語）」という意味のユートピアは、したがってここでは、結局、到達不可能な場所であり、「ゲーム」の状態だと解することは可能である。その上で、レリスは、エクリチュールと実存とを結びつけようとする自らの探求を、不可能な境地と見なしつつ、その試みをエクリチュールによって代替的に成し遂げようとしていることもここから読み取れるだろう。しかし、当然のことながら、論理的には、ここで無限の後退を余儀なくされているという事態も確認されねばならない。実存と虚像である文学とが一体化した状態である「詩的境地」を目指す試みはあきらめられ、その結果、エクリチュール（文章）に訴求してしまう、とレリスが語るとき、「文学」、「エクリチュール」というそれぞれの語にレリスが込める意味は異なっていることは容易に看取される。一方で、どちらも言語による表現であり、虚像・表象でしかないことに違いはない。したがって、言語（文学）という手段をあきらめて、言語（エクリチュール）という手段に訴えるようになるという身も蓋もない撞着的な結論が導かれているからである。であるがゆえに、また前述したように、レリスにおける「エクリチュール」の意味は、決して前向きな意義を持ちえないのである。というのもエクリチュールは、そこに、な、に、か、があったという痕跡、あるいはそこにはないなにかの影として見なされるからだし、あるいはエクリチュールは代替的でしかないからである。

以上、いずれも長大な自分語りである『ビフュール』、『小繊維』、『微かなる音』各巻から引用を用いて、「探求」という行為が、エクリチュールを通して到達しようとした境地を求めるレリスにとって、どのように位置づけられてきたかを概観した。まず、レリスのエクリチュールがある対象を把捉したいという欲求に基づく他動詞的な行為であったということ。ついで、その対象を画定するために自らの記憶をさかのぼらざるをえないこと。それゆえに、彼のエクリチュールの対象は自分自身という矮小な対象へと変質してしまったこと。そして、そもそも彼自身の目標が論理的に実現不可能なものであるゆえに、手段であるエクリチュールが肥大化する過程のみがテクストに刻まれていくこと。これを実存の水準で見る場合、レリスの言葉にしたがえば、エクリチュールという虚体の身振りによって、彼岸への飛躍を此岸において模擬的に行うこと(14)だと比喩的に表現することもできるだろう。

2　探求の対象の変遷

さらに整理するならば、主体が対象を言語によって把握しようとする図式によって説明できよう。探求が、対象を征服（＝言語化）する試みであるとすれば、それが成功した場合、対象Oが主語となって、対象がそうであるところの別の属詞Cが書き込まれるはずだ（たとえばO=Cとして）。しかし、それだと結局、その属詞Cを主語とした同じ構文が作られ、同じ試みが無限に続くことになる（C=C', C'=C'', C''=C'''…）。ただし、この無限に続く循環が問題なのではない。そうではなく、この図式が言語式として表現されたに過ぎないということである。すなわち、この図式（O=C）は、だれが眺めても同じように理解される客観的な認識である。ところでレリスは、当時の人類学者としては、主観の介在しない純粋に客観的な認識を無前提に肯定するアカデミズムの潮流に対して、批判的な視座を奇跡的に有していた人物であった。客観的記述を重視する当時の人類学調査の記録である『幻のアフリカ』（*L'Afrique fantôme*）のなかでレリスが吐露した「人が客観性に到達するのは、（その頂点にまで達した）主観性によってである」[15]という言葉はこの文脈においては、重みをもって受け取られるべきである。

こうしてレリスは、客観的認識の連続する循環に終止符を打つべく、自身（S）を主語に据えた、対象把握の言語式を作ろうとしたのである（これをSVOと表現することにする。このときVは目的語（＝対象）の存在をア・プリオリに前提とする他動詞を表現している）。ところが、この式を立ち上げたのはいいものの、そもそも対象Oがなにものであるかさえわかっていなかったという事実の前にレリスははたと立ち止まるのである。結局、手がかりになる材料は自分自身しかなく、SVOという式に取り組む前に、SVSという式を充実させる必要があることに気づかされる。ゆえにauto-bio-graphie、すなわち自伝の執筆がここで正当化される。SVSの図式は、こうして『ゲームの規則』において順調に書き続けられるが、それはつねにSVOに取り組むための下準備でしかない。それのみならず、そこに自身が、主体かつ対象として二重に書き込まれているにもかかわらず、SVSの図式はSVSという事態を記述しているに過ぎず、行為それ自体ではない。さらにいえば、左側に置かれるS1と右側に置かれる対象S2とは、別のものとして、つねにそしてすでに差異化さえされているのだ。ただむしろこうした問題すべてを抱え込んでいるからこそ『ゲームの規則』のエクリチュールは、対象をたえず求める探求（quête）として形容できるのだ。四部作の最終巻のほぼ最後、「驚異的なるもの」をめぐるシークエンスの末尾に「わたしの自伝的探求（ma quête autobiographique）」という語が刻まれるのだとしても、それはそこに書かれている試みであろうとしつつ、そうなりきれないという文脈でしか書かれないという事実もまた重視されるべきだろう。[16]

しかしそれにしても驚くべきなのは、著者自身によっていくたびも絶望的に不可能性の烙印を押されながらも、この試みがたとえ代替的にせよ、三十年にわたって断続的に続けられてきたという事実である。いったいレリスにとって対象Oとはどのようなものなのか。それほど不可能なものとは何事であろうか。次節では、この探求の対象Oについて、それを「驚異的なるもの」との関係において検証する。

三 「驚異的なるもの」をめぐって

1 具体的な「対象」

前節で述べてきたのは、「探求」において、レリスの場合、その対象より行為の方に力点が置かれてしまったということである。しかし、一方で対象は厳然と想定されている。それは失われていたり、定義しがたいものであるにせよ、それがなければ探求は成立しないのだ。レリスは「絶対の探求」や「真実の探求」というように探求の対象を、にわかには得がたいきわめて貴重なものとして想定しているゆえに、その任務が終わることは容易ではない。

探求という語とほぼ同義で使われる「探索・調査」（recherche）に範囲を広げると、プルーストの『失われた時を求めて』（*À la recherche du temps perdu*）の「求めて」の部分を想起させるのだろうか、レリスの試みを「〜

を求めて」という文脈で研究する論考をいくつか見出すことができる。第一に、『ゲームの規則』の解説付き決定版であるプレイヤッド版の『ビフュール』の作品解題において「なにを求めて?」(*À la recherche de quoi ?*)という章題を付された一節が挙げられる。この論考では、この作品内のみならずレリスのさまざまなテクストのなかに《recherche》という語が頻出することに注目して、その対象を見極めようとしている。「いったいなにを求めているのだろうか? その対象は変わりやすく、不安定である」と前置きをしつつ、作品のなかに具体的に記されている探索(recherche)の対象を列挙する。それは、「失われた夢」であり、「無限を内包する書物」であり、「蓄音機にかけると音がする絵葉書」(carte postale de phonographe)であり、「音楽を聴いた思い出」である。[17]

また、本格的なレリス研究を最初に世に問うたギー・ポワトリーは、本章と同様の文脈で、「レリスの探求の目的」は、「根源的に異質なもの」との交流に入ることであるとし、「詩的な状態」も「異質なもの」と理解されると述べている。しかし、ポワトリーは、不可能な状態とさしあたり同一視してよい「詩的境地」といった抽象的なもののみが探求の対象となるのみならず、こうした状態へと導く小道具としての「具体的ななにか」もまた対象となるという。[18] 文字通り物体(objet)であるそれらの小道具は、著作全体を対象としているため、作品解題にも列挙された例に比べてより網羅的となっている。

ところでレリスは、小道具(objet)の想起を行う際に、それらの列挙された事物を検討して、より大きな概念の構築に向けて問題設定をすることがある。たとえば、ジョルジュ・バタイユ、ロジェ・カイヨワ(Roger Caillois)とともに創設した《社会学研究会》(Le Collège de Sociologie)において一九三八年一月八日に行った講演『日常生活のなかの聖なるもの』(*Le Sacré dans la vie quotidienne*)でレリスは、「わたしにとって聖なるものとはなにか」という問いを立てる。ここでは「わたしにとって」という限定を付しつつ、「聖なるもの(le sacré)」という、概念というよりは感覚を言語化しようと試みている。[19]「わたしに恐れと執着とが一緒くたになったものを喚起する〔中略〕、もの、場所、状況とはどのようなものか?」[20]と自問するとき、レリスは私的な経験を通して、「聖なるもの」の概念を構築しようとしているのだが、ここにアフリカで得た独自の客観性に対する認識が透かし見えている。人類学者として生涯控えていたからこそ、私的な経験や記憶に訴えていくことは、レリスのいわゆる在野の文学者としての活動において顕著に見られる特徴である。列挙される私的な範疇に入る事象の検討において、多くの場合、それらを束ねる共通点というのは、発見的に得られるように書かれている。しかし、「聖なるもの」の場合のように、概念それ自体が検討される場合もあるのだ。それが次項で検討する「驚異的なるもの」である。

2 驚異的なるものの回帰?

『微かなる音』のアーサー王に関するシークエンスは「驚異的なるもの(le merveilleux)」をめぐって書かれることになるが、この語とレリスとの接点は、実ははるか以前にさかのぼる。むしろ「驚異的なるもの」は、つねにレリスの精神のある種の傾向を刺激しつつ長い間潜伏していたのであって、突如、回帰してきたというべきであろう。

この語は、神々や天使、悪魔、精霊、妖精など超自然的なものの介入を意味すると同時に、神話や聖書をはじめとする古代文学においてなによりもそれらが書き込まれてきたという点で、最古の文学ジャンルとも見なしうる。[21]それが合理主義的思考によって周縁に追いやられ、アンドレ・ブルトン(André Breton)の『シュルレアリスム宣言』(*Le Manifeste du surréalimse*)(一九二四年)によって、シュルレアリスム運動の美学にとってきわめて高い価値を与えられるまで[22]、少なくとも哲学・宗教・美学など理論のレベルでこの語が特権的役割を果たすことはなかった。ブルトンは「驚異的なるもの」とは、時代によってさまざまに異なれど、たとえば「ロマン主義の廃墟」とか「現代のマネキン」などによって一時的に感受性が揺すぶられているときに感じる「全的な啓示」であり、われわれにもたらされるのは「そのごく一部分」に過ぎないと定義し、[23]唯一ありうる美であると絶対化さえする。[24]こうして「驚異的なるもの」はシュルレアリスム運動を中心とした前衛芸術運動のなかで創造的な役割を果たすと同時に、忘却されていたさまざまな文学を発掘し、あるいは文化史を再編するためのキータームの役割を果たしたのである。

のちに絶縁することになるとはいえ（一九二九年）、シュルレアリスム運動に参加したレリスが「驚異的なるもの」と接したのは、この語がもっとも輝きを放っていた時期だということになる。それのみならず、一九二五年頃にはすでにレリスは「西欧文学における驚異的なものに関する試論」（« L'Essai sur le merveilleux dans la littérature occidentale »）というテクストを準備していたようだ。これは後に、ジャック・ドゥーセ（Jacques Doucet）という蒐集家に未完成の状態で手渡されることになるのだが、彼の遺した文書館に保存されており、現在でも見ることができるし、プレイヤッド版にも収録されている。シュルレアリスムと緊密な連携を保っていた時期に書かれる「驚異的なるもの」についてのレリスの態度は、「ロマン主義」時代に好まれたという「廃墟」や「マネキン」を「驚異的なるもの」の例として挙げることからもわかるように、それを特権化するブルトンとさほど変わりはないだろう。なによりも「驚異的なるもの」が「シュルレアリスムのもっとも現代的な部分である」としていることからも、シュルレアリスム運動のただなかでこのテクストが書かれていることを物語っている。そして、古代・中世の文献には、「ありえない現象」として理解されてきた「驚異的なるもの」を越えて、「それ自体としての驚異的なるもの」を画定しようとする。それは「宗教や神秘主義の信仰」に拠るのではなく、「想像力のまったく自発的な遊び」に訴えて、「諸関係を単純にそして純粋に転覆させること」から生まれるのだという。[25]「諸関係」とは、理性的認識の徹底化による諸現象の抽象化の結果矮小化した世界における人間の現状のことを指しているが[26]、要するに合理主義という「ばかげた論理[27]」（logique stupide）の広まった西欧近代のことだと考えてよいだろう。

さらにレリスは現代における「驚異的なるもの」の特徴として六点列挙するので、後の『微かなる響き』で整理される「驚異的なるもの」の特徴と比較のためにここに掲げておくと、①叙情的かつ預言的であり、非合理的であるという要素、②反抗という道徳的要素、③無償かつ純粋な思考という要素（これは合目的な合理主義の裏返しともいえる）、④ユーモアという要素、⑤冒険という要素、⑥エロティックな要素となる[28]。

アフリカに旅立つ前のシュルレアリスム時代のレリスは「驚異的なるもの」に対して、このように慎重な足取りではあるが、ブルトンの立論に概ね則りつつ、学術的な筆致で接近しているようである（それゆえに反合理主義的な主張は、概して合理的に構築されることになる）。結局この草稿では、計画に掲げていた「驚異的なるもの」を定義する試みは放棄されている[29]。対象Oであるところの「驚異的なるもの」の把捉になんらかの限界を感じたのだろう。これを再び取り上げるまで四十年以上にわたって、レリスはこの「驚異的なるもの」を探求するための方法論を模索していたのだ、というのは過ぎた想像であるかもしれない。しかし、先に述べたようにアフリカでの人類学的調査旅行で自覚するにいたった認識論的な革新を想起するならば、この「驚異的なるもの」という対象に対する長い沈黙は、探求をめぐるレリスの物語の図式に一致するかのようでもある。

アフリカ調査以前のレリスは決して散文や論考の巧みな書き手として文壇から認められていたわけではなく、言葉遊びに基づく特異な詩の作り手と見なされていた。レリスにとって、詩こそ、才能や個性を発揮する場であって、散文に関しては、この「驚異的なるものについての試論」や『ドキュマン』誌で発表した書評や時評など、論理性を重視すべきものであって、レリスにとって言葉遊びという手段に訴えることができない不自由な表現の場であった[30]。レリスが、文字通り自身を散文で表現するようになるのは、アフリカ体験を経てからであり、以降、彼の散文は、人類学博物館の研究員として書く職業的学術論文と、自伝や随筆（そして詩作品）など個人的色彩の強い文学とに二極化していく。すなわち、自伝の発見を契機としてレリスの手元に文学的散文という手段が加わったことになるのだ。単純な図式ではあるが、これは、国立社会科学研究所（CNRS）における主任研究員昇進の際に提出した、三人称で書かれた履歴書において、レリス自身が報告していることでもある。

〔...〕Michel Leiris souhaite mener aussi longtemps qu'il en aura la faculté les deux activités conjuguées qui sont pour lui comme les deux faces d'une recherche anthropologique au sens le plus complet du mot : accroître notre connaissance de l'homme, tant par la voie subjective de l'introspection et celle de l'expérience poétique, que par la voie moins personnelle de l'étude ethnologique.

ミシェル・レリスはできる限り長い間、彼にとって人類学的調査（recherche）という語の、もっとも完全な意味において二面性があるように、二つの一体となった活動を継続したいと考えている。すなわち、一方では自己観察(introspection)という主観的な道筋と詩的体験の道筋によって、他方では、民族誌的研究というより個人的色彩の薄い道筋によって、人間に対するわれわれの知見を広げたいのである。(31)

自己観察とは、この文脈では自伝的散文として理解されよう。そして、これは、それまで散文とは形式が異なる詩（poème）によって追究されてきた詩的体験と同一視されることになる。他方、学術論文は、同じ散文でも文学と区別されているのは引用の通りだ。以上より、レリスは散文という方法では放棄せざるをえなかった試みを、アフリカ体験を経て、散文を二極化させることで再び取り掛かることができるようになった、と考えることは可能だと思われる。

四　「驚異的なるもの」の探求とアーサー王伝説

1　導きの糸としてのアーサー王伝説

探求（quête）という方法の模索と、「驚異的なるもの」の不在。一方は、自身のエクリチュールをめぐるたえざる実験と反省のなか、練り上げられるまで長大な時間を要し、他方、「驚異的なるもの」が回帰するまでに、半世紀近くの沈潜を経ねばならなかった。これらが自伝四部作『ゲームの規則』第四巻のほぼ最後に位置する長大なシークエンスにおいて、「驚異的なるものの探求」という十全な形で巡り会うとき、その出会いの導きの糸となるのがアーサー王伝説のモチーフなのである。たとえ最終的にこの話題が徐々に中心から遠ざけられたとしても、導きの糸としての役割は、ことこのシークエンスに関しては重要である。なぜなら、このシークエンスで、主題である「驚異的なるもの」を説き起こすまでに十三頁も要しているからである。[32] そしてこの十三頁のなかにアーサー王伝説のモチーフは出尽くしているといっても過言ではない。

そこでここではその語の登場までの経緯をごくかいつまんで説明しておきたい。冒頭、円卓の騎士の名前が出てくるのだが、レリスはまずギヨーム・アポリネール（Guillaume Apollinaire）の『腐りつつある魔術師』（*L'Enchanteur pourrissant*）を引き合いに出す。[33] この作品では、アーサー王伝説に出てくる魔法使いマーリン（フランス語名メルラン）（Merlin）が主人公になっており、この作品を思い出したときに円卓の騎士のことを思い出したからである。ついでコーンウォールやアイルランドの土地、主君の奥方に恋慕した湖のランスロット（フランス語名ランスロ）（Lancelot）、聖杯（le Graal）を描写する。こうしてマーリンとランスロットという女性とトラブルを起こす人物にレリスは、アーサー王に忠実なる他の騎士よりも愛着を感じていると述べる。しかし、円卓の騎士のなかで、もっとも栄誉ある運命を得たのは、ケルトの英雄から、リヒャルト・ヴァーグナー（Richard Wagner）楽劇の英雄へと祭りあげられたペルスヴァル（Perceval）（ドイツ語名パルジファル Parsifal）だという。しかし、はたして女性（花の娘たちやクンドリ）を嫌悪するヴァーグナーのパルジファルにペルスヴァルの痕跡は残っているのかと問う。ここから、ヴァーグナーとフランスの劇詩人ポール・クローデル（Paul Claudel）という国民的芸術家へと話題は移る。ヴァーグナー楽劇がナチスに祭りあげられたこと、クローデルがフランコ政権を熱烈に支持したことに対する批判的なコメントをした後、ヴァーグナーは「なんらかの聖杯探求（quête de quelque Graal）と同じような探求」をしているのだという。しかし、聖餐式や奇跡をみせかけにもかかわらず真剣な預言とともに舞台に載せようとする《絶対》演劇はいかさまに過ぎず、むしろ『魔笛』（*Die Zauberflöte*）や『西部の娘』（*La Fanciulla del West*）の方が真に悲劇的であると、レリスはヴァーグナーの楽劇を斬り捨てている。

ついで、円卓の騎士の物語群は、歴史とも虚構ともどちらともいえず、この点から、まったくの他の場所（ailleurs）が舞台となるおとぎ話とは異なって、明確な感動を与えてくれるのであり、また歴史的な要素が驚異的なるものに確実性を与えてくれる。しかしまた、実在したであろう聖書の人物の奇跡を主人公にした聖人伝などが与える驚異とも異なり、円卓の騎士の場合、信仰の問題は関係ないという。ここに、「驚異的なるもの」という語が登場するが、ここでは通常理解される、超自然的なものの介入という意味で使用されており、まだこのシークエンスの中心的な話題へとなっていない。

ここまでヴァーグナーの楽劇、おとぎ話、聖人伝など、あくまでアーサー王の伝説の隣接分野が話題に上っていたが、つぎに固有名詞の発音が話題となる。このような展開はレリスの作品では珍しいことではない。まず、イヴァン（英語名イウェイン）、ゴーヴァン（Gauvain）[34]（英語名ガウェイン）、ユテル・パンドラゴン（Uterpendragon）（英語名ユーサー・ペンドラゴン）、アヴァロン（Avalon）という名前は、一種のきっかけとなって、「定義しがたい波」が「堰をきって」「わたしをさらってしまう[35]」と述べ、ついで円卓を意味するターブル・ロンド（Table Ronde）という音、グラアル（聖杯）という閉じない音が喚起するイメージが語られる。そしてBEADEVER《ベドゥヴェール》（ベディヴィア）という音が「あまりにもこっそり（insinuant）としているので、このような名前は、あらゆる人間存在が含んでいる不可解なものを表現しており、さらには、忍び込むことでしか——だますのではなく、戦略的に［中略］——行きたいと思うところに行けないということを示しているのだとわたしは考えを進めてしまうのだ」と語る。ベドゥヴェールは、トマス・マロリー版アーサー王伝説では、死に際のアーサー王が湖の乙女のひそむ湖にエクスカリバーを捨てるよう懇願する騎士である[36]。レリスにとってベドゥヴェールの記憶は、この名の音が喚起する、なにも反射していないよどんだ水と結びついていた。エドガー・アラン・ポー（Edgar Allan Poe）の仏語訳詩（「ユラリウム（*Ulalume*）」）の一節「暗きオーバー湖」（*sombre lac d'Auber*《ソンブル・ラック・ドベール》）との音の類似性から喚起される湖水のイメージと結びついて記憶されていたのだと。しかし、その後、あらためて調べた結果、参照したジャック・ブーランジェ（Jacques Boulenger）の書いた版では、アーサー王は、ベドゥヴェールではなく、ジフレ（Giflet）[37]にエクスカリバーを委ねたことを知り、レリスは失望したという。

　こうしてアーサー王の謎の死の話題が導かれ[38]、ランスロット、ペルスヴァル、トリスタンの名前とともに、ポーの『アッシャー家の崩壊』（*The Fall of the House of Usher*）、レリスが一九六八年九月と翌年同月に相次いで訪れたアイルランドの地名、遺跡が、さしあたり意味もなく列挙されていく。そしてこれらの集合にさらに十三の場所が羅列されるのである[39]。そこに、読者に苦痛を強いることも厭わず世界の七不思議の場所までが、加えられる。こうして、ようやくつぎのような一節が現れるのだ。

〔...〕je les ai retenus parce qu'ils me semblent illustrer ce qu'est pour moi le merveilleux. À travers leur diversité, je leur reconnais un trait commun : tous, ils me donnent le sentiment du merveilleux. Les comparer doit donc permettre d'isoler ce caractère, et, *ipso facto*, de discerner ce que j'enferme dans ce mot, dont je me sers – légèreté courante – comme si, empli d'un sens qu'il n'y a pas à expliquer, il était une carte de valeur incontestable, qui parle par elle-même, sitôt tombée sur le tapis.

これらをわたしが覚えていたのは、これらがわたしにとっての「驚異的なるもの」を例示していると思われたからである。これらの多様性のなかに、わたしはひとつの共通点を認める。これらすべては、わたしに「驚異的なるもの」という感情を与えるのだ。したがって、これらを比較することで、この特徴を分離し、その結果、わたしがこの語に閉じ込めて、使用していたものである滑らかな軽さを、明示化する必要のないある意味に満ちたこの語がまるでじゅうたんの上に落ちるとすぐにそれ自身で語り出す正真正銘の価値を持ったカードであるかのように、区別できるのである[40]。

シークエンス十三頁目にして「驚異的なるもの」が、中心話題であることが明らかにされるのであるが、以降、列挙された項目の特徴を、さまざまな観点から考察することが主眼となる。それらの観点は、新たな観点をときには呼び起こしつつ、逡巡を重ねながらも執拗に修正されていく。その粘着さゆえにテクストの歩みは実に緩慢ではあるが、かくして長大なるシークエンスが形成されることになる。その「驚異的なるもの」の特徴を簡潔にまとめた論考はすでに著されているので詳細はそちらに譲るが[41]、次項ではアーサー王伝説のモチーフがなぜ冒頭に用いられたのかを分析する。

2　なぜアーサー王伝説か

アーサー王伝説の諸要素は、この後数えるほどしか言及されないため[42]、「驚異的なるもの」という主題を引き出すきっかけとして便宜的に用いられているだろうことは想像できる。たしかに『成熟の年齢』（一九三八）においてレリスは、『円卓の騎士』の物語が彼を魅惑し（émerveiller）、「ある程度、自分自身のイメージをそこに見出すことができると」と考えていたと語っているように、[43] アーサー王のモチーフは、少なくとも彼に「驚異的なるもの」の感情を与えるものであった。したがって、このシークエンスで、これらモチーフが分析の対象となるのは不思議なことではない。しかし、これだけでは「驚異的なるもの」を引き出す雑多な事象（事物・事実・体験）のなかでとりわけアーサー王伝説が冒頭に配置される理由までは説明できないのではないだろうか。

　前項で見てきたように、アーサー王伝説のモチーフは、たしかに、多くの改変がなされているものの登場人物を同じくするヴァーグナーの楽劇（『パルジファル』、『トリスタンとイゾルデ』）を喚起させるし、そこから偏愛するオペラの話題へと連想を広げることは容易であろう。[44] またさらに、このシークエンスが書かれた一九六八年頃、幾度かアイルランドやスコットランド、ウェールズ（一九七二年頃）、[45] あるいはブルターニュといったケルト人と縁が深い国々や地方を集中的に旅行しているという事実も理由として挙げられよう。

　ところで、これら意味内容による連鎖を導くという側面だけでなく、語の持つ音がレリスにおいてしばしばテクストを展開させる大きな動因となっているとすれば、アーサー王伝説の複数の名前が音の観点からこのシークエンスで言及されるのはすぐれてレリスらしいことになる。とくに、ここで大きな役割を果たすのはベドゥヴェールという名前の持つフランス語音であり、これは上述したポーの詩句のみならず、ボードレールの「灯台」（La Phare）の詩句「ウェベール（ウェーバー）の押し殺したため息（*soupir étouffé de Weber*）」の発音、やはり詩人であるジェラール・ド・ネルヴァル（Gérard de Nerval）が滞在したヴェール・アン・ヴァロワ（Ver-en-Valois）という土地の名の音、そして「驚異的なるもの」として挙げられた[46]ヴィレル・コトレ（Villers-Cotterêts）の森を通過してたどりつくヴェルヴィエ（Verviers）という土地の名の音をつぎつぎと連鎖させる。のみならず、ベドゥヴェールという音が謎めいて影があるゆえに、レリスをして、「まったく想像的な驚異的なるもの」へと接近させたのだと語り、それゆえにその名を本棚にある蔵書から調べることになったのだというのである。(47)「驚異的なるもの」への関心を呼び寄せる音の来歴の謎が、ヴァーグナーびいきであり、かつアポリネールの『腐っていく魔術師』の版元である義兄（画商アンリ＝ダニエル・カーンワイラー）とレリスが共有していた本棚への調査へと向かわせた結果、アーサー王伝説（このときはトマス・マロリー版のフランス語訳）があらためて前景に浮かび上がる、という仕掛けが施されているのだ。「ベドゥヴェールのなかに、わたしはさまざまな種類の驚異的なるものが解きほぐしがたく錯綜しているのが見えるのだ(48)」とレリスは述べ、ついで人物像とその物語、音のもたらす連鎖、これら複数の道筋が「絡み合ってい」るのがこの名前においてであり、「わたしが「驚異的なるもの」と名付けるものへ到達しよう」と努力をしたいと思わせる、「交錯点」であり「合流地点」だと述べる。(49)レリスにこのテクストを書かせることになった原動力は、実はアーサー王伝説に書かれている「驚異的なるもの」なのではなかった（なお、王にエクスカリバーを湖に投げ捨てるよう懇願された騎士の名は、版によって異なっていて、先に述べたようにシークエンス前半ではそれがジフレという騎士であり勘違いをした旨が語られているが、この段階でマロリー版を参照したことを述べている以上、あくまでそれはベドゥヴェールである）。

このように類似音に基づく連想という観点から分析をすると、ベドゥヴェールという音の謎こそが、レリスの探求のきっかけとなっていることが明らかになる。それゆえに、ベドゥヴェールという名を登場させるために——この騎士はたしかにマロリー版アーサー王において、とくにアーサー王の最期において小さくない役割を果たしているが、それでもその他の偉大な名前に比べると知名度は圧倒的に低いであろう——アーサー王伝説への言及がこのシークエンスで必要であったことがわかる。

最後に、アーサー王伝説が「探求」という語を喚起させるという事実を忘れてはならない。このシークエンスでは、探求の対象である「聖杯（le Graal）」やそれに類する語が文字通りの意味ではあるが八回使用されている[50]。一方で、レリスは、自身が『ゲームの規則』で語っている試みを「探求」として二回表現している（「わたし固有の探求」と「わたしの自伝的探求」）[51]。この事実からもレリスが、聖杯探求に自らのエクリチュールによる探求を重ね合わせていることは容易に想像される。そのうえ、グラアルという音は、「（聖なる素材であろう真っ白な砂糖のように）透明で角張っているが、完結することはなく、音叉の振動音かハーモニカのか細いきしむ音のように、空気中に残存し、不可視の流れのなかに伸びていく」[52]と語るとき、自身の終わることのない探求をこの語のなかに透かし見てさえいるのである。

アーサー王伝説がレリスのなかで前景に浮かび上がってきたのは、さまざまな文化的記憶を呼び起こすベドゥヴェールという名の謎の探求がきっかけとなっている。日常での些細な疑問が、レリスに偶然にも降っておりてきた（advenire）、というわけだ。ついで、自身の経験の記憶を連鎖させることで、レリスは「驚異的なるもの」という語を対象として発見し、彼にとってその語が意味するところの探求が開始されることになる、というのがこのテクストの物語である。アーサー王伝説に登場する些細な名前がすべてのきっかけとなったという意味で、アーサー王伝説はこのシークエンスに不可欠だったということができるだろう。

おわりに

冒頭でも述べたように、聖杯探求を広義にとらえることにいささかの留保を置きつつ、レリスの試みを「対象の探求」というごく単純な図式を念頭に、『ゲームの規則』のテクストを読み進めてきた。あらためて、もう一度道程を整理するなら、つぎの三点に集約されよう。第一に、レリスは自身の散文での試みを「探求」と見なそうとする傾向が、その使用する語彙から確認できるということ。第二に、対象を探求するという図式そのものが修正を迫られているために、その試み自体はつねにその主体のなかへと舞台を広げていくこと。第三に、「驚異的なるもの」を定義する試みは一度挫折しているが、『ゲームの規則』において、自伝という探求方法によってあらためて追究されるにいたったこと。以上を確認した上で、「驚異的なるもの」の探求という体裁を持つ『微かなる音』のひとつのシークエンスにおいて、アーサー王伝説のモチーフが多用される理由を考察したというのが本章の構成である。

一見、騎士道の探求の物語とはほど遠い自伝という形で書かれたレリスのテクストであるが、対象を求めてさまようさまを執拗に記録するエクリチュールは探求の姿そのものであるし、些細ではあるとはいえ日常の出来事のなかに現れる（それがまだなにをもたらすかをわからないという意味で）偶然に身を委ねるさまは、語源的な意味においても冒険といってよいだろう。不可能事をそもそも希求しているという点で出口のないレリスの探求は、聖杯《グラアル》の音が閉じることなく微かなる響きとして延々と先送りされている限り、終わることがないだろう。

（1）アーサー王伝説の現代における翻案については、小谷真理「アーサリアン・ポップ――モダン・ファンタジィにおける倒錯的受容」、『ユリイカ』、一九九一年（二一六―二二五頁）を参照されたい。

（2）レリスの幼年時代の読書体験については、Marianne Berissi, *Littérature sans mémoire : Lectures d'enfance de Michel Leiris*, Artois Presses Université, 2012 を参照されたい。エクリチュールに無意識的な影響を与えている幼年時代の活字体験を、研究の俎上に載せることはレリスにおいては意味がないわけではない。なぜなら、レリスは自伝を繰り返し執筆したからであり、幼年時代に関する記述は数限りなく見出せるからだ。それは無意識とはいえないが、だからこそ、確実な影響としてその総体を提示するという研究は、ことレリスに関しては非常に重要であると考えられる。とはいえ、この研究に、アーサー王伝説を幼年時代にレリスがなんらかの形で接触していたことを強調する記述は見つからない。

（3） ‘Je sui〔...〕uns chevaliers / qui quier ce que trover ne puis ; / assez ai quis, et rien ne truis’（フランス国立図書館七九四番写本所収『イヴァンまたはライオンを連れた騎士』三五八―三五九行による。）

（4） 通常、『微かなる音』の各テクストは、「断章」（fragment）といわれることが多いが、筆者は一貫してシークエンス（séquence）としている。

（5） Michel Leiris, *Frêle bruit,* Gallimard, L'Imaginaire, 1992, pp. 323-379.

（6） ちなみに第二の意味は、「施しの要求、募金、カンパ」である。

（7） Michel Leiris, *Biffures,* Gallimard, L'Imaginaire, 1991, p. 22.

（8） *Ibid.,* p. 24.

（9） *Frêle bruit,* p. 311.

（10） « J'applique ici dans ma recherche l'ordre chronologique naturel et plonge dans la coulée des années comme pour y découvrir une Genèse. » (*Biffures,* p. 229.)

（11） Michel Leiris, *Fibrilles,* Gallimard, L'Imaginaire, 1992, p. 231.

（12） *Ibid.,* p. 234.

（13） *Ibid.,* p. 256.

（14） 註12に関わるテクストでは、「黄金の法則を言い当てる」ことのほかに、「自分が分有されている二つの側を統一すること」および「彼岸と此岸を一致させる手段を発見すること」が列挙されている。これらは当然のことながら、断念されている。Voir *ibid.,* p. 234.

（15） « 〔...〕c'est par la subjectivité (portée à son paroxysme) qu'on touche à l'objectivité. » (Michel Leiris, *L'Afrique fantôme, dans L'Âge d'homme* précédé de *L'Afrique fantôme,* Bibliothèque de la Pléiade, Gallimard, 2014, p. 308.)

（16） *Frêle bruit*, p. 379.

（17） Voir *Notice de* Biffures, dans *La Règle du jeu*, La Bibliothèque de la Pléiade, Gallimard, 2003, pp. 1317-1321.

（18） Guy Poitry, *Michel Leiris, dualisme et totalité*, Presses Universitaires du Mirail, 1995, p. 205.

（19） Michel Leiris, *Le Sacré dans la vie quotidienne*, in *Le Collège de Sociologie 1937-1939*, édition présentée par Denis Hollier, Gallimard, Folio/Essai, 1995, pp. 94-119.

（20） « Qu'est-ce pour moi que le *sacré* ? 〔...〕 Quels sont les objets, les lieux, les circonstances, qui éveillent en moi e mélange de crainte et d'attachement. » (*Ibid.*, p. 102.)

（21） 文学に現れる「驚異的なるもの」の変遷についての概略は、*Dictionnaire des littératures de langue française*, t. G-O, Bordas, 1984を参照している。

（22） Voir Henri Béhar, « Le Merveilleux dans le discours surréaliste, essai de terminologie », *in Mélusine*, n° XX, L'Âge d'homme, 2000, pp. 15-29.

（23） André Breton, *Le Manifeste du surréalisme*, dans *Œuvres complètes*, t. I, Bibliothèque de la Pléiade, Gallimard, 1988, p. 321.

（24） *Ibid.*, p. 319.

（25） Michel Leiris, « Essai sur le merveilleux dans la littérature occidentale », dans *La Règle du jeu*, *op. cit.*, pp. 1065-66.

（26） *Ibid.*, p. 1060.

（27） *Ibid.*, p. 1061.

（28） 註39参照。

（29） この定義の試みは、原稿の計画（目次）には記されているが、最終的にレリスはドゥーセに「あなたが所有されている、この「驚異的なるものに関する試論」の内容にはまったく満足していません」という文句を手紙に書き送っている。Voir *ibid.*, p. 1631.

(30) 一九二七年から二八年にかけて執筆された、「小説」というジャンルに分類される散文『オーロラ』（*Aurora*）は、部分的に発表されたが、その出版自体は一九四六年になる。またシュルレアリスト時代に書かれた詩的散文も多数存在し、それらは生前に発表されることはなかった。したがって、アフリカ体験以前に、レリスが文学的散文を書かなかったというのは正確ではないが、相当の量が書かれたにもかかわらず、ほとんど出版されることがなかったという事実もまた、レリスの散文に対するある態度を示しているように思われる。ミシェル・レリスの書誌情報については、Louis Yvert, *Bibliographie des écrits de Michel Leiris*, Jean-Michel Place, 1996に詳しい。またシュルレアリスト時代に書かれた散文は、後年になってカトリーヌ・モーボンが編纂した。Voir Michel Leiris, *L'Évasion souterraine*, Fata Morgana, 1992.

(31) Michel Leiris, « Titres et travaux », dans *C'est-à-dire*, Jean-Michel Place, 1992, p. 61.

(32) *Frêle Bruit*, pp. 323-335.

(33) 絶世の美女である湖の乙女ヴィヴィアーヌに惚れたマーリンは、彼女にせがまれて自ら教えた魔法を彼女にかけられる。こうして墓に閉じ込められたマーリンが腐っていくという状況を描いた物語である。Voir Guillaume Apollinaire, *L'Enchanteur Pourrissant* suivi de *Les mammelles de Tirésias* et de *Couleur du temps*, Gallimard, Coll. Poèsie, 1972.

(34) これらアーサー王伝説に関する固有名詞について本章では、基本的には英語読みを踏襲しているが、フランス語での発音の水準で話題が展開するときは、フランス語発音を表記する。

(35) « [Des noms de personne] sont des manettes qu'il me suffit d'actionner pour que s'ouvrent des vannes et que m'emporte une onde indéfinissable 〔...〕. » (*Frêle Bruit*, p. 330.)

(36) 渡邉浩司「ベディヴィア」（松村一男・平藤喜久子・山田仁史編『神の文化史事典』白水社、二〇一三年、四七二―四七三頁）を参照。

(37) 一般的にはジルフレ（Girflet）と表記される人物であるが、レリスが参照した円卓の騎士の物語（*Les Romans de la Table Ronde*, nouvellement rédigés par Jacques Boulenger, Plont-Nourrit et Cie, 1923）ではジフレ（Giflet）と表記

される。

(38) 本章第二節で言及した『成熟の年齢』でレリスは、老いたアーサー王の失踪とヴィヴィアーヌに魔法にかけられたマーリンの物語に強く魅惑されたと述べている。Voir *L'Âge d'homme*, dans *L'Âge d'homme* précédé de *L'Afrique fantôme*, *op. cit.*, p. 845-846.

(39) 参考までにレリスが羅列した十三の場所を掲載しておく。①ムードン測候所、②ヴィレル=コトレの森、③クラマールの森、④ガーナのボスムトゥイ湖、⑤サクレ・クール寺院、⑥ミケーネのライオン門、⑦マリのユゴ・ドゴル、⑧オスロ近郊のジャンプ台、⑨ナポリ近郊のクーマの巫女がいたとされる洞窟、⑩ルートヴィヒ二世のノイシュヴァンシュタイン城（バイエルン）、⑩東ベルリンのファシズム犠牲者の追悼所（ノイエ・ヴァッヘ）、⑪ル・アーブルのドライ・ドック、⑫アイルランドのクロー・パトリック、⑬ダブリンのレオポルド・ブルームの住んだとされる現在のパブの扉。

(40) *Ibid.*, p. 335.

(41) 夏目幸子『ミシェル・レリス研究――自己中心主義から芸術創造によるコミュニケーションへ』、大阪外国語大学学術出版委員会、一九九九年。とくに第三部第二章（一二八―一四三頁）は、このシークエンスにおける「驚異的なるもの」を詳細に分析しているので参照されたい。

(42) Voir *Frêle bruit*, p. 338, p. 339, p. 340, p. 352, et pp. 369-370.

(43) 註38を参照。

(44) Voir Michel Leiris, *Opérratiques*, P.O.L., 1992.

(45) Aliette Armel, *Michel Leiris*, Fayard, p. 658.

(46) 註39の②にあたる。

(47) *Frêle bruit*, p. 369.

(48) « 〔...〕 en lui je vois diverses sortes de merveilleux confluer et se mêler inextricablement 〔...〕» (*Op. cit.*, p. 370.)

(49) *Loc. cit.*

(50) Voir *ibid.*, p. 324, p. 327, p. 330, p. 335, p. 338, p. 361 et p. 374.

(51) Voir *ibid.*, p. 355 et p. 379.

(52) « […] le nom, quoique rocailleux et cristallin (comme d'un sucre extraordinairement blanc qui serait substance sacrée) ne s'achève pas mais, grave vibration de diapason ou grêle courants. » (*Ibid.*, p. 330.)（強調引用者）

追　記

本章は二〇一三年度中央大学特定課題研究（研究課題名「二十世紀両大戦間期のフランスにおける人類学と文学の結節点」）の成果であることをここに報告する。

ペルスヴァル、パルジファルとパーシヴァル少年
――クリスティーナ・ペリ・ロッシ『狂い船』、「聖杯の騎士」の章を読む――

南　映子

はじめに

アーサー王と聖杯の騎士の伝説は、長い時間をかけ、土地から土地へと移動し、新たな意味づけを与えられながらつくられていった。その集大成として、まずはフランスでクレティアン・ド・トロワ（Chrétien de Troyes）が伝説を『ランスロまたは荷車の騎士』（*Lancelot ou Le Chevalier de la Charrette*）（一一七七〜八一年頃）、『ペルスヴァルまたは聖杯の物語』（*Perceval ou Le Conte du Graal*）（一一八〇年代、未完）など五つのテクストにまとめ、イギリスではトマス・マロリー（Thomas Malory）の書いたテクストが『アーサー王の死』（*Le Morte Darthur*）という題名で知られるようになった（キャクストン版は一四八五年）。しかし、これらの作品が書かれた後もアーサー王物語の世界が閉じることはなく、これを源泉として世界の様々な場所で多くの作品が生み出され、その中にはまた別の作品の着想源となったものもある。

アーサー王や聖杯の伝説を踏まえて書かれた近現代の作品には、たとえばアルフレッド・テニソン（Alfred

Tennyson）の「シャロットの女」（*The Lady of Shalott* ）（一八三二年）、リヒャルト・ヴァーグナー（Richard Wagner）の『パルジファル』（*Parsifal*）（初演一八八二年）、マーク・トウェイン（Mark Twain）の『アーサー王宮廷のコネティカット・ヤンキー』(1)（*A Connecticut Yankee in King Arthur's Court*）（一八八九年）、夏目漱石の『薤露行』（一九〇六年）、T・S・エリオット（T. S. Eliot）の『荒地』（*The Waste Land*）（一九二二年）などが挙げられる。(2)

この小論では、アーサー王物語の世界に生じた支流の一つとして、ウルグアイ生まれの詩人・作家、クリスティーナ・ペリ・ロッシ（Cristina Peri Rossi）の代表作と目される小説『狂い船』（*La nave de los locos*）（一九八四年）の「聖杯の騎士」（Un caballero de Santo Grial）と題された章を読み、その解釈を試みたい。この章にはパーシヴァル（Percival）(3)という名の少年が登場するだけでなく、彼は自分の名が「クレティアン・ド・トロワにインスピレーションを与えた」(4)有名な騎士からとられたことや、ヴァーグナーもパーシヴァルに作品を一つ捧げたことを対話の相手に伝えており、その相手もまた、パーシヴァルがヴァーグナーやクレティアン・ド・トロワたちに着想を与えた聖杯の騎士の名だと繰り返す箇所がある。

『狂い船』は多種多様な「テクスト」の引用に満ちており、また一読しただけでは意味のわからない、謎めいた箇所が多い。この小説は「解釈する」という読者の行為によって初めて意味が見出されるような類のテクストの最たるものであり、読者への挑戦とも呼べるような作品だという指摘があるが、(5)それは的を射ている。

「聖杯の騎士」の章にクレティアンとヴァーグナーの名前が繰り返し持ち出されるのは、この章を読むにあたって、若き円卓の騎士パーシヴァルの様々なイメージのうち、クレティアン・ド・トロワの『ペルスヴァルまたは聖杯の物語』（以下『聖杯の物語』と略記）やヴァーグナーの『パルジファル』を踏まえるようにというヒントであると考えてよいだろう。では、そのヒントに従って読むと何が見えてくるのだろうか。ペリ・ロッシは、先行する二つの（ペルスヴァルとパルジファルの）イメージをどのように用い、またどのように書き換えたのか。そしてその書き換えには、どのような意味が見出されるのか。
以下、第一節でまずペリ・ロッシの『狂い船』とパーシヴァルの登場する章の概要を示す。次いで第二節と第三節では「聖杯の騎士」の章を『聖杯の物語』、『パルジファル』と比較し、小説の展開と「聖杯の騎士」の章を関連づけ、また執筆当時の状況などを踏まえながら、この小説におけるパーシヴァルの物語の特徴や、書き換えの意味について考えてみたい。

一　クリスティーナ・ペリ・ロッシ『狂い船』

1　著者と作品

クリスティーナ・ペリ・ロッシ（一九四一年～）は一九六三年に刊行した短編集『生きながら』（*Viviendo*）を皮切りに次々と作品を発表し、若手作家としてウルグアイ国内で名が知られるようになった。しかし一九六八年の世界的な運動に共鳴した彼女は、軍事クーデターを起こす直前のウルグアイ軍部から敵視され、身の危険を感じて七二年にバルセロナへ亡命、同地でウルグアイの軍事政権（一九七三～八五年）への抵抗を続けた。七四年には一時的にパリへ移動し、また八〇年にはドイツ学術交流会の奨学金を受けてベルリンに一年弱滞在したが、七四年末にスペイン国籍を取得して以来、現在に至るまでスペインを執筆活動の拠点としている(6)。ペリ・ロッシ作品にしばしば現れる主題には、圧制への抵抗、亡命、ジェンダー、セクシュアリティ、時間や言語についての思索などがある。

ペリ・ロッシの『狂い船』の舞台は、小説が刊行された一九八〇年代と同じ時代である。主人公エキス（Equis）(7)がいくつかの町を転々とする亡命の旅が主要な筋であり、それにカタルーニャ地方のジローナ大聖堂に保管されている天地創造の大タペストリーの描写が十ヶ所にわたって差し挟まれる構成となっている(8)。

この小説の特徴の一つは、聖書の『創世記』や『イーリアス』、『神曲』、『聖杯の物語』を始めとする古今の西洋文明における重要なテクストや、サリンジャー（Salinger）、コルタサル（Cortázar）、ボルヘス（Borges）、フーコー（Foucault）などの名、ブリューゲル（Brueghel）の「バベルの塔」（La torre de Babel）やヒエロニムス・ボス（Hieronymus Bosch）の「愚者の船」（La nave de los locos）などの絵画、アメリカ、イタリア、ドイツの様々な時代の映画、そして天地創造のタペストリーなど、多種多様な「テクスト」への直接的、間接的な言及に満ちていることである。

また、主人公のエキスだけでなく、序盤にだけ登場するウェルキンゲトリクス（Vercingetórix）（軍部による「強制失踪」の被害に遭った男性）、中盤にエキスが出会い親友となるグラシエラ（Graciela）（独立心が強く行動的な、十五歳ぐらいの女の子）、グラシエラおよびエキスと親交を結び、小説後半の数章のあいだエキスに代わって中心人物となるモリス（Morris）（中世からルネサンス期の文物に通じ、古地図や古書を収集する三十前後の変わり者）、パーシヴァル（Percival）（母につけてもらった聖杯の騎士の名を誇りにしている九歳の少年）、そして最後に登場するルシーア（Lucía）（エキスが働く妊娠中絶手術のバスツアー会社に駆け込んできた不幸な若い女性）と、いずれの主要な顔ぶれも、社会の主流というよりは周縁に位置するような存在である。

2 「聖杯の騎士」の章

パーシヴァル少年が登場するのは「旅、一八　聖杯の騎士」と題された章であり、モリスを中心として物語が展開している箇所にあたる。舞台は大都市の大きな公園で、少年は毎日のようにそこを訪れている。園内の湖は投げ捨てられた空き缶やゴミのせいでひどい有様ではあるが、水とアヒルを見ていると少年は調和のとれた遠い過去に戻れるように感じるのだった。彼の気に入りの場所にはもう一つ、以前は楽団のステージとして使われていた古いあずまやがある。楽団が演奏していた頃のことは母から話を聞いて知るのみだが、今では丸屋根と基壇だけが残るその場所に昔置かれていた楽団用の椅子を想像するのが、少年は好きだった。にわか雨が降ると彼は必ずあずまやへ雨宿りに行き、ほかに来る人のいないその場所が自分だけの空間であるかのように感じていた。

ところがその日、湖を後にしてあずまやへ向かおうとすると、そこに三十前ぐらいの男性の姿が見える。彼は自分のなわばりを侵されたように感じ、そのまま行くかどうか逡巡するが、心を決めると警戒しながら近づいて行く。

これ以降、語りの視点はあずまやにいる闖入者モリスに移る。ちなみにモリスは「聖杯の騎士」の四つ前の章で初めて登場した人物である。彼は「神の村《プエブロ・デ・ディオス》」に住みついた風変りな男で、十六世紀の哲学書を読んでその地で話されている言語を習得したせいで古めかしい言葉づかいで話し、もう誰も読まないような古い本ばかり読み、中世の書物や古切手、蝶などを収集している。都会暮らしの経験もあるモリスは都市を嫌悪しているものの、「聖杯の騎士」の前の章で、自分の書いた本を出版するべく不承不承「大臍《グラン・オンブリーゴ》」と呼ばれる大都市に出てきたところである。

さて、モリスの方も少年に気づいていた。年齢は八歳か九歳ほど、痩せた身体に灰色の髪、緑と青の光が走る瞳が特徴的で、自分の身体を完璧に統御するだけでなく周囲の世界に秩序をもたらすような力を持っているという印象を受けた。モリスは少年に話しかけて名を名乗り、その場所にしばらく留まらせてほしいと頼んでから少年に名前を尋ねる。少年はしばらく相手を吟味したうえで自分の名はパーシヴァルだと明かし、人に名前を尋ねることの重要性を理解していない人が多いとこぼす。その後、自分は母のつけてくれたその名が気に入っていること、パーシヴァルというのは母の尊敬するクレティアン・ド・トロワにインスピレーションを与えた有名な騎士の名であり、ヴァーグナーもパーシヴァルに作品を一つ捧げたことを言い添える。

パーシヴァルは、公園には露出狂や強姦魔や人殺しが出没することや、「頭がよくて官能的」な自慢の母親と二人で暮らしていること、自分の嗅覚は母譲りでとても鋭く、毎日公園を訪れて、街にあふれる悪臭を解毒していることなどを話す。また、物書きであるモリスが自分はクレティアン・ド・トロワには遠く及ばないと謙遜すると、パーシヴァルは、クレティアン・ド・トロワの時代と現代はまったく別の世界だという母のことばを持ち出して彼をなぐさめる。

雨が降り始めると、少年はアマガエルが鳴くだろうと言う。それを聞いたモリスが空からカエルが降ったという新聞記事のことを話題にすると、パーシヴァルはその真偽を疑い、自分は作りものの驚異が好きではない、驚異的なものは現実の中にあり、それを見つけさえすればいいのだと応じる。話しているうちに風雨は強まり稲妻が光り、そして夜が迫ってくる。モリスは髪も靴も雨に濡れてしまったパーシヴァルに自分の上着を羽織らせ、雨があがったら家まで送って行こうと提案するが、少年はアヒルを守るため公園に残ると主張する。数日前に一羽のアヒルが毒入りのパンで殺され、同じいたずらが以前にもあったというのだ。パーシヴァルという名をつけるようなお母さんを困らせてはいけないとモリスは諭すが、母には帰りが遅くなることを知らせてきたと少年は答え、目の前に漂うパンを食べるというアヒルの自然な行いが死に至る行為に変えられてしまうような事態を阻止したいと言い張る。モリスはパーシヴァルの決意に「聖なるもの」の匂いをかぎとり、自分が「聖杯の騎士」の前にいることを理解して、一緒に残らせてほしいと願い出る。少年はほほえみ、暗い中でも白いアヒルが見えるよう木の洞にランタンを隠してあることを伝える。モリスがパーシヴァルの頭のよさを褒めると、少年は母親からそれを受け継いだのだと言い、父と母は価値観があわず早々に離婚したという事情を説明する。それに加えて「パーシヴァルは、ほんとうはランスロットを愛していたのではないか」という解釈を披露し、モリスはその可能性は大いにあると答える。雨があがるとパーシヴァルは、モリスも聖杯の騎士だったらいいのにと言い、モリスは少年を抱きかかえると唇にそっと口づけをする。そして二人は一緒にアヒルのもとへ向かう。

翌週、モリスはプエブロ・デ・ディオスで親しくしていたエキスとグラシエラにそれぞれ手紙を書き、グラン・オンブリーゴで九歳の少年パーシヴァルに恋をしてしまったと知らせ、パーシヴァルと母親と自分の三人はアフリカに拠点を移すことにしたと伝える。エキスとグラシエラは、パーシヴァルの母と同様、モリスと少年の愛を受け入れる。

以上が「聖杯の騎士」の章の概要である。ここに示した通り、この章の全体像は、『聖杯の物語』とも『パルジファル』とも大幅に異なるものである。では、ペリ・ロッシは先行する二つの作品からどのような要素を取り入れ、それをどのように書き換えたのだろうか。続く第二節と第三節で、『聖杯の物語』、『パルジファル』のテクストとの対照を出発点に考えてみよう。

二　パーシヴァルの母

1　父、母との関係

ペリ・ロッシの描いたパーシヴァルと、クレティアン・ド・トロワのペルスヴァル、ヴァーグナーのパルジファルを比べたときにまず注意を引くのは、両親との関係である。

三人には、父親がいないという共通点がある。ただし、父がいなくなった理由には違いがある。ペルスヴァルの父は上の二人の息子が騎士になって討死にしたことを悲しんで亡くなり、パルジファルの父は戦いで命を落とした。クレティアンとヴァーグナーの場合、悲嘆に暮れる母は息子を戦いの世界から引き離して育てようと森に引きこもって暮らすのだが、息子は森を通りかかった騎士たちを見て憧れを抱き、結局母のもとを離れて父の生きた世界へ旅立つ。

一方パーシヴァルの両親は若くして結婚したのだが、間もなく離婚した。父が求めていたのは料理をしたりそばにいて愛してくれたりする女性であり、知的で教養のある母は彼と口論を繰り返した末に別れたというのだ。パーシヴァルがこの事情をモリスに語ったのは、モリスに頭のよさを褒められ、それは母譲りだと応じた際のことであり、少年の好意が父ではなく母に向けられていることは明らかである。

また『パルジファル』第二幕では、「パルジファル」すなわち「汚れなき愚者」という名は[9]、父ガムレット（Gamuret）がアラビアで命を落とす直前に母親のお腹にいる息子に向かって呼びかけていたものだということが明かされる。後述するように、この名は彼が聖杯の騎士になることを予告しており、彼の運命を決めたのは父であることがわかる。

一方、パーシヴァルとモリスはアヒルたちを毒殺犯から守ることを「聖杯の騎士」としての使命だと認識しているのだが、パーシヴァルの行動を方向づけるのは、母がつけてくれた名前や、「クレティアン・ド・トロワの時代には聖なる使命があったが、今ではそれが失われてしまった」という母のことばである。

さて、クレティアンとヴァーグナーの作品の場合、母親は息子を失った悲しみのあまり命を落とす。クレティアンのペルスヴァルは自分が出発した際に母が気を失って倒れたことを気にかけており、騎士になるための手ほどきをしてくれたゴルヌマン・ド・ゴルオー（Gornemant de Gorhaut）のもとからも、自分が窮地から救い出した美しい恋人ブランシュフルール（Blanchefleur）のもとからも、母に会いたい一心で立ち去るほどの愛着を示す。ところが、偶然出会った従姉（恋人を殺されて悲嘆に暮れているところだった）から母の死を知らされると、もう会えないことを一通り悲しみ、母の魂の行く末を祈った後は「死んだ人は死んだ人のところ、生きている者は生きている者同士」[10]（Les mors as mors, les vis as vis;）（三六三〇行）とあっさり割り切ってしまう。

ヴァーグナーのパルジファルは、母の名前を覚えてはいたものの、クリングゾル（Klingsor）の魔法の園で魔性の女クンドリ（Kundry）から母の最期を聞かされるまで、母を置いてきたことをすっかり忘れている。

他方ペリ・ロッシのパーシヴァルは、アヒルたちのために夜の公園に留まることを決めた日は、学校でサッカーの試合があるから遅くなると前もって母に伝えてあり、ほんとうの理由を明かしてはいないものの心配をかけないように配慮している。しかも、パーシヴァルはモリスと共にアフリカに旅立つことを決めるのだが、母を置いて行くのではなく、三人で一緒に行くことになっている。

クレティアンとヴァーグナーの両作品では、ペルスヴァルおよびパルジファルが憧れを抱く対象は父であり、息子は母に愛情を感じながらも、母のもとからは去る。しかし、ペリ・ロッシ作品に描かれた父親はパーシヴァルが目指したいと思うような模範ではない。少年はむしろ、父と別れて自由に生きる道を選んだ母を誇りに思っており、彼女のもとを離れるつもりはない。

2　母の影響

クレティアンのペルスヴァル、ヴァーグナーのパルジファルを特徴づけるのは、彼が登場して間もない頃に見せる、並外れて無知で愚かな受け答えや行動である。しかし彼は、人から得た助言や何らかの決定的な経験のおかげで賢くなっていく。では、彼には賢くなる素地があるにも拘わらず、なぜ初めは無知で愚かだったのだろうか。

クレティアンの『聖杯の物語』では、騎士にしてほしいと宮廷にやって来たペルスヴァルの粗野な振る舞いを見て執事騎士のクー（Keu）が彼をからかうと、アーサー王は、「この若者は、たとえ今はまだ単純でも、高貴な人物かもしれぬし、たとえば彼の受けた教育のためで、よからぬ師についたゆえかもしれぬ」[11]（'Por che, se li vallés est niches, / S'est il, puet c'estre, gentix hom, / Que il li vient d'aprision, / Qu'il a esté a malvais mestre;'）（一〇一二―一五行）とクーをたしなめ、若者の今後の成長に期待を示す。

王の言う「よからぬ師」とは、ペルスヴァルを教育した人物、つまり母を指すことになる。実際、母はペルスヴァルが戦いで殺されてしまわないように彼を騎士の世界から遠ざけ、無知でいるように育てたのだが、人の話に耳を貸さず一度思い込むと修正がきかないという彼の欠点とその無知が結びくと、母の忠告はペルスヴァルの失態を招くことがある。旅立って間もなく、ある天幕に行きついた彼は、母から受けたいくつかの忠告を誤解してとんでもない行動に出る。それが教会だと思い込んで中に入り、そこにいた若い乙女に接吻し、さらには彼女が恋人からもらった指輪を奪ってしまうのだ。ペルスヴァルの無分別な行いが原因で、乙女は嫉妬に狂った恋人からひどい仕打ちを受けることになる。

ペルスヴァルの愚かな振る舞いが目立たなくなるのは、ゴルヌマン・ド・ゴルオーから騎士になる手ほどきを受けた後である。彼の忠告に従い、ペルスヴァルは母に支度してもらった粗末な着物を脱いで騎士にふさわしい衣服に着替え、自分を教え導いたのは母であるとふれ回ることをやめ、然るべき地位のある人物に教えを受けたと言うことにする。これらの場面は、彼が騎士の世界で通用するようになるためには母の庇護から脱け出る必要があったことを示唆していると考えてよいだろう。ゴルヌマン・ド・ゴルオーが与えた忠告のうち、喋りすぎるなという教えは後にペルスヴァルに災いをもたらすきっかけとなるのだが、騎士として認められるような振る舞いは、彼の手ほどきのおかげで身につけたのだ。

ヴァーグナー作品に目を転ずると、こちらでもパルジファルの愚かさは母親に原因があることが示されている。パルジファルは登場して間もなく老騎士グルネマンツ（Gurnemanz）からたくさんの質問を受けるが、父の名も知らず、自分の名前さえ覚えていない。するとパルジファルに代わって魔性の女クンドリが、彼が父を知らないのはガムレットが戦場で死んだためだとグルネマンツに伝え、息子が同じ運命をたどらないよう騎士の世界から遠ざけ何も教えなかった母のことを嘲って笑う。

そしてパルジファルが無知の状態から脱するのは、クンドリの口づけによってである。彼女は、彼の父と母の愛がどんなものだったか教えてやろうと言い、「母親からの最後の祝福」として「最初の愛の口づけ」を与える。するとパルジファルは「罪深い欲望」に襲われ、「愛の苦しみ」を知る(12)。こうして彼は、聖杯の城の王アムフォルタス（Amfortas）の苦しみ、つまりクリングゾルに操られたクンドリの誘惑に負け、さらにはキリストに傷を負わせた聖槍をクリングゾルに奪われ、その槍で傷つけられた苦しみを理解する。母との関係に注目してこの一節を見れば、パルジファルが知を得るには、母から受ける慈愛の世界に生きる段階を終え、欲望に結びついた愛の世界を知る必要があったことが読み取れる。

さて、ペリ・ロッシのパーシヴァルの場合はどうだろうか。少年によれば、公園に来ている人たちに木々の名前を尋ねても確信を持って答える人はおらず、話しかけられて初めて自分の周りにたくさんの木があることに気づく人や、物思いにふけるあまり如何なるコミュニケーションにも開かれていない人もいる。それに対し、パーシヴァルは母から受け継いだ鋭い嗅覚でスイカズラと藤の香りをかぎ分けることができ、藤の香りがどこから来るかも知っている。また、雨が降り始めると植物の陰でアマガエルが鳴くことを予告するのだが、彼によれば、誰もそこにカエルがいるとは思ってもいない。彼は無知であるどころか、公園内の動植物について、普通の大人よりもよく知っているのだ。

しかもモリスはエキスとグラシエラに宛てた手紙の中で、パーシヴァルは賢い少年であり、彼にも規律が必要なので学校に行かせるべきだが、そこで新たに学ぶことは何もないだろうと書いており、パーシヴァルがよく知っているのは公園の中のことだけではないことがわかる。

また、モリスが読書好きであることを聞くとパーシヴァルは自分の母もそうだと言い、彼女が「ニーベルングのサガ」をドイツ語とフランス語と英語で読み、最近ではセルバンテスを読むためにスペイン語を学んでいることを誇る。さらに、少年が暗い中でアヒルを見守るためにランタンを用意しているとモリスに伝え、賢さと万端な準備を褒められると、自分は母の賢さを受け継いだと上機嫌で答える。

三作品を比べてみると、クレティアンとヴァーグナーの作品では母は息子の潜在的な能力を制限したり、彼の愚かな振る舞いを引き出したりする存在として描かれているのに対し、ペリ・ロッシ作品のパーシヴァルは、母からの遺伝や母が示す模範のおかげで感覚の鋭さや賢さを得たことになっている。

3　母の名前

クレティアン、ヴァーグナー、ペリ・ロッシの三作品を比較すると、母に関するもう一つの興味深い点に気づく。それは、母の名前に関する問題である。

まず、ペルスヴァルの母を見てみよう。彼女が息子の旅立ちに備えて与えた助言の中に、人は名前で相手を知るものだから、道連れができたら相手の名前を訊くべきだというものがある。ところが、このように教えた当人の名は明らかにされない。彼女自身の言い分を踏まえれば、彼女がどのような人物なのかを知る手がかりは一切与えられていないことになる(13)。母が家族の悲劇をペルスヴァルに語って聞かせた(彼がまったく聞く耳を持たなかった)ときも、自分については優れた騎士の家柄の出であることと、夫と二人の息子(ペルスヴァルの兄たち)を亡くしてからはペルスヴァルだけが慰めだったということしか語らない。つまり彼女の人物像は、家柄や、夫や息子たちとの関係性の中にしか存在しないのだ。

一方ヴァーグナー作品の場合、母の名はパルジファルが登場した場面で覚えていた数少ない記憶の一つだった。先述の通り、パルジファルはグルネマンツに様々な質問を投げかけられるが何も答えられない。業を煮やしたグルネマンツに知っていることを言うよう促されてようやく答えたのが、ヘルツェライデ（Herzeleide）という名の母がおり、母と自分の故郷は森と荒野だということだった。

母の名の意味については、クンドリがパルジファルに母の最期を知らせるくだり（第二幕）で明かしている。自分の意に反して旅立ったまま戻ってこない息子を待ち続け、嘆き苦しんだ末に、「苦しみ［ライト（Leid）］」が彼女の「心臓［ヘルツ（Herz）］を」破り、「ヘルツェライデは死んだ」と言うのだ。[14] つまりヘルツェライデの場合には名前が与えられてはいるものの、結局のところその名前と結びつけられるのは愛する夫の死や息子の不在を嘆き苦しむ姿であり、クレティアン作品と大きな差はない。

では、ペリ・ロッシ作品の場合はどうだろうか。パーシヴァルは、モリスから君の母さんは何をする人なのかと問われると「ぼくを愛してくれる（Me ama）」と「完璧に自然な様子で（con perfecta *naturalidad*）」[15] 答える。つまり、母親として息子を愛することが彼女の第一の属性として示されているのだ。しかし、パーシヴァルが誇る母には、先行する二作品とはまったく異なる意味づけを示唆するエバ（Eva）という名前が与えられている。エバという名についての考察は次の項に譲りたいのだが、ここでは公園の場面の直後に置かれた手紙を見ておこう。モリスはその手紙で、三人でのアフリカ行きに喜んで同意したパーシヴァルの母を、好奇心と熱情に満ちた偉大な女性だと言っている。また、渡航先で生計を立てる手段として、自分はある調査団に鱗翅目の顧問としての職を見つけ、パーシヴァルの母は語学講師として生計を立てる見込みだと述べている。彼女は、新たな局面を受け入れる柔軟性と自活する能力を備えた人物として描かれているのだ。

パーシヴァルの母に注目して三作品を比べると、クレティアンとヴァーグナーの作品では共通して彼女が母という役割のほかには個性のない存在として描かれていることがわかる。それに対してペリ・ロッシ作品に登場するパーシヴァルの母は、息子から、そして第三者であるモリスからも、母としてだけでなく知的で魅力的な一人の女性として尊敬を受けている。

4　エバの解放

さて、パーシヴァルの母に与えられたエバという名前にはどのような意味が読み取れるのか。まずは小説の展開の中に手がかりを探ってみよう。

『狂い船』の最後にあたる五つの章のタイトルを順に挙げると「旅、一八　聖杯の騎士」、「エバ」(EVA)、「旅、一九　ロンドン」(El viaje, XIX: Londres)、「旅、二〇　白い船」(El viaje, XX: Una nave blanca)、「旅、二一　謎」(El viaje, XXI: El enigma) となるのだが、パーシヴァルの母の名がエバであることは「ロンドン」の章で明かされる。

「聖杯の騎士」と「ロンドン」の章のあいだには、他とは異質な(章題に数字がつけられていない唯一の)「エバ」という章があり、それは三つの異なるテクストで構成されている。まず、男の魔術師たちに決められたしきたりに従わざるを得ないエバの嘆きを綴った「告白録」の断片があり、次に、スコットランドの若いシングルマザーが子どもの父親に養育費を求める訴えを起こしたが、避妊を怠った女性に罪があるとの判決が出されたというニュースを伝える新聞記事(見出しは「生まれるためには二人必要だが罪があるのは一人だけ」(SE NECESITAN DOS PARA NACER PERO UNO SOLO TIENE LA CULPA)[16])が置かれている。最後に、グラシエラが小中学生を相手にした授業で楽園でのアダムとエバの様子を書かせた短文が列挙されており、そこにはキリスト教の世界観を教え込まれた子どもたちが女性に対してどれほど負のイメージを持っているかが示されている。そしてこの課題に取り組んだ四十人のうち三十九人は、数あるエバの短所の中に「好奇心が強すぎること」を挙げている。ただし、好奇心の強さは長所かもしれないと答えた生徒も一人いた。

この「好奇心」が、パーシヴァルの母と『旧約聖書』のエバをつなぐ仕掛けである。モリスはエキスへの手紙に「パーシヴァルは宿命的に好奇心が強い（Perciva1 es condenadamente curioso）」[17]と書いているのだが、少年に対する彼の総合的な判断を踏まえれば、モリスは好奇心の強さを肯定的な属性と捉えていると見てよいだろう。また、パーシヴァルが母を自慢する際に使う「頭がよくて官能的（*Inteligente y sensual*）」[18]という奇妙な表現は、賢いヘビから神のことばに偽りがあることを教えられて禁忌を破り、善悪の知識の木の実を食べて裸体の官能美を意識したエバの姿に重ね合わせることができる。こうして、エバにつきまとう負のイメージが肯定的なものに塗り替えられているのだ。

ここでクレティアン作品に立ち戻ってみよう。『クレチアン・ド・トロワ研究序説』において渡邉浩司は、『聖杯の物語』の前半と後半で展開されるペルスヴァルとゴーヴァンの冒険を比較して、「ゴーヴァンを支配しているのは、『母なるもの』への本能的な愛着」であり、彼の冒険は「『母権制』社会への回帰」[19]であるのに対し、ペルスヴァルの冒険譚は「『父なるもの』の探求」[20]と読むことができると述べている。また、それは「『母権制』の価値を貶めるもの」であり、「クレチアン（クレティアン）による物語のキリスト教化の一端」を示すものだと解釈している。[21]ペリ・ロッシの行ったパーシヴァルの母親像の書き換えは、ちょうどこれと反対の方向性を示している。[22]

これまでのことを考え合わせると、ペリ・ロッシ作品におけるパーシヴァルの母、エバは、クレティアンがキリスト教的な価値観を投影して描いたペルスヴァルの母と、その根源にある『創世記』のエバのそれぞれにつきまとう負のイメージを、二重に、そして根本から塗り替えるような存在だと考えることができるだろう。

三　聖杯の騎士パーシヴァル

1　パーシヴァルの攻撃性

この節ではパーシヴァル本人に注目する。まずはそれぞれのテクストで彼が主要な人物と初めて対面する場面を見てみよう。

クレティアンのペルスヴァルは、騎士への憧れを胸に旅立って間もなく、美しい深紅の甲冑を身につけた騎士に出会い、その武具が欲しくなる。アーサー王の城にたどり着き、騎士にしてほしい、深紅の甲冑が欲しいと無作法かつ尊大な態度で王に頼むと、自分で奪いに行けとクーにからかわれる。ことば通り受け取ったペルスヴァルが騎士のもとに戻り甲冑をよこせと言うと、腹を立てた騎士はペルスヴァルに攻撃を加える。すると傷を負った若者はかっとして短槍を放ち、目から脳髄を貫かれた騎士は即死する。ペルスヴァルは人を殺したことを何とも思わず、不器用に兜や剣や甲冑を剝ぎ取りにかかる。

ペルスヴァルの行いを知ったアーサー王がその粗暴さに驚くことはない。彼の強さを評価し、彼が自分のもとを去ったことを惜しむのみである。というのも、紅の騎士はペルスヴァルに会う直前に王を侮辱していた。ペルスヴァルが騎士を倒したことで王は彼に奪われた盃を取り戻すことができ、はからずもペルスヴァルは王の恥辱をそそいだことになったのだ。

この点では『聖杯の物語』と『パルジファル』に大きな違いがある。ヴァーグナーのパルジファルが初めて舞台に現れるのは、クリングゾルに負わされた傷跡を癒すべく、聖杯の城の王アムフォルタスが聖なる湖で水浴していたときのことである。彼は野生の白鳥を射落とした犯人としてグルネマンツの前に連れて来られる。自分は飛んでいるものなら何でも矢を命中させられると悪びれず自慢する若者に対し、グルネマンツは静かな平和に包まれた聖なる森で白鳥を殺したことを厳しく責める。平穏が破られる前の森の動物たちや小鳥たちの調和に満ちた様子、白鳥が湖を清めていたこと、白鳥が人間になついていたことなどを彼に知らしめ、「自分の犯した罪がわかるか」、「罪の大きさがわかるか」と問い詰める。(23) ヴァーグナー作品に登場したばかりのパルジファルは、弓矢づかいの巧みさを評価されるどころか、無知ゆえに犯した殺生の罪を糾弾されるのである。

他方ペリ・ロッシのパーシヴァルは、あずまやに他人がいるのを認めると、なわばりを侵されたように感じて怒りを覚える。大人の権力に対抗するため、本能に従い、また昔兵士だった老人に話を聞いて教わったゲリラ戦法を思い出しながら、小石を拾って遠くに放ってみたり草をむしって噛んだり蟻を眺めたりしつつ、交戦状態に備え、空き瓶を集めてあずまやに近づく。しかし、パーシヴァルが実際にモリスに危害を加えることはない。また、モリスが少年のうちに見てとるのは、彼が身体のすみずみを完全にコントロールしているばかりか、「自分の周りの世界を秩序づけ、構成する(ordenaba y configuraba el mundo a su alrededor)」ような特殊な力を持っているということである。(24) そしてモリスが礼儀正しく話しかけると、少年は警戒しながらも会話に応じ、少しずつ怒りを鎮め、衝突は回避される。さらに、ヴァーグナーが用いた湖と鳥の組み合わせはペリ・ロッシの作品にも登場するが、自然の調和に対して敏感なパーシヴァルは、アヒルを攻撃するどころか反対に悪質ないたずらから守ろうとする。(25)

この点に関しては、三つの作品それぞれが異なる様相を呈している。クレティアンのペルスヴァルが甲冑欲しさと本能的な怒りによって発揮した攻撃性は、結果として王に利益を生み、肯定的な評価が与えられる。ヴァーグナーのパルジファルが無邪気に発揮した攻撃性は、神聖さを汚す暴挙として非難される。そしてペリ・ロッシのパーシヴァルは、攻撃性と無縁ではないものの、自制する力を備えており、暴力に訴えることはないのである。

2　聖杯の儀式

次に、聖杯の儀式のくだりを比べてみよう。

クレティアンのペルスヴァルは、漁夫王の城に泊めてもらった際に四角形の広間で不思議な光景を目撃する。血を流す槍やグラアル（聖杯）を見て疑問を抱くが何も尋ねず黙っており、そのことが災禍を呼ぶのだと後に複数の人から責められる。[26]

ヴァーグナーの場合、白鳥を射た若者の無知に驚いたグルネマンツは、彼こそが予言された「共に苦しみて知に至る、汚れなき愚者」[27]であり、王の傷を癒すことができる者であることを期待したのか、丸天井の食事の広間で行われる聖餐式にパルジファルを連れて行く。そこでは先王ティートゥレル（Titurel）に促されたアムフォルタスが、救世主イエスの流した血であるワインと、人間の贖罪のため神に捧げられた肉体であるパンを、聖杯によって祝福して聖杯の騎士たちに与える。しかしパルジファルには儀式の意味がまったくわからず、グルネマンツに罵倒される。

ペリ・ロッシ作品に聖杯の儀式そのものは描かれないのだが、どうやらパーシヴァル気に入りの、先の尖った美しい丸屋根で覆われたあずまやには、『パルジファル』に登場する聖餐式の広間のイメージが重ね合わされているようだ。

『パルジファル』とパーシヴァルをつなぐ湖とあずまやはどちらも、記憶にさえ残っておらず、遺伝子にかすかな痕跡だけが留められているような遠い過去の世界へとパーシヴァルを引き戻す。彼は自分が「アヒルや水と共通の物質であった（había sido una sustancia común a los patos y al agua）」[28]頃を想像し、また彼があずまやから雨を見つめる姿は「天地創造のさなかにある孤独な神（un dios solitario en medio de la creación）[29]」のイメージと結びつけられている。失われた楽団の椅子を想像することを好むのと同様、パーシヴァルは「自然」な状態、根源的な調和の状態を想起する傾向がある。

ところが、彼はあずまやの屋根に集まる鳩たちに小石を放り投げて飛び立たせ、鳩たちの形作る調和のとれた形を崩してみることがある。それは鳩たちが自分にはわからない信仰の儀式を執り行っているように見え、自分が下層民として除け者扱いされたように感じて恨めしいためだというのだ。このくだりは、ヴァーグナー作品におけるパルジファルの苦い経験を思わせる。ただし、『パルジファル』では鳩が歴然とした「救世主の優しき使い[30]」として示されるのだが、パーシヴァルの見る鳩に秘儀的な意味をかぎとるのは彼自身しかいないという違いがある。[31]また、パーシヴァルが、以前あずまやで演奏していた楽団の半円形に並んだ椅子を想像するという箇所があるが、記憶の中でのみ出現する椅子は、聖杯の騎士たちが座る円卓のかすかな名残にも見える。

三つの作品を比べてみると、クレティアンとヴァーグナーの「儀式」の場面には宗教的な秘儀の意味合いがあり、『パルジファル』ではキリスト教性がより明確に示されているのだが、ペリ・ロッシは宗教性を大幅に薄めている。また、クレティアンでは秘儀を理解できないままにしておくという態度が、ヴァーグナーでは理解できないこと自体が責められるのだが、『狂い船』では、鳩たちの様子を秘儀になぞらえて見るのはパーシヴァル自身であり、誰かから理解するよう迫られることはなく、緊張が生まれることはない。

3　パーシヴァルの「冒険」

今度は、パーシヴァルのたどる「冒険」そのものについて見ていきたい。

『聖杯の物語』のペルスヴァルに期待されるのは、まずは勇敢で強い騎士として乙女を守り、またアーサー王に仕えることである。次に、従姉や「醜い乙女」の謎めいた宣告により、血を流す槍は何でありグラアルは誰に食事を運ぶものなのかという疑問を解いて、漁夫王の傷を癒し自らの招いた厄災を解消するという試練が課される。そして最後に、聖金曜日に出会った隠者（彼の伯父）の出現によって、ペルスヴァルの冒険に明らかにキリスト教的な意味づけがなされる。槍の謎は明かされないが、隠者は、グラアルで給仕を受けるのが漁夫王の父、自分とパーシヴァルの母にとっては兄弟にあたる人物であり、霊的存在となったその人は十二年（「十五年」や「二十年」という異本もある）もの間グラアルにのせて運ばれる聖餅だけで生きていることを教える。隠者の導きを受けたペルスヴァルは、母を死に至らしめた罪を悔悟し、キリスト教徒としての正しい行いを身につける。ペルスヴァルの冒険譚は、彼が「神さまが金曜日に死を受容し、十字架に梟けられたこと」（'Que Diex el vendredi rechut / Mort et si fu crucefiez.'）（六五〇一―一一行）を理解し、復活祭の日に「まことふさわしい態度で」（'molt dignement'）（六五一三行）聖体を拝領したところで終わる。[32]

ヴァーグナー作品には、さらに劇的な展開がある。パルジファルにはアムフォルタスの傷を癒すことが期待されるが、初めて聖餐式に立ち会った段階でその力を持たないのは先述の通りである。しかし第二幕において、ティートゥレルやアムフォルタスに恨みを抱いてアムフォルタスに傷を負わせた魔法使い、クリングゾルの城にパーシヴァルが赴くと、事態は一転する。アムフォルタスを誘惑したクンドリその人の口づけを受けると、パルジファルは王を苛む愛欲の苦悩を知り、この「共に苦しむ」経験によって知に至る。クンドリは、自分を愛し、自分と共に苦しんで救済してほしいと彼に懇願するのだが、パルジファルは誘惑を退けて純潔を守る。それを見たクリングゾルはパルジファルに聖槍を投げるがそれは彼の頭上に留まり、パルジファルが槍で十字を切ると、城は崩れ魔法の園は荒野と化す。聖金曜日に聖槍を携えて聖杯の城に戻った彼は、クンドリに足を洗ってもらい、グルネマンツから頭に祝福の水を受けると、今度は自分がクンドリに洗礼を授ける。そしてパルジファルは、聖杯の儀式を執り行うことができずに父を死なせてしまったアムフォルタスが狂おしく嘆いているところに参上すると、聖槍でその傷を治し、王に代わって聖杯の儀式を執り行う。最後の場面では、アムフォルタスの傷は癒え、丸天井から一羽の白い鳩（救世主の使い）がパルジファルの頭上に舞い降り、クンドリは息を引き取り、それぞれに「救済」が与えられることになる。

他方、ペリ・ロッシのパーシヴァルが自ら引き受けた使命は、公園の湖にいるアヒルを救うことである。毒入りパンで殺されたアヒルの死骸が発見されたこと、以前も未遂事件があったことを知ったパーシヴァルは、「彼ら（アヒルたち）は誰にもそうするなとは言われないので（毒入りのパンでも）食べるのだ、アヒルたちが始まりから守っている規則の通り、そうすべきだから食べるのであり、自然な行為が突然転覆され得るなんてアヒルたちには理解できないのだ（ellos comen porque nadie les ha dicho lo contrario; es una regla que cumplen desde el principio, comen porque así debe ser y no comprenden cómo un acto *natural* puede ser de pronto subvertido）[33]」と言い、自分がいたずらを阻止しなくてはならないと考えている。

パーシヴァルの章に劇的な展開は皆無である。彼は毒殺犯が人目のないことを利用して犯行に及ぶのだと考えており、犯行を防ぐ手立てはただ一つ、見張ることしか用意していない。実際、彼が自信を持って見せる備えは、暗がりでアヒルの白い羽毛を照らすランタンのみである。さらに公園の場面は、「あなたも聖杯の騎士だったらいいのに（Me gustaría mucho que tú también fueras un caballero de Santo Grial）」とパーシヴァルに言われたモリスが少年を抱き上げて「そっと、ほんとうにそっと（suave, muy suavemente）」口にキスをし、二人でアヒルのところへ向かうという記述で終わり[34]、犯人との対決の場面はない。

このように、パーシヴァルに課された使命に注目してみると、この点でもクレティアンとヴァーグナーの違いが大きいことがわかる。ヴァーグナーは『聖杯の物語』や、そのドイツ語版にあたるヴォルフラム・フォン・

エッシェンバハ（Wolfram von Eschenbach）の『パルチヴァール』[35]（*Parzival*）に描かれた無知な若者やその両親、傷ついた王とその父親などの人物を取り入れつつ、聖杯による聖餐や血を流す聖槍のモチーフに、より明確にキリスト教的な意味づけを与えている。また、王に傷を負わせた悪役を登場させて善悪の対立構造を打ち立て、誘惑する女を登場させて愛欲と罪を結びつけ、そして罪悪と救済の対照を明らかにすることによって、細部を見れば難解ではあっても全体の構図は捉えやすく、結末に向けた高揚感を演出するようにつくり上げている。

そしてペリ・ロッシは、パーシヴァルの「冒険」に関してはこのヴァーグナー作品を出発点とし、そこで用いられたモチーフを取り入れつつ、調子や意味合いを変えているようだ。

まず、あずまやの丸屋根にとまる鳩は救世主の使いとしての鳩、パーシヴァル少年の髪と靴が雨で濡れたという記述はパルジファルの受けた洗礼の場面との対応が見出せるが、どちらもペリ・ロッシ作品では宗教的な意味合いが削ぎ落され、日常の文脈に置き換えられている。パーシヴァルが救おうとしているのは「聖杯の王」ではなくただのアヒルであるため、物語から荘重さは取り除かれている。彼が意識するのは、根源的な調和の状態が回復されることである。また、悪者との対決の場面もなければ事件の解決も示されないため、スペクタクル性は大幅に弱められている。

また、ペリ・ロッシ作品には、ヴァーグナーが使用したモチーフの意味が変えられているようなところがある。第一に、『パルジファル』に出てくるパンは聖体であり、聖杯の騎士たちに霊的な力を与える糧であるのに対して、「聖杯の騎士」の章に登場するパンは、悪質な犯人によって毒を盛られた、アヒルを殺すための餌である。パーシヴァルは、いわば「負の聖体拝領」が行われるのを阻止しようとしているのだ。

第二に、口づけのモチーフも興味深い。クンドリの口づけは母性愛とは質の異なる男女の愛をパルジファルに目覚めさせるが、その愛欲は救済を妨げる罪だとみなされ、彼を苦しめる。一方、モリスがパーシヴァルに与えたささやかな口づけは、汚らわしさとは無縁なものとして描かれている。モリスは友人たちに「自分は九歳の少年に激しく恋をした（Me he enamorado perdidamente de un niño de nueve años）[36]」、「自分は素敵な九歳の少年に恋をした（me he enamorado de un encantador niño de nueve años）[37]」と告白しており、彼の行動は見方によっては不道徳とも見られかねないだろうが、そうした捉え方には予防線が張られている。

問題のくだりを少し前からたどり直してみよう。少年が「パーシヴァルはランスロットのことを愛していたのではないかと思う（Yo creo que Percival, en realidad, amaba a Lancelot）」と言うと、モリスはそれに同意したうえで「君のお母さんはどんな意見なのか（¿Qué opina tu madre?）」と訊く。それに対して少年は「母はもっと伝統的な物の見方をする」が、「考え方がもう少し成熟したら話してみる（Ella tiene una versión más tradicional de las cosas [...]. En cuanto sus criterios hayan madurado un poco más, se lo diré）」と答える[38]。その後で少年がモリスも聖杯の騎士だったら嬉しいと言い、モリスは彼を抱き上げて優しくキスをする。

二人の交わした会話からは、恋愛関係は異性間のものであるべきだという伝統的な考え方が未熟なものだという捉え方や、パーシヴァルもモリスに愛情を抱いたことが読み取れる。そして、エバが二人の関係を認めたという設定は、読者にも「伝統的な物の見方」から離れてみるよう示唆しているように思われる[39]。

4　パーシヴァルの「悪魔祓い」

最後に、パーシヴァルの物語において『パルジファル』に見られる攻撃性、宗教性、スペクタクル性が取り除かれたり、愛に関する価値観の転覆が図られたりしていることの意味を考えてみよう。

まずは小説の展開の中に手がかりを探ってみたい。モリスから旅立ちの知らせを受け、主人公エキスと友人グラシエラはプエブロ・デ・ディオスの家を引きはらう。「ロンドン」の章でエキスは妊娠中絶手術を望む女性たちをロンドンのクリニックへ送るバスの会社で働いているのだが、妊娠四カ月を目前にようやく必要な代金をそろえてツアー会社に駆け込んできた女性と、もう席はないと彼女に言い渡す支配人の会話の途中に、突如ナチス時代のドイツで書かれた手紙が割って入る。

それによれば、ボイエル（Boyer）社は三百から四百人のユダヤ人妊婦を強制収容所から会社の実験室に送るようドイツの当局に複数回にわたって要請したという。一九三八年に書かれた一通の手紙で、社長は「依頼の荷」を受け取ったこと、新しい化学物質で実験を行ったところ生存者はいなかったことを報告し、再度実験を行う予定があるので同じ便宜を図ってほしいと頼んでいる。

さらに、手術の可能性を断たれ絶望して店を出た女性にエキスが追いつき、会社に見つからないようにロンドンまで彼女を連れて行く手立てがあることを知らせたところで、次の手紙が挿入される。その手紙で社長は、今回の女性たちは痩せ衰え、その大半が感染症にかかっていたが「使用」に支障はなく、今回も生存者はいなかったことを報告し、二週間後にまた「荷物」を送ってほしいと依頼している。

妊娠中絶手術のクリニックに向かうバスと「実験室」に送られる車には大勢の妊婦を移送するという共通点があることは確かだが、突然差し挟まれるこのナチス時代の妊婦殺人への言及は、小説の中でも特に唐突な印象を与える箇所である。そして、ナチスの攻撃の的となったユダヤの女性たちのイメージが提示されるのは、これが最後ではない。

ロンドンに向かう道中、エキスは例の女性（ルシーアLucía）と会話を交わす。手術を終えてバスが出発地に戻るとルシーアは立ち去るが、エキスは彼女のことが忘れられない。彼はルシーアを探して街をさまよい歩き（「白い船」の章）、偶然目にしたトランスベスタイト・ポルノショーのポスターに彼女の写真を見つけて店に入る（最終章、「謎」）。

ステージに現れた彼女は、短い金髪にシルクハット、ネクタイ、ゆったりしたズボンという男装で、ディートリッヒのようにドイツ語で「リリー・マルレーン」(Lili Marlen)を歌っていた。この場面でエキスはルシーアの姿を見て『愛の嵐』(*Portero de noche*)のシャーロット・ランプリング(Charlotte Rampling)、『地獄に堕ちた勇者ども』(*La caida de los Dioses*)のヘルムート・バーガー(Helmut Berger)、そして『嘆きの天使』(*El ángel azul*)のマレーネ・ディートリッヒ(Marlene Dietrich)と、幾重にも重なるイメージをさかのぼっていくのだが、そのすべてにナチス・ドイツ時代のユダヤ人迫害との関係がある。一九五〇年代のウィーンを舞台とするリリアナ・カヴァーニ(Liliana Cavani)監督の『愛の嵐』(*Il Portiere di notte*)(一九七三年)では、ランプリング演じるルチア(Lucia)は、強制収容所に入れられていた少女時代に彼女を弄んだ元ナチス将校、マクシミリアンと偶然出会うという設定である。ルキノ・ヴィスコンティ(Luchino Visconti)監督の『地獄に堕ちた勇者ども』(*La Caduta degli dei*)(一九六九年)はナチスが政権についた頃のドイツが舞台であり、バーガーの演じるマルティンはユダヤ人の幼い少女を強姦し、その子を自殺に追いこんでしまう。

ディートリッヒとナチスの関わりについては、小説の中に説明がある。舞台上のルシーアは「リリー・マルレーン」を歌い終わると、客席にはジョセフ・フォン・スタンバーグ(Josef von Sternberg)のことを思い出す人はいないだろうが、マレーネをアメリカ合衆国に連れ出し、ナチスの手から彼女を救ったのは彼なのだとマイクを通じて語る。(40) 『嘆きの天使』(*Der blaue Engel*)(一九三〇年)は、スタンバーグ監督がディートリッヒを起用した作品であった。

ナチス・ドイツによるユダヤ人迫害の問題は小説の最後で唐突に現れたような印象を与えるが、(41) このテーマへと移行する蝶番のような役割を担っているのが、「聖杯の騎士」の章なのではないかと思われる。というのも、『パルジファル』には、ヒトラーによって政治的なプロパガンダに利用された、さらには反ユダヤ思想の拠り所となったというイメージがあるからだ。

もっとも、ヴァーグナーと「第三帝国」の関係をめぐる様々な言説を検証したパメラ・ポッターは、そのようなイメージには誇張や歪曲が見られると述べている[42]。しかし、ペリ・ロッシの「聖杯の騎士」と『パルジファル』の関係について考えるうえで重要なのは、小説が書かれた頃に流布していたイメージだろう。

ポッターの論考によれば、バイロイト音楽祭の創設百周年にあたる一九七六年、ドイツ文学者のハルトムート・ツェリンスキー（Hartmut Zelinsky）がヴァーグナーからヒトラーに受け継がれた反ユダヤ思想を描き出し、同年、映画監督のハンス・ユルゲン・ジーバーベルク（Hans-Jürgen Syberberg）が、ヴァーグナーの息子の妻であるヴィニフレートがヒトラーへの変わらない忠誠を率直に語る姿を撮影した[43]。それから何年にもわたり、ヴァーグナーとヒトラーのナショナリズムや反ユダヤ主義を結びつけるだけでなく、ヴァーグナー作品とヒトラーの思想を関連づける指摘がなされてきた[44]。中でも、ツェリンスキーは『パルジファル』を反ユダヤ主義という観点から解釈し、ヒトラーが一九三四年に『パルジファル』の上演が実現できるよう尽力したのは、作品に民族の純粋性保持とユダヤ人の殲滅というナチスの目的に通じる意味があるためだと論じた[45]。

ペリ・ロッシがウルグアイの軍部による弾圧を逃れて亡命し、フランコ政権末期から民主化の時代のスペインで暮らしたという経歴、また一九八〇年にはベルリンに作家として招かれ八カ月の時を過ごしたことを考え合わせれば、「聖杯の騎士」の章と『パルジファル』との関連性を明確に示し、小説の終盤でナチスによるユダヤ人迫害の問題を思い出させた著者は、こうした一連の議論を意識していたのではないかと思われる。

このように仮定すれば、次のような解釈が可能になる。ヴァーグナーの『パルジファル』を下敷きにしつつ、パーシヴァルの攻撃性を封じ、善悪の二項対立を取り除き、純粋さを守ることによって聖性を獲得するというモチーフを崩し、硬直化した規範意識を考え直すきっかけを提供し、そして読者（聴衆）を情動的に動かすようなスペクタクル性とは無縁にするというペリ・ロッシの書き換えには、ナチスに利用されたと考えられた『パルジファル』に対する、一種の悪魔祓いのような意味合いがあったのではないだろうか。

おわりに

本章では、クリスティーナ・ペリ・ロッシが書いた『狂い船』の「聖杯の騎士」の章について、先行作品として踏まえていることが作中で明確に示されたクレティアン・ド・トロワとリヒャルト・ヴァーグナーの作品と照合することでペリ・ロッシの小説におけるパーシヴァルの物語の特徴を確認し、パーシヴァルの母の人物像とパーシヴァルの冒険譚に注目してその解釈を試みた。

パーシヴァルの母の人物像については、クレティアン作品からヴァーグナー作品に引き継がれたキリスト教文化における男性中心的な世界観や女性に与えられた負のイメージが、『創世記』までさかのぼって転覆されている様を読み取った。そしてパーシヴァルの「冒険」譚については、テクスト内の攻撃的な要素や硬直的な規範意識が解きほぐされ、また『パルジファル』につきまとうようになったナチスのユダヤ人迫害につながるイメージに対して、そうした迫害に利用され得る要素を作品から取り除くような操作が認められることを論じた。

もちろんこれは一つの解釈にすぎない(46)のだが、こうした見方は『狂い船』全体に関してペリ・ロッシが持っていた問題意識とも符合することを最後に示しておきたい。

小説の最終章で、エキスはルシーアに対する愛をどうすれば伝えることができるか悩み、夢に繰り返し現れる謎かけ、つまり「愛する女に男が差し出すことのできる最大の捧げものとは何か(47)」(¿Cuál es el mayor tributo, el homenaje que un hombre puede ofrecer a la mujer que ama?) という問いについて考え続ける。最後に彼が見出した答えは、「男性性」（virilidad）である。[48] ペリ・ロッシは一九九二年に行われたインタビューにおいて、エキスが小説の最後で放棄する「男性性」とは、身体的なものではなく、文化的に規定された男性的振る舞いのことを指すのだと解説している。[49] さらに、小説全体の核心にあるテーマは「攻撃を行わないこと、攻撃性を他者に向けないこと（el no practicar la agresividad, no dirigir la agresividad hacia los demás）」だと説明し、[50] 同じ場でペリ・ロッシは、男性的な文化はサディズムや競争性、攻撃性によって特徴づけられると論じ、女性はその攻撃の的になることが多いとも述べている。[51]

　小説内で突如言及されるユダヤ人妊婦の殺害は、そうした攻撃性の発露の最たるものだと言えるだろう。そして、男性中心の世界を塗り替え、また攻撃的な要素を解体する「聖杯の騎士」の章は、その正反対の方向を目指しているようだ。

（1）本書所収の論考、近藤まりあ「二人の魔術師――マーク・トウェイン『アーサー王宮廷のコネティカット・ヤンキー』におけるアーサー王物語――」を参照。

（2）高宮利行『アーサー王伝説万華鏡』（中央公論社、一九九五年）および『ユリイカ』一九九一年九月号特集「アーサー王伝説」（青土社）を参照。

（3）Percivalをスペイン語風に発音すれば「ペルシバル」だが、この章ではPercivalとLancelotという表記が用いられている（スペイン語表記ではPercevalとLanzaroteと書く）ため、英語式の発音が想定されているものと考えられる。ちなみに、『狂い船』には、イギリス文学に通じたホルヘ・ルイス・ボルヘス（Jorge Luis Borges）の名を故意に英語風にGeorge Lewis Borgesと書き換えた箇所があり、ペリ・ロッシが言語によって名前の表記が変化することに意識的であったことが伺われる。

（4） Peri Rossi, Cristina. (1984), *La nave de los locos*, Barcelona: Editorial Seix Barral, p. 139. 日本語は拙訳。

（5） Blanco-Arnejo, María D. (1997), "Un desafío para el lector: Metamorfosis e identidad en *La nave de los locos* de Cristina Peri Rossi", *Hispania*, Vol. 80, No. 3, p. 441.

（6） Dejbord, Parizad Tamara. (1998), *Cristina Peri Rossi: Escritora del exilio*, Buenos Aires: Galerna, pp. 220 -228.

（7） Equis はスペイン語におけるアルファベットのXの名称である。

（8） 金沢百枝『ロマネスクの宇宙——ジローナの「天地創造の刺繍布」を読む』（東京大学出版会、二〇〇八年）を参照。

（9） 名前の由来については、以下の記述を参照した。「ワーグナーは、ドイツの文筆家ヨーゼフ・ゲレスの説に従って、「パルジファル」は、アラビア語の「パルシー・純粋な」と「ファル・愚かな者」からきていると考えていた。しかし、当時、交友関係にあったジュディト・ゴーティエから、アラビア語にはそんな言葉はない、と指摘されたが、ワーグナーは気にかけなかった、と伝えられている。」ハンス・マイヤー著、天野晶吉訳『改訂版　リヒャルト・ワーグナー』芸術現代社、二〇一三年、二七六頁。

（10） クレチアン・ド・トロワ著、天沢退二郎訳『ペルスヴァルまたは聖杯の物語』、『フランス中世文学集2　愛と剣と』所収、白水社、一九九一年、二一〇頁。この翻訳の底本は、フランス国立図書館一二五七六番写本に依拠したウィリアム・ローチによる校訂本である（Roach, W. (éd.) (1959), *Le roman de Perceval ou Le Conte du Graal*, Genève: Droz et Paris: Minard）。

（11） クレチアン・ド・トロワ、前掲書、一六二頁。

（12） ヴァーグナー著、井形ちづる訳『パルジファル』、『ヴァーグナー　オペラ・楽劇全作品対訳集——《妖精》から《パルジファル》まで——　2』所収、水曜社、二〇一四年、三三二頁。

（13） 名前の問題に関して渡邉浩司は、ペルスヴァルの母が名前も失った「やもめの貴婦人」として現れることと冒頭部分で主人公に名前が与えられていないことを関連づけ、ペルスヴァルと母の暮らしていた森は不定形な世界であるため、その住人には名前の持ち主にふさわしい態度を課したり人間同士の関係を規定したりする明確な標識としての名前を持つ必要がなかったのだと解釈している（渡邉浩司『クレチアン・ド・トロワ研究序説』中央大学出版部、二〇〇二年、八四頁)。

(14) ヴァーグナー、前掲書、三二一頁。なお、パルジファルの名とは異なり、ヘルツェライデの名前の解釈にはドイツ語が用いられている。

(15) Peri Rossi, *op. cit.*, p. 142. 強調原文。

(16) *Ibid.*, p. 155.

(17) *Ibid.*, p. 146.

(18) *Ibid.*, p. 140. 強調原文。

(19) 渡邉浩司、前掲書、二二四頁。

(20) 前掲書、二二五頁。

(21) 前掲書、二二五頁。

(22) ただし、パーシヴァルの世界から男性が徹底的に締め出されるわけではないことは、少年とエバとモリスが三人でアフリカに行くという展開に表れている。そこでモリスについて振り返ってみると、彼が初めて登場する章(旅、十四プエブロ・デ・ディオス Pueblo de Dios)にグラシエラとの関係を描いた興味深い一節がある。グラシエラは権威主義的な父を嫌っており、一方で「過保護になることも自由を奪うこともなく、自分のようになれとか、自分に足りないところを補うよう強要することもなく大切にしてくれる(la quiso, sin protegerla excesivamente, sin perturbar su libertad, sin exigirle que se le pareciera ni que fuera su complementaria)」モリスをたいへん慕っている(Peri Rossi, *op. cit.*, p. 99)。しかも、モリスは収集家としての仕事で忙しくしているため、「グラシエラを教育することがお互いにとっての隷属状態に変わることはなく、楽しい気晴らし、共通の楽しみとなった(impidieron que la educación de Graciela se convirtiera en una esclavitud para ambos, ejerciéndose, en cambio, como un deleitable pasatiempo, una diversión común)」というのだ(*Ibid.*, p. 100)。ここに、語り手の考える親子関係の一つの理想像が垣間見える。

(23) ヴァーグナー、前掲書、三〇一頁。

(24) Peri Rossi, *op. cit.*, p. 139.

(25) 白鳥の代わりにアヒルが登場することは、『パルジファル』の第二幕の最後でのグルネマンツの発言を思い出させる。聖杯の儀式を理解しないパルジファルに怒ったグルネマンツは、「今後は、ここでは白鳥はそっとしておきなさい、ガチョウのように無知なお前は、ガチョウでも探すがいい！」と怒鳴る（ヴァーグナー、前掲書、三〇九頁）。

(26) 聖杯の儀式や血を流す槍、ペルスヴァルの沈黙等の解釈については、ジャン・フラピエ著、松村剛訳『アーサー王物語とクレチヤン・ド・トロワ』（朝日出版社、一九九八年）第七章「聖杯物語あるいはペルスヴァル」（二一五―二六二頁）を参照。なお漁夫王の城でペルスヴァルが目撃する「槍」「グラアル」「肉切板」については、近年神話学的な観点から新たな解釈が出されている。例えば、渡邉浩司「ペルスヴァルに授けられた剣と刀鍛冶トレビュシェットの謎――クレチアン・ド・トロワ作『聖杯の物語』再読」（『続　剣と愛と――中世ロマニアの文学』中央大学出版部、二〇〇六年、一六九―二一七頁）を参照。

(27) ヴァーグナー、前掲書、二九九頁。

(28) Peri Rossi, *op. cit.*, p. 134.

(29) *Ibid.*, p. 136.

(30) ヴァーグナー、前掲書、三〇五頁。

(31) 小説の一部を成す天地創造のタペストリーの記述の中には、鳩が神の聖霊として登場する。Peri Rossi, *op. cit.*, p. 72.

(32) クレチアン・ド・トロワ、前掲書、二六三頁。

(33) Peri Rossi, *op. cit.*, p. 144.　強調原文。

(34) *Ibid.*, p. 145.

(35) ヴォルフラムの『パルチヴァール』とクレティアン・ド・トロワの『聖杯の物語』の相違については、ヴォルフラム・フォン・エッシェンバハ著、加倉井粛之、伊東泰治、馬場勝弥、小栗友一訳（郁文堂、一九九八年）の解説（伊東、馬場、小栗）、特に四五九―四六一頁を参照。

(36) *Ibid.*, p. 146.

(37) *Ibid.*, p. 147.

(38) *Ibid.*, p. 145.

(39) 『狂い船』に関する論考においてガブリエラ・モラは、モリスとパーシヴァルの関係について鋭い指摘を行っている。モラによれば、容認するのが難しいと思われるが清らかで敬意のあるものとして描かれている二人の関係を、軍部によって「強制失踪」させられたウェルキンゲトリクスや妊娠中絶手術を受けることを阻まれそうになったルシーアのエピソードなどと対比させてみるべきである。『狂い船』は、政敵を失踪させたり妊娠中絶手術を阻んだりすることが現実世界で認められているのに、愛情と尊敬による関係をなぜ私たちは容認しないのかを、そして「自然」とは何か、「自然に反すること」とは何かを改めて考えさせるテクストである（Mora, Gabriela. (1988), "Peri Rossi: *La nave de los locos* y la búsqueda de la armonía", *Nuevo texto crítico*, Vol. 1, No. 2, Segundo semestre, p. 346.）。

(40) Peri Rossi, *op. cit.*, p. 192.

(41) ただし、小説の中ほどの章――「旅、九　セメント工場」（El viaje, IX: La fábrica del cemento）――には、軍事独裁政権下のアルゼンチンと思しき国で「強制収容所」に送られたウェルキンゲトリクスの物語があり、これとナチスの収容所が対をなしているとも考えられる。また、「堕天使」（El viaje, XII: El ángel caído）の章には、エキスが自分でもなぜその話題を選んだのかわからないと言いながら、ポーランド人愛国者たちがナチスから救ったクラクフのタペストリーのことを話すくだりがある。

(42) Potter, Pamela M. (2008), "Wagner and the Third Reich: myths and realities", in Grey, Thomas S. (ed.), *The Cambridge companion to Wagner*, Cambridge University Press, pp. 234- 244.

(43) *Ibid.*, p. 236. ちなみに、ジーバーベルクは一九八二年に歌劇『パルジファル』を映画化している。この映画についてバリー・ミリントン（Barry Millington）は、「ナチスによるワーグナー利用の亡霊を祓おうとする試みであった」と述べている（バリー・ミリントン著、三宅幸夫監訳、和泉香訳『バイロイトの魔術師　ワーグナー』悠書館、二〇一三年、二六八―二七〇頁）。

(44) Potter, *op.cit.*, p. 236.

(45) *Ibid.*, p. 242. このほか、鈴木淳子『ヴァーグナーと反ユダヤ主義――「未来の芸術作品」と一九世紀後半のドイツ精神』（アルテスパブリッシング、二〇一一年）、第2章「ヴァーグナーの舞台作品に見られる反ユダヤ的思想」、3節「『パルジファル』における腐敗」（一六二―二〇二頁）を参照。

(46) 本章では触れることのできなかった論点のうち、重要だと思われるものを一つ挙げておきたい。驚異的なものは現実の中にあり、それを見つけさえすればいいのだというパーシヴァルの主張である。これは、キューバの小説家アレホ・カルペンティエル（Alejo Carpentier）がシュルレアリストたちを批判し、アメリカ大陸の現実にこそ驚異的なものがあると宣言した、『この世の王国』（El reino de este mundo）（一九四九年）の有名な序文の中心命題である。そしてそこでは、アーサー王物語の世界も、作りものの驚異として批判されている。アレホ・カルペンティエル著、木村榮一、平田渡訳『この世の王国』水声社、一九九二年、九―一八頁、特に一〇頁を参照。

(47) Peri Rossi, *op. cit.*, p. 183, 184, 190, 195, 196.

(48) *Ibid.*, p. 196.

(49) San Román, Gustavo. (1992), "Entrevista a Cristina Peri Rossi", *Revista Iberoamericana, Número especial dedicado a la literatura uruguaya*, Vol. 58, No. 160- 161, p. 1048.

(50) *Loc. cit.*

(51) *Ibid.*, p. 1046.

研究活動記録

二〇一一年四月に発足した研究チーム「アーサー王物語研究」は、公開研究会や公開講演会を定期的に開催し、自らの勉学の場とすると同時に、他分野の研究者たちとの交流の場としてきた。以下がその一覧である（肩書きは当時のもの）。この万華鏡のような研究会を支えて下さった講師の皆さんに、改めて感謝申し上げたい。

（渡邉）

二〇一一年度

第一回（通算第一回）［公開研究会］　七月一五日（金）

講　師　平島直一郎氏（西南学院大学非常勤講師）

テーマ　アイルランド語記述文化の成立と展開――オガム文字から『レンスターの書』まで

第二回（通算第二回）［公開講演会］　八月二九日（月）

講　師　フィリップ・ヴァルテール氏（フランス・グルノーブル第三大学教授）（通訳・渡邉浩司研究員）

テーマ　『聖杯の書』または十三世紀散文「聖杯物語群」の誕生――ボン大学図書館五二六番写本をめぐって

第三回（通算第三回）［公開研究会］　一〇月一五日（土）～一六日（日）

第三一回日本ケルト学会研究大会　共催

フォーラム・オン「聖人伝研究の現在」　司会・渡邉浩司研究員

第四回（通算第四回）〔公開講演会〕　一一月五日（土）
講　師　徳井淑子（お茶の水女子大学教授）
テーマ　モードからみたフランス史
第五回（通算第五回）〔公開研究会〕　一二月一七日（土）
国際アーサー王学会日本支部二〇一一年度年次大会　共催
報告者　林邦彦客員研究員
テーマ　*Saga af Tristram ok Ísodd* 再考
第六回（通算第六回）〔公開研究会〕　二〇一二年一月二一日（土）
講　師　篠田知和基氏（広島市立大学元教授）
テーマ　愛の神話学
第七回（通算第七回）〔公開研究会〕　二〇一二年三月一〇日（土）
講　師　佐佐木茂美氏（明星大学名誉教授）
テーマ　「書き変わる神話」――『散文トリスタン物語』（その三）、およびオヴィディウス『転身の譜』中世
　　　版をめぐって

二〇一二年度
第一回（通算第八回）〔公開研究会〕　五月二二日（火）
講　師　ナタリア・ペトロフスカイア氏（イギリス・ケンブリッジ大学後期博士課程）
テーマ　ウェールズの聖杯伝説とケルト神話――『ブリテン島三題歌』と「マビノギ四枝」をめぐって

第二回（通算第九回）［公開研究会］　六月三〇日（土）
講　師　栗原健氏（アメリカ・フォーダム大学史学部客員研究員）
テーマ　中世オランダ語版「アーサー王物語」の世界――『ランスロ集成』と『ワルウェイン物語』をめぐって
第三回（通算第一〇回）［公開研究会］　七月六日（金）
講　師　平島直一郎氏（西南学院大学非常勤講師）
テーマ　物語『クアルンゲの牛捕り』とその写本伝統について
第四回（通算第一一回）［公開研究会］　八月三〇日（木）
講　師　フィリップ・ヴァルテール氏（フランス・グルノーブル第三大学教授）（通訳・渡邉浩司研究員）
テーマ　偽ネンニウス作『ブリトン人史』（九世紀）が描くアーサーの十二の戦い――神話伝承とケルトの固有名をめぐって
第五回（通算第一二回）［公開研究会］　一二月一五日（土）
国際アーサー王学会日本支部二〇一二年度年次大会　共催
報告者　林邦彦客員研究員
テーマ　消極的な求婚者――アイスランドのbridal-quest romanceから

二〇一三年度
第一回（通算第一三回）［公開研究会］　五月二五日（土）
報告者　小宮真樹子客員研究員
テーマ　乳兄弟と兄弟愛――*Le Morte Darthur* におけるケイの描写

報告者　小路邦子客員研究員
テーマ　スコットランドにおけるモードレッド像
第二回（通算第一四回）［公開研究会］　六月一日（土）
講　師　篠田知和基氏（広島市立大学元教授）
テーマ　世界神話の可能性
第三回（通算第一五回）［公開研究会］　八月二八日（水）
講　師　フィリップ・ヴァルテール氏（フランス・グルノーブル第三大学名誉教授）（通訳・渡邉浩司研究員）
テーマ　民話・伝説・神話——神話批評のための三つのキーワードをめぐって
第四回（通算第一六回）［公開研究会］　一〇月四日（金）
講　師　平島直一郎氏（西南学院大学非常勤講師）
テーマ　アイルランド語のアーサー王文学を読む
第五回（通算第一七回）［公開研究会］　一〇月三〇日（水）
講　師　マリーナ・シピトゥーニナ氏（大阪大学全学教育推進機構非常勤講師）
テーマ　世界観を形成する「空」という概念をめぐって——神話的な意味から宗教的な理解へ
講　師　豊田純一氏（国際基督教大学アーツ・サイエンス学部言語科学科客員上級准教授）
テーマ　「空」の概念と文法——未来形を民族言語学的視点から

二〇一四年度
第一回（通算第一八回）［公開研究会］　五月一〇日（土）

講　師　森野聡子氏（静岡大学教授）
テーマ　ウェールズ伝承文学におけるアーサー物語の位置づけ

二〇一五年度

第一回（通算第一九回）［公開研究会］　七月一八日（土）
講　師　ナタリア・ペトロフスカイア氏（ユトレヒト大学准教授）（通訳・渡邉浩司研究員）
テーマ　中世ウェールズ文学におけるガウェイン

第二回（通算第二〇回）［公開研究会］　一〇月二四日（土）
講　師　横山安由美氏（フェリス女学院大学教授）
テーマ　ロベール・ド・ボロン『魔術師マーリン』をめぐって

Studies in Arthurian Literature from its Origins to the Present

(Chuo University Press, 2016)

Contents

Part I : The Origins of Arthurian Literature

Philippe WALTER, « Genèse de la littérature arthurienne (VIIIe-XIIIe siècle) » *3*

Satoko ITO-MORINO, « Arthurian Lore in Medieval Wales » *33*

Part II : Aspects of the Knights of the Round Table

Makiko KOMIYA, « Foster Brothers and Fraternity: Kay the Seneschal in Malory's *Morte Darthur* » *83*

Kuniko SHOJI, « Mordred: The Symbol of the Scottish Resistance » *109*

Koji WATANABE, « Le périple de Gauvain dans l'Autre Monde. Relire la seconde partie du *Conte du Graal* de Chrétien de Troyes » *145*

Part III : Arthurian Literature in the Netherlands and Scandinavia

Ken KURIHARA, « Walewein and Arthurian Romances in the Medieval Netherlands » *197*

Kunihiko HAYASHI, « The Three Versions of the Faroese Ballad Cycle *Ívint Herintsson* and the Norwegian Ballad *Iven Erningsson* » *231*

Part IV : Modern and Contemporary Arthurian Literature

Maria KONDO, « Two Magicians: Arthurian Romances in *A Connecticut Yankee in King Arthur's Court* » *263*

Yoko HEMMI, « Arthurian Romances and J. R. R. Tolkien: Aval(l)on and Eressëa » *285*

Takahisa HONDA, « Quand la quête du Graal chez Leiris retrouve la légende arthurienne dans le nom BEADEVER » *325*

Eiko MINAMI, « Perceval, Parsifal and a boy named Percival: A reading of Cristina Peri Rossi's "A Knight of the Holy Grail" (*The Ship of Fools*) » *357*

執筆者紹介（執筆順）

ヴァルテール，フィリップ　フランス・グルノーブル第三大学名誉教授

渡《わた》邉《なべ》浩《こう》司《じ》　研究員・中央大学経済学部教授

森《もり》野《の》聡《さと》子《こ》　客員研究員・静岡大学情報学部教授

小《こ》宮《みや》真《ま》樹《き》子《こ》　客員研究員・近畿大学文芸学部特任講師

小《しょう》路《じ》邦《くに》子《こ》　客員研究員・慶應義塾大学文学部非常勤講師

栗《くり》原《はら》健《けん》　準研究員・ユニオン神学校（アメリカ）研究科博士課程

林《はやし》邦《くに》彦《ひこ》　客員研究員・尚美学園大学総合政策学部講師

近《こん》藤《どう》まりあ　研究員・中央大学経済学部准教授

辺《へん》見《み》葉《よう》子《こ》　客員研究員・慶應義塾大学文学部教授

本《ほん》田《だ》貴《たか》久《ひさ》　研究員・中央大学経済学部准教授

南《みなみ》映《えい》子《こ》　研究員・中央大学経済学部助教

アーサー王物語研究　源流から現代まで

中央大学人文科学研究所研究叢書　62

2016年3月1日　第1刷発行

編　者　中央大学人文科学研究所

発行者　中央大学出版部

代表者　神崎茂治

〒192-0393　東京都八王子市東中野742-1

発行所　中央大学出版部

電話 042(674)2351　FAX 042(674)2354

http://www2.chuo-u.ac.jp/up/

藤原印刷㈱

ISBN978-4-8057-5346-0

中央大学人文科学研究所研究叢書

1 五・四運動史像の再検討

A5判 五六四頁

（品切）

2 希望と幻滅の軌跡 反ファシズム文化運動

様々な軌跡を描き、歴史の壁に刻み込まれた抵抗運動の中から新たな抵抗と創造の可能性を探る。

A5判 四三四頁

三五〇〇円

3 英国十八世紀の詩人と文化

A5判 三六八頁

（品切）

4 イギリス・ルネサンスの諸相 演劇・文化・思想の展開

A5判 五一四頁

（品切）

5 民衆文化の構成と展開 遠野物語から民衆的イベントへ

全国にわたって民衆社会のイベントを分析し、その源流を辿って遠野に至る。巻末に子息が語る柳田國男像を紹介。

A5判 四三四頁

三五〇〇円

6 二〇世紀後半のヨーロッパ文学

第二次大戦直後から八〇年代に至る現代ヨーロッパ文学の個別作家と作品を論考しつつ、その全体像を探り今後の動向をも展望する。

A5判 四七八頁

三八〇〇円

中央大学人文科学研究所研究叢書

7
近代日本文学論　大正から昭和へ
時代の潮流の中でわが国の文学はいかに変容したか、詩歌論・作品論・作家論の視点から近代文学の実相に迫る。
A5判　三六〇頁
二八〇〇円

8
ケルト　伝統と民俗の想像力
古代のドイツから現代のシングにいたるまで、ケルト文化とその稟質を、文学・宗教・芸術などのさまざまな視野から説き語る。
A5判　四九六頁
四〇〇〇円

9
近代日本の形成と宗教問題〔改訂版〕
外圧の中で、国家の統一と独立を目指して西欧化をはかる近代日本と、宗教とのかかわりを、多方面から模索し、問題を提示する。
A5判　三三〇頁
三〇〇〇円

10
日中戦争　日本・中国・アメリカ
日中戦争の真実を上海事変・三光作戦・毒ガス・七三一細菌部隊・占領地経済・国民党訓政・パナイ号撃沈事件などについて検討する。
A5判　四八八頁
四二〇〇円

11
陽気な黙示録　オーストリア文化研究
世紀転換期の華麗なるウィーン文化を中心に二〇世紀末までのオーストリア文化の根底に新たな光を照射し、その特質を探る。巻末に詳細な文化史年表を付す。
A5判　五九六頁
五七〇〇円

12
批評理論とアメリカ文学　検証と読解
一九七〇年代以降の批評理論の隆盛を踏まえた方法・問題意識によって、アメリカ文学のテキストと批評理論を多彩に読み解き、かつ犀利に検証する。
A5判　二八八頁
二九〇〇円

中央大学人文科学研究所研究叢書

13
風習喜劇の変容　王政復古期からジェイン・オースティンまで
王政復古期のイギリス風習喜劇の発生から、一八世紀感傷喜劇との相克を経て、ジェイン・オースティンの小説に一つの集約を見る、もう一つのイギリス文学史。

A5判　二六八頁　二七〇〇円

14
演劇の「近代」　近代劇の成立と展開
イプセンから始まる近代劇は世界各国でどのように受容展開されていったか、イプセン、チェーホフの近代性を論じ、仏、独、英米、中国、日本の近代劇を検討する。

A5判　五三六頁　五四〇〇円

15
現代ヨーロッパ文学の動向　中心と周縁
際だって変貌しようとする二〇世紀末ヨーロッパ文学は、中心と周縁という視座を据えることで、特色が鮮明に浮かび上がってくる。

A5判　三九六頁　四〇〇〇円

16
ケルト　生と死の変容
ケルトの死生観を、アイルランド古代／中世の航海・冒険譚や修道院文化、またウェールズの『マビノーギ』などから浮かび上がらせる。

A5判　三六八頁　三七〇〇円

17
ヴィジョンと現実　十九世紀英国の詩と批評
ロマン派詩人たちによって創出された生のヴィジョンはヴィクトリア時代の文化の中で多様な変貌を遂げる。英国十九世紀文学精神の全体像に迫る試み。

A5判　六八八頁　六八〇〇円

18
英国ルネサンスの演劇と文化
演劇を中心とする英国ルネサンスの豊饒な文化を、当時の思想・宗教・政治・市民生活その他の諸相において多角的に捉えた論文集。

A5判　四六六頁　五〇〇〇円

19 ツェラーン研究の現在　詩集『息の転回』第一部注釈

二〇世紀ヨーロッパを代表する詩人の一人パウル・ツェラーンの詩の、最新の研究成果に基づいた注釈の試み、研究史、研究・書簡紹介、年譜を含む。

A5判　四四八頁　四七〇〇円

20 近代ヨーロッパ芸術思潮

価値転換の荒波にさらされた近代ヨーロッパの社会現象を文化・芸術面から読み解き、その内的構造を様々なカテゴリーへのアプローチを通して、解明する。

A5判　三四四頁　三八〇〇円

21 民国前期中国と東アジアの変動

近代国家形成への様々な模索が展開された中華民国前期（一九一二〜二八）を、日・中・台・韓の専門家が、未発掘の資料を駆使し検討した国際共同研究の成果。

A5判　五九二頁　六六〇〇円

22 ウィーン　その知られざる諸相
もうひとつのオーストリア

二〇世紀全般に亙るウィーン文化に、文学、哲学、民俗音楽、映画、歴史など多彩な面から新たな光を照射し、世紀末ウィーンと全く異質の文化世界を開示する。

A5判　四二四頁　四八〇〇円

23 アジア史における法と国家

中国・朝鮮・チベット・インド・イスラム等における古代から近代に至る政治・法律・軍事などの諸制度を多角的に分析し、「国家」システムを検証解明する。

A5判　四四四頁　五一〇〇円

24 イデオロギーとアメリカン・テクスト

アメリカン・イデオロギーないしその方法を剔抉、検証、批判することによって、多様なアメリカン・テクストに新しい読みを与える試み。

A5判　三二〇頁　三七〇〇円

中央大学人文科学研究所研究叢書

25 ケルト復興

一九世紀後半から二〇世紀前半にかけての「ケルト復興」に社会史的観点と文学史的観点の双方からメスを入れ、複雑多様な実相と歴史的な意味を考察する。

A5判　五七六頁
六六〇〇円

26 近代劇の変貌　「モダン」から「ポストモダン」へ

ポストモダンの演劇とは？　その関心と表現法は？　英米、ドイツ、ロシア、中国の近代劇の成立を論じた論者たちが、再度、近代劇以降の演劇状況を鋭く論じる。

A5判　四二四頁
四七〇〇円

27 喪失と覚醒　19世紀後半から20世紀への英文学

伝統的価値の喪失を真摯に受けとめ、新たな価値の創造に目覚めた、文学活動の軌跡を探る。

A5判　四八〇頁
五三〇〇円

28 民族問題とアイデンティティ

冷戦の終結、ソ連社会主義体制の解体後に、再び歴史の表舞台に登場した民族の問題を、歴史・理論・現象等さまざまな側面から考察する。

A5判　三四八頁
四二〇〇円

29 ツァロートの道　ユダヤ歴史・文化研究

一八世紀ユダヤ解放令以降、ユダヤ人社会は西欧への同化と伝統の保持の間で動揺する。その葛藤の諸相を思想や歴史、文学や芸術の中に追求する。

A5判　四九六頁
五七〇〇円

30 埋もれた風景たちの発見　ヴィクトリア朝の文芸と文化

ヴィクトリア朝の時代に大きな役割と影響力をもちながら、その後顧みられることの少なくなった文学作品と芸術思潮を掘り起こし、新たな照明を当てる。

A5判　六五六頁
七三〇〇円

31
近代作家論
鴎外・茂吉・『荒地』等、近代日本文学を代表する作家や詩人、文学集団といった多彩な対象を懇到に検証、その実相に迫る。
A5判　四三二頁
四七〇〇円

32
ハプスブルク帝国のビーダーマイヤー
ハプスブルク神話の核であるビーダーマイヤー文化を多方面からあぶり出し、そこに生きたウィーン市民の日常生活を通して、彼らのしたたかな生き様に迫る。
A5判　四四八頁
五〇〇〇円

33
芸術のイノヴェーション　モード、アイロニー、パロディ
技術革新が芸術におよぼす影響を、産業革命時代から現代まで、文学、絵画、音楽など、さまざまな角度から研究・追求している。
A5判　五二八頁
五八〇〇円

34
剣と愛と　中世ロマニアの文学
一二世紀、南仏に叙情詩、十字軍から叙事詩、ケルトの森からロマンスが誕生。ヨーロッパ文学の揺籃期をロマニアという視点から再構築する。
A5判　二八八頁
三一〇〇円

35
民国後期中国国民党政権の研究
中華民国後期（一九二八～四九）に中国を統治した国民党政権の支配構造、統治理念、国民統合、地域社会の対応、対外関係・辺疆問題を実証的に解明する。
A5判　六四〇頁
七〇〇〇円

36
現代中国文化の軌跡
文学や語学といった単一の領域にとどまらず、時間的にも領域的にも相互に隣接する複数の視点から、変貌著しい現代中国文化の混沌とした諸相を捉える。
A5判　三四四頁
三八〇〇円

中央大学人文科学研究所研究叢書

37
アジア史における社会と国家
国家とは何か？　社会とは何か？　人間の活動を「国家」と「社会」という形で表現させてゆく史的システムの構造を、アジアを対象に分析する。
A5判　三五二頁
三八〇〇円

38
ケルト　口承文化の水脈
アイルランド、ウェールズ、ブルターニュの中世に源流を持つケルト口承文化―その持続的にして豊穣な水脈を追う共同研究の成果。
A5判　五二八頁
五八〇〇円

39
ツェラーンを読むということ
詩集『誰でもない者の薔薇』研究と注釈
現代ヨーロッパの代表的詩人の代表的詩集全篇に注釈を施し、詩集全体を論じた日本で最初の試み。
A5判　五六八頁
六〇〇〇円

40
続　剣と愛と　中世ロマニアの文学
聖杯、アーサー王、武勲詩、中世ヨーロッパ文学を、ロマニアという共通の文学空間に解放する。
A5判　四八八頁
五三〇〇円

41
モダニズム時代再考
ジョイス、ウルフなどにより、一九二〇年代に頂点に達した英国モダニズムとその周辺を再検討する。
A5判　二八〇頁
三〇〇〇円

42
アルス・イノヴァティーヴァ
レッシングからミュージック・ヴィデォまで
科学技術や社会体制の変化がどのようなイノヴェーションを芸術に発生させてきたのかを近代以降の芸術の歴史において検証、近現代の芸術状況を再考する試み。
A5判　二五六頁
二八〇〇円

43 メルヴィル後期を読む

複雑・難解であることが知られる後期メルヴィルに新旧二世代の論者六人が取り組んだもので、得がたいユニークな論集となっている。

A5判 二四八頁 二七〇〇円

44 カトリックと文化 出会い・受容・変容

インカルチュレーションの諸相を、多様なジャンル、文化圏から通時的に剔抉、学際的協力により可能となった変奏曲（カトリシズム（普遍性））の総合的研究。

A5判 五二〇頁 五七〇〇円

45 「語り」の諸相 演劇・小説・文化とナラティヴ

「語り」「ナラティヴ」をキイワードに演劇、小説、祭儀、教育の専門家が取り組んだ先駆的な研究成果を集大成した力作。

A5判 二五六頁 二八〇〇円

46 档案の世界

近年新出の貴重史料を綿密に読み解き、埋もれた歴史を掘り起こし、新たな地平の可能性を予示する最新の成果を収載した論集。

A5判 二七二頁 二九〇〇円

47 伝統と変革 一七世紀英国の詩泉をさぐる

一七世紀英国詩人の注目すべき作品を詳細に分析し、詩人がいかに伝統を継承しつつ独自の世界観を提示しているかを解明する。

A5判 六八〇頁 七五〇〇円

48 中華民国の模索と苦境 1928～1949

二〇世紀前半の中国において試みられた憲政の確立は、戦争、外交、革命といった困難な内外環境によって挫折を余儀なくされた。

A5判 四二〇頁 四六〇〇円

49

現代中国文化の光芒

文字学、文法学、方言学、詩、小説、茶文化、俗信、演劇、音楽、写真などを切り口に現代中国の文化状況を分析した論考を多数収録する。

A5判　三八八頁
四三〇〇円

50

アフロ・ユーラシア大陸の都市と宗教

アフロ・ユーラシア大陸の都市と宗教の歴史が明らかにする、地域の固有性と世界の普遍性。都市と宗教の時代の新しい歴史学の試み。

A5判　二九八頁
三三〇〇円

51

映像表現の地平

無声映画から最新の公開作まで様々な作品を分析しながら、未知の快楽に溢れる映像表現の果てしない地平へ人々を誘う気鋭の映像論集。

A5判　三三六頁
三六〇〇円

52

情報の歴史学

「個人情報」「情報漏洩」等々、情報に関わる用語がマスメディアをにぎわす今、情報のもつ意義を前近代の歴史から学ぶ。

A5判　三四八頁
三八〇〇円

53

フランス十七世紀の劇作家たち

フランス十七世紀の三大作家コルネイユ、モリエール、ラシーヌの陰に隠れて忘れられた劇作家たちの生涯と作品について論じる。

A5判　四七二頁
五二〇〇円

54

文法記述の諸相

中央大学人文科学研究所・「文法記述の諸相」研究チーム十一名による、日本語・中国語・英語を対象に考察した言語研究論集。

A5判　三六八頁
四〇〇〇円

中央大学人文科学研究所研究叢書

55 英雄詩とは何か

古来、いかなる文明であれ、例外なくその揺籃期に、英雄詩という文学形式を擁す。『ギルガメシュ叙事詩』から『ベーオウルフ』まで。

A5判　二六四頁
二九〇〇円

56 第二次世界大戦後のイギリス小説
ベケットからウインターソンまで

一二人の傑出した小説家たちを俎上に載せ、第二次世界大戦後のイギリスの小説の豊穣な多様性を解き明かす論文集。

A5判　三八〇頁
四二〇〇円

57 愛の技法
クィア・リーディングとは何か

批評とは、生き延びるために切実に必要な「技法」であったのだ。時代と社会が強制する性愛の規範を切り崩す、知的刺激に満ちた論集。

A5判　二三六頁
二六〇〇円

58 アップデートされる芸術
映画・オペラ・文学

映画やオペラ、「百科事典」やギター音楽、さまざまな形態の芸術作品を「いま」の批評的視点からアップデートする論考集。

A5判　二五二頁
二八〇〇円

59 アフロ・ユーラシア大陸の都市と国家

アフロ・ユーラシア大陸の歴史を、都市と国家の関連を軸に解明する最新の成果。各地域の多様な歴史が世界史の構造をつくりだす。

A5判　五八八頁
六五〇〇円

60 混沌と秩序
フランス十七世紀演劇の諸相

フランス17世紀演劇は「古典主義演劇」と呼ばれることが多いが、こうした範疇では捉えきれない演劇史上の諸問題を採り上げている。

A5判　四三八頁
四九〇〇円

中央大学人文科学研究所研究叢書

61

島と港の歴史学

「島国日本」における島と港のもつ多様な歴史的意義、とくに物流の拠点、情報の発信・受信の場に注目し、共同研究を進めた成果。

A5判　二四四頁
二七〇〇円